Henri Bachmann
Die Tote im Steinbruch

EDITION M

Das Buch

Bei Cleeberg, einem Dörfchen im Taunus, wird die Tochter einer reichen Familie tot im Steinbruch gefunden. Alles deutet auf ein Gewaltverbrechen hin. Hauptkommissarin Hanna Blum ermittelt mit Unterstützung des ortsansässigen Psychologen Benedek Roth.

Der Fall erweist sich als verzwickt. Nicht nur die Patienten der psychiatrischen Klinik im Cleeberger Wald geraten unter Verdacht, sondern auch Hannas Unterstützer Roth, der in der Klinik arbeitet. Stück für Stück erkennt Hanna die Zusammenhänge und kommt einem alten, düsteren Geheimnis auf die Spur.

Der Autor

Henri Bachmann, 1982 in Gießen geboren, arbeitete nach dem Diplom in Sozialarbeit zehn Jahre in der Jugendhilfe Wetzlar. Bachmann hat unter verschiedenen Pseudonymen bisher zwölf Romane und etliche Kurzgeschichten veröffentlicht. Mittlerweile ist er hauptberuflicher Schriftsteller und lebt mit Frau und Kindern weiter in der hessischen Heimat.

HENRI BACHMANN

DIE TOTE IM STEIN-BRUCH

Hanna Blum ermittelt

KRIMINALROMAN

EDITION M

Die Originalausgabe erschien 2020 unter dem Titel
»Die Tote im Steinbruch« im Selbstverlag.

Veröffentlicht bei
Edition M, Amazon Media EU S.à r.l.
38, avenue John F. Kennedy, L-1855 Luxembourg
Februar 2021

Umschlaggestaltung: zero-media.net, München
Umschlagmotiv: © Husjak / Shutterstock; © m1lena_m / Shutterstock;
© MF_Orleans / Shutterstock; © Sally Mundy / ArcAngel
Lektorat und Korrektorat: VLG Verlag & Agentur, Haar bei München,
www.vlg.de
Gedruckt durch:
Amazon Distribution GmbH, Amazonstraße 1, 04347 Leipzig /
Canon Deutschland Business Services GmbH, Ferdinand-Jühlke-Str. 7,
99095 Erfurt /
CPI books GmbH, Birkstraße 10, 25917 Leck

ISBN 978-2-49670-598-0

www.edition-m-verlag.de

I was looking for the light
It was so hard to find
I sought in every book
And I scanned every line
It's not anywhere outside
There's just a flood of signs
It's in here
Deep in my mind.

Björn Ehlien (The Valemakers)

Kapitel 1

Hauptkommissarin Hanna Blum zog zum zweiten Mal an der dicken Kordel, die jenseits des Hoftors eine Messingglocke zum Tönen brachte.

Während sie dem schwindenden Nachklang lauschte, bestaunte sie die festungsartige Front des alten Anwesens. Das Grundstück war so weitläufig, es konnte dauern, bis jemand ans Hoftor kam. Die zusammenhängende Front aus Nebengebäuden und Wohnhaus wirkte wie eine Burgmauer und reichte von einer Straßenlaterne bis zur nächsten.

Die Hofreite lag in einem kleinen, von verschneiten Hügeln und Wäldern umgebenen Dorf namens Cleeberg, das einige Jahre zuvor in die Schlagzeilen geraten war. Zwei Investoren hatten ein ehemaliges Ferienheim in eine psychiatrische Klinik verwandelt, trotz der heftigen Proteste vieler Dorfbewohner, die wegen der »Klapsmühle im Wald« besorgt gewesen waren. Doch das war Jahre her, und die Bewohner des hessischen Taunus-Dörfchens hatten längst ihren Frieden mit der Privatklinik gemacht, die immerhin einige Arbeitsplätze in den Ort gebracht hatte.

Hanna zog noch einmal am Glockenstrang des mit Schnitzereien und Ziegeldach versehenen Holztores, das jeglichen Blick ins Innere des Vierseithofes verwehrte.

Obwohl sie ruhig wie ein Erdmännchen dastand und die Ohren spitzte, hörte sie nichts. Sie sah die Straße hinab, die wie ausgestorben dalag. Das Wirbeln der Schneeflocken im Licht der Straßenlaternen war die einzige wahrnehmbare Bewegung. Nach dem Abglanz des Glockenklanges blieben nichts als dörfliche Stille und das übellaunige Krächzen eines Raben übrig.

Hanna senkte missmutig den Kopf, der jetzt immer schneller von Schneeflocken bedeckt wurde. Es war der dreiundzwanzigste Februar, und alle warteten sehnlichst auf den Frühling. Der Rabe vermutlich auch.

Gerade als sie im Begriff war, zu gehen, vernahm sie hinter dem Tor knarzende Schritte im Schnee. Kurz darauf wurde ein Riegel beiseitegeschoben, dem Klang nach aus Metall, und eine kleinere, ins Hoftor eingelassene Flügeltür öffnete sich ein Stück weit.

Benedek Roth streckte seinen Kopf durch den Türspalt. Sein dunkelblondes Haar war an den Schläfen schon reichlich ergraut, doch seine hellwachen Augen verliehen ihm einen immer noch jungenhaften, energischen Zug.

»Frau Blum«, sagte er freundlich und reichte Hanna die Hand.

»Alle Achtung, Sie erinnern sich tatsächlich an meinen Namen«, stellte die Kommissarin überrascht fest.

»Natürlich, Ihre Truppe damals war auch eine echte Ausnahme: wissbegierig und interessiert.«

Hanna hatte einige Jahre zuvor bei Benedek Roth gemeinsam mit einigen Kollegen eine Fortbildung in Kriminalpsychologie belegt, die ihr immer noch positiv im Gedächtnis war.

»Was Sie uns damals erzählt haben, war auch so spannend, da musste man sich für das Thema interessieren!«

»Danke«, erwiderte Roth mit einer Miene, als machte er sich nicht viel aus Komplimenten.

»Tja ... also, ich bin natürlich nicht gekommen, um über die Fortbildung von damals zu reden. Ich bin sozusagen dienstlich hier«, erklärte Hanna.

»Schade.«

Hanna unterdrückte den Impuls, nachzufragen, was genau er daran schade fand, als Roth fortfuhr: »Leider habe ich meine Zusammenarbeit mit der Polizei vor zwei Jahren beendet, wie Sie vielleicht wissen ...«

Sie nickte. »Die Sache mit Wotan Kohlmeier.«

»Dann verstehe ich nicht ganz, was Sie von mir wollen ...«, sagte er, jetzt schon eine Spur kühler als zuvor.

»Keine Sorge«, beschwichtigte Hanna ihn. »Es geht auch gar nicht um einen neuen Auftrag. Nur um eine kurze Einschätzung, dauert nicht lange. Darf ich reinkommen?« Sie lächelte charmant.

»Ja, natürlich«, murmelte Roth und zog die Tür ganz auf. »Es tut mir leid, ich wollte nicht unhöflich sein. Bei dem Namen Kohlmeier steigt mir immer noch die Galle hoch!«

Er ließ sie in einen mit sandfarbenen Steinen gepflasterten Innenhof eintreten, der kaum kleiner war als ein Handballspielfeld. Mitten drin stand eine rostige, löchrige Tonne, aus der orangegelbe Flammen züngelten.

»Ist das erlaubt? Mit offenem Feuer in einem Ölfass verstoßen Sie garantiert gegen eine Vorschrift«, sagte Hanna mit gespielt strengem Blick, während sie darauf zuging und die Hände hinstreckte, um sie zu wärmen.

»Sind sie etwa wegen der Feuertonne hier?«, fragte Roth.

Hanna schüttelte den Kopf. »Nein, leider nicht. Es geht um einen Ihrer Patienten.«

Roths Grinsen fiel von seinem Gesicht wie eine unzureichend befestigte Maske. Ein kritischer Ausdruck kam zum Vorschein. »Und um welchen?«

»Santiago Russo.«

»Russo?«

»Er wird mit dem Tod einer jungen Frau in Verbindung gebracht, deren Leiche man im Cleeberger Wald aufgefunden hat, ganz in der Nähe der Klinik, mehr kann ich bis jetzt nicht sagen.«

Roth sah sie verständnislos an. »Niemals, ich meine … Santiago Russo ist einer, der schon Gewissensbisse bekommt, wenn er aus Versehen eine grüne Flasche in den Weißglascontainer wirft.«

»Die Spurenlage sieht anders aus, tut mir leid. Seine Schuhabdrücke führen vom Fundort der Leiche zur Klinik und von dort auf direktem Weg in sein Zimmer. Die Spuren waren zwar schon leicht zugeschneit, aber die Kriminaltechniker konnten sie trotzdem zweifelsfrei ihm zuordnen.«

»Wie bitte?« Roth schüttelte den Kopf. »Für wie blöd halten Sie ihn denn? Das hört sich für mich eher an, als wollte ihm jemand was anhängen. In die Schuhe schieben, sozusagen.«

»Sie meinen, jemand hätte sich seine Schuhe *ausgeliehen,* um damit zum Tatort und von dort in sein Zimmer zu gehen?«

»Wäre doch möglich.«

Hanna starrte in die Flammen, die, von einer Windbö erfasst, nun etwas höher aus der Tonne schlugen. »Wir haben lange mit Russo geredet. Er kann sich angeblich nicht daran erinnern, am Tatort gewesen zu sein. Doch die Fakten sprechen gegen ihn. Andererseits hat er freiwillig eine Speichelprobe abgegeben, um seine Unschuld zu beweisen.«

Roth schüttelte den Kopf.

»Freiwillig?«, fragte er. »Wenn er am Tatort gewesen ist, wird man auch Spuren seiner DNA dort finden. Was jedoch genauso wenig aussagt wie seine angeblichen Schuhabdrücke, oder etwa nicht?«

»Das käme ganz darauf an, welche Art von Spuren man finden würde.«

»Wo genau wurde die Tote denn gefunden?«

»Im Kessel des alten Steinbruchs, keine vierhundert Meter von der Klinik entfernt«, sagte Hanna.

Die Rufus-Baldachin-Klinik war eine private Einrichtung für Menschen mit psychischen Problemen und dickem Geldbeutel. Sie lag gut zwei Kilometer außerhalb des Dorfes im Cleeberger Wald. Mit seinem weitläufigen Freigelände samt Kinderspielplatz, Basketballfeld, Fußballkäfig, Feuerstellen und überdachten Sitzmöglichkeiten hatte man das Gebäude lange Zeit als Freizeitheim für Schulklassen, Sportvereine und andere Gruppen genutzt. Die Landschaft ringsum war sehr abwechslungsreich und mit Wäldern, ausgedehntem Ackerland, Fischteichen, Obstwiesen und Weiden, auf denen Pferde, Schafe, Ziegen und Rinder grasten, ideal für Wanderungen. Dieses hohe »Erholungspotenzial« hatte zwei Frankfurter Investoren veranlasst, das finanziell angeschlagene Ferienheim Cleeberger Taunushöhe mit erheblichem Aufwand zu einer luxuriösen Klinik umzubauen und damit das Interesse betuchter Patienten zu wecken. In dieser Einrichtung arbeitete Benedek Roth seit nunmehr zwei Jahren als Psychologe und Psychotherapeut.

»Ist sie an der Steilwand abgestürzt?«, fragte er.

»Sieht so aus.«

»Und Santiago wird verdächtigt, sie runtergestoßen zu haben, nur weil man am Leichenfundort seine Schuhabdrücke identifiziert hat?«

Hanna zuckte die Schultern. »Wir wissen noch nicht, was passiert ist. Ich hoffe, die DNA-Analyse kann Hinweise darauf liefern, ob es Körperkontakt zwischen Russo und dem Opfer gab. Jedenfalls ist es ja wohl eher ungewöhnlich, dass ein

Unschuldiger eine Tote im Steinbruch findet und dann einfach nach Hause geht und sich ins Bett legt, ohne jemandem davon zu erzählen. Das müssen Sie doch zugeben.«

Roth schien etwas entgegnen zu wollen, entschied sich jedoch dafür, stattdessen noch ein Holzscheit nachzulegen. Schließlich drehte er sich wieder zu ihr um. »Und was genau erwarten Sie jetzt von mir?«

»Ich möchte Ihre Einschätzung hören, mehr nicht. Sie haben jahrelang für die Polizei gearbeitet, und nun handelt es sich bei dem Hauptverdächtigen in einem ungeklärten Todesfall um einen Ihrer Patienten. Das macht Sie in meinen Augen gleich zweimal zum Experten.«

»Sie wissen doch von der Schweigepflicht für Psychotherapeuten, nehme ich an?«, entgegnete Roth und fixierte sie mit einem herausfordernden Blick.

»Natürlich ist mir das bekannt, aber ich kenne auch den Paragrafen 139 StGB, demzufolge Sie eine bevorstehende Straftat anzeigen müssen, wenn Sie davon Kenntnis haben.«

»Okay, ein Punkt für Sie.«

Hanna wusste, dass er wegen des Konflikts mit Kohlmeier nicht gut auf die Polizei zu sprechen war. Roth hatte für die Polizei gearbeitet. Als psychologischer Berater und Profiler. Sein Ruf, ein ausgezeichneter Menschenleser mit fast übernatürlichem Instinkt zu sein, war ihm stets vorausgeeilt. Doch einige Kollegen hatten ihm den Erfolg nicht gegönnt. Bei seiner bisher letzten Zusammenarbeit mit der Polizei, bei der es um eine Mordserie gegangen war, hatten seine Überlegungen ergeben, dass der Serienkiller kurz davor stand, einen weiteren Menschen zu töten. Bei zwei von vier Morden war die Beweislage längst klar gewesen, doch Kohlmeier wollte den Täter auch für die anderen Fälle drankriegen. Statt den Verdächtigen also aus dem Verkehr zu ziehen und anschließend in Ruhe weiter zu ermitteln, ignorierte er Roths Warnungen. Auf Teufel komm raus versuchte er, Beweise für die anderen beiden Morde zu finden. Roths Befürchtung bestätigte sich, ein weiteres Leben wurde ausgelöscht. Um seine Mitschuld zu verschleiern, hatte Kohlmeier anschließend behauptet, nichts von Roths Warnungen gewusst zu haben. Seitdem herrschte Funkstille zwischen dem Psychologen und der Polizei.

»Herr Roth, es geht hier um den ungeklärten Tod einer siebenundzwanzigjährigen Frau und nicht um Ihren Streit mit Kohlmeier«, sagte Hanna.

»Wie Sie eben schon sagten, darf ich nur aus meiner Praxis plaudern, wenn dadurch eine schwere Straftat *verhindert* werden könnte. Aber die Frau ist ja offenbar schon tot!«

»Das ist korrekt. Allerdings haben wir in Russos Zimmer ein Kästchen gefunden, in dem er neben vielen Bildern von Tieren, Pilzen, Bäumen und anderen Pflanzen auch ein Foto des Opfers aufbewahrt. Außerdem fanden wir drei weitere Aufnahmen, die ebenfalls junge Frauen zeigen. Russo sagt, er habe die Frauen von der Grillhütte aus mithilfe seines Teleobjektivs beim Spazierengehen fotografiert. Angeblich kennt er keine der Frauen beim Namen.«

»Santiago fotografiert für sein Leben gern und er hält sich sowieso jede freie Minute bei dieser Grillhütte auf, das kann ich bestätigen. Da oben hat er seine Ruhe. Meistens geht er hin, um zu lesen.«

»Aber falls demnächst eine weitere Leiche auftaucht, und falls es sich dabei um eine der anderen Frauen aus Russos Fotosammlung handelt, muss man davon ausgehen, dass es kein gutes Omen ist, von ihm fotografiert zu werden.«

»Demnach gehen Sie davon aus, dass jemand die Frau getötet hat? Schließen Sie einen Unfall oder einen Suizid denn jetzt schon völlig aus?«

»Dazu kann ich aus ermittlungstechnischen Gründen leider nichts sagen«, erklärte Hanna.

Roth schien einen Augenblick lang nachzudenken. »Dann sollten Sie nicht von einem Mordfall reden«, sagte er schließlich. »Denn damit verraten Sie womöglich mehr, als Sie dürfen.«

Hanna stutzte kurz, aber im Grunde war sie sich sicher, den Begriff Mord nicht in den Mund genommen zu haben. »Ich hab von einem ungeklärten Todesfall gesprochen, Herr Roth, da besteht ein gewisser Unterschied.«

»Aber von einem ungeklärten Todesfall, in den einer meiner Patienten verstrickt sein soll. Man muss wohl nicht *Columbo* heißen, um das entsprechend zu deuten.«

Hanna zuckte mit den Schultern. »Sie können das gern deuten, wie Sie wollen«, sagte sie.

»Außerdem liegen mir keinerlei Informationen vor, die es nötig machen würden, auch nur ein Wort über Santiago Russo auszusagen.«

»Okay, gut, ich verstehe das, und ich respektiere das auch in gewisser Hinsicht«, sagte Hanna. »Aber denken Sie bitte noch mal in aller Ruhe nach. Denn falls es doch ein weiteres Opfer geben sollte …«

Roth fiel ihr ins Wort. »Gehen Sie einfach davon aus, dass ich Ihnen keine Informationen vorenthalten würde, wenn ich von einem geplanten Tötungsdelikt wüsste.«

»Sehr gut, dann höre ich also von Ihnen?«

»Nein, das denke ich nicht.«

»Nein?«, fragte sie.

»Santiago Russo ist kein Mörder und wird auch nie einer. So viel kann ich sagen.« Benedek Roth sprach das mit jener ruhigen Überzeugung aus, für die ihn Hanna damals bei der Fortbildung bewundert hatte.

»Gut, das ist doch immerhin eine klare Einschätzung. Auch wenn ich mir etwas mehr … äh … na ja, Details über seine Persönlichkeit, seine psychische Verfassung und …«

»Mehr kann ich leider nicht für Sie tun«, unterbrach Roth sie erneut.

Der Schneefall war noch heftiger geworden.

»Dann werde ich jetzt mal anderen Leuten auf die Nerven gehen«, sagte sie und wandte sich zum Gehen.

»Tun Sie das«, entgegnete Roth.

»Wiedersehen!«, rief sie ihm über die Schulter zu und blieb plötzlich stehen. »Eine Frage hab ich noch, ist aber eher privat.«

»Kein Problem, obwohl, das kommt natürlich auf die Frage an«, sagte Roth.

»Wohnen Sie allein hier?« Sie machte eine Handbewegung, die das gesamte Anwesen umfasste.

»Nicht ganz, im Sommer haust manchmal eine Falkenfamilie oben auf dem Heuschober, und auf dem Dachboden gibt's jede Menge Mäuse«, sagte Roth.

»Und wie kommt man darauf, sich als alleinstehender Mann eine so große Hofreite zu kaufen?«

Roth seufzte. »Für mich allein hätte ich die sicher nicht gekauft. Aber Sie wissen vielleicht, dass es im Leben oft anders läuft, als man geplant hat.«

»Oh«, sagte Hanna und nickte verständnisvoll. Es war unübersehbar, dass Roth nicht gerade scharf darauf war, ins Detail zu gehen.

»Also, dann werde ich mal …«

»Eine Frage hätte ich aber auch noch an Sie«, rief Roth ihr nach, als sie schon am Hoftor war.

Hanna drehte sich um und schaute ihn fragend an.

»Stammt das Opfer hier aus Cleeberg?«

Sie zögerte kurz. »Ich denke, ich verrate kein Geheimnis. Die Tote ist Marie Herrendorf.« Sie nahm ein fast unmerkliches Zucken zwischen Roths Augenbrauen wahr. »Kannten Sie das Mädchen?«

»Nein, ich glaube nicht«, sagte Roth und schüttelte den Kopf.

Ohne ihm direkt eine Lüge unterstellen zu wollen, hatte Hanna dennoch das Gefühl, dass der Name der Toten bei ihm irgendetwas ausgelöst hatte.

Kapitel 2

Hanna parkte ihren Dienstwagen, einen drei Jahre alten Volvo V60, vor dem Wohnhaus von Harald Herrendorf neben dessen brandneuem Audi Q8. Als sie ausstieg, drang ihr der Geruch von Pferdemist in die Nase.

Sie ging über einen verschneiten Kiesweg auf die Haustür zu und musste schlucken, als sie vor dem fröhlichen Schild aus gebranntem Ton stand, das dort angebracht war. »Hier wohnen Harald, Brigitte, Marie und Johannes« stand in kunstvoll verschnörkelten, bunten Buchstaben darauf.

Familie Herrendorf lebte auf einem Aussiedlerhof, der einen guten Kilometer außerhalb Cleebergs lag. Harald Herrendorf war ein bekannter Herzchirurg und meistens unterwegs. Seine Frau Brigitte und seine Tochter Marie, die Geschichte und Sport fürs Lehramt studiert hatte, waren auf die kluge Idee gekommen, aus dem Anwesen eine Pferdepension zu machen. Johannes, der siebzehnjährige Bruder der Toten, ging noch aufs Gymnasium.

Zwei Katzen umschmeichelten Hannas Beine, während sie vor der Haustür noch einmal tief Luft holte. Ihr stand das bevor, was sie an ihrem Job am allermeisten verabscheute. Noch mehr als die Obduktionen, bei denen sie manchmal anwesend sein musste. Gleich würde sie zwei Menschen gegenüberstehen, die ihr Kind verloren hatten und das erst seit wenigen Stunden wussten. Und als wäre das nicht genug, musste sie den beiden noch eine weitere furchtbare Nachricht überbringen.

Sie klingelte ein einziges Mal. Kurz darauf öffnete Harald Herrendorf die Haustür. Er war groß und schlank und sein Kopf mit vollständig ergrautem Haar bedeckt. Herrendorf trug eine Brille mit randlosen, runden Gläsern und strahlte jene Art von Autorität aus, wie sie Männer häufig entwickelten, die es von Berufs wegen gewohnt waren, in der Hierarchie niemanden mehr über sich zu haben.

»Hallo!«, sagte Hanna. Sie bot ihm die Hand an und versuchte, eine Mischung aus Freundlichkeit und Anteilnahme in ihre Miene zu legen, doch sie wusste nicht recht, ob es gelang.

»Guten Abend, Frau Blum.«

Harald Herrendorf nahm ihre Hand, er wirkte gefasst. Der Händedruck war weder schlaff noch zu kräftig, die Handflächen trocken.

Er führte Hanna durch einen kleinen Flur ins Wohnzimmer. Seine Frau saß mit angezogenen Beinen auf einem gelben Ledersofa und starrte mit leerem Blick durch das Fenster dorthin, wo nur wenige Meter entfernt ein paar Pferde hinter Metallabsperrungen in einem Verschlag standen. Man erahnte auf den ersten Blick, was für eine Schönheit Brigitte Herrendorf in ihrer Blüte gewesen sein musste. Hohe Wangenknochen, große, honigfarbene Augen und das immer noch dichte, lange Haar, dessen Schwarz bestimmt nicht mehr ganz original war, aber keineswegs unnatürlich wirkte. Wenn Hannas Eindruck stimmte, bekam die Frau momentan gar nichts davon mit, wie treuherzig und scheinbar verständnisvoll die Pferde ins Wohnzimmer der Herrendorfs zurückschauten.

»Frau Herrendorf«, sagte Hanna und reichte ihr die Hand. »Frau … äh …«

»… Blum«, half Hanna aus.

»Entschuldigung, ich bin völlig … meine Nerven, ich bekomme keinen klaren Satz raus.«

»Das kann ich absolut verstehen.«

»Nehmen Sie Platz«, sagte Harald Herrendorf und zeigte auf einen Ledersessel, während er selbst stehen blieb. »Möchten Sie etwas trinken?«, fragte er.

Hanna setzte sich unter einem Knarzen, das der Sessel von sich gab. Sie mochte den Geruch des Leders. »Nein danke, ich brauch gerade nichts.«

Das Wohnzimmer war ausnahmslos mit Möbeln aus Tropenholz bestückt, den Boden bedeckte im Fischgrätenmuster verlegtes Eichenparkett. Insgesamt wirkte der Raum trotz des vielen Holzes ungemütlich und kalt. Bei genauerer Betrachtung bemerkte Hanna auch, woran das vor allen Dingen lag. Das Wohnzimmer der Herrendorfs erinnerte eher an einen Ausstellungsraum als an ein bewohntes Haus. Absolut alles hatte seine Ordnung, das war am Ende selbst Hanna zu viel. Bis auf zwei furchtbar gestellt wirkende Familienfotos auf einer lackierten Eichenholzkommode gab es hier nichts Persönliches.

»Darf ich Ihnen ein paar Fragen zu Marie stellen?«, wollte Hanna wissen.

Brigitte Herrendorf zuckte rudimentär mit den Schultern, den Blick weiter glasig ins Nichts geheftet. »Deswegen sind Sie ja hier«, sagte sie schließlich, nach einer Pause, die sich für Hanna wie eine Ewigkeit angefühlt hatte.

»Und wir sind Ihnen sehr, sehr dankbar, dass Sie in dieser Situation mit uns zusammenarbeiten. Das hilft uns ganz enorm weiter, Frau Herrendorf«, sagte Hanna.

»Ach, wie sollte Ihnen das denn weiterhelfen? Ich weiß nur eins mit Sicherheit, dass Marie sich nicht selbst umgebracht hat.«

Hanna holte tief Luft, denn die nächsten Worte lagen ihr wie Blei auf der Zunge. »Ja, der Meinung sind wir ebenfalls. Ein Suizid scheidet genauso aus wie ein Unfall«, erwiderte sie in dem Wissen, dass ihre Worte das Leben der Herrendorfs verändern würden.

»Was sagen Sie da?«, fragte Brigitte Herrendorf und sah sie verständnislos an.

»Moment«, schaltete sich ihr Mann ein. »Das würde ja bedeuten …« Er sprach nicht weiter, sondern stand mit offenem Mund da und starrte die Wand an, als wären dort unglaubliche Dinge zu sehen.

Hanna holte abermals tief Luft und schlug die Augen nieder. »Wir müssen leider von einem Gewaltverbrechen ausgehen«, sagte sie.

»Mord?«, fragte Brigitte Herrendorf.

»So genau können wir das noch nicht sagen. Aber es gibt deutliche Hinweise darauf, dass Marie bereits tot war, als sie in den Steinbruch fiel.«

Brigitte Herrendorf riss den Mund zu einem stummen Schrei auf und schlug sich dann die Hände vors Gesicht.

»Wie …«, fragte sie ganz leise, »wie ist es passiert?« Die letzten Silben waren bloß noch ein Piepsen.

»Das steht noch nicht fest. Bei der Obduktion werden wir versuchen, die genaue Todesursache herauszufinden.«

»Aber woher wissen Sie dann, dass sie nicht durch den Sturz getötet wurde?«, fragte Harald Herrendorf.

»Ich weiß nicht, ob es Ihnen guttun würde, die Details zu hören …«

»Es geht um unsere Tochter, verdammt noch mal. Ich will wissen, was passiert ist!«, sagte er.

»Das kann ich absolut verstehen.«

»Dann verraten Sie mir, was Sie zu der Annahme gebracht hat, sie sei bereits vor dem Sturz … *tot* gewesen?«

Hanna spürte förmlich den Schmerz dieses Vaters, der von nun an bei allen möglichen Erinnerungen diesen Verlust spüren würde, kalt und erbarmungslos wie eine Messerklinge ins Herz.

»Maries Kleidung war zerrissen. Sie muss mehrmals gegen Felsen geprallt oder an ihnen entlanggeschrammt sein. Doch es gab keine Unterblutungen, keine Hämatome. Das bedeutet in diesem … das bedeutet, Maries Herz hat bereits nicht mehr geschlagen, als sie den Steinbruch runterstürzte. Deshalb kam es nicht zu Hämatomen. Es gab nur postmortale Abschürfungen und Knochenbrüche und …«

»Hören Sie auf«, rief Brigitte Herrendorf so schrill, dass Hanna die Ohren piepten.

»Tut mir leid, ich wollte nicht … machen wir mit etwas anderem weiter.«

»Gut, ich ertrage das einfach nicht«, sagte Brigitte Herrendorf.

»Natürlich nicht! Dann etwas anderes: Ist Ihnen gestern Abend etwas Ungewöhnliches aufgefallen? Ich meine natürlich in Bezug auf Marie.«

»Nein, alles war wie immer. Marie ging mit Willi um ungefähr 18 Uhr spazieren, sie nimmt immer denselben Weg. Sie geht die paar hundert Meter zwischen den Feldern hindurch, überquert die Landstraße und die restliche Runde führt durch den Wald.«

»Wer ist Willi?«, fragte Hanna irritiert.

»Ihr Hund, ein Mops«, sagte Brigitte Herrendorf.

»Marie war mit einem Hund unterwegs?«

»Ja, Marie war mit Willi unterwegs, ich habe sie zur Tür begleitet, das war das letzte Mal, dass ich sie …« Wieder schlug sie die Hände vors Gesicht.

»Lassen Sie sich Zeit. Ich muss bloß sichergehen, dass Marie bei diesem Spaziergang mit ihrem Hund unterwegs war.«

»Daran gibt es gar keinen Zweifel«, sagte Brigitte Herrendorf mit tränenerstickter Stimme.

»Mops Willi vermisst«, brummte Hanna und tippte die Worte dabei in ihren Handynotizblock.

»Das stimmt so nicht. Willi ist ja inzwischen wieder hier«, sagte Harald Herrendorf.

»Er ist hier? Seit wann?«, fragte Hanna erstaunt.

»Der Beamte, der uns die Nachricht heute früh überbracht hat, Herr Altmann, der war gerade gegangen, und ich bin vor der Haustür stehen geblieben, um zu rauchen, als Willi plötzlich allein ankam. Da hab ich das Ganze erst begriffen«, sagte er mit einem unterdrückten Schluchzen. »Wahrscheinlich hat der Hund wegen des Schneefalls die Witterung verloren. Er hat sich bestimmt verlaufen und ist die ganze Nacht herumgeirrt.«

»Das heißt, meine Kollegen wissen, dass der Hund bei dem Verbrechen dabei war und wieder zurück ist?«

»Ja, wir haben ihnen Bescheid gegeben.«

Das darf doch wohl nicht wahr sein, dachte Hanna. *Wieso teilt mir das niemand mit? Wahrscheinlich war Leo schon im Fieberwahn, als wir telefoniert haben.* Leo war am frühen Morgen ohne sie am Fundort der Leiche gewesen. Sie selbst hatte einen MRT-Termin gehabt und war nicht zu erreichen gewesen. Also hatte Leo den Eltern die Todesnachricht überbracht und ihr später telefonisch die wichtigsten Details durchgegeben. Den schriftlichen Bericht über seine Eindrücke vom Tatort, der längst im MOKO-Messenger zu finden war, hatte sie mangels Zeit noch nicht gelesen. Dann hatte sich Leo krankgemeldet und sich mit seiner Grippe ins Bett gelegt. Doch er war derjenige gewesen, dem an der Leiche die fehlenden Hämatome und Unterblutungen aufgefallen waren, die nach einem Sturz aus dieser Höhe hätten zu sehen sein müssen.

»Der Hund wurde Ihres Wissens nicht nach Spuren abgesucht?«

»Nein.«

»Es wurde niemand hergeschickt?«

»Auch das nicht, nein.«

Das hätte man aber tun sollen. Und zwar gleich. Ob es jetzt noch Erkenntnisse bringen kann, ist fraglich, wer weiß, wo der Hund sich inzwischen überall rumgewälzt hat, dachte Hanna.

»Was für Spuren meinen Sie denn, Frau Blum?«, fragte Harald Herrendorf. Er fragte es in einem etwas arroganten Tonfall, den er sich wahrscheinlich in seiner Funktion als Chefarzt angeeignet hatte.

»Das ist nicht mein Gebiet, das machen die Kriminaltechniker«, sagte Hanna. »Aber man kann davon ausgehen, dass der Hund, wenn er am Tatort war, nützliche Hinweise liefern könnte. Im besten Fall hat er den Täter gebissen und dessen Blut und damit auch dessen DNA im Fell kleben.«

Herrendorf gab ein verächtliches Schnaufen von sich. »Sehr unwahrscheinlich«, sagte er.

»Unsere Tochter ist tot«, sagte Brigitte Herrendorf. Sie schaute weiter nach draußen, während sie redete. Ihr Gesicht war leichenblass. »Auch die DNA des Täters bringt sie nicht zurück.«

»Dem habe ich nichts entgegenzusetzen, Frau Herrendorf, und ich bin auch gar nicht in der Lage, mir vorzustellen, wie sich das für Sie anfühlt. Mein Job ist es aber, den Täter zu fassen. Deshalb werde ich jetzt kurz telefonieren, um jemanden herzubestellen, der sich den Hund ansieht«, erwiderte Hanna und zog sich in den Flur zurück, um zu telefonieren.

Als der Kriminaltechniker für Willi unterwegs war, kehrte sie ins Wohnzimmer zurück.

Brigitte Herrendorf hatte ihre Position nicht verändert. Auch ihr Ehemann stand nach wie vor aufrecht und ging jetzt vom Sofa zum Bücherregal, wo er über die Buchrücken strich und einzelne Exemplare herausholte, um sie anschließend wieder zurückzustellen.

Doch als Hanna gerade ihre Befragung fortsetzen wollte, vernahm sie in ihrem Bauch ein Gefühl, das sie nicht gleich zuordnen konnte. Irgendwas an den beiden kam ihr seltsam vor. Als sei etwas Wichtiges besprochen worden, während sie telefoniert hatte.

Das Gesicht von Brigitte Herrendorf wirkte leicht errötet, als wäre kurzzeitig Leben unter dieser Maske der Trauer aufgeflammt. *Als hätte sie sich eben aufgeregt, während ich telefoniert habe. Und der Professor wirkt eher nervös als verzweifelt. Irgendwas ist da faul,* dachte Hanna.

»Ich mach dann mit der Befragung weiter«, sagte sie und bemerkte, dass die negativen Gedanken über Maries Eltern bereits ihre Tonlage beeinflussten.

»Tun Sie das«, antwortete Harald Herrendorf.

»Gibt es Menschen, die mit Marie verfeindet waren, oder zumindest zerstritten? Beziehungsabbrüche oder berufliche Konkurrenten? Verletzte Gefühle? Mobbing?«

»Nein«, sagte Brigitte Herrendorf entschlossen und sah Hanna zum ersten Mal an. »Es gab die ganz normalen Teenagerdinge in der Schule damals, natürlich auch Neider, weil die Leute im Dorf wissen, dass mein Mann viel verdient. Während Maries Studium war das ähnlich, weil sie immer gut in allem war. Da gab es durchaus neidische Blicke und bissige Bemerkungen, das hat sie selbst oft erzählt, bloß … mit wirklichen *Feinden* oder *Hass* hatten wir noch nie was zu tun in diesem Haus. Wir …«, sagte sie.

»Na ja«, platzte ihr Mann dazwischen. »Mit Hass hatten wir seit einiger Zeit sehr wohl zu tun.« Es lagen plötzlich große Emotionen in seiner Stimme.

»Harald!«, sagte seine Frau scharf und hob warnend den Zeigefinger. *Das ist es*, dachte Hanna instinktiv, *sie sind sich nicht einig! Er möchte irgendetwas sagen, und sie will, dass er es verschweigt. Darüber haben sie geredet. Deshalb habe ich das Gefühl, hier ist was im Busch!*

»Was meinen Sie damit?«, fragte Hanna.

Die Stimme des Mannes bebte, als er weitersprach. »Marie hatte einen festen Freund, ungefähr seit einem Jahr. Er ist Mitglied, nein, sogar Vorsitzender eines rechten Vereins. Hass auf andersartige Menschen ist da Programm. Auch Marie war irgendwie involviert«, sagte er.

»Harald! Wie kannst du es wagen …«

»Sie meinen, dass Ihre Tochter Mitglied in einem rechtsradikalen Verein war? Verstehe ich Sie richtig?«

»Ob sie Mitglied war, weiß ich nicht. Und nicht im altbekannten Sinne rechtsradikal. Die neuen Rechten kommen deutlich zivilisierter und gebildeter daher.«

Brigitte Herrendorf fing an zu weinen.

»Ja, ich verstehe, wovon Sie sprechen. Ich kenne mich ein bisschen mit der neurechten Szene aus. Zumindest theoretisch«, erklärte Hanna.

»Wie es heutzutage weit verbreitet ist, hatte Marie dieses Wissen vornehmlich bei YouTube erworben, doch wenn man weiß, was man einzugeben hat, kann man dort herausragende und gut recherchierte Filme ansehen«, fuhr Harald Herrendorf fort.

»Wissen Sie den Namen des fraglichen Vereins, und viel wichtiger noch, den Namen des Freundes Ihrer Tochter?«

»Wiegand Schmeichel. Wie der Verein genau heißt, weiß ich gerade nicht. Aber das lässt sich per Google ganz leicht rausfinden. Schmeichel macht keinen Hehl aus seiner Gesinnung.«

»Und Sie glauben, er könnte etwas mit dem Tod Ihrer Tochter zu tun haben?«

»Das will ich nicht behaupten. Aber wenn es in Maries Bekanntenkreis Leute gibt, denen ich das zutraue, dann sind es eben diese. Sobald man sich erst mal mit solchen Menschen eingelassen hat, auf emotionaler Ebene, wird es immer gefährlich.«

»Sehr schön, Harald«, sagte Brigitte Herrendorf. »Jetzt hast du es tatsächlich geschafft, Maries Andenken zu beschmutzen, noch bevor die Trauerfeier stattgefunden hat.«

»So ein Blödsinn«, zischte ihr Mann mit zusammengekniffenen Augen.

»Denken Sie, es wäre besser gewesen, mir nicht von Maries Freund zu erzählen?«, wandte sich Hanna an die Mutter.

»Muss ich darauf antworten?«, fragte Brigitte Herrendorf.

»Wenn Sie so fragen, ja!«

»Ich möchte einfach meine Ruhe haben, mehr nicht, bitte. Wir haben heute Morgen erfahren, dass unsere Tochter tot ist«, sagte Brigitte Herrendorf und verfiel in ein Schluchzen. »Gerade haben Sie uns erzählt, dass sie vermutlich umgebracht wurde, und Sie fragen mich gleich solche komplizierten Sachen? Muss das denn sein? Bei so was sollte man sich auf sein Gefühl verlassen können. Aber das Einzige, was ich momentan fühle, ist dieser ekelhafte Schmerz.«

»Dann lasse ich Sie jetzt etwas zur Ruhe kommen. Bevor ich gehe, würde ich mir aber gern noch Maries Zimmer ansehen.«

»Gehen Sie nur hoch«, sagte Brigitte Herrendorf. »Aber ist es vielleicht möglich, nicht alles durcheinanderzubringen?«

»Ich werde alles so belassen, wie es ist. Nur falls ich etwas finde, das uns weiterbringen könnte, muss ich es natürlich als Beweismaterial sichern.«

»Ja, gut, gut, natürlich«, kommentierte Harald Herrendorf und wies zur Tür. Er wollte die Befragung offenbar hinter sich bringen und Hanna in Maries Zimmer führen.

Die beiden taten Hanna leid. Vor allem, weil sie aus eigener Erfahrung wusste, wie sehr sich das Gefühl der Ohnmacht noch steigern würde. Im Moment befanden sie sich im Schockzustand. Das echte Begreifen kam später, der Alltag würde schwer werden. Marie hatte hier gewohnt, das war besonders schlimm. Hanna erinnerte sich daran, wie leer ihre Wohnung in den ersten Tagen ohne Michel gewesen war.

»Ist es in Ordnung, wenn ich mich ein wenig hinlege, oder wollen Sie noch mehr von mir wissen?«, fragte Frau Herrendorf.

»Vorerst nicht, nein, ich melde mich wieder bei Ihnen. Versuchen Sie zu schlafen und etwas zu essen, um wieder zu Kräften zu kommen. Das ist nicht leicht, aber sehr wichtig, glauben Sie mir!«

»Guter Tipp!«, sagte Brigitte Herrendorf sarkastisch, als Hanna eine weitere Frage in den Kopf schoss.

»Da wäre doch noch was. Wieso haben Sie Ihre Tochter nicht als vermisst gemeldet? Sie haben sich doch bestimmt Sorgen gemacht, weil sie nicht von ihrem Spaziergang zurückkam.«

Brigitte Herrendorf schien nachzudenken, aber bevor sie antworten konnte, sagte ihr Mann: »Wir haben den Abend bei Freunden verbracht. Als wir zurückkamen, sind wir davon ausgegangen, Marie sei längst im Bett. Dass sie dort nicht war, erfuhren wir erst, als die Polizei bei uns klingelte.«

Hanna dachte einen Augenblick nach. »Um wie viel Uhr waren Sie zu Hause? Und wo genau wohnen Ihre Freunde, bei denen Sie den Abend verbracht haben?«

»Das muss gegen ein Uhr nachts gewesen sein. Falls Sie es überprüfen wollen, unsere Freunde heißen Michael und Sibylle Beyerling, sie wohnen in Gießen und können bestätigen, dass wir zwischen 0.15 Uhr und 0.45 Uhr aufgebrochen sind, so genau weiß ich es nicht mehr.«

»Und Sie dachten, Marie sei in ihrem Zimmer und würde schlafen, als sie nach Hause kamen?«

»Ja.«

»Und Willi? Wo schläft der normalerweise?«, fragte Hanna.

Harald Herrendorf zuckte mit den Schultern. »Keine Ahnung, oben in Maries Wohnung. Wahrscheinlich bei ihr im Bett, nehme ich an, aber genau weiß ich das nicht.«

»Marie hat eine eigene Wohnung hier im Haus?«

»Ja, Johannes wohnt im Keller, Brigitte und ich im Erdgeschoss, und für Marie haben wir den kompletten ersten Stock ausgebaut.«

Brigitte Herrendorf schluchzte. »Ich war immer so froh, dass sie bei uns wohnte. Irgendwie hatte man das Gefühl, sie in Sicherheit zu wissen …« Ihre Stimme brach ab und ein Weinkrampf schüttelte die Frau.

»Ich lasse Sie jetzt endlich und wirklich in Ruhe«, sagte Hanna und wandte sich dem Vater des Opfers zu. »Zeigen Sie mir dann bitte Maries Wohnung?«

Die Wohnung war in keiner Weise auffällig für eine junge Frau, außer dass überall Bücher lagen. In der Küche standen jede Menge Müslipackungen und Vollkornprodukte, das Schlafzimmer war aufgeräumt und sauber. Abgesehen von Kleiderschrank, Bett, Nachttisch und Büchern gab es nichts im Raum. Auf dem Schreibtisch, der in einer Ecke des Wohnzimmers stand, befand sich ein hoher Stapel Romane, einige der Schriftsteller kannte sie. Ernest Hemingway, Philip Roth, John Irving, außerdem Krimis von Nele Neuhaus und Klaus-Peter Wolf, eine bunte Mischung. Ein paar ältere Bücher von heute weniger bekannten Autoren waren ebenfalls darunter. Auch in den Bücherregalen standen einige dieser Schinken, die wirkten wie aus einem Antiquariat. In Schubladen und Schränken fand sie nichts Unerwartetes. Eine Krimskrams-Schublade für alles, das scheinbar jeder Mensch brauchte, eine für Unterwäsche, eine für Socken, eine für Gürtel und kleine Handtaschen. Im Nachtschränkchen stieß sie auf Nasentropfen,

Taschentücher, eine Lippenherpescreme, Erwachsenenspielzeug (Plüschhandschellen, Vibrator, Augenbinde) und Kondome. Außerdem ein paar ältere Modemagazine mit den üblichen Diätsensations-Schlagzeilen auf den Titelblättern. In einem Eck lagen kleine, silberne Ohrringe, daneben das Kerngehäuse eines Apfels, der vor noch nicht allzu langer Zeit abgenagt worden war. Nichts Verdächtiges.

Eine Viertelstunde später verließ Hanna das Haus. Harald Herrendorf brachte sie zur Tür. Die Sichtung der Wohnung hatte keine Hinweise ergeben.

Mittlerweile war der Kiesweg vollkommen vom Schnee verschluckt worden.

Hanna freute sich spontan über den Anblick, doch Harald Herrendorf warnte sie: »Ich hoffe, Sie haben gute Winterreifen ... Die Landstraßen hier draußen werden erst spät geräumt.«

»Keine Sorge, die Reifen sind so gut wie neu, das wird schon«, erwiderte Hanna und ließ sich nicht anmerken, dass ihr beim Stapfen durch den knöchelhohen Schnee zurück zu ihrem Volvo tatsächlich Bedenken kamen.

Gerade als sie das Auto erreicht hatte, vibrierte ihr Mobiltelefon. Sie zog es aus der Hosentasche und nahm das Gespräch entgegen.

»Hanna Blum.«

»Hallo, hier ist Benedek Roth!«, sagte die Stimme am anderen Ende der Leitung.

Kapitel 3

»Guten Abend, was gibt's denn? Ist Ihnen noch was zu Russo eingefallen?«

»Nein, nein, das nicht. Mir ist bloß etwas anderes in den Sinn gekommen, und zwar, dass ich Marie Herrendorf in gewisser Weise doch kenne.«

»In gewisser Weise? Wie meinen Sie das?«

»Der Name kam mir ja gleich bekannt vor, aber ich habe damit kein Gesicht verbunden«, sagte er, und Hanna erinnerte sich an das Zucken zwischen seinen Augenbrauen, als sie den Namen Marie Herrendorf zum ersten Mal genannt hatte. »Jetzt weiß ich es aber wieder. Sie hat mir vor Kurzem eine E-Mail gesandt. Daher kenne ich den Namen. Wir haben uns geschrieben, ich habe sie aber noch nie wissentlich gesehen oder mich mit ihr getroffen. Ich konnte den Namen zuerst einfach nicht zuordnen.«

»Worum ging es in dieser E-Mail?«

»Um den Nachlass eines Schriftstellers, der hier auf meinem Kornspeicher eingelagert ist. Ich habe ihn sozusagen mit dem Haus gekauft. Unveröffentlichte Texte, kistenweise von Verlagen zurückgesandte Manuskripte, geschichtliche Aufzeichnungen, persönliche Gegenstände und so weiter. Marie Herrendorf hat sich danach erkundigt, weil sie vorhatte, auf dem Hof ihrer Eltern ein Heimatmuseum zu eröffnen. Der Mann war so eine Art Heimatdichter. Ich habe geantwortet, dass ich nichts dagegen hätte, ihr den Nachlass dafür zur Verfügung zu stellen. Ist ja besser, wenn solche Schriftstücke bei Leuten bleiben, die sich dafür interessieren«, sagte Roth.

»Und Sie selbst interessieren sich nicht für die unveröffentlichten Manuskripte?«, fragte Hanna verwundert. Benedek Roth hatte mittlerweile fünf Krimis geschrieben. Die letzten beiden waren sogar recht erfolgreich gewesen. Da war es doch merkwürdig, wenn er kein Interesse an diesen alten unveröffentlichten Manuskripten eines Schriftstellerkollegen hatte.

»Ich habe ein bisschen darin gelesen. Für mich ist das nichts. Gut geschrieben, rein handwerklich, keine Frage, aber ich kann mit den Themen absolut nichts anfangen. Ich hab ein paar Textstellen gescannt und sie Ihnen mitsamt der E-Mail von Marie Herrendorf zugesandt. Ich dachte, vielleicht interessiert es Sie, womit sich Marie beschäftigt hat.«

»Wirklich, das ist sehr nett.«

»Gut … dann wünsche ich noch einen schönen Abend.«

»Danke, ich Ihnen auch, Herr Roth.«

Hanna wäre jetzt am liebsten schnellstmöglich nach Offenbach zu sich nach Hause gefahren und hätte dort, Feierabend oder nicht, im Internet nach Informationen zu Wiegand Schmeichel gesucht und die weitergeleitete E-Mail angeschaut. Außerdem wollte sie nachsehen, was es Neues im MOKO-Messenger gab. Allerdings genügte ein Blick vor die eigenen Füße, um sich einzugestehen, dass der Heimweg nicht ganz unproblematisch werden könnte. Die Schneeschicht war mittlerweile so hoch, dass ihre Füße bis zu den Knöcheln darin verschwanden, und an den Feldwegen, über die sie Familie Herrendorf erreicht hatte, gab es weder Kilometersteine noch Leitpfosten mit Reflektoren. Das hätte ihr gerade noch gefehlt, sich bis auf die Knochen zu blamieren, weil ihr erster Einsatz ohne Leo damit endete, dass sie den Volvo in den Graben setzte.

Sie befreite die Scheiben mit einem mitgeführten Handbesen vom Schnee und stieg ein.

Die wenigen Meter rückwärts waren unproblematisch, denn beim Ausparken ging es leicht bergab, und auch die ersten zweihundert Meter Richtung Cleeberg hatten ein geringes Gefälle, zudem war die Straße noch recht gut erkennbar. Doch dann fuhr sie in eine Senke, in der sich so viel Schnee angesammelt hatte, dass man Fahrbahn und Acker nicht mehr unterscheiden konnte, was Hanna dazu veranlasste, panisch zu bremsen. Durch die Vollbremsung verlor sie endgültig die Kontrolle über den Wagen und blieb – so vermutete sie zumindest – quer auf der Fahrbahn stehen. »Verdammte Scheiße, nein, oder?«, fluchte sie.

Als sie wieder losfahren wollte, drehten die Reifen durch. »Mist! Mist! Mist!«

Erst nach mehrmaligem Versuchen und einem leichten Schweißausbruch bekam sie das richtige Gefühl für den Untergrund und es gelang ihr, langsam los- und weiterzufahren. Unbeschadet erreichte sie den Friedhof, zockelte daran vorbei ins Dorf und musste feststellen, dass die Hauptstraße genauso zugeschneit war wie der Feldweg, von dem sie kam. *Als wäre ich mitten in Kanada gelandet,* dachte sie kopfschüttelnd. Offenbar war die Wettervorhersage in diesen Teil des hessischen Mittelgebirges nicht durchgedrungen, schließlich war bereits am Morgen im Radio verkündet worden, dass hier heute Schnee fallen würde, wie Hanna sogar selbst noch auf der Herfahrt in den Taunus gehört hatte. Von Räumfahrzeugen keine Spur. *Vielleicht wird es noch eine ganze Weile dauern, bis sich jemand um diesen abgelegenen Landstrich kümmert … da wäre es fast besser, hier zu übernachten, wenn ich sowieso morgen um acht Uhr wieder hier in der Klinik sein muss*, dachte Hanna.

Sie würde Russo am nächsten Morgen in der Rufus-Baldachin-Klinik befragen. Man hatte beschlossen, ihn – unter deutlich strengeren Auflagen – dort zu belassen, da eine Unterbringung in der Psychiatrie in Russos Fall der normalen Untersuchungshaft vorzuziehen war.

Jedenfalls hatte Hanna keine Lust, bis nach Frankfurt zurückzufahren, wenn die Straßen in der näheren Umgebung überhaupt nicht geräumt waren. Das war viel zu gefährlich bei ihren Winterfahrkünsten. Und es schneite jetzt noch dickere Flocken.

Aber Hotels gibt's hier natürlich nicht, dachte sie, als sie das Auto am vermuteten Bordstein der Cleeberger Hauptstraße parkte, der genauso unter der Schneedecke verborgen lag wie die Straße selbst.

Hanna stieg aus dem Volvo und schaute sich um. Vorsichtshalber nahm sie ihren Rucksack von der Rückbank. Den hatte sie für alle Fälle, samt Kulturbeutel, Schlafanzug und frischer Unterwäsche, stets dabei. Es war Ende Februar und um 20 Uhr somit längst stockdunkel, nur im Licht der Straßenlampen wirkte die Luft vom dicht wirbelnden Schnee ganz weiß.

Größtenteils waren es Fachwerkhäuser, die links und rechts des Straßenrandes aufragten. Aufgrund der zahlreichen Bauernhäuser und Hofreiten erahnte Hanna, welche Bedeutung die Landwirtschaft einmal für Cleeberg gehabt haben musste.

Kurz nach dem Ortsschild befand sich auf der linken Seite eine Gaststätte. Hanna hatte das beim Vorbeifahren registriert, und nun wollte sie nachsehen, ob es dort Fremdenzimmer gab.

Die Tafel mit der Aufschrift »Zum Dorfbrunnen« war beleuchtet und mit dem Wappen der Licher Brauerei ausgestattet. Doch nach Bier hatte Hanna jetzt absolut kein Verlangen. Ihr Blick fiel auf die Speisekarte neben der Gaststättentür, wobei ihr plötzlich klar wurde, wie hungrig sie war. Seit ihrem Frühstück – ein Brötchen mit Gouda und zwei weichgekochte Eier – hatte sie nichts mehr gegessen.

Ein Schwall warmer Luft schlug ihr entgegen, als sie die Tür öffnete. Die Gaststube war rappelvoll, was vermutlich daran lag, dass heute niemand mehr das Dorf verlassen konnte, sofern er nicht zufällig einen Schneepflug besaß. Außerdem war die Gaststätte sicher der beste Ort, um etwas über Marie Herrendorf und ihren Tod zu erfahren. Das galt sowohl für die Dorfbewohner als auch für sie selbst.

Das gleichmäßige Raunen der Gespräche verstummte beinahe vollständig, als Hanna den Raum betrat. Wahrscheinlich war sie als fremde junge Frau eine Rarität im Dorfbrunnen. Den überwiegend männlichen Gästen verschlug es jedenfalls kurz die Sprache.

»Guten Abend!«, sagte sie freundlich, und nach allseitiger Erwiderung ihres Grußes nahm man die Gespräche wieder auf und begnügte sich damit, hin und wieder verstohlene Blicke auf Hanna zu werfen, die sich auf einen Barhocker gesetzt hatte und auf die Bedienung wartete.

Die Kellnerin nahm im hinteren Teil der Gaststube Bestellungen entgegen. Sie teilte sich die Arbeit mit einem älteren Mann, den Hanna für den Wirt hielt. Er hatte einen großen Bauch, dünnes graues Haar, ein rotes Gesicht und trug eine Brille mit Goldrand.

»Bin gleich bei Ihne«, rief der mutmaßliche Wirt Hanna zu und warf schnell zwei Dartpfeile auf die Zielscheibe. Offenbar hatte er gut gezielt, denn die Mitspieler staunten, stöhnten und klopften ihm auf die Schulter, als er sich an ihnen vorbei hinter die Theke schob, wo er vor dem Zapfhahn stehen blieb und Hanna in breitem Hessisch ansprach. »Was darfs dann sei?«

»Eine Zitronenlimonade«, sagte sie.

»Sprite hätte ich da.«

»Ja, egal, irgendwas in der Art.«

»Groß oder klein?«

»Groß«, sagte Hanna.

»Sie sitze fest, gelle?«, fragte der Wirt, während er eine Flasche Sprite aus dem Kühlschrank holte, sie war vor Kälte angelaufen.

»Sieht man mir das direkt an?«

»Nee, nee, das net, ich kann aber eins und eins zusammezähle. Sie komme ja net von hier, tauche allein im Dorfbrunne uff …, das passiert ja net so oft bei uns. Und wenn mer sich dann mal das Schneechaos da drauße anguckt, kann mer sich de Rest schon denke.«

»Ja, stimmt. Ich sitze fest in Cleeberg und brauche ein Bett und was zu essen«, sagte sie. Sofort wurde ihr aus der Dartspielerecke ein Angebot unterbreitet.

»Was? Sie brauchen ein Bett? Ich bin ja immer sehr hilfsbereit«, rief einer der Männer.

»Aber du hast ja gar nichts zu essen daheim«, entgegnete ein anderer und erntete das Gelächter seiner Kollegen.

»Einfach net beachte, die bekomme selten ma echte Fraue zu sehen, so was Schickes wie Sie kenne die nur ausm Fernseh«, sagte der Wirt.

»Ach, kein Problem«, sagte Hanna und winkte ab. Während ihrer Zeit bei der Polizei hatte sie gelernt, mit Provokationen und Respektlosigkeit umzugehen.

»Wir ham n Koch, der noch bis elf in de Küch steht und lecker Esse macht, außerdem hammer auch zwei Gästezimmer. Mit Frühstück kost die Stubb 40 Euro.«

»Kann ich mir das Zimmer ansehen?«, fragte Hanna.

»Ei, klar, wenn des Licht net kabbut is! Dann komme se gleich mit«, sagte der Wirt. Er führte Hanna an einigen voll besetzten Tischen vorbei. An einem spielte eine Gruppe alter Männer ein Würfelspiel. Sie waren wirklich alt, alle zwischen siebzig und neunzig, schätzte Hanna. An einem anderen Tisch wurde gegessen. Hanna riskierte einen Blick auf die Teller und fand das Jägerschnitzel sehr appetitlich. Auch die Pommes sahen knusprig und lecker aus. Der Feldsalat hingegen wirkte, als würde er unter den Massen einer Schmandlawine ersticken.

Sie gingen durch eine Hintertür, eine Treppe mit ungefähr zehn Stufen hoch und standen vor einem Zimmer, das von außen erst mal nicht als Fremdenzimmer zu erkennen war. Im Inneren war es ordentlich und geräumig. Es roch etwas muffig, was sicherlich der seltenen Benutzung des Raumes geschuldet war. Staubränder umgaben die Wassergläser auf dem Tisch. Auf der Fensterbank lagen drei tote Fliegen.

»Gibt's hier WLAN?«

»Ja, Sie könne das von de Kneip benutze. Ich schreib Ihne de Code unne auf n Bierdeckel. Sie wollte ja noch was esse, gell?«

»Ich nehme das Jägerschnitzel mit Pommes«, sagte sie, »und das Zimmer auch. Bevor ich Kopf und Kragen riskiere, bleib ich die eine Nacht lieber hier.«

»Ja, ja, nee, also aus m Ort hinausfahrn könne Se heut eh vergesse. Die Straße sind alle gesperrt. Teilweise n halbe Meter Schnee«, sagte der Wirt, »und wenn Se net fahrn müsse, dürfe Sie auch Bier trinke. Wie kommts dann eigentlich, dass Sie ausgerechnet hier in Cleeberg festsitze?«

»Ich hatte beruflich hier zu tun«, sagte sie.

Er sah sie abschätzend an. Hanna hoffte, er werde es dabei belassen. Es war durchaus von Vorteil, sich undercover in einer

Dorfkneipe aufzuhalten, einen Tag, nachdem in diesem Dorf ein Mord stattgefunden hatte. Falls der Wirt es aber später doch genauer wissen wollte, würde sie es ihm sagen müssen. Sie konnte ja schlecht erzählen, sie arbeite bei der Müllabfuhr, wenn sie am nächsten Tag möglicherweise zu einer offiziellen Befragung in den Dorfbrunnen käme. Doch der Wirt interessierte sich nicht weiter für ihren Beruf.

»Ich bin de Klaus«, sagte er stattdessen und reichte ihr die fleischige Hand. Er trug ein T-Shirt vom Schnitt Nachthemd, auf dem irgendeine Comicfigur aufgedruckt war, die man aber aufgrund der Wölbung seines Bauches schlecht erkennen konnte.

»Ich bin Hanna«, sagte sie.

»Gut, dann geh ich mal unne Bescheid sage wehe dem Schnitzel. Auch Salat?«

»Nein, keinen Salat bitte. Oder haben Sie vielleicht ein leichtes Essig-Öl-Dressing?«

»Klar, ich mach Ihne des sogar persönlich«, sagte Klaus.

Hanna wusste nicht, ob sie sich darüber freuen sollte. »Super, gut! Und ein Bier, ein großes«, sagte sie. »Wie lange dauert's ungefähr?«

»Das Bier?«

»Nein, das Essen.«

»Ja, ich weiß, kleiner Spaß am Rand, hehehe.« Klaus legte den Kopf abschätzend auf die Schulter. »Viertelstund, sag ich mal.«

Hanna wollte bei MOKO-Messenger in der Dienstgruppe nach neuen Berichten zum Fall sehen. Diese App war im Übrigen Hubers Errungenschaft. Kilian Huber war ihr Chef und ein interessanter Typ, aber als Vorgesetzter bislang etwas zu unberechenbar, fand sie. MOKO-Messenger war extra für die Polizei mit einer speziellen Technik verschlüsselt worden. So war der Datenschutz gewährleistet und der Informationsaustausch gleichzeitig beschleunigt. Sobald jemand einen Bericht verfasst, eine Aussage aufgenommen oder Ergebnisse zu präsentieren hatte, sandte er sie an die Gruppe. Auf diese Weise konnte jeder Beteiligte stets die aktuellen Entwicklungen abrufen und seine Überlegungen aufgrund der neusten Faktenlage anstellen. Wirklich eine gute Sache, fand Hanna.

Sie holte den Laptop aus der Tasche, doch dann fiel ihr ein, dass sie den WLAN-Code noch nicht hatte. *Verdammt, dann eben nach dem Essen.*

Neben den Berichten der Kollegen erwartete sie auch mit Spannung, was in den von Roth übermittelten Textausschnitten und der weitergeleiteten E-Mail stehen würde, die Marie Herrendorf geschrieben hatte.

Um überhaupt zu ernsthaftem Nachdenken fähig zu sein, musste sie allerdings zuerst etwas essen. Sie schaute auf die Uhr. Es war noch nicht so weit. Also ging sie ins Badezimmer, um zu überprüfen, ob sie etwas für ihr Äußeres tun musste. Da klingelte ihr Mobiltelefon. Es war ihr Chef.

»Herr Huber.«

»Frau Blum?«

»Ja, genau«, sagte Hanna.

»Wie laufen die Ermittlungen?«

»Na ja, momentan stecken sie sozusagen fest. Im Schnee. Hier ist alles lahmgelegt, ich übernachte im Gästezimmer einer Kneipe.«

»Oh, kommen Sie klar?«

»Ja, natürlich, das ist zwar kein Viersternehotel, aber ich hab meinen Kulturbeutel dabei.«

»Ah, sehr gut! Was gibt's denn, mal abgesehen von Ihrem Kulturbeutelstatus, sonst noch so Neues? Im Fall Herrendorf was gehört?«

Hanna brachte Kilian Huber auf den neusten Stand: »Die Tote lag am Fuße eines alten Steinbruches, der sich im Wald nahe der Rufus-Baldachin-Klinik befindet. Sie war höchstwahrscheinlich bereits tot, als sie hinunterfiel. Die Fußspuren des Hauptverdächtigen Santiago Russo führten vom Fundort der Leiche direkt in sein Schlafzimmer«, berichtete Hanna.

»Nun, das hab ich ja alles schon mitbekommen. Find ich wirklich seltsam.«

»Morgen ist Russo wieder vernehmungsfähig. Um acht Uhr bin ich bei ihm in der Klinik. Danach kann ich mehr sagen.«

»Gut, gut, aber morgen haben Sie auch noch einen anderen Termin«, sagte Huber, und Hanna meinte einen herausfordernden Unterton in seiner Stimme wahrzunehmen.

»Was für einen?«

»Die Obduktion von Marie Herrendorf! Einer von uns muss dabei sein, und diesmal sind es eben Sie. Kein anderer ist verfügbar, und Sie sind sowieso drin im Fall, da bietet sich das an. Morgen um 16 Uhr. Hoffentlich sind die Straßen bis dahin auch im Hinterland wieder frei.«

»Ja, hoffentlich«, sagte Hanna, obwohl ein Teil von ihr sich wünschte, es möge noch viel mehr schneien. Aber das war natürlich Quatsch, es war sehr unprofessionell, und in jedem Job gab es Dinge, die man weniger mochte. *In meinem Job muss ich eben dann und wann dabei zusehen, wie man einen Menschen ausweidet,* dachte sie. Sie hatte wirklich mit sich zu kämpfen, wenn vor ihren Augen ein menschlicher Körper zerteilt wurde. Das ging ihr sozusagen an die Nieren. Doch Obduktionen gehörten zu den Pflichten, die ein Kripobeamter eben manchmal ausüben musste, und deswegen würde sie es einfach hinter sich bringen. Außerdem, und das war im Grunde verrückt an dieser Situation, kannte Hanna sich auf dem Gebiet der Forensik und Gerichtsmedizin exzellent aus. Theoretisch wusste sie in manchen Fällen sogar mehr als ihr Vater, und der war seit einem halben Jahrhundert am toten menschlichen Körper tätig. Schon als Kind hatte sie ganze Buchpassagen aus Papas Werken zitiert und mit Stellen daraus so manchen Kindergeburtstag in ungeahnt makabre Richtungen gelenkt. Sie hatte immer Ärztin werden wollen, und das Zeug dafür besaß sie laut ihrem Vater bereits mit zwölf Jahren. Mit sechzehn war es für Hanna kaum auszuhalten gewesen, dass vor dem Medizinstudium zuerst das allgemeine Abitur anstand. Für Hanna reine Zeitverschwendung. Dann nahm sie mit achtzehn erstmals an einer Obduktion teil. Das veränderte alles. Sie wusste danach, dass sie es nicht fertigbringen würde, selbst Menschen aufzuschneiden, weder tot noch lebendig, und es folgte eine große Sinnkrise, die bis zu dem Tag anhielt, als ihr die Idee kam, Polizistin zu werden. Und das war sie nun eben, eine Polizistin, und morgen würde sie wieder bei einer Obduktion dabei sein. *Ich ziehe es einfach durch, ist ja nur ab und zu. Vielleicht bin ich mittlerweile etwas abgehärtet*, dachte sie. Das wäre dann ihre vierte Obduktion, seit sie den Polizeidienst angetreten hatte.

»Und bitte speisen Sie doch auch alle neuen Informationen, die Sie zum Fall haben, in unsere MOKO-Messenger-Gruppe ein, damit alle auf dem neuesten Stand sind. Nur so kann das System funktionieren«, sagte Huber.

»Darf ich zuerst noch was essen?«, fragte Hanna.

»Ja, natürlich«, antwortete Huber lachend. »Sie können jetzt übrigens auch Audiodateien verwenden, um Nachrichten zu hinterlassen. Einfach eine Audiodatei hochladen, oder direkt als Sprachnachricht im Chat. So sparen wir uns eine Menge Zeit.«

Hanna gefiel der Ansatz im Grunde sehr gut. Das war ein Fortschritt. Bei Kilian Huber konnte es eben bloß passieren, dass aufgrund seiner manchmal recht manischen Art von heute auf morgen eine noch neuere Idee umgesetzt werden sollte und deshalb viele Überstunden anfielen.

»Dann mach ich später eine Sprachnachricht. Aber jetzt muss ich wirklich zuerst essen.«

»Alles klar, weiterhin viel Erfolg, Frau Blum, ich setze auf Sie«, sagte Huber und legte auf.

Hanna machte sich frisch, sie zog sich eine neue Bluse an, wusch sich das Gesicht, schminkte sich dezent und kämmte ihr Haar. Nachdem sie alles erledigt hatte, war die Zeit zum Gehen aber immer noch nicht gekommen. *Wie lang fünfzehn Minuten sein können,* dachte sie. Ihr Magen knurrte zustimmend.

Kaum hatte Hanna sich in der Gaststube an ihren Platz gesetzt, da stellte Klaus ein großes goldenes Bier mit schneeweißer Schaumkrone vor ihr auf den Tisch. Dazu einen Teller mit einem stattlichen Stück Fleisch und eine Schüssel mit Salat.

»Schmecke lasse«, sagte Klaus.

»Danke schön!« Hanna schnitt sich ein Stück Schnitzel ab. Die Panade war kross, das Fleisch nicht zu dick und saftig. Auch die Soße schmeckte kräftig und schien mit echtem Bratensaft aufgekocht. Mit dem Essen war sie also rundum zufrieden. Sie nahm einen großen Schluck aus ihrem Glas und spießte ein paar Pommes auf ihre Gabel. Auch das Bier tat jetzt sehr gut.

Ihr Tisch befand sich zwischen dem Club der alten Männer und einer achtköpfigen Gruppe aus Frauen und Männern. Sie waren im Alter von Ende zwanzig bis Ende vierzig und hatten bereits gegessen. Nun saßen sie gesellig beisammen, tranken Schnaps, schwatzten und löffelten ihren Nachtisch.

Je nachdem, worauf Hanna ihre Aufmerksamkeit lenkte, begriff sie recht gut, was an diesem oder jenem Tisch gesprochen wurde. Gerade hatte sie sich ein Portion Feldsalat in den Mund gestopft, als ein bestimmter Name fiel und ihr

Mund automatisch das Kauen einstellte. Am Tisch der jüngeren Gesellschaft redete man über Marie Herrendorf! Hanna lauschte, spitzte die Ohren, hielt den Atem an, bekam aber dummerweise nur Fetzen des Gespräches mit. Marie Herrendorf, ein lebenslustiges, fleißiges Mädchen sei sie gewesen. Auf keinen Fall habe man ihr den Reichtum angemerkt, sie sei damit ganz anders umgegangen als der Vater. Nie und nimmer sei Marie lebensmüde gewesen, stellte eine der Frauen fest, und außerdem nicht so dumm, grundlos im alten Steinbruch herumzuklettern. Schnell wurde man sich einig: Der Tod von Marie musste die Folge eines Verbrechens sein und die Mehrheit vermutete den Täter in der Rufus-Baldachin-Klinik. Höchstwahrscheinlich einer der Insassen. Hanna hörte nun allerlei Tiraden über die »Psychos«, die manchmal im Dorf auftauchten. Man bekundete, immer schon kein gutes Gefühl wegen dieser »Klapsmühle« gehabt zu haben. Man müsse ja um das Wohl der Kinder fürchten und so weiter. Das Gespräch glitt ab zum Thema Psychiatrie im Allgemeinen, und Hanna nutzte die Gelegenheit, um sich schnellstens ein paar Bissen schmecken zu lassen.

Das Schnitzel hatte sie beinahe geschafft, da hörte sie den Namen Benedek Roth aus dem Stimmengewirr der Gaststube heraus. Er kam vom Seniorentisch. Einer der alten Männer erzählte, man verdächtige einen von Benedek Roths Patienten, Marie Herrendorf ermordet zu haben. Hanna erstarrte so abrupt, dass es ihr schwerfiel, die Gabel nicht klirrend auf den Teller fallen zu lassen. Wie zum Teufel ging das? Auf welchem Weg hatte diese Information so schnell die Runde gemacht? Außer den Fallbeteiligten und einigen Mitarbeitern der Psychiatrie wusste niemand von Russos Fußabdrücken. Darüber wunderte Hanna sich. Doch das Wundern nahm damit noch kein Ende. Im Gegenteil. Der alte Mann, der mit seiner gräulichen Hautfarbe mehr tot als lebendig wirkte, stellte nun eine haarsträubende Theorie auf, die ebenfalls Benedek Roth betraf. Hanna saß in günstiger Position zum Sprecher. »Wir hatten seit Jahrzehnten keine unnatürlichen Todesfälle in Cleeberg«, hörte sie den Alten mit brüchiger Stimme sagen. Doch diese Brüchigkeit war körperlich bedingt, eine mechanische Verschleißerscheinung. An Überzeugung für die eigenen Worte mangelte es nicht. »Es hat sich nicht mal einer totgefahren in letzter Zeit! Kein Selbstmord, kein Unfall. Aber kurz bevor dieser Roth zugezogen ist, passiert das mit Katharina Mohl ...« Der Alte hielt inne. Er ließ der Geschichte Zeit. Er wollte sie besonders gut erzählen und seine Worte wirken lassen. »Die Mohl ist elendig in ihrem Gartenhüttchen verbrannt und nur wenig später kauft Roth ihr Haus. Zufall?« Der Alte machte eine weitere dramaturgische Pause. Seine Augen suchten die Gesichter am Tisch nach Reaktionen ab. »Jetzt ist die kleine Herrendorf gewaltsam zu Tode gekommen. Eine junge Cleebergerin. Und einer von Roths Patienten ist der Hauptverdächtige. Zufall? Wer weiß, vielleicht hat er ihn irgendwie manipuliert ... Mit Hypnose oder starken Tabletten, was weiß man schon? Schließlich hat er das studiert, Leute zu beeinflussen, oder? So oder so, er hat irgendwie mit beiden unnatürlichen Todesfällen zu tun, zumindest gibt es mit beiden Opfern Berührungspunkte«, behauptete der alte Mann. Er sah wirklich ziemlich krank aus, wie Hanna zum wiederholten Male feststellte. Doch obwohl das ausgezehrte Gesicht und der knochige Körper mit den spitzen Schultern seinen baldigen Tod anzukündigen schienen, huschten die grünblauen Augen mit einer Lebendigkeit von Freund zu Freund, dass man glauben konnte, seine kranke Erscheinung sei bloß eine raffinierte, lebensechte Maske, wie sie heutzutage in Filmen verwendet wurde. Auch die Schnelligkeit seiner Gedanken und seine Art zu sprechen wirkten bei Weitem nicht so alt und hinfällig wie sein Äußeres. Ein bisschen gruselig, fand Hanna, aber es war nicht völlig auszuschließen, dass seine Behauptungen einen wahren Kern besaßen. Aus diesem Grund würde sie in Ruhe über seine Worte nachdenken müssen. Es konnte absoluter Zufall sein, aber seltsam wirkte das schon, ja. *Zwei unnatürliche Todesfälle. Von einer kauft er das Haus, bei der anderen ist sein Patient der Hauptverdächtige* … Das hatte der Alte gut erfasst. Nun wollte sie die E-Mail von Marie Herrendorf noch dringender lesen. *Die E-Mail, auf die er mich wohl nicht aufmerksam gemacht hätte, wenn irgendwas Belastendes drinstehen würde.*

Nachdem sie gegessen hatte und die Gespräche an den Nachbartischen zu anderen Themen gewechselt waren, holte sie sich den versprochenen WLAN-Code von Klaus ab. Er hatte ihn schon mit Kugelschreiber auf einen Bierdeckel gekritzelt. Dann ging sie nach oben auf ihr Zimmer.

Klaus hatte erklärt, Speisen und Getränke würden am Ende mit dem Zimmer zusammen abgerechnet.

Das Netz war oben nicht besonders schnell, aber für ihre heutigen Zwecke ausreichend. Bevor sie es vergaß, wollte sie als Erstes nach Informationen zu dem Brand schauen, bei dem die Vorbesitzerin von Roths Anwesen ums Leben gekommen war. Sie hatte den Namen in ihr Handy getippt, weil sie fürchtete, ihn zu vergessen. *Katharina Mohl.*

Bei Google suchte sie nach Ergebnissen zu »Tote Brand Katharina Mohl Cleeberg« und erhielt etliche Treffer. Es waren Zeitungsberichte, Forenbeiträge und Bilder, und zum größten Teil betrafen sie die Zeit, in der Katharina Mohl noch gelebt hatte. Hier, im Internet, hatte sie ihre Spuren hinterlassen. Aber primär interessierte sich Hanna für den Tod dieser Frau. Sie las einen etwas reißerischen Artikel aus einem Onlinemagazin. Es war zwar kein sachlicher Bericht über den Brand mit tödlichem Ausgang, aber ein paar Informationen bot er.

In Cleeberg, einem Dörfchen im Taunus, nutzten die Bewohner den 15. September, um ihre Gärten umzugraben, Äcker zu bestellen und die vielleicht letzten Grillpartys des Jahres zu feiern. Überall roch es nach reifen Äpfeln, gepflügter Erde, Zwiebeln und Holzfeuer. Ein beschaulicher Sommerabend im hessischen Mittelgebirge – bis zu jenem Augenblick, als eine dunkle Rauchwolke über die Dächer emporstieg und sich ein Geruch unter die ländlichen Spätsommerdüfte mischte, der die Dorfbewohner nervös machte.

Unverkennbar wurde der Himmel vom Schein eines mächtigen Feuers erhellt. Minuten später gellte bereits die Sirene der freiwilligen Feuerwehr durch den Ort und fast genauso schnell verbreitete sich die Nachricht, dass die Gartenhütte der Familie M. lichterloh brannte. Die Menschen waren aus ihren Häusern und Gärten gelaufen, standen mit bangen Blicken auf der Straße und redeten aufgeregt durcheinander, manche weinten sogar.

Obwohl die Cleeberger Feuerwehr ihr Bestes gab, endete das Unglück in einer Tragödie: Nicht nur die Hütte ist vollständig abgebrannt, sondern auch deren Besitzerin, Katharina M., Professorin für Physik und Chemie, wurde ein Opfer der Flammen. Das ganze Dorf befindet sich im Schockzustand. Für die Ursache des Feuers gibt es bislang keinen Hinweis. Die Polizei hat die kriminaltechnische Ermittlung aufgenommen.

Hanna schloss die Seite und öffnete eine neue. Der Artikel war eine Woche später datiert als der vorangegangene, doch er brachte ihr nichts Neues. Sie stöberte weiter, bis sie in einem Onlinebeitrag einer Tageszeitung fand, was sie gesucht hatte.

> *(…) Laut Aussage des obduzierenden Gerichtsmediziners Dr. Mattes war Katharina M. bereits tot, als das Feuer ausbrach. Das habe sich aufgrund fehlender Rußpartikel in den oberen Atemwegen feststellen lassen, so der Arzt. Eine von der Staatsanwaltschaft eingeleitete zweite Obduktion brachte kein Licht ins Dunkel. Der Zustand der Leiche sei problematisch gewesen und habe einige Analysen unmöglich gemacht. Ein Gewaltverbrechen sei nicht auszuschließen, aber mit den verfügbaren Methoden könne man keine hinreichenden Beweise erbringen (…)*

Hanna suchte weiter. Da es sich nicht um den aktuellen Fall handelte, war das eigentlich nicht ihre Aufgabe, doch der Alte vom Greisenstammtisch hatte ihr einen Floh ins Ohr gesetzt.

Im jüngsten Bericht, den sie fand, wurde der Fall Mohl beiläufig als »nicht abgeschlossen« bezeichnet. Sie fragte sich, wer damals die Ermittlungen geleitet hatte, und beschloss kurzerhand, sich danach zu erkundigen. Aber nun war es Zeit, sich schleunigst mit dem Tod von Marie Herrendorf zu befassen. *Der MOKO-Messenger! Ich soll ja noch die Sprachnachricht schicken …*

Sie brachte diese Pflicht hinter sich und las sich durch die Berichte der Kollegen im Bereich »Gruppenmedien«, die leider nichts Erhellendes brachten. Anschließend wollte sie die von Benedek Roth weitergeleitete E-Mail öffnen und stellte fest, dass dies nicht möglich war. *Na ganz toll! Wirklich super, Herr Professor …* Roth hatte die E-Mail offenbar mit einem Passwort verschlüsselt. *So ein Mist. Ist ihm das versehentlich passiert oder bin ich zu blöd, irgendwas Offensichtliches zu erkennen?* Sie versuchte es erneut. *Fuck!* Sie ärgerte sich. Sie musste diese E-Mail lesen. Nach der wilden Theorie des Alten in der Gaststube umso dringender. Aber egal, was sie anstellte, es gelang ihr nicht, das Ding zu öffnen. »So ein Scheiß, ey!«, fluchte sie laut, stand auf und ging nervös im Zimmer auf und ab. Sie hatte Roths aktuelle Telefonnummer nicht. Gerüchten zufolge gab es nur wenige, die sie kannten. Natürlich wäre es möglich gewesen, die Nummer im Handumdrehen rauszubekommen. Ein Anruf auf der Dienststelle hätte genügt. Doch Hanna wollte Roth nicht vor den Kopf stoßen, da sie sich von ihm noch wertvolle Ideen bezüglich Santiago Russo erhoffte. Da wäre es nicht gut gewesen, ihn in seiner Privatsphäre zu stören. Er bekam wahrscheinlich auch keine Nachricht auf sein Handy, wenn Post in seinem E-Mail-Account eintraf. Zumindest hatte Hanna nicht viel Lust, den ganzen Abend auf eine eventuell eingehende E-Mail-Antwort zu warten.

Er hätte bestimmt keine belanglose Mail weitergeleitet, er hat sich ja was dabei gedacht, also … Mit einem Mal kam ihr die Idee, einen kleinen Spaziergang zu machen. Vielleicht brannte bei Roth noch Licht. Vielleicht traf sie ihn zufällig. *Aber wenn man um 22 Uhr diese Glocke zum Bimmeln bringt, verdirbt man es sich wahrscheinlich mit der gesamten Nachbarschaft,* dachte sie. Die elektronische Klingel hatte Roth jedenfalls außer Betrieb gesetzt, das war ihr vorher aufgefallen. Und Roth hatte es nicht sehr liebevoll getan. Wo zuvor ein Klingelknopf gewesen war, hatten bloß noch ein paar Drähte aus der Wand gestanden. Betrachtete man den von allen Seiten abgeschirmten Hof, die »Geheimnummer« des Psychologen und die entfernte Türklingel, machte es nicht unbedingt den Eindruck, als sei er scharf auf Gäste. *Allerdings kommt es natürlich darauf an, wer ihn besucht*, dachte Hanna. Doch davon abgesehen würde es bestimmt schön sein, am späten Abend durch ein verschneites, fremdes Dörfchen zu spazieren. Ein bisschen frische Luft täte ihr gut, und ihre Gedanken bekämen etwas mehr Raum zur Entfaltung als im Gästezimmer des Dorfbrunnens.

Kapitel 4

Die Cleeberger hatten die Bürgersteige größtenteils vom Schnee befreit. Das gelbliche Licht der Straßenlampen und der Schnee erzeugten eine fast märchenhafte Stimmung. Schmale Fachwerkhäuser mit engen Höfen, in die wohl selbst im Sommer kaum Sonnenlicht eindrang, verschneite Vorgärten, die zu weiter oben gelegenen Häusern gehörten und terrassenförmig an den Hängen angelegt waren. In manchen Fenstern hingen noch die Lichterketten der Weihnachtszeit, es fuhren keine Autos, kein Mensch war zu sehen.

Hanna spazierte die Hauptstraße entlang, ungefähr einen halben Kilometer immer bergauf. Über dem alten Dorfkern thronte die Burg, das Wahrzeichen Cleebergs. Sie war von außen beleuchtet, wie man es von Sehenswürdigkeiten gewohnt war, doch auch im Inneren brannten Lichter. Das war ein recht ungewöhnliches Bild, fand Hanna. Es wirkte, als sei die Burg noch bewohnt, und das konnte durchaus so sein. Hanna wusste es nicht. Die Vorstellung, selbst dort oben aus dem Fenster zu schauen, während im Hintergrund die Kinder spielten und ein Kaminfeuer prasselte, wurde für einen Augenblick in ihr lebendig. Eine eigene Familienburg auf einem uneinnehmbaren Hügel. Es waren jedoch nicht die Burg und nicht die heimeligen Lichter in deren Fenstern, die ihr ein tiefes Seufzen abrangen, als sie sich von dem schönen Gedanken verabschiedete. Es waren die fröhlichen Kinderstimmen im Hintergrund, die noch eine Weile lang in ihrem Kopf nachhallten.

Als sie Roths Hof erreicht hatte, brannte dort hinter keinem der Fenster Licht. Weder im Haupthaus noch im Kornspeicher. Hanna schlenderte die Front des Grundstückes an der Hauptstraße entlang, bog links in eine Nebengasse. Zwischen Roths Autogarage, deren Zufahrt in jener Nebengasse lag, und einer immergrünen Hecke klaffte ein schmaler Spalt. Auf den ersten Blick schien er nicht viel breiter als dreißig, vierzig Zentimeter zu sein, aber er war auf der einen Seite nur von einer nachgiebigen Hecke begrenzt. Soweit Hanna nichts übersah, gab es außer dieser Möglichkeit keine andere Stelle, von der aus man in Roths Hof sehen konnte. Bloß musste man sich erst mal eine Garagentiefe weit durch diesen Spalt hindurchquetschen.

Als sie nur kurz ausprobieren wollte, ob man prinzipiell durchschlüpfen konnte, klappte es gleich so gut, dass der Rückzug schon sehr bald keinen Sinn mehr ergab. Allerdings fragte Hanna sich beim Vorankämpfen doch immer drängender, was genau sie eigentlich vorhatte. Roth war nicht verdächtig und sie im Grunde auf einem privaten Abendspaziergang. Wie zur Hölle kam sie dazu, hier einen auf Geheimagentin zu machen und sich in ein privates Anwesen einzuschleichen? Das große Bier und die seltsame Ausnahmesituation im eingeschneiten Cleeberg mussten sie in Abenteuerlust versetzt haben. Außerdem wollte sie wissen, was es mit der verschlüsselten E-Mail auf sich hatte. Genau, deshalb war sie hier.

Und deshalb hängst du hier im Gebüsch? Hallo? Das ergibt überhaupt keinen Sinn!

Als sie sich – um den Preis einiger Kratzer und Schrammen – bis zum Zaun vorgearbeitet hatte, beschleunigte sich ihr Herzschlag. Roth saß auf einem Schaukelstuhl vor seiner

Feuertonne und starrte gedankenversunken in die Flammen. Auf seinem Schoß lag ein Buch, oder ein Notizblock. Der Schnee im Hof war so hoch, dass die Kufen des Schaukelstuhls halb darin verschwanden. Hanna freute sich, Benedek Roth zu sehen, auch wenn sie nicht wusste, wieso überhaupt. Gleichzeitig fühlte sie sich jedoch ein bisschen schäbig. Sie würde sich jetzt zurückziehen und versuchen, ihn durch Klopfen gegen das Hoftor auf sich aufmerksam zu machen. Sie wollte diese E-Mail von Marie Herrendorf lesen und wissen, was genau es damit auf sich hatte. Die Glocke war eindeutig zu laut. *Aber selbst wenn es privat wäre, könnte man eigentlich um diese Uhrzeit bei keinem Fremden mehr anklopfen*, dachte sie, jedoch nur, um den Gedanken sofort wieder beiseitezuschieben. Entschlossen wie sie war, riss sie sich beim Rückwärtsgehen die Kleidung an der Hecke und am Rauputz der Garage auf, machte sich jedoch trotz dieses neuen »used looks« unverdrossen in Richtung Hoftor auf. Die brennende Tonne stand nicht weit vom Tor entfernt. Vielleicht fünfzehn Meter. Roth hörte keine Musik. Wenn sie ordentlich gegen das Holz klopfte, wäre sie schwer zu überhören. Es war 22.10 Uhr, aber sie konnte behaupten, sie habe einen flackernden Schein unter dem Tor gesehen. »Und als gute Polizistin hab ich direkt geschaltet und im Wissen um die Feuertonne scharfsinnig kombiniert, dass wahrscheinlich jemand im Hof ist und Feuer macht«, würde sie sagen.

Hanna klopfte drei Mal mit den Knöcheln der rechten Hand gegen das Hoftor. Sie wusste nicht, ob es laut genug gewesen war. Wie bei ihrem ersten Besuch lauschte sie in die Stille. Sie klopfte erneut, und diesmal folgte sofort eine Reaktion.

»Hallo?«, rief Benedek Roth. Offenbar war er sich nicht sicher, ob er sich das Klopfen bloß eingebildet hatte.

»Hanna Blum noch mal«, erwiderte sie, von der plötzlichen Notwendigkeit, etwas zu sagen, überrumpelt.

»Warten Sie, ich komme!«, rief Roth.

Die kleine Tür ging auf und Roth sah sie mit seinen wachen und freundlichen Augen an. Er lächelte verschmitzt. »Haben Sie aber Glück, dass ich gerade im Hof bin«, sagte er.

»Wollte mir die Beine vertreten, hab zufällig den Schein des Feuers unter dem Hoftor gesehen.«

»Haben Sie nicht.«

Hanna war verdattert. »Wie?«

Sein Lächeln wurde noch spitzbübischer. »Sie haben da ein paar Lorbeerblätter im Haar.«

Hanna wurde rot. Sie sagte »Ach so«, strich sich diverse Pflanzenteile, unter denen auch ein paar Ästchen und eine vertrocknete Lorbeere waren, vom Kopf und lächelte verlegen. Dann zuckte sie mit den Schultern und sagte: »Ich wollte nur sehen, ob Sie noch wach sind. Es tut mir leid. Ihre E-Mail war verschlüsselt, und das ist ja die reinste Festung, die Sie hier haben. Ich wollte nicht umsonst klopfen und womöglich noch die Nachbarn wecken.«

Roth nickte. »Alles gut, kommen Sie rein.« Nachdem er die Tür geschlossen und verriegelt hatte, fielen ihr plötzlich die Verdächtigungen aus dem Dorfbrunnen ein, Roth habe mit beiden unnatürlichen Todesfällen in Cleeberg in den letzten Jahren irgendwie zu tun. Doch ihr Instinkt sagte etwas völlig anderes. Sie fühlte sich kein bisschen bedroht von ihm.

Vom Tor aus hatte Roth durch den Schnee Wege zu allen vier Gebäuden freigeschoben, nur in der Mitte des Hofes war die weiße Pracht unberührt.

»Versuchen Sie, Heizkosten zu sparen, indem Sie den ganzen Winter im Schaukelstuhl vor der Feuertonne sitzen?«

»Nein, aber das ist tatsächlich ein angenehmer Nebeneffekt. Das Feuer lasse ich von Anfang Dezember bis Ende Februar nicht ausgehen. Die ganze Scheune liegt voll mit alten Brettern und Balken. Schon allein deshalb bin ich die meiste Zeit hier draußen, wenn ich nicht schreibe. Ich gebe dem Feuerwesen in meiner Tonne Nahrung. Ich brauche Platz in meiner Scheune!«

Hanna warf einen Blick auf das Notizbuch in seiner Hand. »Aber hier draußen schreiben Sie offensichtlich auch.«

»Im Freien kommen die Ideen, deshalb ist das hier immer dabei.« Er hielt das Notizbuch hoch. »Aber momentan mache ich mir Stichpunkte zur abschließenden Überarbeitung meines aktuellen Krimis. Da fehlt bloß noch der letzte Schliff. Das Ding wird richtig gut! Dieses Mal auf jeden Fall.«

Roth war redselig. *Vielleicht hat er schon was getrunken*, vermutete Hanna. Er warf ein Ästchen ins Feuer und sah mit großen, glänzenden Augen zu, wie es in Flammen aufging. Sein Blick wirkte leicht entrückt.

Er hat mit Sicherheit was getrunken!, dachte sie. *Außerdem hat er ganz offensichtlich eine Schwäche für Feuer.* Der Artikel über den Brand kam ihr in den Sinn, bei dem die Vorbesitzerin des Anwesens ums Leben gekommen war. *Ein Gewaltverbrechen sei nicht auszuschließen,* erinnerte sie sich. *Der Zustand der Leiche sei problematisch gewesen und habe einige Analysen unmöglich gemacht.*

Ich gebe dem Feuerwesen in meiner Tonne Nahrung. Hanna schüttelte die Gedanken ab und kam nochmals auf die E-Mail zu sprechen.

»Die Mail ist passwortgeschützt«, sagte sie.

»Ja, ach Mist, echt, das tut mir leid! Das passiert manchmal, weil ich beruflich von der Klinik aus oft E-Mails verschicke. Die müssen immer verschlüsselt sein. Aus purer Gewohnheit verschlüssele ich hin und wieder auch meine privaten E-Mails.«

»Ah … ich hatte mich schon gewundert.«

»Ich sende Ihnen die Mail noch mal unverschlüsselt.«

»Gut!«

»Sehr unglücklich gelaufen, dass Sie jetzt deshalb extra noch mal herkommen mussten.«

»Na ja, genau genommen war ich nicht so weit weg. Die Straßen sind gesperrt. Ich schlafe im Dorfbrunnen.«

»Was?« Roth machte ein erstauntes Gesicht.

»Viel Auswahl gab es nicht«, sagte sie.

Er sah wieder in die Glut. Hanna beschloss, einen Vorstoß zu wagen.

»Wissen Sie eigentlich etwas über das Feuer damals, ich meine den Tod von Frau Mohl?«

Roth starrte weiter in die Tonne, als hätte er die Frage gar nicht wahrgenommen. Doch dann, nach einer Weile, sagte er: »Sie wollte den Hof nicht verkaufen, obwohl es das begehrteste Grundstück im ganzen Dorf war. Schon damals stand es eine Zeit lang leer. Man hörte schließlich, sie wolle es zuerst grundsanieren, modernisieren und dann teuer vermieten oder verkaufen. Kurz darauf ist sie gestorben, und seitdem ich es gekauft habe, verbreiten gewisse Leute Gerüchte, ich wäre irgendwie in dunkle Machenschaften verstrickt und auch in den Tod von Katharina Mohl natürlich. Und das nur, weil ich am schnellsten geschaltet habe, als das Haus im Internet zum Verkauf stand.«

»Welche Leute?«

»Eigentlich geht es nur von einem einzigen Mann aus, aber seine Freunde verbreiten den Mist offenbar auch gern. Immer wieder dieselbe Leier. Aber das wurde ja damals auch bei den Ermittlungen schon alles abgefragt.«

»Ist der Mann alt?«

»Ja, Mitte achtzig, vielleicht auch älter.«

»Eingefallene Wangen wie ein Totenkopf und die Haut genauso bleich wie sein Haar?«

»Woher wissen Sie das?«

»Ich gucke eben nicht bloß durch Ihr Gebüsch«, sagte Hanna, worauf Roth kurz und krachend lachte.

»Das ist eben der Vorsprung der jüngeren Generation. Friedhelm Sänger, so heißt er, ist höchstwahrscheinlich gar nicht bewusst, dass es Immobilienscout 24 gibt. Oder überhaupt so was in der Art. Sänger hatte wohl den Hof für seine Nachkommen ausgespäht und war schon längere Zeit scharf darauf, ihn zu bekommen. Bloß wollte Katharina Mohl damals ja nicht verkaufen. Ich bin zu der Zeit jeden Tag von Frankfurt mit dem Auto hergefahren, in der Klinik hatte ich gerade erst zu arbeiten angefangen und dort habe ich dann auch gleich mitbekommen, dass es einen tödlichen Brandfall im Ort gab und das Opfer Besitzerin einer sehr schönen Hofreite war. Ich hab schon vorher jeden Tag im Netz nachgeschaut, weil mir das ewige Pendeln auf die Nerven ging. Ich hab mir sogar Nachrichten senden lassen, wenn im gesuchten Umkreis eine neue Immobile zum Verkauf angeboten wurde. Dafür hatte ich zwei Apps auf dem Handy. Das ging dann alles ganz schnell. Und weil ich damit – wenn auch völlig unbewusst – seine Pläne durchkreuzt habe, macht Friedhelm Sänger mich jetzt bei den Leuten im Dorf schlecht. Aus Rache. Und ich soll mich nicht willkommen fühlen. Nicht ankommen. Wahrscheinlich hofft er, ich würde freiwillig wieder wegziehen, nur weil vier, fünf Opas mich schief angucken, wenn ich durchs Dorf gehe. Vielleicht erzählt er auch bald noch, ich hätte Marie Herrendorf vom Steinbruch geschubst«, sagte er verächtlich.

Unabsichtlich zog Hanna die Augenbrauen nach oben.

Benedek Roth war ein begnadeter Menschenleser. Das hatte ihn über die Grenzen seines Fachgebietes bekannt gemacht. Und Hanna Blum war eine schlechte Pokerspielerin.

»Das hat er nicht wirklich erzählt?«, fragte Roth mit entgleisten Gesichtszügen.

Hanna zuckte mit den Schultern. Intuitiv hätte sie Roth gern wiedergegeben, was sie im Dorfbrunnen gehört hatte, doch aus dienstlichen Gründen durfte sie das eigentlich nicht. Die Situation war ihr unangenehm. Roth spürte das offensichtlich.

»Ich will's gar nicht wissen. Es sind sowieso immer dieselben, die seine Geschichten glauben. Aber manchmal kann es auch nützlich sein, im Dorf die Ohren offen zu halten, es kommt ganz darauf an, wer der Ursprung der Informationen ist. Ich habe aus verlässlicher Quelle gehört, es habe einen Konflikt zwischen einem Mann, vermutlich Araber, und Wiegand Schmeichel gegeben, wobei es um eine angebliche Affäre mit Marie Herrendorf gegangen sei.«

»Eine tätliche Auseinandersetzung?«

»Nein, es blieb wohl bei derben Worten und Drohungen. Das Ganze soll vor dem Hof der Herrendorfs stattgefunden haben und die einzige Zeugin ist eine junge Frau, die freiwillig bei der Pferdepflege hilft.« Er drehte sich um und ging in Richtung Scheune. »Wollen Sie auch ein Bier?«

»Nicht im Dienst, also ja.«

»Heißt das, immer wenn Sie nicht im Dienst sind, trinken Sie Bier?«

»Nein, in Wirklichkeit eher selten. Und nie sehr viel.«

Das Scheunentor stand offen, ein riesiges schwarzes Maul, das Roth verschluckte. Ein Rascheln in der Dunkelheit. Er machte sich nicht die Mühe, die Handytaschenlampe zu benutzen. Alles blieb vollkommen dunkel und still, bis Roth mit zwei Halbliterdosen in den Händen auftauchte.

»Hoffentlich mögen Sie Dosenbier«, sagte er und reichte ihr eins.

»Ja, das erinnert mich an meine Jugend.«

»Na dann … auf die Jugend!«, sagte Roth und stieß seine Dose gegen ihre.

»Ja, auf die Jugend!«, sagte Hanna.

Das Bier schmeckte gut, es war gar nicht so kalt, wie sie erwartet hatte. Offenbar herrschten in der Scheune gemäßigtere Temperaturen.

Als hätte er Hannas Gedanken gelesen, sagte Roth: »Der alte Rübenkeller ist optimal für Bier. Im Sommer kühl, im Winter nicht so kalt.«

»Sie haben doch eben von einer Zeugin erzählt. Kennen Sie ihren Namen?«

»Ja, zufällig ja«, sagte Roth. »Sie heißt Rebecca Wessel, wohnt hier im Ort.«

»Wie kommen Sie denn an solche Informationen?«

»Im Dorf wird geredet.«

Hanna trank einen großen Schluck. »Marie hatte also womöglich eine Affäre mit einem Araber, während sie mit Wiegand Schmeichel zusammen war?«

»Seines Zeichens Vorsitzender in einem Verein der neuen Rechten«, ergänzte Roth.

»Ist das so bekannt?«

»Nein, ich habe etwas recherchiert. Zu Marie Herrendorf.«

»Sie haben recherchiert? Wieso das denn?«

»Aus reinem Interesse. Weil sie mir ja auch die E-Mail geschrieben hat«, sagte Roth.

Hanna grinste. »Ihr Interesse kann wertvoll sein. Den Namen des vermeintlichen Liebhabers von Marie, also des Arabers, kennen Sie aber nicht, oder?«

»Da muss ich passen!«

Hanna ließ die Informationen einen Moment auf sich wirken.

Sie nickte langsam vor sich hin, wie sie das manchmal tat, wenn sie nachdachte, und sah dabei ins Feuer. Wobei sie das mit dem Nicken eigentlich nur machte, wenn sie sich unbeobachtet fühlte, oder bei Menschen, denen sie vertraute, und Roth kannte sie im Grunde kaum.

Das Bier und das lodernde Feuer, die alten Backsteinmauern ringsum und der Schnee, alles wirkte so entspannend. Spontan wagte sie, das Gespräch in eine bestimmte Richtung zu lenken.

»Macht Ihnen der Job eigentlich Spaß? Wenn ich mal so fragen darf.«

»In der Klinik?«

»Dass sie Spaß am Schreiben haben, weiß ich ja. Also ja, der Job in der Klinik.«

»Natürlich macht mein Beruf mir Spaß.«

»Und wenn ich Ihnen jetzt eine Frage zu Santiago Russo stelle, die sie nur beantworten müssen, wenn die Antwort gut für ihn wäre? Hätten Sie an so einem Spielchen Interesse?«

»Lassen Sie mal Ihre Frage hören«, sagte Roth grinsend und setzte die Bierdose an.

»Wie erklären Sie, dass er am Fundort der Leiche ist und anschließend nach Hause geht, seine Schuhe ordentlich unters Bett stellt, seine Hose und sein T-Shirt gefaltet über die Stuhllehne hängt, er sich dann hinlegt und einfach schläft? Was denkt er sich dabei, das niemandem zu melden?«

Roth überlegte einen Moment. Dann sagte er: »Die Fußspuren zeigen doch, dass Santiago nicht einen Gedanken daran verschwendet hat, sich verdächtig zu machen. Ansonsten hätte er doch versucht, irgendwie einen Umweg zu gehen und seine Spuren zu verwischen. Nachdem er begriffen hat, dass die Frau tot war, wollte er einfach nur noch ins Bett. Er wusste, dass seine Nerven eine Nacht im Polizeirevier nicht durchstehen würden, und er war zudem unschuldig. Er ging einfach nach Hause und legte sich ins Bett, so wie er es oft macht, wenn's Stress gibt. Santiago kann schlafen wie nur wenige in der Rufus.«

»Gut, gut, ich rede ja morgen mit ihm«, sagte Hanna.

»Tun Sie das.«

In Bezug auf Santiago Russo war Roth ein Klotz. Er mochte ihn wohl sehr. Allerdings hatten seine Erläuterungen zu Russos Gründen für sein seltsames Verhalten durchaus etwas Logisches gehabt. Hanna fiel noch etwas anderes ein. »Erzählen Sie mir doch vielleicht schon mal persönlich, worum es in der E-Mail und in den Texten geht, dann habe ich es als Audiodatei und als Textdokument in meinem Kopf gespeichert.«

Roth lächelte. »Schöne Vorstellung. Aber die Texte möchte ich nicht für Sie interpretieren, das sollten Sie selbst tun.«

»Dann möchte ich ganz einfach wissen, warum Sie denken, die E-Mail wäre wichtig genug, um sie an die Polizei weiterzuleiten.«

»Sie stammt vom Opfer, sie ist aktuell. Man spürt in den Zeilen, wie wichtig ihr dieser Nachlass auf meinem Kornspeicher war. Diese seltsame Dringlichkeit einer jungen Frau, an alte, eigentlich wenig spektakuläre Schriften zu kommen, um die Erinnerung an die Vergangenheit hochzuhalten, das kommt mir im Zusammenhang mit dem Inhalt der Texte von Ludwig Bern doch bemerkenswert vor.«

»Beinhalten die Texte rechtes Gedankengut?«

Roth nickte. »Sie stammen aus der Nazizeit. Bern war bei der NSDAP. Wie kommen Sie darauf?«

»Nur so eine Idee. Aber was sollte Maries politische Gesinnung mit ihrem Tod zu tun haben?«

»Mit ihrem Tod möglicherweise nichts, aber mit ihrem Charakter. Und in meinen Augen ist es hilfreich, sich den Charakter des Opfers genauer anzuschauen, damit Sie sich besser in dessen Lage versetzen können.«

»Das natürlich«, sagte Hanna nachdenklich. »Denken Sie bitte daran, mir gleich die E-Mail noch mal unverschlüsselt zu senden, ja?«, bat sie.

Das Bier war fast leer und ein nächstes würde sie nicht trinken. Es war schon spät, und sie wollte Roth nicht länger davon abhalten, seinen Feierabend zu genießen oder vielleicht ein paar letzte Notizen zu machen.

»Mache ich direkt, wenn ich reingehe.«

»Gut, aber ... Wäre es denn frech, zu fragen, wann das ungefähr sein wird. Nur grob, damit ich weiß, ob es sich lohnt, noch wach zu bleiben.«

Roth grinste. »Wissen Sie was, ich gehe kurz rein und erledige das jetzt gleich. Sonst vergesse ich es später vielleicht doch noch.«

Hanna lächelte. »Danke, das ist sehr nett. Ich mache mich dann auf den Weg.«

»Das sollte kein Rauswurf sein.«

»Nein, nein, Quatsch! Ich wollte sowieso gehen. Bin Ihnen ja sehr dankbar, dass Sie um diese Uhrzeit überhaupt noch aufgemacht haben«, sagte sie lächelnd.

Zum Abschied gaben sie sich die Hand, und bevor sie ging, fiel Hanna noch etwas ein. »Würden Sie mir vielleicht mal Ihre Telefonnummer geben? Für den Fall, dass noch Fragen aufkommen und ich zufällig gerade nicht im Dorfbrunnen residiere?«

Kapitel 5

Im Dorfbrunnen war nicht mehr viel los. Drei versprengte Einzelkämpfer harrten auf ihren Barhockern aus und hielten sich an ihren Biergläsern fest. Es lief Musik und es durfte anscheinend geraucht werden, denn das tat jeder im Raum. Die Rentner waren nach Hause gegangen. An deren Tisch saß nun ein Pärchen in den Fünfzigern vor schal gewordenen Weizenbieren und vollem Aschenbecher. Die Dartspielerecke war nahezu verwaist. Bloß ein einziger Mann spielte gegen sich selbst. Klaus, der Wirt, sah ihm dabei zu und trank Obstbrand, den er sich offenbar selbst spendierte. Die Musikrichtung identifizierte Hanna als Neue Deutsche Welle. Der Song hieß »Major Tom«, aber es dauerte einen Moment, bis ihr der Interpret einfiel. Hanna wollte sich nicht länger als nötig in dieser Räucherkammer aufhalten. Sie erinnerte sich daran, wie normal es früher gewesen war, in einer Gaststätte zu rauchen. Nun kam sie sich durch diesen blauen Dunst und den Liedtext vor wie auf einer Zeitreise. Sie musste die gesamte Gaststube durchqueren, um in ihr Zimmer zu gelangen. Der Dartspieler, den Bewegungen nach ebenfalls schon *völlig losgelöst*, grinste Hanna mit einem nicht gerade subtilen Augenzwinkern an. Er wollte »Konversation« machen. Sie übersah den verunglückten

Versuch großzügig und fand sich kurz darauf in ihrem Zimmer vor dem Bildschirm ihres Laptops wieder.

Als sie ihr E-Mail-Postfach öffnete, blinkte an oberster Stelle die nochmals weitergeleitete Mail von Benedek Roth. Im Anhang befanden sich laut Ordnernamen Auszüge aus Ludwig Berns Texten. Doch die würde sie später ansehen. Zuerst las sie die Nachricht von Marie Herrendorf an Benedek Roth.

> *Sehr geehrter Herr Roth,*
> *mein Name ist Marie Herrendorf und ich wohne mit meiner Familie ebenfalls in Cleeberg. Mir ist zu Ohren gekommen, dass Sie im Besitz des Nachlasses des Schriftstellers Ludwig Bern sind. Nun ist es so, dass ich der Idee verfallen bin, in unserer alten Scheune ein Heimatmuseum einzurichten, da wir auf unserem Hofgut eine Menge alter Schätze gefunden haben. Bekannte und Freunde aus dem Ort, die von der Idee mit dem Museum wissen, haben mir bereits diverse Gegenstände, Fotografien und Dokumente zur Verfügung gestellt. Die Texte von Ludwig Bern liegen mir allerdings besonders am Herzen, ich habe bereits einige seiner Romane mit großem Interesse gelesen und nun finde ich es einfach unglaublich spannend, eventuell an unveröffentlichte Texte von ihm zu kommen. Doch auch über Exemplare bereits veröffentlichter Werke würde ich mich sehr freuen, vor allem wenn es sich um solche handelt, die im Buchhandel nicht einmal mehr antiquarisch zu erhalten sind, wie beispielsweise der Roman »Das größte Joch«.*
>
> *Ich hoffe, Sie verstehen meine Neugier auf Altes und …*

Bei dieser Zeile fiel der Groschen. Hanna spürte in fast allen Zeilen den Drang der E-Mail-Schreiberin, durch literarisch angehauchte Formulierungen eine besondere Nähe zu Benedek Roth herzustellen. Von Kollege zu Kollege. Sie wollte ihn davon überzeugen, eine Verwandte im Geiste zu sein, um eine positive Antwort wahrscheinlicher zu machen. Im Rest der Mail bat sie höflichst um die Herausgabe der Schriften zum Zwecke, sie für die Nachwelt aufzubewahren und sie der Öffentlichkeit zugänglich zu machen.

Die Texte von Ludwig Bern beziehungsweise die Auszüge daraus, die Roth im Anhang mitgesandt hatte, wirkten auf Hanna weniger spannend. Blumige Beschreibungen der ländlichen Heimat wechselten sich mit gesellschaftlichen Betrachtungen ab. Der Autor hatte seine persönliche Meinung nur sehr unzureichend in den Figuren und Szenen verschleiert. Ansichten, die während des Dritten Reichs von den Anhängern der Nazis vertreten wurden. Nichts Erhellendes, nichts Aufwühlendes, nichts Neues. Natürlich überflog Hanna die Schriften vorläufig bloß, doch dabei fand sie nichts, was wirklich besonders war. Wahrscheinlich hatte die Besonderheit der Schriften für Marie Herrendorf ganz einfach in der Tatsache gelegen, dass Bern als Autor über die hessischen Grenzen hinaus einen gewissen Bekanntheitsgrad erreicht hatte und somit möglicherweise auch Menschen in das geplante Heimatmuseum hätte locken können, die nicht aus der direkten Umgebung kamen.

Bei der Recherche zu Wiegand Schmeichel fand sie bestätigt, was Harald Herrendorf über ihn gesagt hatte: Schmeichel machte kein Geheimnis aus seiner rechten Gesinnung. Gab man im Internet den Namen Wiegand Schmeichel ein und klickte auf »Bilder«, spuckte die Suchmaschine Ergebnisse aus, die den Mann hauptsächlich in Gesellschaft Gleichgesinnter zeigten: noch deutlich jünger auf Demos inmitten von waschechten Neonazis, die Plakate mit Aufschriften wie »1488 – deutsches

Land für deutsches Blut« trugen, und das waren noch die harmloseren. Auf den aktuelleren Fotos dagegen sah man ihn häufiger im Kreise von geschniegelten Neurechten, die – wie Hannas weitere Recherche ergab – ihre Botschaft weniger plump verpackten und in ihren YouTube-Beiträgen von Umvolkung, europäischer Identität und schleichender Islamisierung sprachen. In einem der Videos stellte Schmeichel sich selbst als ersten Vorsitzenden der »Vereinigung junger Deutscher« vor. Anschließend hielt er einen fünfminütigen Monolog, in dem er darstellte, welche Ziele die Vereinigung verfolgte. Für Hanna waren diese Ziele recht einfach zusammenzufassen. »Deutsches Land für deutsches Blut« war auch hier ganz klar das Anliegen, nur eben weniger radikal verpackt.

Zwei Punkte gingen Hanna besonders penetrant durch den Kopf, nachdem sie den Laptop ausgeschaltet und sich zum Nachdenken aufs Bett gelegt hatte. Erstens: Es war kein Wunder, dass Wiegand Schmeichel Marie Herrendorf den Kopf verdrehen konnte, denn Aussehen und Aura des jungen Mannes erinnerten an einen Hollywoodstar. Zweitens: Mit über 100 000 Abonnenten bei YouTube und Videos, die teilweise über eine Million Mal angesehen wurden, war er ganz eindeutig in der Lage, eine ganze Menge mehr Köpfe zu verdrehen.

Am nächsten Morgen klingelte Hannas Wecker um sieben Uhr. In einer Stunde würde das Treffen mit Santiago Russo in der Rufus-Baldachin-Klinik stattfinden, und falls die Straßen dorthin noch nicht befahrbar waren, konnte sie die Klinik auch zu Fuß noch pünktlich erreichen. Allerdings nur, wenn sie nicht den Fehler machte, die Schlummertaste zu drücken.

Sie schwang sich aus dem Bett, um mit einer schnellen Dusche ihren Kreislauf anzukurbeln. Einen Kaffee, der dafür noch wichtiger war als die Dusche, bekäme sie hoffentlich von

Klaus, denn zum Bezahlen hatte sie sich sowieso auf 7.30 Uhr mit ihm verabredet, weshalb sie sich nun sputen musste.

Obwohl der Kaffee gut schmeckte, konnte sie die Tasse nicht leertrinken, da ihr der Geruch nach abgestandenem Rauch und kaltem Fett in der morgendlichen Gaststube auf den Magen schlug. Müde stapfte sie also durch das noch in Dunkelheit liegende Dorf, dessen Straßen über Nacht vom Schnee freigeräumt worden waren. Dafür türmten sich nun meterhohe Wälle an den Rändern der Gehwege, und Hanna wähnte sich im Skiurlaub, während sie auf die Stelle zuging, an der sie ihr Auto geparkt hatte.

Der Volvo sprang einwandfrei an. Vorsichtig machte sie sich auf den Weg in Richtung Klinik, denn die Räumfahrzeuge hatten nicht nur Streugut, sondern auch jede Menge Sülze auf der Fahrbahn hinterlassen.

Graubraunen Schneematsch zu beiden Seiten des Volvos spritzend, fuhr sie problemlos bis auf den Parkplatz der Rufus.

Drohend ragte der Wald hinter der Klinik auf, als Hanna auf das Portal zuging. Mit langsam dahinziehenden grauen und weißen Wolken trug der Himmel das seine zu dem düsteren Spiel bei, sie trieben ineinander und vermischten sich zu freudlosen Gebilden. Hanna hasste Kliniken, und dies nicht erst, seit sie ihren Vater in einem kargen Hinterhofgebäude der Uniklinik über Wochen hin hatte eingehen sehen wie eine Pflanze ohne Licht. Die Abgestumpftheit in den Blicken von Ärzten, Krankenschwestern, Pflegern und Psychologen, der Geruch nach Desinfektionsmitteln und wässrigem Kaffee, das Geklapper der Essenswagen, all das hatte Hanna schon als Kind gehasst, ohne dass sie es hätte erklären können. Der

Rufus-Baldachin-Klinik hingegen fehlten sämtliche dieser negativen Attribute. Im Eingangsbereich hatte Hanna eher das Gefühl, ein Grandhotel zu betreten. Der Kaffee roch nicht wie die dünne Brühe im Todestrakt der Uniklinik, sondern nach frisch gerösteten Bohnen. Die Schwestern wirkten wie Servicekräfte der gehobenen Gastronomie und Chefarzt Dr. Schwennsen spielte die Rolle des Hoteldirektors. Er begrüßte Hanna mit gebleichtem Lächeln und dem Gestus eines Mannes, der alles im Griff hatte, und führte sie durch die Räumlichkeiten, als wäre sie daran interessiert, die Klinik zu kaufen. Vor dem Raum, in dem Russo wartete, verabschiedete er sich jedoch von ihr.

Russos Zimmer bot einen herrlichen Ausblick in eine Fichtenschonung, doch der schmächtige Mann saß auf dem Bett und starrte gegen die Wand. An einem Tisch mitten im Raum wartete einer der Klinikangestellten gemeinsam mit Russo auf Hannas Ankunft. Ein Mann Ende dreißig, schätzte Hanna. Als sie das Zimmer betrat, stand er auf und streckte ihr lächelnd die Hand entgegen.

»Christopher, ich sollte mit Herrn Russo auf Sie warten«, sagte er. Die Augen des Mannes waren wasserblau und wirkten kühl in dem fahlen Gesicht. Die Haare hätten die eines Nordafrikaners sein können, kraus und dunkel, wie sie waren, passten sie nicht zu der sonst so blassen Gestalt. Insgesamt wirkte der Mann kränklich.

»Hanna Blum, Polizei Frankfurt«, entgegnete die Kommissarin. »Sind Sie hier als Pfleger eingestellt?«, erkundigte sie sich höflich.

»Nein, ich habe Sozialarbeit studiert, in Siegen, sogar noch auf Diplom, aber in den meisten Einrichtungen wird man trotzdem nur als Erzieher eingestellt und bekommt dementsprechend weniger Lohn«, sagte er.

»Ach …«

»Ja, das ist wirklich so! Ich meine, wofür studiert man denn eigentlich, wenn man am Ende nicht mehr verdient als jemand, der nicht studiert hat?«

Hanna nickte verständnisvoll, schwieg aber, um dem Sozialarbeiter zu signalisieren, dass sie sich nun um Russo kümmern wollte. Christopher plapperte munter weiter: »Einmal hab ich im Kindergarten gearbeitet, volle Stelle, Nerven und Ohren total überlastet und am Ende des Monats 1 600 Euro netto. Das ist doch lächerlich, oder nicht? Schließlich sind die Kinder doch die Zukunft, und als ich noch in der Schule war, hat man schon behauptet, wir wären die erste Generation, die es zu nichts bringen würde. Da frag ich mich doch, wenn man nur billige Kräfte einstellt und an den falschen Stellen spart …«

»Äh … Herr …«, unterbrach Hanna den Redeschwall des Mannes.

»Christopher«, sagte er.

»Das ist Ihr Nachname?«

»Nein, aber ich mag meinen Vornamen und vor allem das Du einfach lieber. Hab ja verstanden, Sie müssen jetzt Ihre Befragung durchführen«, antwortete er und zwinkerte mit dem rechten Auge, als hätten er und Hanna ein gemeinsames Geheimnis.

»Genau«, bestätigte sie. Christopher, der studierte Sozialarbeiter ohne Empathie, nickte. »Und deshalb würde ich Sie auch bitten, uns jetzt allein zu lassen …«, fügte sie an.

»Ach so, natürlich, ja«. Er schüttelte den Kopf über seine eigene Schläfrigkeit. Dann sah er zu Russo, der während des Small Talks zwischen ihm und der Polizistin stoisch auf seiner Bettkante gewartet hatte. »Bis gleich dann«, sagte Christopher, bekam von Russo ein rudimentäres Nicken als Antwort und verschwand auf den Flur.

Das Zimmer des Verdächtigen erinnerte wirklich in keiner Ecke an die üblichen Patientenzimmer einer psychiatrischen Klinik. Das Boxspringbett und die moderne und liebevolle Einrichtung ließen den Eindruck entstehen, man sei zu Gast bei Freunden. Bei reichen Freunden.

»Hallo, Herr Russo!«

»Frau Kommissarin.«

»Geht es Ihnen heute besser?«

Russo holte schwerfällig Luft, bevor er antwortete: »Nein, ich fühle mich auch heute nicht besonders.«

Hanna zeigte auf einen der beiden Stühle, die an einem Tisch in der Zimmermitte standen. »Darf ich mich setzen?«

»Natürlich.«

Hanna setzte sich und fixierte den Verdächtigen für einige Sekunden wortlos. »Wie ist es mit Ihrer Erinnerung? Was Neues aufgetaucht, oder ist schon längst alles wieder da?«

Russo schüttelte den Kopf.

»Gar nichts?«

»Nein, alles wie ausgelöscht.«

Sie holte einen Umschlag aus der Jackentasche. Darin befanden sich Fotos der drei Frauen, die Russo neben dem Mordopfer ebenfalls abgelichtet und aufgehoben hatte.

»Wie ist es hiermit? Erkennen Sie eine der Frauen?«

»Ja, ich kenne sie von den Fotos, die ich gemacht habe. Aber mit Namen«, er schüttelte den Kopf, »kenne ich keine von ihnen. Wahrscheinlich sind sie hier aus dem Ort, mehr weiß ich auch nicht.«

»Warum haben Sie die Frauen fotografiert.«

»Ich liebe die Schönheit der Natur.«

»Aber Sie haben nicht nur Bäume und Pflanzen fotografiert, sondern auch diese jungen Frauen, von denen eine jetzt tot ist.«

»Für mich gehören Frauen auch zur Natur«, sagte er. »Ich weiß aber, viele können das nicht nachvollziehen, und deshalb ist mir das mit den Fotos sehr unangenehm, weil ich mir jetzt vorkomme wie ein Spanner.«

»Nun, das ehrt Sie, allerdings wäre es doch besser, ein Spanner zu sein als ein Mörder.«

»Ich könnte niemanden umbringen«, sagte Russo nachdenklich.

»Woher wollen Sie das wissen, wenn Sie sich nicht an den Zeitraum erinnern, in dem es passierte?«

»Weil ich zu so etwas nicht fähig bin.«

»Aber man hat Ihre Fußabdrücke am Tatort gefunden.«

»Das habe ich mittlerweile verstanden, Frau Kommissarin.«

»Und Sie streiten nicht ab, dass Sie dagewesen sind?«

»Das weiß ich nicht, aber es wäre theoretisch natürlich gut möglich, da ich an der Grillhütte war, um zu lesen, bevor der Film in meinem Kopf gerissen ist.«

»Genau, und von dort kamen Sie ja auch hierher zurück, das hat man an den Fußspuren gesehen.«

Er zuckte mit den Schultern.

»Sie sagten eben, die Frauen seien wahrscheinlich aus dem Ort. Wie kommen Sie darauf?«

»Weil sie alle regelmäßig diesen Spazierweg durch den Wald gingen.«

Hanna nahm an, dass Russo mit seiner Vermutung recht hatte. Sie würde sich im Dorf umhören und ein paar Leute nach den Frauen auf den Fotos fragen. Allerdings musste sie behutsam vorgehen. Einerseits wollte sie bei den betroffenen Frauen keine Panik auslösen, andererseits fand sie, es sei zwingend notwendig, sie zu warnen.

Ihr Handy vibrierte. Es war die Spurensicherung. Hanna verließ das Zimmer mit der Ankündigung, gleich zurückzukehren. Sie befürchtete, Russo würde in der Stille des Zimmers jedes Wort verstehen, das Kriminaltechniker Brück, der auch nicht gerade die zarteste Stimme besaß, ihr zu sagen hatte. Wie sie dann erfuhr, war das Ergebnis der Untersuchungen absolut eindeutig. Überall auf der Kleidung des Opfers hatte man Russos Hautschuppen und Haare gefunden. Dazu seine Fingerabdrücke und DNA auf Marie Herrendorfs Hals und Gesicht.

Das Ergebnis bezüglich ihres Mopses Willi lag noch nicht vor, da wegen des Schneechaos gestern niemand mehr nach Cleeberg hatte kommen können. Hanna wusste, die Chance, irgendwelche Hinweise im Fell des Hundes zu finden, würden mit jeder Minute sinken.

Sie kehrte ins Zimmer zurück. Santiago Russo hatte sich nicht vom Fleck bewegt.

»Schlechte Nachrichten.« Hanna setzte sich wieder. »Man hat Ihre DNA auf der Kleidung des Opfers gefunden. Außerdem sind Ihre Fingerabdrücke an dessen Hals.«

»Fingerabdrücke?«

Die Miene, mit der Hanna ihn ansah und nickte, war frostig.

Russos Augen, die bis jetzt apathisch gewirkt hatten, wurden klar. In sein Gesicht kehrte das Leben zurück.

»Das macht mir jetzt irgendwie Angst«, sagte er.

Sie nickte. »Kann ich verstehen.«

»Jemand will mir da was anhängen, Frau Kommissarin.« Sein Blick wirkte flehend. »Dass ich bei der Toten im Steinbruch war und vielleicht wegen des Schocks die Erinnerung verloren habe, das kann ich mir noch irgendwie vorstellen. Aber meine Fingerabdrücke am Hals? Wie kommen die da hin?«

»Genau! Das ist die Frage, auf die Sie eine sehr gute Antwort brauchen, um den Verdacht abzuwenden. Jedenfalls werden wir nach der Obduktion heute Nachmittag Genaueres zur Todesursache wissen«, erwiderte Hanna.

Kapitel 6

Auch die Straßen, die aus Cleeberg hinausführten, waren vom Schnee befreit. Nicht einmal Matsch war übrig geblieben, den ihre Reifen durch die Gegend spritzen konnten. Hanna fuhr Richtung Frankfurt, wo um 16 Uhr die Obduktion Marie Herrendorfs stattfinden würde.

Um 15.59 Uhr öffnete sie die Tür zum Sektionssaal. Dort herrschte bereits ein ziemliches Gewusel. Neben dem Rechtsmediziner Nöthen streiften sich mehrere Sektionsassistenten ihre Einweghandschuhe über und machten sich bereit für die Leichenschau. Außerdem waren Staatsanwältin Burkhardt und zwei Kriminaltechniker mit von der Partie. Die Staatsanwältin, zu der Hanna kein besonders herzliches Verhältnis pflegte, stand hager und grimmig am Kopfende des Tisches und hatte die Arme verschränkt. Ihr Gesichtsausdruck wirkte immer, als hätte sie eigentlich Wichtigeres zu tun, und genauso schaute sie auch jetzt drein, als Marie Herrendorfs Leiche vor ihr lag. Hanna fand Burkhardts Miene in diesem Zusammenhang sehr unpassend. *Ein bisschen Pietät würde Ihnen gut stehen, Frau Staatsanwältin,* dachte sie bei sich. Ebenfalls anwesend und mit ähnlich fahlen Gesichtern wie die Tote waren mehrere Medizinstudenten, die in der Rechtsmedizin ein Praktikum absolvierten. Mit bangen Blicken standen sie da und schauten auf den Körper der jungen Frau, der im grellen Licht aufgebahrt war.

Nöthen und seine Assistenten begannen, so war es in der Strafprozessordnung festgelegt, mit der »äußeren Leichenschau«. Jeden Zentimeter des toten Körpers untersuchten sie akribisch nach Spuren und ungewöhnlichen Veränderungen. Der Rechtsmediziner sprach währenddessen immer wieder in sein Diktiergerät. Hanna ging davon aus, dass er sich nur an die Beteiligten wenden würde, wenn er etwas Ungewöhnliches fand.

Sie wagte einen genaueren Blick in das Gesicht der Toten und ließ ihn dann abwärts wandern. An ihrem Hals waren keine Würgemale zu erkennen.

»Schauen Sie mal hier, das könnte auf einen Kampf hindeuten, es könnten allerdings auch bloß Kratzer sein, die sie sich irgendwo sonst zugefügt hat«, sagte Nöthen und zeigte auf einige Striemen an Maries rechtem Arm, etwas oberhalb des Handgelenks. Der angesprochene Assistent nickte und sah sich die Sache genauer an. Er war jung und wirkte deutlich engagierter als Nöthen. »Könnte es nicht auch sein, dass sie versucht hat, irgendwas festzuhalten, ungefähr so?« Er verschränkte die Arme vor der Brust, als umklammerte er etwas Wertvolles. »Und der Mörder hat sie dort gepackt und es ihr aus der Hand gerissen.«

Nöthen nickte nachdenklich. »Gut, Herr Minke, das wäre eine Möglichkeit.«

Hanna malte sich die Situation ebenfalls aus. In ihrer Vorstellung presste das Opfer etwas Wertvolles an die Brust, um es vor dem Angreifer zu schützen. *Aber was? Was ist so wertvoll, dass sie es unter keinen Umständen hergeben wollte?* Alles, was Hanna einfiel, waren die typischen Gegenstände, auf die es Räuber im Allgemeinen abgesehen hatten: Portemonnaie, Handy, Schmuck. Aber Hanna glaubte nicht, dass sich Marie Herrendorf für derartige Gegenstände auf eine lebensgefährliche Auseinandersetzung eingelassen hätte. Geld besaß die Familie doch genug. Nein, es musste etwas von ideellem Wert gewesen sein, das man mit Geld nicht nachkaufen konnte. *Vielleicht hatte sie den Hund auf den Arm genommen, um ihn zu beschützen.* Sie stellte sich Marie wie eine verzweifelte Mutter vor, der man das Kind entreißen wollte.

»Allerdings könnten die Spuren auch von irgendwelchen Fessel- und Sexspielchen stammen«, entgegnete Nöthen, nachdem er den Unterarm des Opfers noch mal genauer betrachtet hatte.

»Auch möglich«, gab Minke zu. »Jedenfalls ist die Verletzung vor Eintritt des Todes entstanden.«

»Das ohne Frage«, bestätigte der ältere Gerichtsmediziner mit väterlicher Anerkennung.

Die eigentliche Obduktion begann im Anschluss an die äußere Leichenschau. Dafür mussten Brusthöhle, Bauchhöhle und Kopf geöffnet werden. Nöthen schnitt die Leiche vom jeweiligen Schlüsselbein bis hinunter zum Nabel auf. Einige Male ertappte Hanna sich dabei, wie sie die Luft anhielt. Nöthen öffnete die Bauchhöhle, durchtrennte Muskeln und entfernte die Rippen. Das schrille Kreischen der elektrischen Säge fuhr Hanna bis ins Mark, ein Schauer lief von oben nach unten über Hannas Körper wie eine kalte Dusche. Sie hatte Gänsehaut. Der Assistent mit der kreischenden Säge machte sich daran, Maries Schädeldecke zu öffnen. Aber bevor sämtliche Organe entnommen, untersucht und anschließend zurück in den toten Körper gelegt werden konnten, ja, noch bevor der Sektionsassistent mit der Säge auch nur den Schädelknochen berührt hatte, schaltete er das Gerät ab. Das Kreischen erstarb, Hannas Gänsehaut verschwand.

»Ich glaube, wir haben da was übersehen«, sagte Minke.

Nöthen zog die Augenbrauen zusammen und ging um die Leiche herum, dorthin, wo sein Assistent auf zwei Verletzungen deutete, welche unter dem verklebten Haar versteckt gewesen waren. Doch jetzt, als Nöthen die Stellen genau betrachtete, die sein Kollege aufgrund verdächtiger Schwellungen rasiert hatte, wusste er sofort, worauf dieser hinauswollte.

»Beide Hämatome deutlich unterblutet«, sagte er.

Alle anderen Schürfwunden und Quetschungen, die Marie Herrendorf bei ihrem Sturz in die Tiefe erlitten hatte, waren hingegen nicht unterblutet, was im Rückschluss zumindest bedeutete, dass die beiden Hämatome, die der Assistent auf ihrem Hinterkopf gefunden hatte, zu Lebzeiten entstanden waren. Mit ziemlicher Sicherheit, darauf würden die Lage und Schwere der Verletzungen hindeuten, seien sie auch die Ursache für ihren Tod, erklärte Nöthen den umstehenden Personen. »Die Frau wurde offenbar durch Schläge mit einem stumpfen Gegenstand getötet. Mindestens zwei auf den Hinterkopf, einer unmittelbar über dem letzten Halswirbel, der andere etwas höher, beide Schläge haben den Schädel mit enormer Wucht und Brutalität getroffen!«

Das war die Neuigkeit, mit der Hanna das Gebäude verließ.

Marie war also erschlagen worden. Diese Tatsache beschäftigte Hanna auch noch am Abend, als sie zu Hause auf dem Sofa lag und den Fernseher tonlos laufen ließ, um sich nicht so allein zu fühlen. Obwohl ihr Feierabend bereits begonnen hatte, teilte sie die Ergebnisse der Obduktion, allgemeine Ideen und

Einschätzungen und ein grob erinnertes Gesprächsprotokoll der Russo-Befragung den Kollegen in der MOKO-Messenger-Gruppe mit. Da sie diesmal keine Dokumente oder Fotos anzufügen hatte, konnte sie alles in Form von Sprachnachrichten loswerden. Kurz darauf ging eine Nachricht der Spurensicherung ein. Im Gegensatz zu ihrer – sie hatte bei der Sprachnachricht geschätzte zehntausend Wörter gebraucht – bestand die Nachricht der Kriminaltechnik aus einem einzigen, abfotografierten Zettel, auf dem handschriftliche Notizen zu sehen waren. Die Essenz der Mitteilung war, dass der Mops Willi keinerlei brauchbare Spuren an sich gehabt habe, man dafür nun aber den tatsächlichen Tatort kenne, den Ort, an dem Marie Herrendorf getötet worden war. Er befinde sich etwa zwei Kilometer vom Leichenfundort entfernt auf einem Schleichweg, so die Techniker. Dort seien Spuren eines Kampfes und ein kleiner Fetzen Papier gefunden worden, welcher offenbar zur Seite eines gedruckten Buches gehörte. Auf dem Stück Papier hätten die Kriminaltechniker Marie Herrendorfs Fingerabdrücke ausfindig gemacht. Aus welchem Buch der Fetzen stamme, sei bisher nicht geklärt worden, und es gestalte sich schwierig, weil bloß ein halber Absatz des Textes darauf zu lesen sei. Hanna war gerade dabei, die Information zu verarbeiten, als wie bestellt ein Foto des Fetzens hochgeladen wurde. Darauf die obersten vier Zeilen einer Buchseite, unter denen schräg die Abrisskante verlief.

Hanna betrachtete das Stück Papier zuerst im Ganzen und vergrößerte dann die Fotografie, um sich den Text genauer anzuschauen:

> *Dass dort seit dem Unglück des Jungen kein Lächeln mehr umging und die Freude ein seltener Gast war, mochte leicht zu erraten sein …*

Hanna hatte nicht die leiseste Ahnung, aus welchem Buch die Zeilen stammten. Der Sprache nach zu urteilen handelte es sich dabei jedenfalls um keinen zeitgenössischen Autor.

Leos Zustand besserte sich nicht, im Gegenteil, mittlerweile hatte man Hannas Teampartner sogar ins Krankenhaus einliefern müssen, dermaßen schlecht ging es ihm. Wie es aussah, hatte er sich keine Magen-Darm-Grippe zugezogen, wie anfangs vermutet, sondern eine Lebensmittelvergiftung. Für Hanna bedeutete es jedenfalls, weiterhin allein zu ermitteln.

Am Tag nach der Obduktion fuhr sie erneut nach Cleeberg. Ihr erster Weg dort führte sie erneut zu Benedek Roth. Um 13.30 Uhr stand sie vor seinem Hoftor. Diesmal hatte sie sich telefonisch angemeldet und Roth gleich bei ihrem Anruf von ihrem Anliegen erzählt. Sie wollte ihm nur schnell die Fotos der drei anderen Frauen aus Russos Sammlung zeigen. Immerhin wohnte der Psychologe seit einer Weile im Dorf, daher war es sehr gut möglich, dass er die eine oder andere der Frauen kannte. Bei ihren bisherigen Zusammenkünften hatte Hanna Roth als recht geradlinig wahrgenommen, deshalb wunderte sie sich nicht, als er direkt heraus zu ihr sagte, dass momentan seine sechsjährige Tochter zu Besuch sei und es ihm nicht so gut passe, in ihrer Anwesenheit über Leichen und Totschlag zu reden. Hanna könne ihm aber trotzdem gern die Fotos zeigen, er werde sie als ehemalige Kollegin vorstellen, die er zum Grillen eingeladen habe. Hanna hatte kein Problem damit. Anscheinend hatte der Mann eine Vorliebe für Feuer im Garten. Erst die brennende Tonne und nun der Grill.

Dieses Mal öffnete er bereits, als sie die Hand zu der dicken Kordel hob, um die Messingglocke am Hoftor zum Bimmeln zu bringen.

»Oh, jetzt doch ein echter Hellseher?«

»Nicht ganz, Ida hat am Fenster gestanden und mir Bescheid gegeben, dass Sie da sind.«

Hanna schaute zum etwa fünfzig Meter vom Hoftor entfernten Fenster und sah ein Mädchen mit blondem Haar, das ihr zuwinkte. Sie winkte zurück und trat dann in den Hof, der sie mit seiner Weitläufigkeit aufs Neue beeindruckte.

»Meine Tochter …«, sagte Roth, als das Mädchen in den Hof gestürmt kam.

»Hallo, ich bin Hanna.« Sie reichte der Kleinen die Hand.

»Ich bin Ida«, sagte das Mädchen, lächelte etwas schüchtern, wobei sie eine Zahnlücke entblößte. Einer der oberen Schneidezähne fehlte.

»Und, bist du schon in der Schule oder noch im Kindergarten?«, fragte Hanna.

»Noch im Kindergarten.«

»Wie man früher so gesagt hat, lernt Ida ab diesem Sommer den Ernst des Lebens kennen«, scherzte Roth und zwinkerte seiner Tochter kumpelhaft zu.

»Oh … das wird sicher spannend. Freust du dich schon?«, fragte Hanna.

»Ja, aber mein Papa hat gesagt, dass er im ganzen ersten Schuljahr drauf gewartet hat, dem Ernst des Lebens zu begegnen, aber weißt du was …?«

»Was denn?«

»Er sagt, er hat ihn bis heute noch nirgendwo entdeckt«, flüsterte Ida, als fürchtete sie, der Ernst des Lebens könnte in der Nähe lauern, ihr Gespräch mit anhören und ihren Papa letztlich doch noch erwischen.

Hanna lächelte die Kleine glücklich an, unvermittelt bemerkte sie einen altbekannten Druck hinter den Augen. Doch dieses Mal wollten die Tränen keineswegs aus Verzweiflung, Wut oder Trauer fließen. Es waren große Freude und Ergriffenheit, die Hanna immer dann zu überwältigen drohten, wenn sie etwas entdeckte, das noch heil und gut war, auf eine Weise wie die blühende Welt voller Liebe, Hoffnung und Wunder, die Hanna als Kind um sich herum gesehen hatte.

»Ach … falls man den mal brauchen sollte, kommt er schnell genug von selbst um die Ecke«, sagte Hanna.

»Hahaha, den Satz schreib ich mir auf, der war echt gut. So ähnlich muss ich den mal in irgendeinem Dialog bringen«, rief Roth.

»Das dürfen Sie gern tun. Ich glaube nämlich, es gibt unendlich viele Dinge im Leben zu entdecken, die interessanter und wichtiger sind als der Ernst des Lebens.«

»Donnerlittchen, da muss ich mich als Schriftsteller fragen, ob ich den falschen Beruf gewählt habe. Für solche Sätze muss ich manchmal eine halbe Ewigkeit nachdenken.«

»Tja, leider kann ich nicht alles machen, wofür ich Talent habe«, entgegnete sie und richtete das Wort wieder an Roths Tochter.

»Die Hauptsache ist, dass du dich auf die Schule freust.«

»Bisschen aufgeregt bin ich aber auch«, sagte Ida.

»Das ist absolut normal«, beruhigte Hanna sie. Sie hatte nichts von Roths Tochter gewusst, bevor er am Telefon von ihr erzählt hatte. »Wie heißt denn deine neue Schule, weißt du das?«

Ida zog die Augenbrauen zusammen und sah ihren Vater hilfesuchend an. »Irgendwas mit Schweiz, glaube ich, oder, Papa?«

»Albert-Schweitzer-Grundschule«, sagte Roth.

»In Frankfurt?«

»Genau, Ida wohnt mit ihrer Mutter und deren Mann zusammen. Aber sie kommt mich zum Glück jedes Wochenende besuchen.«

»Hier kann man wirklich toll spielen«, erklärte das Mädchen und machte eine ausholende Bewegung, die den gesamten Hof umfasste.

»Das reinste Paradies für Kinder«, sagte Hanna.

»Na, ihr versteht euch ja bestens, wie ich sehe. Dann kann ich schnell das Fleisch auf den Grill werfen, oder?«, fragte er Hanna.

»Also von mir aus …«

»Aber nicht meine Schneckenwürste vergessen«, rief Ida ihm nach.

»Natürlich nicht«, sagte Roth.

Der große Gasgrill stand unter dem Vordach des Schuppens gleich neben dem Platz des ehemaligen Misthaufens, der jetzt zur Ablage von Grünschnitt und Gartenabfällen benutzt wurde. Während Roth die Flammen unter Klicken und Zischen entfachte, ließ Ida es sich nicht nehmen, Hanna das Grundstück und auch das Innere des Hauses zu zeigen.

Zuerst führte das Mädchen sie durch die Waschküche und über eine kleine Treppe in die große Küche im Landhausstil, dann durch das Esszimmer und sämtliche Räume der 320 Quadratmeter umfassenden Wohnfläche. Das alte Bauernhaus war geschmackvoll restauriert, wenn auch an einigen Ecken noch nicht ganz fertig. Roth hatte alte Dielenböden freigelegt und aufbereitet, die Wände grob verputzt und weiß gestrichen, während die Fliesen in Küche und Bädern rustikal gehalten waren.

Der Kornspeicher, dessen Eingang auf der Hofseite lag, war vollgestellt mit Kisten und Säcken. Der Raum sah aus wie das Lager eines Trödelhändlers.

»Hier steht das Zeug von den Leuten, die früher hier gewohnt haben. Irgendwelche Verwandten wollten das eigentlich noch abholen, aber ich glaube, da kommt niemand mehr«, erklärte Ida und zuckte mit den Schultern. So, wie Hanna die Lage einschätzte, befand sich hier oben auf dem Kornspeicher auch einiges, das einen gewissen Sammlerwert hatte. Hundert Jahre altes Geschirr, Milchkannen, uralte Rechen mit Holzzinken, das Ölgemälde einer Frau in hessischer Tracht und ganze Kisten voller altertümlicher Gegenstände – unter anderem auch Spielzeug.

»Da hast du sicher schon ein paar Schätze für dich gefunden, nicht wahr?«, fragte Hanna.

Das Mädchen nickte. »Aber das meiste ist eher für Jungs. Die Eisenbahn zum Aufziehen mag ich am liebsten und ein Holzpferd mit Anhänger, aber der Rest hat eigentlich immer mit Schießen und Töten zu tun, und das interessiert mich nicht so.«

»Das ist gut«, sagte Hanna lächelnd. Gemeinsam stiegen sie die knarzende, schiefe Treppe in den Hof wieder hinab.

»Die Würstchen sind gleich fertig«, rief Roth.

»Schon?«

»Ja, du musst deine Hausführungen offenbar etwas kompakter gestalten.«

»Aber wir waren noch nicht mal auf dem Heuschober und in der Scheune«, entgegnete Ida.

»Es gibt jetzt jedenfalls erst mal Essen. Wenn Frau Blum später noch Zeit hat, kannst du ihr die Scheune ja danach zeigen. Und«, fügte er an, »du könntest schon mal den Tisch decken, wenn du Lust hast.«

»Eigentlich hab ich *keine* Lust«, sagte Ida.

»Gut, aber ich muss halt hier das Fleisch umdrehen, ansonsten wird alles schwarz.«

»Und wieso deckst du den Tisch nicht, nachdem du das Fleisch umgedreht hast?«

»Weil es auf der anderen Seite auch schwarz werden kann, sobald ich hier weggehe, aber egal, wenn du keine Lust hast ...«

Roth sah zu Hanna und rollte mit den Augen. »Nächstes Mal muss ich die Frage anders formulieren.«

»Ich mach es ja schon«, brummte Ida.

»Danke, mein Schatz, das ist wirklich lieb.«

Sie saßen im Esszimmer, das sich gemeinsam mit der Küche in einem großen Raum befand. Eine wuchtige Küchentheke, die bloß einen türbreiten Durchgang an der rechten Seite offenließ, sorgte für eine räumliche Trennung. Wie der Boden waren auch der Tisch, die Stühle und der Bauernschrank aus massivem Holz. Es gab Nackensteaks, Schneckenwürste und Bauchscheiben vom Grill. Als Beilage grünen Blattsalat mit Cocktailtomaten, süßen Zwiebeln, Olivenöl und frischem Basilikum. Außerdem Ciabatta mit eingebackenen schwarzen Oliven.

Hanna hatte sich von allem etwas zum Probieren auf den Teller getan, und gerade führte sie den ersten Bissen der von Ida angepriesenen Schneckenwurst zum Mund, als das Mädchen sich räusperte und Hanna nachsichtig, aber doch mit einer gewissen Strenge, ansah.

»Wollen wir nicht zuerst noch beten?«

Hanna zog erstaunt die Augenbrauen nach oben. »Ach so, doch klar, können wir machen«, entgegnete sie und sah verstohlen zu Roth hinüber, dessen Lippen schmal und blass geworden waren.

»Wollen Sie?«, fragte das Mädchen.

Hanna war vollkommen überrumpelt. »Ich?«

»Ja!«, sagte Ida aufmunternd.

»Nun …, wenn ich ehrlich bin, kenne ich gar kein Tischgebet. Nur die aus dem Kindergarten. Jedes Tierlein hat sein Essen …«

»Du musst ja auch gar kein auswendig gelerntes Gebet aufsagen. Gott findet es sowieso viel besser, wenn man ehrlich mit ihm spricht. In eigenen Worten, oder Papa, ist doch so?«

Roth wand sich, er zuckte mit den Schultern. »Aber er wird auch nicht wollen, dass sich Gäste unwohl fühlen, oder? Deshalb schlage ich vor, dass du heute …«

»Ich war letztes Mal schon dran«, sagte Ida.

»Stimmt«, murrte Roth, holte tief Luft und faltete die Hände: »Komm, Herr Jesus, sei unser Gast, und segne, was du uns bescheret hast. Amen.«

»Amen«, bestätigte Ida nickend.

»Amen«, tat Hanna es ihr gleich und schob sich nun endlich etwas von dem Würstchen in den Mund. Ida hatte recht, es schmeckte sehr gut. Der Tomatensalat war offenbar mit einem besonders leckeren Olivenöl angemacht worden. Beim Getränk hielt sie sich diesmal an Wasser.

Nach dem Essen ging Ida in die Scheune, um nach ihrem Schaukelpferd zu sehen, das unbedingt Trinken brauchte. Roth und Hanna blieben am Tisch sitzen. Roth erzählte ihr einige sehr interessante Anekdoten rund um seinen Hof, auch dass der Schriftsteller Ludwig Bern, um dessen Nachlass Marie Herrendorf gebeten hatte, hier viele Jahre ein Fremdenzimmer bewohnt habe, welches im Dachgeschoss gewesen sei. Hanna hörte aufmerksam zu. Als er von einer Holzkiste erzählte, in der sich teilweise Fotografien aus dem 19. Jahrhundert, Postkarten von der Front des Ersten Weltkrieges und Briefe aus der Nazizeit befänden, fielen Hanna die Fotos in ihrer Tasche wieder ein. Und weil Ida gerade noch draußen das Schaukelpferd tränkte, nutzte sie die Gelegenheit, um Russos Sammlung auf den Tisch zu legen.

»Das sind die anderen Frauen, die er fotografiert hat. Ich vermute, sie sind ebenfalls aus Cleeberg und Umgebung. Warum sonst sollten sie hier regelmäßig spazieren gehen? Kennen Sie eine der Frauen?«

Roth wandte sich den Fotos zu und begann im selben Augenblick zu nicken. »Die beiden kenne ich, sogar mit Namen«, sagte er und zeigte auf zwei Blondinen, die sich auf den ersten Blick etwas ähnelten. »Die dritte …« Roth schüttelte nachdenklich den Kopf. »Nein, sagt mir nichts.«

»Und wie heißen die beiden?« Hanna holte ihr Smartphone aus der Tasche, um sich die Namen zu notieren.

Roth tippte auf das Foto mit der etwas rundlicheren Blondine. »Das ist Rebekka Weiß, sie wohnt irgendwo im alten Dorf, in der Turmstraße, glaube ich. Und die andere heißt Rieke Hölz, ebenfalls aus Cleeberg, aber wo sie wohnt, weiß ich nicht genau. Möglicherweise irgendwo im Neubaugebiet.«

Hanna tippte die Namen in ihr Handy und nickte zufrieden. »Ich hätte Sie gar nicht so religiös eingeschätzt«, sagte sie.

»Wie bitte?«

»Wegen des Betens vor dem Essen.«

»Ach du lieber Gott«, sagte Roth. »Das Theater mache ich nur mit, weil ich momentan noch nicht weiß, wie ich damit umgehen soll.«

»Was meinen Sie?«

Roth seufzte tief: »Sie wohnt, wie gesagt, beim Ehemann meiner Ex und der ist ein waschechter Christ.«

»Und das passt Ihnen nicht?«

»Im Grunde habe ich nichts dagegen, wenn meine Tochter christliche Werte wie Nächstenliebe und Vergebung vermittelt bekommt. Allerdings habe ich Probleme damit, ihr bestimmte Fragen zu beantworten. Außerdem habe ich etwas gegen Zwänge«, sagte er.

»Welche Art von Fragen?«

»Fragen, bei denen die Antwort ihrer Mutter immer ›Gott‹ lautet, ich aber lieber etwas anderes antworten würde.«

»Das kann ich gut verstehen«, sagte Hanna, die in ihrer frühen Jugend ebenfalls an den Punkt gekommen war, an dem sie das katholische Weltbild ihrer Eltern infrage hatte stellen müssen. Bis heute hatte sie das Gefühl, in einer komplett anderen Welt als ihre Eltern zu leben.

»Sie sind ja nicht mal katholisch«, sagte er, als hätte er ihre Gedanken gelesen.

»Was denn?«

»Sie sind Mitglieder in einer dieser freien evangelischen Gemeinden, die sich von der Kirche abgewandt haben. In meinen Augen sind die oft schlimmer als die frömmsten Katholiken.«

»Schlimmer inwiefern?«

»Na, extremer.«

»Wirklich? Das hätte ich jetzt nicht gedacht.«

»Viele ihrer Aktionen finde ich wirklich supergut, dass wir uns nicht falsch verstehen. Sie leben oft, was sie predigen. Aber ohne Jesus kommen alle in die Hölle. Punkt. Und das will einfach nicht in meinen Kopf.«

»Ich verstehe genau, was Sie meinen.« Hanna nickte.

Ida stand in der Tür. »Im Garten sind Spuren von jemandem, der da geraucht hat«, sagte sie mit großen Augen.

»Ja …« Roth räusperte sich. »Letzte Woche hatte ich Besuch von Onkel Mika, der raucht doch immer da hinten, weißt du«, sagte Roth, und Hanna war nicht ganz sicher, ob seine Aussage der Wahrheit entsprach.

»Aber da waren auch ganz viele Krähen. Haben geschrien und in alten Äpfeln rumgehackt, die unterm Schnee lagen«, sagte das Mädchen.

»Die haben bestimmt nach Tiefkühlwürmern gesucht«, antwortete Roth.

Ida lächelte, doch dann wirkte sie wieder nachdenklich.

»Aber seit letzter Woche hat es doch ganz viel geschneit. Dann müsste die Zigarette ja eigentlich unter dem Schnee liegen wie die Äpfel.«

Nun wirkte Roth ebenfalls nachdenklich. »Da hast du allerdings recht«, meinte er und sah Hanna an.

»Du könntest ja glatt bei der Polizei anfangen, Ida, sehr scharfsinnig beobachtet«, sagte die Kommissarin lächelnd.

Roth stand auf. »Zeig mal, das will ich selbst sehen. Werden doch nicht irgendwelche Jugendliche heimlich in unserem Garten rauchen?«

»Komm mit, ich zeig es dir«, rief Ida und preschte durch die Waschküche voraus in den Hof.

»Sie haben dort geraucht, stimmt's«, sagte Hanna mit verschmitztem Lächeln zu Roth.

»Nicht, seitdem es geschneit hat. Aber ja, Sie vermuten richtig. Meine Tochter soll nicht wissen, dass ich gelegentlich rauche«, sagte er und folgte Ida nach draußen. Hanna hatte keine Lust, allein in Roths Esszimmer zu warten, und schloss sich den beiden an.

Im Hof, in der Ecke zwischen Plumpsklo und Kuhstall, befand sich ein eisernes Türchen. Ida hatte es bereits geöffnet. Sie gingen vier Stufen hinab und befanden sich in Roths Obstgarten. Dort standen mehrere kleine Bäume. Sauerkirsche, Pflaume und Apfel, wie Hanna erfuhr. Das Stück Land war nur etwa fünf Meter breit und zehn Meter lang, es grenzte rechts an den Garten der Nachbarn und links an Roths Scheune.

»Da, guck, Papa!«, sagte Ida und zeigte auf den Boden.

Die Zigarettenkippe lag auf der obersten Schneeschicht. Sie war halb geraucht und dann weggeworfen worden. Ausgetreten hatte man sie nicht.

»Wirklich sonderbar«, sagte Roth und hob den Stummel auf. Er betrachtete ihn eine Weile mit gerunzelter Stirn. »Das waren bestimmt wieder diese Jugendlichen, die überall ihren Müll liegen lassen.«

»Genau das vermute ich auch«, sagte Ida mit konzentriertem Nicken.

»Ida und ich haben neulich einen halben Tag lang Müll gesammelt und dabei haben wir eine sehr spannende Entdeckung gemacht. Willst du es erzählen, Schatz?«, fragte Roth.

Ida nickte bloß kurz, wobei sie die Augen für eine Sekunde bedächtig schloss, dann erzählte sie die Geschichte, wie sie während des Müllsammeltages mit ihrem Papa ein paar Jugendlichen auf die Schliche gekommen sei, die absichtlich Glasflaschen auf den Boden geworfen und die gesamte Bushaltestelle mit Spuckepfützen und Müll überflutet hätten. »Dann ist mein Papa zu denen gegangen und hat gesagt, dass sie ihren Müll aufheben sollen. Er hat ihnen die Zange und Plastiksack hingehalten und ganz schön streng geguckt. Da sind die Jugendlichen schnell auf ihre Mofas und Roller gesprungen und losgefahren. Einem ist aber der Vorderreifen von seinem Mofa geplatzt, als er durch seine eigenen Scherben gefahren ist! Als er absteigen musste, hat der Papa übers ganze Gesicht gegrinst. Der hat dabei nämlich geflucht wie ein Schornsteinfeger.«

»Ja, das war schon ein bisschen lustig«, bestätigte Roth.

Ida zuckte die Schultern und zwinkerte ihrem Vater zu. »Tja, kleine Sünden bestraft der liebe Gott sofort, oder Papa?«

»Also …«, Roth zauderte, »eigentlich haben die Jungs in diesem Fall ja die Scherben aus voller Absicht verursacht und sich deshalb im Grunde selbst bestraft.«

»Ja, aber Gott hat gemacht, dass sie durch die Scherben durchfahren.«

»Wo hätten sie denn sonst langfahren sollen? Auf der anderen Seite standen ja wir.«

»Na ja«, sagte Ida fröhlich, »jedenfalls bin ich eine ziemlich gute Detektivin.«

»Das kannst du laut sagen«, bestätigte ihr Vater, »und am besten holst du gleich ein Beweismitteltütchen aus deinem Detektivkoffer, damit wir das Asservat sichern können.« Er hielt die weggeworfene Kippe zwischen Zeigefinger und Daumen.

»Wird gemacht«, entgegnete Ida und sauste los.

Benedek Roth und Hanna schauten ihr nach, als sie in Höchstgeschwindigkeit über den schneebedeckten Hof ins Haus rannte.

»Ihre Tochter ist wirklich sehr lieb.«

»Ja, Ida ist ein tolles, tolles Mädchen«, sagte er.

»Und wer hat jetzt die Zigarette geraucht?«

»Das weiß ich wirklich nicht. Aber offenbar muss es heute gewesen sein. Bis ungefähr 11 Uhr hat es ja noch mal geschneit und das Papier auf der Oberseite ist kein bisschen nass«, sagte Roth und suchte den Boden mit aufmerksamem Blick ab. »Da sind auch Fußspuren.« Er deutete auf die Abdrücke, die nahe an der Scheunenwand entlangführten.

»Vielleicht wirklich die Jugendlichen?«

»Wenn die sich rächen wollten, hätten sie sicherlich mehr als eine Zigarettenkippe hingeworfen.«

»Wahrscheinlich sogar eher Glasscherben. Damit Sie wüssten, von wem es stammt.«

Roth schüttelte gedankenverloren den Kopf. »Nein, das kommt mir wirklich seltsam vor.«

»Hier ist das Beweismitteltütchen«, keuchte Ida und hielt ihrem Vater den kleinen durchsichtigen Zippbeutel hin.

»Gute Arbeit, Frau Detektivin!«, sagte Roth.

»Ich geh mal um die Scheune, ob da noch andere Spuren zu finden sind, oder, Papa?«, fragte das Mädchen im Tonfall eines Kindes, dessen Spiel sich so echt anfühlt, als wäre es tatsächlich in ein spannendes Abenteuer verstrickt.

»Super Idee, ich bringe inzwischen das Beweismittel in die Asservatenkammer«, entgegnete ihr Vater im gleichen Tonfall. Zusammen waren die beiden wirklich herzerwärmend.

Als sie wieder im Esszimmer saßen – Roth hatte hervorragenden Kaffee aus frisch gemahlenen Bohnen gekocht –, fiel Hanna eine Frage ein, die sie bei ihrem letzten Zusammentreffen zu stellen vergessen hatte. »Wissen Sie zufällig, wer damals beim Todesfall Katharina Mohl die Ermittlungen geleitet hat?«

»Das weiß ich noch sehr genau, schließlich hat man mich einige Male befragt. Schon damals ging ja dank Friedhelm Sänger das Gerücht um, ich sei irgendwie in ihren Tod verstrickt. Der Ermittlungsleiter hieß Schmidt.«

»Oh, da klingelt jetzt nichts bei mir.«

»Würde mich wundern, wenn er noch arbeitet. Ich hab mich damals schon gefragt, ob er nicht schon längst im Ruhestand sein müsste. Ganz schmaler, hochgewachsener Typ, eingefallenes Gesicht, Schiebermütze, graue Haare. Der konnte stundenlang am Thema vorbeireden. Das war seine Taktik. Er lullte die Leute ein und stellte dann plötzlich entscheidende Fragen. Das ist gefährlich.«

»Nicht, wenn man nichts zu verbergen hat«, sagte Hanna.

»Der Schmidt ist wirklich ein schräger Vogel. Aber im Grunde haben wir uns prima verstanden. Wenn Sie ihn sehen, grüßen Sie ihn bitte von mir.«

»Mach ich. Wie heißt er denn mit Vornamen?«

»Theodor! Haben Sie vor, ihn zu kontaktieren?«

»Ich denke drüber nach. Aber nicht heute. Heute will ich die beiden jungen Frauen von den Fotos besuchen, die Namen muss ich erst wieder nachsehen, aber ich hab sie aufgeschrieben.«

»Sehr gut gemacht, Frau Kommissarin«, lobte er mit frechem Grinsen.

»Deshalb«, sie musste kurz schmunzeln, »sollte ich auch langsam mal aufbrechen.« Sie trank den schon etwas erkalteten Rest ihres Kaffees in einem Schluck und stand auf.

»Schade, hat mich aber wirklich gefreut«, sagte Roth und erhob sich ebenfalls. Er reichte ihr die Hand. »Und wenn Sie noch Fragen haben, kommen Sie gern vorbei. Solange die nicht meine Schweigepflicht berühren …«

»Ja, ich komme drauf zurück«, erwiderte Hanna.

Kapitel 7

Die Besuche bei den zwei jungen Frauen brachten rein gar nichts Erhellendes. Beide kannten das Opfer bloß vom Sehen, und außer dem Spazierweg, von welchem aus Marie Herrendorf in den Steinbruch gestürzt war, fanden sich keine Gemeinsamkeiten mit ihr.

Hanna beschloss, als Nächstes zu versuchen, Wiegand Schmeichel zu kontaktieren. Sie wählte seine im Telefonbuch aufgeführte Rufnummer an, erreichte ihn umgehend und bat um ein persönliches Gespräch. Schmeichel schlug ein Treffen in einer Stunde vor. Hanna war überrascht, aber einverstanden. Die Zeitspanne würde locker genügen, um die Entfernung von Cleeberg nach Frankfurt zu überwinden und vielleicht auch noch, um einen Parkplatz zu finden.

Schmeichel wollte sich in eine Café-Bar setzen. Man könne dort guten Kaffee trinken, aber auch hervorragend etwas Deftiges essen, meinte er. Hervorragend gegessen hatte Hanna ja bereits bei Benedek Roth, aber gegen einen weiteren Kaffee und ein Stück Kuchen dazu war nichts einzuwenden.

Die Adresse, die Schmeichel genannt hatte, lag direkt am Eschenheimer Tor. Absolut zentral in der Frankfurter Innenstadt, direkt bei My Zeil, dem Hilton City Center und dem Generalkonsulat der Russischen Föderation. Wo Börse, Banken und das ganz große Geld gleich um die Ecke waren.

Hanna fühlte sich überfordert vom hektischen Betrieb auf den Straßen und Gehwegen. Während sie, unter ansteigendem Stress, einen Parkplatz suchte, wimmelten Autos, E-Scooter, Straßenbahnen und Busse, Motorroller, Fußgänger und Radfahrer um sie herum. Nach der Ruhe im Hintertaunus wirkte die brodelnde Großstadt fast schockierend.

Sie parkte schließlich hinter der Bockenheimer Anlage, nahe der Alten Oper, durchquerte den Park und fand sich direkt am Eschenheimer Turm wieder. Dieser stand seit nun 600 Jahren an Ort und Stelle. Er war das älteste Bauwerk der Frankfurter Innenstadt und wirkte mit seinen lehmfarbenen Steinmauern wie ein Greis, der die spiegelnde, gläserne und eckige Welt um sich herum nicht mehr verstand.

Hier müsste es doch irgendwo sein, dachte sie und schirmte mit der Hand an der Stirn ihre Augen bei der Suche nach der Café-Bar gegen die tiefstehende Sonne ab. »Good Times For Good People aka Bar ohne Namen«, hatte Schmeichel geschrieben, doch obwohl sie im Grunde richtig sein musste, konnte sie die Lokalität nirgends entdecken.

Sie war bereits fünf Minuten über der verabredeten Zeit, weshalb sie einige Passanten befragte, von denen viele überhaupt kein Deutsch verstanden und fast keiner sich in Frankfurt auskannte. Bis sie schließlich zwei junge Frauen ansprach, aus deren Gesprächsfetzen sie entnommen hatte, dass es sich um Studentinnen handelte. »Einfach auf die andere Straßenseite. Sieht man von hier nicht, aber ist direkt an der Ecke da drüben.« Die kleinere der beiden deutete auf die Eschenheimer

Grünanlage, deren Rasenflächen mit schmutzigem Schnee bedeckt waren.

»Ah, super, dann recht lieben Dank und einen schönen Tag noch«, entgegnete Hanna.

Die Bar ohne Namen aka Good Times For Good People war offensichtlich ein Magnet für Leute zwischen zwanzig und vierzig Jahren. Die Einrichtung war sehr ausgefallen, sehr stylisch, sehr hip, der Gastraum voll mit Menschen. Der Tisch, an dem Wiegand Schmeichel saß, war ursprünglich die Werkbank eines Tischlerschuppens gewesen. Schmeichel hatte dunkelblondes Haar, das er über den Ohren kurz rasiert und mit einem Seitenscheitel trug. Seine Brauen waren dunkel und dicht, seine Augen blau mit weißen Sternchen, die aussahen wie Schneeflocken. Das Gesicht war sehr scharf geschnitten, die Lippen voll. Der Mann sah wirklich ziemlich gut aus, musste sich Hanna eingestehen. Allerdings hatten die vergangenen Jahre sie gelehrt, wie sehr sich das Aussehen eines Menschen, eher noch der subjektive Eindruck davon, verändern konnte, wenn man diesen Menschen näher kennenlernte. So wurde manch hässlicher Kerl im Laufe der Zeit immer attraktiver, wenn sein Charakter dementsprechend liebenswert war, und Schönlinge wie Schmeichel mutierten aufgrund ihrer Selbstbezogenheit und Ignoranz zu fratzenhaften Gestalten.

»Tag, Herr Schmeichel«, sagte Hanna betont selbstbewusst. Sie setzte sich ihm gegenüber.

»Habe die Ehre«, antwortete er und reichte ihr die Hand.

»Schönes Plätzchen. Gibt's hier denn auch Kuchen?«, fragte Hanna.

»Aber sicher«, sagte Schmeichel und reichte ihr die Karte.

Sie bestellte ein Stück Schokoladenkuchen und einen schwarzen Kaffee.

»Essen Sie nichts?«

»Nein, ich war mittags beim Italiener und bin immer noch pappsatt«, entgegnete Schmeichel.

»Beim Italiener?«

»Ja, zwei Straßen von hier. Die machen großartige Trüffelpizza.«

»Ich hätte mir jetzt vorgestellt, Sie würden nur in deutschen Restaurants essen«, sagte Hanna.

»Quatsch, nein, nein, ich esse sogar für mein Leben gern arabisch.« Er zuckte mit den Schultern.

»Dann ist das, was Sie auf YouTube erzählen, alles nur eine Art Rolle?«

»Auf keinen Fall, nein! Das hat weder mit arabischem noch mit italienischem Essen zu tun. Wir möchten einfach nicht, dass der demografische Trend anhält und bald mehr Muslime in Deutschland leben als Christen. Sie wissen, dass der Islam dann auch politisch sehr stark werden kann. Der stärker werdende politische Islam in Deutschland und die unkontrollierte Einwanderung, darum geht es uns.«

»Na ja, eigentlich bin ich wegen Marie Herrendorf hier«, stellte Hanna fest.

»Natürlich, Sie haben doch mit dem Thema angefangen.«

»Stimmt! Also: In welchem Verhältnis standen Sie zu Marie?«

»Wir waren befreundet. Sie gehörte auch seit Kurzem zu unserer Verbindung.«

»Bloß befreundet?«

Er lächelte bedeutungsschwer. »Sagen wir … Freundschaft plus.«

»Verstehe, und hat Marie das auch so gesehen?«

»Das war von Anfang an glasklar«, sagte Wiegand Schmeichel, dem keine Trauer anzusehen war, vielleicht ein melancholisches Blinzeln dann und wann, aber Hanna wusste ja nicht, ob Schmeichel erst seit dem Tod seiner *Freundin Plus* einen so dramatischen Augenaufschlag zeigte oder ob das immer schon so gewesen war.

»Was wissen Sie über ihren Tod?«

»Sie ist im Steinbruch gefunden worden, und absichtlich hätte sich Marie niemals dort hinuntergestürzt, dafür hatte sie viel zu viel Spaß am Leben.« Zum ersten Mal verdüsterte Betroffenheit seinen Blick. »Ich habe gehört, die Polizei geht von einem Gewaltverbrechen aus.«

»Das muss ich leider bestätigen. Marie war bereits tot, als sie in den Abgrund fiel.«

Schmeichels Pupillen verengten sich, sein Blick wurde glasig. »Ich war im Clubheim«, sagte er.

»Wie bitte?«

»Als es passiert ist, war ich in unserem Clubheim. Ich komme nur Ihrer nächsten logischen Frage nach meinem Alibi zuvor.«

»Na ja, vielleicht wäre es meine übernächste Frage gewesen, aber nun gut. Wenn die Frage schon gestellt ist. Gibt es Zeugen dafür?«

»Etwas mehr als dreißig. Wir hatten eine Versammlung.«

»Können Sie die Namen nennen?«

»Alle?«

»Haben Sie denn keine Anwesenheitsliste geführt?«

»Doch, haben wir.«

»Dann bitte ich Sie darum, mir die auszuhändigen.«

»Kein Problem, nur hab ich die natürlich nicht mit.«

»Klar! Nennen Sie mir doch einfach mal den Namen von ein paar Leuten, die auf jeden Fall dort waren. Ich kann sowieso nur einen nach dem anderen befragen«, schlug Hanna vor.

Schmeichel war einverstanden. Er nannte fünf Namen, Hanna notierte sie sich in ihrem Handy.

»Was denken Sie, wer könnte einen Grund gehabt haben, Marie zu töten?«, fragte sie schließlich.

»Absolut niemand! Das Einzige, was ich mir vorstellen kann, ist ein sexuelles Motiv.«

»Dahingehend kann ich Sie aufklären. Es wurden keinerlei Hinweise auf einen sexuellen Übergriff gefunden. Ein sexuelles Motiv kann ausgeschlossen werden.«

Mit einem Mal veränderte sich Schmeichels Blick. Der Mann wirkte schlagartig hellwach, und die vorübergehende Traurigkeit war vollkommen aus seinen Augen gewichen. Irgendetwas war ihm brandheiß eingefallen.

»Kein sexuelles Motiv?«, fragte er ungläubig.

»Nein, absolut nicht. Das heißt, es muss ein anderes geben«, sagte Hanna. Sie konnte das Rattern in Schmeichels Kopf beinahe hören.

»Alles in Ordnung?«, fragte sie.

»Ja, ja, ich musste nur kurz …« Er pustete aus, wie um eine schwere Last loszuwerden. »Ich kann es einfach nicht begreifen, wissen Sie«, erklärte er, aber Hanna merkte, dass er seine wahren Gedanken jetzt verheimlichte.

»Könnte es nicht doch sein, dass Sie mehr als Freundschaft mit Marie verband?«, fragte Hanna und neigte den Kopf ein wenig zur Seite. »Mir ist zu Ohren gekommen, Sie seien sehr eifersüchtig auf einen Mann gewesen, mit dem Marie Kontakt hatte. Es war die Rede von einem heftigen Streit zwischen Ihnen und diesem Mann. Das Ganze soll auf dem Grundstück der Herrendorfs stattgefunden haben. Worum ging es dabei?«

Wiegand Schmeichel fixierte Hanna mit einem Blick, der von unverhohlenem Hass zeugte, der aber – da war Hanna sicher – nicht ihr galt, sondern den die Erinnerung hervorgerufen hatte.

»Ja, das stimmt«, brummte er. »Als ich hörte, Marie sei oft mit diesem sogenannten Flüchtling gesehen worden, spielte sich ein bisschen was in meinem Kopf ab.« Er grinste. »Ich war eifersüchtig, wissen Sie. Allerdings stellte sich später heraus, dass Marie ihm nur dabei geholfen hat, sich anständig für einen Job zu bewerben.«

»Und das war für Sie in Ordnung?«

Schmeichel zuckte mit den Schultern. »Menschen, die arbeiten wollen, sind mir recht.«

»Aber damals empfanden Sie den Mann als Konkurrenten.«

»Das ist eben ein ganz entscheidender Punkt bei der gesamten Flüchtlingsthematik, wissen Sie, aber den spricht niemand an. Natürlich sieht man junge, ledige, südländische Männer, die zu Hunderttausenden nach Deutschland kommen, als Konkurrenten. Tief in uns drin sind wir darauf programmiert, unsere eigenen Gene weiterzugeben. Ich frage mich, wie es unsere deutschen Frauen fänden, wenn von heute auf morgen ganze Schwärme herausgeputzter südländischer Frauen durch die Straßen flanieren würden – vielleicht Italienerinnen oder Spanierinnen – und dabei kein anderes Ziel hätten, als deutsche Männer flachzulegen. Ich wette, in diesem Fall würden deutlich mehr Männer in der Flüchtlingshilfe tätig sein«, sagte er mit schelmischem Grinsen.

»Interessanter Punkt«, sagte Hanna. »Aber in Maries Fall sind Sie sicher, dass es bei einer Hilfestellung in Sachen Jobsuche geblieben ist?«

Schmeichel schnaufte verächtlich durch die Nase. »Marie hätte sich nicht mit so einem eingelassen. Das ist mir ja klar geworden, als ich ein paar Worte mit ihm gewechselt hatte.«

»Und wenn doch? Hätten Sie dann nicht einen Grund gehabt, sehr wütend auf Marie zu sein?«

»Dann wäre sie für mich gestorben. Aber eben nur für mich. Glauben Sie mir, ich hätte dafür nicht meine Freiheit aufs Spiel gesetzt, ich habe noch einige Dinge vor. Außerdem würde und werde ich in meinem Leben niemals einen Menschen töten«, sagte er, und es klang überzeugend.

Hanna nickte. »Gut, dann erzählen Sie mir doch bitte mal genau, worum es bei diesem Streit ging. Es hieß, Sie hätten sich gegenseitig angebrüllt und es wäre beinahe zu einer körperlichen Auseinandersetzung gekommen.«

»Ich habe ihm geraten, sich von Marie fernzuhalten, er hat gesagt, er habe nichts Falsches gemacht, er sei nur ein Freund von Marie, und da bin ich irgendwie sauer geworden, weil zumindest das ja offensichtlich stimmte und Marie hat diesen Typen mit keinem Wort erwähnt, niemals. Das hat mich dann sehr aufgeregt, und ich weiß wirklich nicht mehr, was genau ich zu ihm gesagt habe, ich erinnere mich nur daran, wie er mit einem Sprung auf mich zukam, das Gesicht völlig verzerrt, voller Hass. Ich denke, er wäre auf mich losgegangen, wenn nicht die Pferdepflegerin der Herrendorfs aus dem Stall gekommen wäre. Er hat mich angesehen und geschworen, ich würde meine große Klappe noch sehr bereuen.«

»Und dann?«

»Ist er abgedampft. Flink wie ein Langstreckenläufer bei der Olympiade. Hab ihn seitdem nicht wiedergesehen. Und von Marie hat er sich auch ferngehalten.«

»Er hat geschworen, sich an Ihnen zu rächen. Hat er das bisher denn getan?«

»Wenn, hab ich's nicht bemerkt.«

»Halten Sie es für möglich, dass er etwas mit Maries Tod zu tun hat?«

»Daran darf ich überhaupt nicht denken, sonst packt mich die blanke Wut. Aber um ehrlich zu sein, traue ich es ihm auch nicht zu.«

»Warum nicht?« Hanna hatte eine andere Reaktion erwartet.

»Na ja, er wirkte recht vernünftig. Also … bevor ich ihn provoziert hatte jedenfalls. Eine solche Tat als Rache, weil ich ihn beleidigt habe, das wäre doch sehr unverhältnismäßig für einen vernünftigen Mann.«

»Und wenn er Marie nicht aufgeben wollte, wenn sie ihn zurückwies und er deshalb unvernünftig reagierte. Vielleicht hatten sie sich zu einem klärenden Waldspaziergang verabredet, der in einer Tragödie endete«, sagte Hanna.

Er kratzte sich am Hinterkopf. »Ich weiß es wirklich nicht, Frau Kommissarin.«

Hannas erster Eindruck von Wiegand Schmeichel war sehr gemischt. Er wirkte aufrichtig und höflich und schien wirklich keine Ahnung zu haben, jedoch schien die betont gemäßigte Art in manchen Fällen etwas gekünstelt. Als er beispielsweise die vermeintliche Größe besaß, einen eventuellen Nebenbuhler arabischer Herkunft als vernünftigen Mann zu bezeichnen, klang das für Hanna schon etwas verdächtig. Doch hätte sie Schmeichels politischen Hintergrund nicht gekannt, wäre ihr bei seinen Aussagen nichts Verdächtiges aufgefallen. An solchen Kleinigkeiten wurde Hanna deutlich, dass ihr vermutlich ein sehr guter Schauspieler gegenübersaß.

Ihr Schokoladenkuchen und der Kaffee schmeckten wunderbar. Sie beobachtete Wiegand Schmeichel, der gerade eifrig auf seinem Smartphone tippte. Offenbar schrieb er eine Nachricht bei *WhatsApp*, das erkannte sie mit einem verstohlenen Blick über ihre Kaffeetasse, und die Konzentration auf seinem Gesicht ließ eine gewisse Wichtigkeit der Nachricht vermuten. Seit sie ihn von der sexuellen Unversehrtheit des Opfers in Kenntnis gesetzt hatte, war Schmeichel anders. Irgendetwas hatte diese Information in ihm ausgelöst, nur konnte Hanna nicht genau sagen, was es war. Wieder so ein Gefühl, aber sie hatte gelernt, solchen Gefühlen Beachtung zu schenken.

Sie hatte ihr Kuchenstück aufgegessen. Schmeichel bemerkte es nicht. Er tippte weiterhin konzentriert auf sein Smartphone ein. Sie beschloss, einen Überraschungsangriff zu wagen.

»Warum waren Sie eigentlich so sicher, dass es sich ausschließlich um ein sexuelles Motiv gehandelt haben kann?«, fragte Hanna unvermittelt.

Schmeichel sah von seinem Display auf. Er wirkte verdattert.

»Na ja … also … was soll ich da sagen, ohne oberflächlich zu wirken?«

»Sagen Sie einfach, was Ihnen einfällt.«

»Das ist doch offensichtlich. Marie war ein bildhübsches Mädchen und für viele Männer sexuell attraktiv.«

»Ich würde nur gern wissen, woher sie so sicher waren, dass es nicht trotzdem ein anderes Motiv hätte geben können.« Schmeichel zuckte die Achseln.

»Hab Ihnen doch schon gesagt, dass ich keinen Menschen kenne, der einen Grund hätte, Marie umzubringen.«

»Aber Maries Eltern haben viel Geld, vielleicht hatte sie was Wertvolles bei sich. Oder der Mörder wusste über ihr Elternhaus Bescheid und ging davon aus, sie trüge möglicherweise wertvollen Schmuck?«

»Nein, Marie zeigte nie, dass sie aus einem reichen Elternhaus kam. Sie bevorzugte ganz normale Klamotten und Modeschmuck von H&M. Wer sie kannte, wusste das.«

»Gut, aber mittlerweile wurde der Tatort ausfindig gemacht, und die Spuren deuten auf einen Kampf hin. Zusammen mit den Befunden der Obduktion könnte man annehmen, Marie und ihr Mörder haben um einen Gegenstand gekämpft, und dabei wurde sie erschlagen.«

»Ich kann mir nicht vorstellen, welchen wertvollen Gegenstand sie ausgerechnet zu ihrem Spaziergang mit dem Hund mitgenommen haben sollte, so wertvoll, dass man sie deshalb erschlagen würde. Das ergibt für mich keinen Sinn.«

»Vielleicht hatte Marie ja mehr Geheimnisse als nur die Bekanntschaft mit diesem Mann«, sagte Hanna.

»Tja, also falls Marie Geheimnisse vor mir hatte, bin ich wohl der falsche Ansprechpartner, wenn es um deren Inhalt geht«, entgegnete Schmeichel sarkastisch.

Hanna lächelte. »Richtig.« Sie war müde. Am liebsten wäre sie zurück nach Offenbach ins Mathildenviertel gefahren, die Wendeltreppe ins Dachgeschoss hinaufgestiegen, um sich dann einfach mit einem Roman ins Bett zu legen und beim Schmökern einzuschlafen. Beim Gedanken an das genüssliche Umblättern bei der Lektüre einer guten Geschichte sah sie für einen Augenblick die Zeilen auf der abgerissenen Buchseite vom Tatort vor sich. Sie hatte den Text vollständig vor ihrem geistigen Auge. Sie zitierte den Satz »Dass dort seit dem Unglück des Jungen kein Lächeln mehr umging und die Freude ein seltener Gast war, mochte leicht zu erraten sein …« und sah ihr Gegenüber an. »Kommt Ihnen das bekannt vor?«

In Schmeichels Blick lag Unverständnis. Er kannte den Text offenbar nicht. »Nein, sollte es das?«

»Nicht unbedingt, nein.«

»Gut, gibt es denn noch weitere Fragen? Ich müsste dann nämlich auch langsam mal weiter.«

»Nein, das war's fürs Erste.« Sie bezahlte Kaffee und Kuchen, danach verabschiedete sie sich von Wiegand Schmeichel.

Die Bar ohne Namen befand sich in direkter Nachbarschaft zur Bockenheimer Anlage. Hanna setzte sich auf eine Bank und recherchierte ein wenig mit dem Smartphone, las noch mal ein paar politische Aussagen Schmeichels, die ein düsteres Bild der Welt zeichneten, das überhaupt nicht zu der Person passte, mit der sie Kaffee getrunken hatte. Sie brütete eine Weile über Schmeichels zwei Gesichtern und kam erneut zu der Vermutung, dass Schmeichel einfach ein guter Schauspieler war. Eine Weile lang tippte sie verschiedene Suchbegriffe zum Feuertod von Katharina Mohl in die Suchmaschine, bis sie bemerkte, wie wenig sie von den Texten verstand, die sie da las. *Ich bin zu müde, das bringt hier nicht viel,* sagte sie zu sich selbst. Es war inzwischen 17.30 Uhr, im Grunde Zeit, Feierabend zu machen. Also ging sie zu ihrem Dienstwagen, stieg ein und machte sich auf den Heimweg.

Während der Fahrt versuchte sie mehrmals vergeblich, Theodor Schmidt zu erreichen. Außerdem grübelte sie darüber nach, wie die Information über den Verdacht gegen Santiago Russo aus der Klinik ins Dorf gelangt war. Dabei fiel ihr etwas auf: Friedhelm Sänger hatte am Stammtisch davon gesprochen, dass ein »Patient Roths« des Mordes an Marie Herrendorf verdächtigt werde. *Die interessante Information zum Weitererzählen beim Dorfklatsch war doch eigentlich der Verdacht gegen einen Patienten der psychiatrischen Klinik*, überlegte Hanna, *und nicht unbedingt der Name des behandelnden Therapeuten.* Derjenige, der Roths Namen ins Spiel gebracht hatte, musste das mit voller Absicht getan haben, und vor allem hatte er gewusst, wer Russos behandelnder Therapeut war! Wie viele Leute wussten das? Hatte demnach ein Mitarbeiter der Klinik oder ein Vertrauter von Santiago Russo geplaudert? Über diese Fragen hatte sie den ganzen Morgen gebrütet, und auch jetzt gingen sie ihr wieder durch den Kopf. *Welche Personen wissen, wer Santiagos Therapeut ist? Wer hatte einen Grund, Roths Namen zu erwähnen? War es ein Mitarbeiter der Klinik oder ein Vertrauter von Santiago Russo?*

Während sie nachgedacht hatte, war der Volvo fast wie von selbst nach Offenbach gefahren, wo sie nun bereits das heimische Mathildenviertel durchquerte.

Die nächste Ampel zeigte Rot. Hanna war müde und sehnte sich nach Ruhe. Sie mochte das Mathildenviertel, obwohl es hier schon einiges an Kriminalität gab. Die Leute in ihrer unmittelbaren Nachbarschaft und im Haus waren größtenteils okay. An ihrer Wohnung gefiel ihr am meisten, dass sie an Sommerabenden aus dem Fenster steigen konnte, um über den Notausstieg zu einem kleinen Podest auf dem Dach zu klettern. Von dort hatte man einen sehr schönen Blick über die Stadt.

Jemand hupte. Die Ampel hatte auf Grün geschaltet. Hanna hob entschuldigend die Hand und fuhr los. Eine Minute später bog sie auf die Bieberer Straße ab, hier wohnte sie, und sie fand glücklicherweise einen Parkplatz direkt vor ihrem Haus. Während sie den Volvo in die Lücke rangierte, lag sie in Gedanken schon auf der Couch, als Kilian Huber anrief.

»Guten Abend, Frau Blum, wo stecken Sie denn gerade?«, fragte er ohne Umschweife.

»Momentan noch im Auto.«

»Da können Sie gleich steckenbleiben. Bei Herrendorfs wurde nämlich eingebrochen. Sie kennen die Leute und die Verhältnisse dort. Möglicherweise gibt es zwischen dem Mord und dem Einbruch einen Zusammenhang. Also ich möchte jedenfalls, dass Sie auf der Stelle dort hinfahren und sich die Sache ansehen. Ist ja schon auffällig, wenn eine Familie innerhalb von ein paar Tagen zwei Mal Opfer eines schweren Verbrechens wird.«

»Ja«, sagte Hanna, die frustriert erkannte, dass sich ihr gemütlicher Couchabend in Luft auflöste. »Bin auf dem Weg«, erklärte sie, sah seufzend nach oben zu ihrem Dachfenster, ließ den Motor wieder an und fuhr los.

Zwei Kriminaltechniker kamen fast gleichzeitig mit Hanna beim Pferdehof an. Schon auf dem Parkplatz bemerkten sie laute Musik, die mit jedem Schritt in Richtung Wohnhaus noch an Lautstärke zunahm. »Die Stimmung scheint ja trotz Einbruch nicht schlecht zu sein«, stellte einer der beiden Männer feixend fest. Hanna klingelte. Im Inneren des Hauses versuchte Willi, den Krach zu übertönen und seine Menschen auf den Besuch aufmerksam zu machen. Bei der Musik im Haus, die beinahe Scheiben zum Klirren brachte, musste es sich um eine Art Hardcore-Punk oder so was handeln. Ein Schrei-Gesang, dessen Text man nicht verstehen konnte und wahrscheinlich auch nicht sollte.

Brigitte Herrendorf öffnete weinend und schimpfend die Haustür. Aufgelöst, wie sie war, musste sie zudem noch gegen die Musik anbrüllen, um Hanna und den Kriminaltechnikern Bericht zu erstatten.

»Mein Mann ist auf Geschäftsreise.« In den Sprechpausen zwischen den Sätzen zuckten ihre Mundwinkel. Die Frau war nervlich am Ende, die versteinerte Miene vom letzten Mal hatte sich in einen verzweifelten Ausdruck verwandelt, eine kindliche Grimasse aus Wut und Traurigkeit. »Wer war das? Was wollen die von uns? Waren das dieselben, die auch Marie …?« Obwohl Brigitte Herrendorf laut und deutlich sprach, musste Hanna sich sehr konzentrieren, um sie zu verstehen. Der Krach, der offensichtlich aus dem Keller kam, übertönte den Rest des Satzes und machte Hanna aggressiv.

»Ich weiß es leider auch nicht. Aber könnte man bitte die Musik leiser stellen, dann lässt es sich angenehmer reden.«

Die Frau schüttelte den Kopf und schaute mit verbitterter Miene die Treppenstufen hinab. »Das ist mein Sohn, das kann ich ihm tausend Mal sagen, er macht nicht leiser. Das geht seit Stunden so. Das ist so verrückt. Es wird im eigenen Haus eingebrochen, die Polizei ist da, und der Junge bekommt nichts davon mit.«

»Was genau hört er denn da eigentlich?«, fragte Hanna. Mittlerweile hatte sie den Eindruck, hier und da Textfetzen verstanden zu haben. *Keine Liebeslieder jedenfalls. Auf in die Schlacht. Mit Ehre und Schwert …*

»Davon hab ich keine Ahnung«, sagte Brigitte Herrendorf.

»Wieso schalten Sie nicht einfach die Sicherung aus?«

Frau Herrendorf sah die Kommissarin an, als hätte die ihr geraten, eine Mondrakete zu konstruieren und noch vor dem Abendessen ins All zu starten. Sie bewegte den Kopf in Zeitlupe von links nach rechts und starrte Hanna entgeistert an. »Sehen Sie … darauf bin ich überhaupt noch nicht gekommen. So bin ich im Kopf beieinander, seit …« Sie presste sich die Hand auf den Mund, kämpfte gegen die Tränen und gewann den Kampf fürs Erste. Dann ging sie einige Schritte durch den Flur und öffnete den Sicherungskasten. Eine klitzekleine Bewegung mit dem Handgelenk, ein Klicken und es herrschte Stille. Doch von Dauer war die nicht. Nur Sekunden später riss ein empörter junger Mann unten im Keller seine Tür auf. »Mutter!«, brüllte er herauf. »Mach sofort die Sicherung wieder rein, sonst raste ich aus!« Die Aggression in der Stimme des Jungen machte Hanna stutzig. Brigitte Herrendorf antwortete nicht, sie konnte nicht antworten, denn diesmal hatte sie den Kampf gegen die Tränen verloren.

»Hast du gehört? Wenn du die Scheißsicherung nicht sofort wieder reinmachst, komme ich hoch, und dann kannst du was erleben«, brüllte der Sohn aus dem Keller herauf und knallte die Tür wieder zu. Seine Mutter verfiel in wildes Schluchzen, sie bebte am ganzen Körper. Hanna spürte fast körperlich, wie in den zwei Kriminaltechnikern, die brav neben ihr standen und darauf warteten, ihren Job machen zu können, ein ähnliches Maß an Empörung aufflammte wie in ihr selbst. Einer der beiden blies voller Verachtung die Luft durch die Nase, offenbar musste er sich zusammenreißen. Hanna dagegen tat das nicht.

So redet man nicht mit seiner Mutter. Vor allem nicht, wenn gerade ihre Tochter – deine Schwester, checkst du das überhaupt? – ermordet wurde, dachte sie wütend. Die Mutter war völlig am Ende und er … Sie ging einen Schritt nach draußen, um das Schild an der Haustür erneut zu lesen, da sie sich wegen des Namens des Jungen nicht ganz sicher war. *Hier wohnen Harald, Brigitte, Marie und Johannes.*

Sie räusperte sich. »Johannes! Mein Name ist Blum, Kriminalpolizei Frankfurt! Komm doch bitte mal nach oben«, rief sie. Sie sah das Grinsen des Kriminaltechnikers im Augenwinkel.

Es dauerte einige Sekunden, bis die Tür zur Kellerwohnung sich erneut öffnete. Diesmal bedächtiger. Die Wut des jungen Mannes war offensichtlich verraucht. Auch die Treppe stieg er gemächlich und beherrscht nach oben. Keine Spur von dem brüllenden Teenager, der eben noch seiner Mutter gedroht hatte.

»Was ist denn los?«, fragte er kleinlaut, als er vor Hanna stand. Ihr fiel auf, dass Johannes als Einziger der Herrendorfs rote Haare hatte. Diese kräuselten sich zudem in winzigen, drahtigen Locken, ebenfalls einzigartig innerhalb der Familie.

»Zuerst entschuldigst du dich bei deiner Mutter, würde ich vorschlagen.«

»'tschuldigung«, nuschelte Johannes. Er sah dabei auf den Fußboden. Hanna schüttelte genervt den Kopf. Brigitte nickte wortlos. Offenbar bestätigte sie ihrem Sohn damit, die Entschuldigung zumindest wahrgenommen zu haben.

Hanna wollte ihre pädagogische Arbeit nicht vertiefen, das war eine Sache zwischen den beiden. Jetzt wollte sie mit ihren Gedanken zurück zu dem Einbruch und dessen möglichem Zusammenhang mit Maries Tod.

»Du hast wahrscheinlich nichts mitbekommen, Johannes, bei euch wurde eingebrochen«, sagte sie.

»Eingebrochen?«

»Ganz recht, eingebrochen!«

»Heute?«

»Vor einer Stunde, schätze ich.«

Er schüttelte den Kopf. »Ich war die ganze Zeit unten und hab Musik gehört«, sagte er.

»Wie heißt die Band eigentlich?«, fragte Hanna unvermittelt.

Johannes dachte einen Moment nach, dann zuckte er die Achseln. »Weiß gar nicht«, sagte er. Hanna glaubte ihm nicht, sie war jedoch nicht hier, um bei einem Jugendlichen nach Musik mit jugendgefährdendem Inhalt zu suchen.

Sie fixierte ihn mit strengem Blick. »Solange wir hier sind, lässt du den Krach aus. Wir wollen in Ruhe arbeiten. Und um Himmels willen, nimm Rücksicht auf deine Mutter. Diese Zeit ist jetzt für keinen von euch leicht, das ist schon klar. Aber das ist ein Grund mehr, um als Familie zusammenzuhalten.«

Johannes wartete Hannas Ansprache ohne die geringste Reaktion ab. Alles, was schließlich von ihm kam, war ein zaghaftes »Okay«.

»Du kannst wieder nach unten, Johannes«, sagte Hanna und wandte sich seiner Mutter zu. »Was wurde denn eigentlich gestohlen? Ich nehme an, im Keller waren die Täter nicht, wenn Ihr Sohn überhaupt nichts mitbekommen hat.« Hanna schob sich an der Hausherrin vorbei, um einen Blick ins Wohnzimmer zu werfen. Es wirkte völlig normal. Alles sah genauso aus wie letztes Mal.

»Nein, im Keller waren sie nicht. Und bei uns auch nicht.«

»Wie? Noch mal bitte …«

»Ja, jedenfalls haben sie hier unten nicht eine Schublade geöffnet, nichts umgeworfen, nichts mitgenommen. Nur oben. In Maries Wohnung. Da haben sie das reinste Chaos angerichtet.« Frau Herrendorf wurde von Gefühlen überwältigt, schluchzte. Doch nach einigen Momenten der Schwäche fing sie sich bereits wieder. »Aber was sie gestohlen haben …?« In der Mitte ihrer Stirn erschien eine senkrechte Falte. Sie dachte scharf nach. »Die teuren Elektrogeräte haben sie nicht mitgenommen. Nicht mal das Geld auf dem Schreibtisch hat sie interessiert. 150 Euro immerhin. Das sieht für mich aus, als hätten die irgendwas Bestimmtes gesucht.«

Hanna nickte. Der gleiche Gedanke war ihr auch gekommen. »Sehr seltsam jedenfalls. Dann sehen wir uns das mal an«, sagte sie zu den beiden Kriminaltechnikern, die prüfend im Raum umhergegangen waren, als wollten sie sich mit eigenen Augen von Brigitte Herrendorfs Aussage überzeugen. »Sieht wirklich aus, als wären die gar nicht hier drin gewesen«, bestätigte der eine. »Hier ist ja alles picobello!«

Hannas Blick schweifte noch einmal durchs Wohnzimmer. Ihr kam eine Frage in den Sinn, die sich zuletzt immer wieder aufgedrängt hatte. Nun, da sie an die Musik aus dem Keller denken musste, erschien ihr die Frage noch wichtiger.

»Ich würde gern noch mal was zu meinem letzten Besuch bei Ihnen wissen.«

»Sicher, was denn?«, fragte Frau Herrendorf.

Hanna sammelte sich. Sie wollte die Frage so präzise wie möglich formulieren. »Als ich hier war und nach eventuellen Motiven und Verdächtigen gefragt habe, da waren Sie und Ihr Mann sich darüber uneinig, ob die Beziehung zwischen Marie und Wiegand Schmeichel erwähnt werden sollte …« Sie machte eine Pause. Brigitte Herrendorf sah ihr in die Augen und nickte vorsichtig.

»Was war der Grund dafür?«

»Das gehört doch zum Anstand eines jeden normalen Menschen, zu wissen, dass man über Tote nicht schlecht redet.«

Hanna nickte. »Verständlich …«

»Ist es ja wohl, oder etwa nicht?«

»Doch, doch, ich frage mich nur, ob Ihr Sohn vielleicht auch Sympathie für die rechte Weltanschauung hat? Diese Musik eben …«

Im Gesicht der Mutter ging eine dramatische Veränderung vor. Es war, als hätte Hannas Frage wie ein Faustschlag in den Magen gewirkt. Brigitte Herrendorf schien kaum noch Luft zu bekommen, ihre Augen traten hervor und füllten sich mit Wasser. »Die politische Einstellung meines Sohnes, der nebenbei mitten in der Pubertät steckt, ist wohl jetzt wirklich nicht das Thema, oder? Waren die Ansichten, die Sie als Jugendliche hatten, aus Ihrer heutigen Sicht denn immer vernünftig?«, verteidigte sie ihren Sohn mit zitternder Stimme.

»Nein, ganz bestimmt nicht«, sagte Hanna wahrheitsgemäß. Mit sechzehn war sie davon überzeugt gewesen, es sei zwingend notwendig, die eigene Familie an Heiligabend als ekelhafte Mörder und Leichenfresser zu beschimpfen, sowie der Truthahn auf den Tisch kam. Zwei Jahre später hatte sie selbst wieder ein halbes Beinchen verspeist.

»Ich weiß überhaupt nicht mehr, was in seinem Kopf los ist. Aber das ist wohl das Schicksal der Mütter. Unser Johannes wird ein vernünftiger Mann werden. Davon bin ich überzeugt.«

Hanna nickte. Sie drehte sich zu den Kriminaltechnikern. »Lassen Sie uns loslegen!«

»Wir würden uns auf jeden Fall erst hier unten genau umsehen, Fingerabdrücke et cetera. Sie sind ja vermutlich unten reingekommen, oder?«

»Durch die Terrassentür, ja«, bestätigte Brigitte Herrendorf.

Hanna öffnete die Tür zu Maries Wohnung. Fast sämtliche Gegenstände aus den Regalen und Schränken waren herausgeworfen worden. Eine Schublade, die vermutlich nicht gleich aufgehen wollte, war zu Bruch gegangen, der Fernseher umgekippt. Alles auf den Kopf gestellt. Selbst Maries Unterwäsche hatte man durchsucht. Der Fußboden war mit Gegenständen übersät. Hanna stakste durch einen Berg aus allem Möglichen und stand vor einem weiteren Haufen, der ausschließlich aus Büchern bestand. Ihr fiel auf, dass viele der alten Bücher aufgeschlagen dalagen, bei einigen waren Seiten eingerissen. Die neuen und bekannteren Bücher dagegen waren allesamt geschlossen. Mutmaßlich waren sie den Tätern von vornherein als nicht beachtenswert erschienen.

Ein Bild aus einem Film schoss Hanna in den Kopf. Sie wusste allerdings nicht, um welchen Film es sich handelte. Darin war ein Buch als Versteck genutzt worden. Man hatte den Buchblock mittig ausgestanzt und so einen rechteckigen Hohlraum erhalten, in dem man etwas verstecken konnte. In zugeklapptem Zustand war dem Buch nichts anzusehen gewesen. Hatten die Einbrecher in einem der alten Bücher ein ähnliches Versteck vermutet? Offenbar spielten Texte und Bücher in Maries Fall eine wesentliche Rolle. Sowohl im Leben als auch bei ihrem Tod. Ihre Mail an Benedek Roth, bei der es um den Nachlass von Ludwig Bern ging – hatte sie da nicht sogar ein bestimmtes Buch erwähnt? Dann das abgerissene Stück einer Buchseite am Tatort. Nun der Einbruch, bei dem die Täter offenbar etwas in einem der alten Bücher vermutet hatten. Hanna kam zu der Vermutung, dass die Einbrecher zuerst alle alten Bücher durchsucht hatten, und erst nachdem das erfolglos geblieben war, den Rest der Wohnung durchwühlt und auf den Kopf gestellt hatten, in der Hoffnung, das gesuchte Exemplar doch noch irgendwo zu finden.

Roth hatte Marie Herrendorf bloß geantwortet, er habe nichts dagegen, ihr die gewünschten Schriften von Ludwig Bern zu überlassen. Bekommen hatte sie aber noch nichts. Oder hatte Hanna etwas falsch verstanden? Sie würde Roth anrufen und die Hinterlassenschaft dieses Heimatschriftstellers genauer in Augenschein nehmen. Vor allem das von Marie genannte Buch – sofern es sich tatsächlich im Nachlass befand. Aber nicht mehr heute. Nach dieser Sache würde sie schleunigst nach Hause fahren. Sie brauchte dringend etwas Schlaf.

Kapitel 8

Hanna stieg aus dem Wagen, der Wind schnitt ihr eisig ins Gesicht. Während in und um Cleeberg die weiße Pracht nach wie vor die Landschaft bedeckte, war im Mathildenviertel vom Schneefall nur brauner Matsch geblieben. Vermummte Gestalten hasteten über die Gehwege, die Kneipen waren voll. Eine Gruppe junger Männer stand einige Meter entfernt auf dem Bürgersteig. Sie rauchten einen Joint. In Offenbach lebten Menschen aus rund 160 verschiedenen Nationen, es war die Stadt mit dem bundesweit höchsten Anteil an Migranten (60,8 Prozent der Bewohner hatten einen Migrationshintergrund) und wie im restlichen Teil des Landes nahm auch hier die Fremdenfeindlichkeit seit Jahren zu. Insgesamt war die Stimmung auf den Straßen häufig angespannt, die Polizei musste immer wieder ausrücken, um bei Schlägereien und Streitigkeiten schlichtend einzugreifen. Trotz allem ging Hanna meist noch ein Stück am Mainufer entlang, wenn sie vom Dienst kam. Im Sommer, wenn es abends lange hell und angenehm warm war, tat sie das natürlich lieber, und weil der eisige Wind am ungeschützten Mainufer noch unangenehmer in die Knochen fahren würde, verzichtete sie heute darauf und nahm den direkten Weg ins Haus.

Die Treppe war ein wahres Teufelswerk mit überdurchschnittlich hohen Stufen. Hannas Freunde hatten beim Einzug nicht wenig geflucht, als sie bemerkten, wie viele dieser Stufen es bis in den vierten Stock zu bewältigen galt. Und das Beste kam auch hier zum Schluss. Hanna wohnte nämlich nicht im vierten Stock. Sie wohnte im ausgebauten Dachgeschoss darüber, und dorthin gelangte man nur über eine schmale, eher provisorische Holztreppe ohne Geländer. Es war ein echtes Abenteuer gewesen, ihr Sofa dort hochzutransportieren. Neben der Tatsache, dass sie Offenbach mochte, war auch die Treppe ein Grund, weswegen sie sich momentan nicht vorstellen konnte, überhaupt noch einmal umzuziehen.

Sie schloss die Wohnungstür auf. Vom Flur aus bog sie links ab in die Küche. Hanna öffnete den Kühlschrank, nahm sich eine Flasche Wasser und trank sie auf einen Zug halb leer. Dann ging sie ins Wohnzimmer, legte sich auf die Couch und verschränkte die Arme vor dem Brustkorb. Auf der Kommode standen Fotos von ihren Eltern und Geschwistern. An der Wand hingen mehrere alte, die sie mit ihren Freundinnen zeigten.

Hanna schaltete Netflix ein und schaute sich eine alte Folge der »Gilmore Girls« an. Dabei schlief sie ein. Um zwei Uhr nachts wachte sie mit einem schmerzhaften Hungerloch im Bauch auf und plünderte den Kühlschrank, bevor sie die Zähne putzte und sich ins Bett legte.

Am nächsten Tag stand wieder Cleeberg auf dem Programm. Obwohl Sonntag war. Bei der Aufklärung eines Mordes war schließlich Eile geboten, das verstand sich von selbst, besonders wenn die Spuren und Geschichten rund um die Tat noch frisch waren. Heute wollte Hanna die Pferdepflegerin der Herrendorfs sprechen und sich das Buch von Bern ansehen, sofern es noch bei Roth lag.

Da ihre Nachtruhe um 20.30 Uhr begonnen hatte, war sie um fünf Uhr früh nicht mehr in der Lage, weiterzuschlafen. Sie schlug die Augen auf und ihre ersten Gedanken galten Marie Herrendorf. Hanna, die von dem Fetzen der Buchseite am Tatort darauf schloss, dass Marie das Buch bei sich gehabt hatte, fragte sich, warum sie es mit in den Wald genommen hatte, wenn es – auf welche Weise auch immer – einen so hohen Wert besaß. *Sie wollte das Buch irgendwo hinbringen, irgendwo abgeben, eine andere Erklärung fällt mir nicht ein*, dachte sie noch halb im Traum gefangen. Und wie es oftmals in dieser Übergangsphase, beim Wachwerden oder Einschlafen, ist, war die Erklärung zwar einfach, aber einleuchtend. Auch nach dem Frühstück fand Hanna die Idee noch gut. *Wer hatte wo auf Marie gewartet?*, fragte sie sich weiter. Oder war sie vielleicht auf der völlig falschen Spur? Die Sache mit den Büchern war eine Spur, die man verfolgen musste, nur durfte man sich niemals auf eine Sache versteifen, man musste immer offen für neue Ideen bleiben, das hatte sie gelernt, zumindest theoretisch. In Wirklichkeit fiel es ihr ungemein schwer, sich nicht an einem Thema festzubeißen, wenn sie davon überzeugt war, irgendwo darin einen Knackpunkt zu finden. Der Streit zwischen Wiegand Schmeichel und einem Mann, von dem Hanna bisher bloß wusste, dass er arabisch aussah, war kein solches Thema. Sie glaubte nicht an einen Racheakt durch Mord an Schmeichels »Freundin«. Trotzdem gehörte es zu ihrer Pflicht, sich mit der Zeugin des Streites zu treffen. Es gab Fragen, die gestellt werden mussten.

Zwei Stunden später wusste Hanna, dass sie mit ihrer Vermutung richtig lag.

Die Zeugin bestätigte, was Schmeichel zu Protokoll gegeben hatte. Ihre Geschichten deckten sich. Nichts Erhellendes also, nichts Neues.

Hanna hatte Roth nicht erreicht und fuhr einfach auf gut Glück zu seinem Grundstück. Gerade als sie an der Kordel der Hoftorglocke ziehen wollte, öffnete sich die eingelassene Tür.

Ida. Und ihre Mutter! Das kann niemand anderes sein. Die beiden standen da und sahen Hanna an.

»Hallo«, sagte Ida.

»Hallo, Ida, alles gut?«

»Ja, meine Mama holt mich ab.«

Hanna lächelte die Frau an und gab ihr die Hand. »Blum, ich bin eine Kollegin, also im weiteren Sinne.«

»Alisa Mittelstedt, freut mich«, sagte die Frau und lächelte freundlich.

»Ist dein Papa zu Hause?«, fragte Hanna.

»Glaubst du, ich war ohne ihn hier?«, erwiderte Ida.

»Ja, völlig richtig, natürlich«, sagte Hanna. Ihr Lächeln reichte bis zu den Ohren. Sie mochte das Mädchen wirklich.

»Also dann …«, unterbrach Alisa Mittelstedt und stieg mit Ida in einen neu aussehenden VW Bus.

Da die Tür bereits auf ist, kann ich sicher reingehen, er hat ja gesagt, ich könne vorbeikommen, wenn ich noch Fragen habe, dachte Hanna.

Sie betrat den Hof und ging zur Tür der Sommerküche, das war ein vorgelagerter Raum, in welchem man früher die groben, dreckigen Arbeiten, wie das Schälen von Kartoffeln, Einkochen von Obst oder das Stopfen von Würsten, erledigt hatte. Außerdem wurde dort oft Wäsche gewaschen – auch Roths Waschmaschine befand sich noch heute dort –, weshalb diese Art Raum von vielen auch als Waschküche bezeichnet wurde. Im Haus von Benedek Roth führte eine sechsstufige Treppe aus der ebenerdig liegenden Sommerküche in die Küche und damit in das eigentliche Wohnhaus. Leider fand sie dort weder eine Klingel noch eine Glocke. Sie klopfte gegen die Tür. Schon nach wenigen Sekunden öffnete Roth. Er war überrascht, Hanna zu sehen, doch nach kurzem Berappeln – wahrscheinlich hatte Roth erwartet, Frau und Tochter hätten irgendetwas liegen gelassen – zogen sich seine Mundwinkel nach oben. Er freute sich über ihren Besuch.

»Da bin ich schon wieder«, sagte Hanna.

»Das sehe ich!«, antwortete er.

»Befindet sich der Nachlass von Ludwig Bern noch in Ihrem Besitz?«

»Ja, klar. Marie Herrendorf ist ja leider nicht mehr dazu gekommen, die Sachen abzuholen.«

»Ich würde sie mir gern ansehen, wenn ich darf.«

»Klar, kein Problem. Hier entlang«, sagte er, trat aus der Sommerküche in den Hof und an Hanna vorbei, um eine alte, schiefe Holztür zu öffnen, die sich bloß zwei Meter neben der Tür zur Sommerküche befand. Hanna folgte Roth in den Anbau. Sie standen in einem kleinen Lagerraum, von dem aus eine Holztreppe nach oben führte. Die Treppe war nicht sehr vertrauenerweckend. Rechts, wo die Stufen bis an die Wand reichten, waren sie deutlich abgesunken.

»Was ist denn hier passiert?«

»Hier geht's zum Kornspeicher. Über die Treppe wurden jahrzehntelang Getreidesäcke nach oben getragen. Deshalb sieht die so aus, aber da passiert nichts«, sagte Roth.

Auf dem Kornspeicher kam Hanna sich vor wie in die Vergangenheit versetzt. In eine Zeit, in der sie noch gar nicht geboren war. Die Decke bestand aus breiten Holzlatten, zwischen denen eine Mischung aus Stroh und Lehm hervorquoll. Seit über 100 Jahren.

Die gesammelten Güter einiger Generationen der Familie Mohl lagerten hier oben. Roth hatte alles mitgekauft. Er habe das gesamte Haus ausgeräumt und alles in Kisten gepackt, erzählte er. In einer Holzkiste befinde sich der Nachlass von Ludwig Bern, darunter auch dieses Buch, das Marie Herrendorf in ihrer E-Mail erwähnt habe.

»Die Bern-Kiste. Hab ich so bekommen. Also vielleicht hab ich ein bisschen was durcheinandergebracht, aber ich hab weder was rausgenommen noch was reingelegt.« Er öffnete die Kiste und holte ein Buch heraus. »Bitte sehr, ›Das größte Joch‹ von Ludwig Bern«, sagte Roth und reichte es ihr.

Sie nahm es entgegen und schlug es auf. Der Zustand des Buches war einwandfrei. Sie zückte ihr Handy, öffnete die Galerie. Dort hatte sie ein gestochen scharfes Foto des Papierfetzens vom Tatort. Hanna schaute von ihrem Smartphone auf das Buch, wieder auf das Smartphone und nickte. Sie erklärte Roth ihre Überlegung.

»Für mich wirkt die Schrift auf dem abgerissenen Stück Buchseite absolut identisch mit der in diesem Buch hier. Und auch die Struktur des Papiers, die kann man sehen, wenn man ranzoomt, auch die Farbe des Papiers, alles gleich.« Aber Roth holte sie gleich wieder ein wenig runter. »Was glauben Sie denn, wie viele Verlage früher eine solche Schrift und solches Papier benutzt haben? Ich denke, Sie verbeißen sich da vielleicht in eine Sache, die gar nicht so viel Aufmerksamkeit verdient.«

»Das denke ich nicht«, sagte Hanna etwas schnippisch. »Wenn bei Marie Herrendorf nach ihrem Tod eingebrochen wird, und es werden dabei hauptsächlich Bücherregale und Bücher durchsucht. Beziehungsweise hauptsächlich alte Bücher. Wenn am Tatort ein Papierfetzen liegt, der aus einem alten Buch zu stammen scheint, bei dem Schrift und Papier genauso aussehen wie in einem Buch, nach welchem Marie Herrendorf Sie, Herr Roth, kurz vor ihrem Tod gefragt hat – dann hat das meiner Meinung nach sehr wohl Aufmerksamkeit verdient und mit Verbissenheit überhaupt nichts zu tun«, legte sie nach.

»Mmh …« Roth nickte nachdenklich. »Und was soll jetzt das Besondere an dem Buch hier sein?« Er nahm es ihr aus der Hand, um es sich noch mal mit anderen Augen anzuschauen.

»Weiß ich selbst nicht. Wenn aber jemand bereit ist, für diese Bücher zu töten, muss schon was dran sein.«

»Wieso töten?«

»Als Marie erschlagen wurde, hatte sie offenbar ein Buch bei sich, das diesem hier ähnelte. Es gab einen Kampf, die Spuren weisen darauf hin. Sie hat verzweifelt irgendetwas festgehalten, der Angreifer hat es ihr schließlich entrissen, wahrscheinlich, nachdem er ihr bereits die tödlichen Schläge verpasst hatte. Bei dem Kampf jedenfalls ist das mit der abgerissenen Seite passiert. So stelle ich es mir zumindest vor«, erklärte Hanna und weckte damit offensichtlich Roths Interesse.

»Gar nicht so weit hergeholt.«

»Und da ich mir immer sicherer bin, dass Marie Absichten verfolgt hat, die über normales Interesse an alter Literatur hinausgehen, also aus einem speziellen Grund in ihrer E-Mail an Sie Berns Nachlass angesprochen hat, sollte ich rausfinden, *was* an diesen Büchern so wertvoll ist«, sagte Hanna, nahm Roth »Das größte Joch« wieder aus der Hand und überprüfte es trotz Roths genauer Sichtung selbst noch mal penibel auf etwaige Geheimfächer. Fehlanzeige! Falls das Buch – wie es in ihrer Vorstellung gewesen war – als Versteck für eine Art Schatz diente, dann offensichtlich nicht auf jene Art, die Hanna vorgeschwebt war. Keine ausgestanzten Seiten mit Geldbündeln oder Schmuck, wenn man die Buchdeckel aufklappte, und auch keine kleinen Fächer mit geheimen Karten irgendwo im Karton des Buchrückens. Wie bei einem Taschenkino ließ sie die gesamten Seiten an ihrem Daumen vorbeiflitzen, doch weder ergaben die bedruckten Seiten des Romans einen sinnvollen Film, noch brachte der Geruch des Papiers sie irgendwie weiter.

»Dieses Buch muss aus irgendeinem Grund wertvoll sein. Präpariert ist es offenbar nicht«, sagte sie nachdenklich.

»Wodurch werden bestimmte Bücher denn wertvoll?«

»Das frage ich mich schon seit gestern.«

»Und mit welchem Ergebnis?«

»Es kann unterschiedliche Gründe geben. Zum Beispiel, wenn nur noch wenige Exemplare existieren und diesen viele Interessenten gegenüberstehen. Das treibt den Preis natürlich nach oben. Oder wenn es sich um eine Erstausgabe handelt. Wenn der Autor selbst das Buch besessen hat, gewinnt es ebenfalls an Wert, und je mehr handschriftliche Vermerke er im Laufe der Zeit hineingekritzelt hat, desto wertvoller ist es. Manchmal wurde der Umschlag von einem großen Designer entworfen, und das Buch besitzt den Wert allein aufgrund seines Äußeren. Es gibt viele Faktoren, die dazu beitragen können, ein Buch wertvoll zu machen, aber ich habe noch keine Idee, was diesen Wert bei ›Das größte Joch‹ ausmacht. Ebenso wenig weiß ich, weshalb jemand bereit war, für das andere Buch, das Marie wahrscheinlich an ihrem Todestag bei sich hatte, einen Raubmord zu begehen. Irgendwie hatte ich im Stillen gehofft, Sie hätten vorhin beim Durchblättern des Buches vielleicht ein Geheimfach übersehen. Doch ich finde auch nichts.«

»Mmh«, brummte Roth nachdenklich und nahm das Buch erneut an sich.

»Ganz vorne steht eine handschriftliche persönliche Widmung, auch das kann den Wert erhöhen«, sagte Roth.

Hanna hatte die erste Seite wohl überblättert.

»Ich hab gar keine Widmung gesehen. Für wen ist sie denn geschrieben?«

Roth las vor, so gut es ging, denn der Autor hatte die Zeilen in Sütterlin geschrieben: »Für den treuen Freund und tapferen Soldaten Karl Brandtner, ihm sei dieses Buch gewidmet.«

»Karl Brandtner«, wiederholte Hanna nachdenklich und notierte den Namen in ihrem Handy.

»Sagt Ihnen der Name was?«, fragte sie Roth.

Roth zog die Mundwinkel nach unten, legte die Stirn in Falten und schüttelte langsam den Kopf. »Nein, so direkt fällt mir dazu niemand ein. Ich glaube nicht, den Namen schon mal gehört zu haben. Brandtner … ja, da gibt es eine Familie im Dorf, aber Karl heißt, glaube ich, keiner von denen. Könnte einer ihrer Vorfahren sein«, sagte er.

»Das werde ich auf jeden Fall gleich mal überprüfen«, sagte Hanna.

»Die Brandtners wohnen am Dorfausgang. Das letzte Grundstück auf der rechten Seite, dort, wo der Hof aussieht, als wäre gerade Flohmarkt. Die Brandtners genießen hier nicht den besten Ruf.«

»Was hat man denn gegen sie?«

»Nun, es sind eben nicht die ordentlichsten Menschen«, erklärte Roth.

»Die Nachkommen des treuen Freundes und tapferen Soldaten Karl Brandtner?«

»Das war bloß eine Idee. Am besten, wir gehen gleich hin und fragen mal nach.«

»Haben Sie *wir* gesagt?«

»Ja, mich interessiert das jetzt auch«, gab Roth zu, der mit dem Besitz des Buches und dem Hauptverdächtigen als Patient sowieso tiefer in diesem Fall steckte, als ihm lieb war.

»Soll mir recht sein.«

Die beiden brachen direkt auf. Sie gingen zu Fuß. Von Roths Hof aus führte der Weg einen guten Kilometer bergauf zum Dorfausgang in Richtung Brandoberndorf.

Einige Meter vor dem Ortsausgangsschild befand sich die Zufahrt zu dem Anwesen der Brandtners. Hanna beschloss, es als »sympathisch chaotisch« zu beurteilen. Sie konnte sich schon vorstellen, wie die Alteingesessenen sich die Mäuler über die Unordnung in Hof und Garten zerrissen, aber auf Hanna wirkte alles recht fröhlich.

Sie betraten den Hof, der nur durch einen Jägerzaun von der Straße abgegrenzt war und für jedermann gut einsehbar eine dichte, festgetrampelte Schneedecke präsentierte. Sofort schossen zwei Kinder aus dem Haus, gefolgt von einem mittelgroßen, schwarz gelockten Hund. Hanna hatte keine Angst vor Hunden und dieser hier lief sogar absichtlich so langsam, dass er das Mädchen mit den fliegenden Schnürsenkeln neben ihm nicht überholte.

»Wer sind Sie?«, fragte das Mädchen, als sie vor den beiden stand. Sie trug Turnschuhe, die sie wohl aus Eile nicht gebunden hatte, Jeans und einen Sportpullover, ihre Haare wirkten, als wären sie seit Tagen keinem Kamm begegnet.

»Ich bin Hanna Blum, ich arbeite für die Polizei.«

»Und ich heiße Benedek Roth. Ich bin mit Frau Blum befreundet und arbeite manchmal mit ihr zusammen«, erklärte Roth.

»Aber mein Papa hat nichts Schlimmes gemacht, oder?«

Roth lachte. »Nein, dein Papa hat gar nichts gemacht. Keiner hat was gemacht. Wir hoffen, dass deine Eltern uns helfen können, ein paar Dinge aufzuklären. Wir wollen bloß ein bisschen reden«, sagte Hanna und das Mädchen begann zu lächeln.

»Hol doch einfach mal Mama oder Papa nach draußen«, bat Hanna. »Ich möchte jetzt nicht unangemeldet mit dir und …«, sie zeigte auf den kleinen schweigsamen Jungen, der alles kritisch verfolgte. »Ist das dein Bruder?«

»Ja, das ist Enno«, sagte das Mädchen.

»Also ich möchte nicht unangemeldet in ein fremdes Haus platzen.«

»Ja, gut, ich sag Papa Bescheid.«

»Du hast mir deinen Namen noch gar nicht verraten«, fiel Hanna ein.

»Ich bin Viktoria«, sagte das Mädchen.

»Schöner Name.«

»Danke, Hanna ist aber auch schön«, sagte Viktoria und lief ins Haus, um ihren Vater zu holen.

Hanna sah Roth an und machte ein erstauntes Gesicht. Sie war überrascht von der Aufgewecktheit des Mädchens. Roth zuckte mit den Schultern, zog die Augenbrauen nach oben und nickte. Auf Hanna wirkte diese Geste so unmissverständlich, als hätte Roth ihr mit Worten geantwortet. *Sehen Sie, genau wie ich es schon einmal erklärt habe: Allein vom äußeren Erscheinungsbild kann man eben niemals mit absoluter Sicherheit wissen, wen man vor sich hat.* In seiner Fortbildung hatte er den Teilnehmern viele Kniffe und Tricks an die Hand gegeben, die es erleichtern konnten, Personen effektiver einzuschätzen. Es gab unzählige Hinweise auf die Persönlichkeit eines Menschen, die man bei präziser Beobachtung innerhalb von Sekunden wahrnehmen konnte: Schichtzugehörigkeit, Religion, Beziehungsstatus, Gesundheit, Alter, Ernährungsgewohnheiten und etliche weitere Merkmale waren teilweise auf den ersten Blick zu erkennen, vorausgesetzt, man sah bewusst und genau hin. *Ehering, gelb verfärbte Kuppen an Zeige- und Mittelfinger, Fanshirt einer Heavy-Metal-Band, Hornhaut und Schwielen an den Handflächen, echte Rolex, abgelaufene Schuhe, alter Autoschlüssel von Fiat, Kette mit Kreuz um den Hals, sonnengegerbtes Gesicht, Tätowierungen mit Namen und Geburtsdatum der Kinder.* Das waren bloß einige der auffälligsten Hinweise, die Roth bei der Fortbildung genannt hatte. Aber, und er war nicht müde geworden, diese Relativierung wieder und wieder in seinen

Vortrag einzuflechten, man dürfe nie vergessen, dass dies alles nur Hinweise seien. Jeder Mensch sei einzigartig und man dürfe auch nicht vergessen, dass es sich bei ihm um eine Spezies handele, die praktisch andauernd (ob bewusst oder unbewusst) täusche, manipuliere und Rollen spiele.

Viktoria, die Hanna aufgrund ihrer ungekämmten Haare und der offenen Schnürsenkel auf den ersten Blick für etwas nachlässig und verträumt gehalten hatte, war für Hanna ein erneuter Beweis, dass ihre erste Annahme ein Trugschluss gewesen war. Das Mädchen hatte sich sogar ihre Namen gemerkt, als sie jetzt mit ihrem Vater zu ihnen zurückkam.

»Das sind Frau Blum von der Polizei und ihr Freund Herr Roth, er begleitet Frau Blum manchmal.«

»Guten Tag, ich bin Martin Brandtner«, sagte ihr Vater. Er begrüßte erst Hanna und dann Roth, indem er ihnen die Hand reichte. »Wie kann ich helfen?« Die Stimme des Mannes klang entspannt.

»Es geht um den Todesfall im Steinbruch. Sie haben sicher davon gehört.«

»Hier und da hört man, es soll ein Verbrechen gewesen sein«, sagte er.

»Genau, da gibt es bestimmt eine Menge Spekulationen im Dorf, das glaube ich«, sagte Hanna.

»Aber was habe ich damit zu tun?«, fragte Martin Brandtner. Er lächelte, seine blauen Augen wirkten sympathisch und ehrlich.

»Na hoffentlich nichts«, scherzte Hanna.

Der Mann lächelte Hanna weiterhin wortlos an. Er hielt es nicht für nötig, auch nur mit einem Wort zu erklären, dass er mit dem Tod der jungen Frau nichts zu tun habe. »Es geht eher um eine Spur, die wir verfolgen. Diese Spur führt in die Vergangenheit und da der Name Brandtner auftauchte, dachten wir, Sie könnten vielleicht etwas Licht ins Dunkel bringen.«

»Okay …«, antwortete der Mann mit unverhohlener Neugier in der Stimme.

»Sagt Ihnen der Name Karl Brandtner etwas?«

Hannas Frage erzielte eine verblüffende Wirkung. Das Lächeln auf dem Gesicht von Viktorias Vater gefror. Auch sein Blick wirkte mit einem Mal stumpf, als hätte sich blitzschnell Eis auf seine Augen gelegt.

Martin Brandtner sah durch die beiden hindurch, dann kehrte sein Blick zurück in die Gegenwart. »Ja, der Name sagt mir durchaus was. Karl Brandtner war mein Urgroßvater und eine der abscheulichsten Gestalten, die jemals auf dieser Erde gelebt haben.«

Kapitel 9

Hanna fühlte sich von Martin Brandtners Worten wie vor den Kopf geschlagen. »Wie meinen Sie das?«, fragte sie.

»Mein Urgroßvater war begeisterter Nazi und diente bei der Waffen-SS«, erklärte der Mann bereitwillig.

»Ah …«, machte Hanna.

Roth nickte verständnisvoll. »Und das macht ihn für Sie zu einer Art Monster, mit dem Sie nichts zu tun haben möchten?«

»Es ist nicht leicht für mich, mit seinen Genen herumzulaufen, und ich werde nicht gern an diesen Teil meiner Familie erinnert, das stimmt. Aber es ist ja nicht allein die Tatsache, dass er bei der Waffen-SS gedient hat. Das hätte ich mit viel gutem Willen noch als kollektive Verblendung sehen und irgendwie verzeihen können. Möglicherweise.«

»Was ist es denn?«

»Haben Sie von dem Massaker in Ascq gehört?«

Hanna musste kurz nachdenken, bevor sie sich sicher war. »Nein, um ehrlich zu sein, habe ich noch nie davon gehört.«

»So geht es vielen. Was waren im Krieg schon 86 Menschenleben?«

Hanna blieb stumm. Sie hörte aufmerksam zu, was Martin Brandtner zu berichten hatte. »Bei dem Massaker wurden 86

Zivilisten hingerichtet. Nachdem jemand einen Anschlag auf den Eisenbahnzug verübt hatte, in welchem die SS-Panzer-Division Richtung Belgien fuhr, wollten die Soldaten mit allen Mitteln herausbekommen, wer dafür verantwortlich war. Bei diesem Anschlag entgleisten einige Wagons, niemand wurde getötet. Aber die SS-Panzer-Division erschoss alle Männer zwischen 17 und 50 Jahren in der Umgebung, weil sich niemand zu dem Anschlag bekannte. Sie sind in die umliegenden Häuser, haben Väter und Söhne aus den Armen ihrer Familien gerissen, an die Gleise geführt und der Reihe nach abgeknallt. Unbewaffnete, unschuldige Zivilisten. Mein Urgroßvater war einer dieser Mörder«, erzählte Martin Brandtner.

»Das erklärt natürlich, warum Sie nicht mit ihm in Verbindung gebracht werden wollen«, sagte Hanna. »Wann haben Sie denn erfahren, dass er an diesem Massaker beteiligt war? Ich meine, haben Sie denn eine einigermaßen normale Beziehung zu ihm gehabt, bevor sie davon wussten?«

»Nein, die hatte ich nie. Meine Eltern haben den Kontakt relativ schnell abgebrochen, als sie feststellten, dass er die Nazi-Ideologie auch nach dem Krieg noch verherrlichte. Ich selbst habe nur ein paar Mal mit ihm gesprochen. Allerdings nicht über den Krieg, dafür war ich noch zu klein.«

Hanna nickte. »Sie sprechen in der Vergangenheit von ihm. Das bedeutet sicher, dass er bereits tot ist …«

»Ja, er starb 1995. Ist 95 Jahre alt geworden.«

»Und bis zum Schluss hat er niemals Reue gezeigt?«

»Nein. Als 1993 in Solingen fünf Menschen durch einen Brandanschlag der Rechtsextremisten starben, sagte er, das sei auch langsam Zeit geworden.«

Hanna atmete tief durch. »Was fällt Ihnen zu dem Namen Ludwig Bern ein?«

»Er war einer seiner Kumpels. Eigentlich ein Wunder, schließlich war Bern selbst gar nicht an der Front, was für meinen Urgroßvater im Grunde einem Landesverrat gleichkam. Allerdings hat er Gedichte geschrieben, die vor völkischem Denken und Glorifizierung der Heimat nur so strotzten. Ich hab da mal reingelesen. Mit seinen Romanen habe ich mich gar nicht erst beschäftigt.« Martin Brandtner schüttelte den Kopf. »Mein Urgroßvater hat Bern wahrscheinlich aufgrund dessen geistiger Arbeit im Dienste des Vaterlandes respektiert«, sagte er.

»Wissen Sie etwas über den Nachlass dieses Mannes? Besitzen Sie vielleicht etwas, was er geschrieben hat?«

»Nein, und wenn ich je so etwas besessen hätte, wäre es direkt in den Kachelofen gewandert.«

Das Handy vibrierte in Hannas Gesäßtasche. Sie nahm es heraus und sah, dass Kilian Huber anrief.

»Einen Moment, bitte«, sagte sie, ging ein paar Schritte von den anderen weg und nahm das Gespräch an.

»Hallo, Frau Blum!«

»Hallo.«

»Es gibt sehr wichtige Neuigkeiten. Wo befinden Sie sich denn gerade? Sind Sie noch bei Roth?«

»Nein, gerade nicht, ich … äh … bin da einer Sache auf der Spur, die mit diesen … Büchern zu tun hat«, sagte Hanna.

»Gut, das ist nämlich doch nicht so weit hergeholt, wie ich zunächst dachte«, erwiderte Huber. Hanna hatte ihre Gedanken, der Mord habe irgendwas mit diesen Büchern zu tun, als längere Sprachnachricht an die dienstliche *WhatsApp*-Gruppe gesandt und als Reaktion darauf fast ausnahmslos zu hören bekommen, sie solle sich um naheliegendere Dinge kümmern. Vor allem Huber hatte darauf gedrängt.

»Wie kommen Sie jetzt darauf?«, wunderte sie sich.

»Die Kriminaltechniker haben während der Untersuchung des Einbruches bei Familie Herrendorf DNA-Spuren von Wiegand Schmeichel im Zimmer des Opfers gefunden.«

Hanna kam diese Nachricht wenig spektakulär vor. »Nun ja … er war schließlich so etwas wie ihr Freund«, gab sie zu bedenken.

»Richtig, aber die Spur, ein Haar, um genau zu sein, wurde auf einem T-Shirt von Harald Herrendorf gefunden. Seine Frau hat die Wäsche abgehängt, die frischgewaschenen Sachen in einen Korb gepackt und ist vom Dachboden in den ersten Stock runter, als das Telefon klingelte. Sie will schnell rangehen, mit dem Korb ist sie zu langsam, also öffnet sie Maries Wohnungstür, schiebt den Korb rein und rennt zum Telefon. War wohl nichts Wichtiges. Aber sie war so abgelenkt, dass sie den Korb vergessen hat. Die Tür sei wohl von einem Luftzug zugeworfen worden, niemand habe die Sachen vermisst. Und beim Einbruch fällt dann ein Haar von Wiegand Schmeichel auf ein Hemd von Harald Herrendorf, das im Wäschekorb liegt.«

»Das ist ja der Hammer!«, rief Hanna.

Roth, der sich mit Martin Brandtner unterhielt, schaute interessiert auf.

»Das T-Shirt war erst im Raum, nachdem Marie längst tot war«, erklärte Huber, obwohl Hanna das längst begriffen hatte.

»Aber ich weiß nicht, ob das genügt«, entgegnete Hanna. »Schließlich könnte auch der Luftzug, der die Wohnungstür zugeworfen hat, ein Haar von Schmeichel, das seit Längerem irgendwo im Zimmer lag, in den Wäschekorb geweht haben. Und das ist nur eine Möglichkeit von vielen …«

»Schon klar. Wir brauchen dringend auch ein Motiv und eine Verbindung zu dem Mord. Deshalb bin ich dafür, Schmeichel vorerst nicht damit zu konfrontieren.«

»Wir sagen ihm also nichts von der DNA-Spur?«

»Ich bin dagegen. Wir können intern miteinbeziehen, dass er an dem Einbruch beteiligt war, und mit sehr hoher Wahrscheinlichkeit liegen wir damit richtig. Aber solange er sich frei bewegt, Leute besucht, telefoniert, Nachrichten schreibt, ist die Chance, dass er uns einen Beweis liefert, der das untermauert, deutlich höher als wenn er in Untersuchungshaft sitzt. Vor allem brauchen wir Hinweise, dass er auch bei dem Mord seine Finger im Spiel hatte.«

»Dem stimme ich voll und ganz zu!«

»Gut, dann werden wir diesen Schmeichel mal ein bisschen überwachen«, sagte Kilian Huber und klang etwas gehässig dabei.

Er würde Mails abfangen lassen, Telefongespräche abhören und auch Schmeichels *WhatsApp*-Nachrichten sichten. Dazu käme ein Observationsteam aus zwei Kriminalbeamten der K-44 Einheit, welches den smarten Burschen lückenlos beschatten würde.

»Irgendwie wird er sich schon verraten«, legte Huber nach.

»Dann gehe ich jetzt erst mal weiterhin der Sache mit den Büchern auf den Grund?«, schlug Hanna vorsichtig vor.

»Das wäre auch meine Idee gewesen.«

Hanna und Roth verabschiedeten sich von Martin Brandtner, dessen Abneigung seinem Urgroßvater gegenüber zu hundert Prozent glaubwürdig war.

Sie gingen durchs Dorf zurück, die Hauptstraße bergab in Richtung Roths Haus, wo Hannas Dienstwagen parkte. Sie verabschiedete sich, fragte jedoch, ob er später Zeit habe, gemeinsam mit ihr über die Sache mit den Büchern nachzudenken. Der Fall hatte das Interesse des Psychologen längst geweckt und da er ohnehin Urlaub und nichts anderes vorhatte, stimmte er zu. Am liebsten wäre sie auf der Stelle wieder mit zu ihm gegangen, doch im Grunde war es besser, erst mal irgendwo zu Mittag zu essen, allein ein wenig nachzudenken und die nächsten Schritte vernünftig zu planen.

Von Cleeberg aus fuhr sie nach Butzbach, das waren bloß zehn Minuten, wo sie den Volvo auf einen gebührenpflichtigen Parkplatz stellte. Sie bezahlte das Ticket aus eigener Tasche und forderte keine Quittung an, weil sie keine Lust auf diese Zettelwirtschaft im Geldbeutel hatte. Dann schlenderte sie zum Marktplatz und hielt nach einem Restaurant Ausschau. Hanna hatte jetzt riesigen Kohldampf, sie wollte viel und gut essen, vielleicht arabisch oder italienisch.

Der Marktplatz war das Herz der Kleinstadt, ein sehr weiter, runder Platz mit Pflastersteinen und einem großen Brunnen in der Mitte. Die Gebäude ringsum waren allesamt Fachwerkhäuser, teilweise vierstöckige, perfekt erhaltene Kunstwerke mit allerlei Verzierungen und Details, für die ein Handwerker in jener Zeit Hunderte von Stunden gebraucht haben musste. Hanna entschied sich für einen Italiener, dessen mit Kreide beschriebene Speisentafel vor dem Eingang hatte sie überzeugt.

Gegrillter Zander auf blanchiertem Gemüse mit rotem Pesto und hausgemachter Pasta.

Sie trat ein, setzte sich an einen der Zweiertische und freute sich, als auch gleich die Kellnerin zur Stelle war.

»Gute Tag, möckte Sie esse etwas, oder vielleicht nure trinke eine Kaffee?«, fragte die zierliche, kleine Frau mit freundlichem Lächeln.

»Ich hätte gern die Empfehlung des Tages, den Zander«, sagte Hanna.

»Jawohl, perfetto«, sagte die Kellnerin.

Die nächsten Schritte vernünftig planen, dachte Hanna und tippte sich gegen die Stirn.

»Trinken?«, fragte die Kellnerin.

»Cola Zero, bitte.«

»Sehr gern.«

Die Frau zog von dannen und Hanna kehrte geistig zu der Sache mit den Büchern zurück, wobei sie davon ausging, dass der am Tatort gefundene Papierfetzen ebenfalls aus einem Buch Ludwig Berns stammte. Erstens: Was machte ein Buch Berns so wertvoll? Zweitens: Wer kannte überhaupt diesen Wert? Selbst von den Kennern deutschsprachiger Literatur würde ein großer Teil mit dem Namen dieses Heimatdichters nicht das Geringste anfangen können. Drittens: Hatte Marie Herrendorf möglicherweise das Buch dabei, weil sie jemanden treffen und es ihm geben wollte? War sie wegen des Buches getötet worden?

Am ehesten kam sie beim zweiten Punkt voran. Das waren vermutlich Rechtsgesinnte, Neurechte, völkisch Denkende und vielleicht wussten auch noch irgendwelche Spezialisten für Literatur aus dem Dritten Reich von den wertvollen Büchern. Damit deutete alles auf Wiegand Schmeichel und seine »Vereinigung junger Deutscher« hin. *»Allerdings hat er Gedichte und Romane geschrieben, die vor völkischem Denken und Glorifizierung der Heimat nur so strotzen«*, hörte sie Martin Brandtner in ihrer Erinnerung sagen. *Und wenn es Schmeichel war, wenn er das Buch bereits bei dem Mord an sich genommen hat, er aber danach noch in Maries Wohnung einbricht, muss es mehrere solcher wertvollen Bücher geben, denn in Maries Wohnung wurde augenscheinlich nach einem oder mehreren Büchern gesucht.*

Die Cola Zero war erfrischend und, wie es sich gehörte, mit einer Zitronenscheibe veredelt, wahrscheinlich die einzige Zutat natürlichen Ursprungs in Hannas Glas, doch das kümmerte sie bei Cola Zero nicht im Geringsten.

Sie würde mit dem Smartphone noch ein bisschen zu verschollener Naziliteratur recherchieren, während sie auf das Essen wartete. Anschließend würde sie nach Cleeberg zurückkehren, um sich mit Roth auszutauschen.

Der Zander auf Gemüse und die Pasta schmeckten hervorragend. Sie ließ keinen Bissen auf dem Teller, trank die Cola leer, lutschte die Zitronenscheibe aus, bezahlte und fuhr auf direktem Wege zurück. Sie würde Roth bitten, ihr das Buch zur genaueren Inspektion auszuleihen, und ihn offensiv auf seine Ideen ansprechen. Inzwischen kannten sie sich besser und sie glaubte, gute Schwingungen zu spüren, wenn sie sich mit ihm unterhielt. Vielleicht brauchte er nur einen kleinen Tritt, um mehr zu offenbaren. Oder er wusste genau so viel, wie er sagte, auch das war möglich.

Roth willigte ein. Sie könne das Buch auch gern behalten.

»Vielleicht hängen die Bern-Bücher irgendwie zusammen«, sagte Hanna wie aus dem Nichts. Sie standen wieder auf dem Kornspeicher, wo neben hunderttausend anderen Dingen auch ein Schuhkarton stand, der bis zum Rand gefüllt war mit Figuren aus Überraschungseiern.

»Eine Art Serie?«

»Genau! Und die ist nur wertvoll, wenn man alle Teile hat.«

Roth folgte Hannas Blick, der unwillkürlich wieder die Figuren fixierte, und grinste. »Ah.«

»Woher die Ideen kommen, ist doch egal, Hauptsache, sie sind gut.«

»So ist das«, sagte Roth.

»Nehmen wir also an, dass es eine Reihe gibt, von der man alle Bände braucht, um etwas damit anfangen zu können. Dann wird irgendwer doch sicher auf der Suche nach dem hier sein«, sagte sie und hielt »Das größte Joch« von Ludwig Bern hoch.

»Das befürchte ich auch, wie gesagt, Sie dürfen es gern behalten.«

»Denken Sie, Schmeichel hat es getan? Marie getötet, meine ich.« Hanna erhoffte sich eine instinktive Antwort auf ihre überfallartige Frage.

»Nein, das glaube ich nicht«, sagte er tatsächlich wie aus der Pistole geschossen.

»Warum nicht?«

»In manchen Fällen weiß ich es einfach. Manchmal fällt mir der Grund für meine Meinung später noch ein, manchmal auch nicht, aber in diesem Fall weiß ich eindeutig, dass er es nicht war, genauso wie bei Santiago Russo. Und für den würde ich sogar meine Hand ins Feuer legen.«

»Aber in Ihren Seminaren lehren Sie nicht, sich auf das Unterbewusstsein zu verlassen, sondern Sie vermitteln Methoden und Techniken«, sagte Hanna.

»Ja, schon, aber sagen wir zum Beispiel, wir wollen jemanden auf den ersten Blick einschätzen. Da gibt es jede Menge Merkmale und Hinweise, auf die man achten kann. Trägt jemand sportliche oder schicke Kleidung, sind seine Hände weich oder rau und voller Schwielen, trägt er eine Kette mit Kreuz, sind die Schuhe alt oder neu, welche Marke, hat er gelb verfärbte Fingerkuppen, ein Eintracht-Trikot an. Ist sein Schlüsselbund zu sehen? Wenn ja, welches Fabrikat steht in seiner Garage, hat er lange Haare und Dreitagebart oder Seitenscheitel und glatte Wangen, Ehering, Körperbau, ist die Haut fahl und ungesund oder frisch und vital, man kann so vieles auf den ersten Blick sehen und dadurch besser einschätzen, wie man auf sein Gegenüber eingehen könnte.«

Hanna, die kürzlich selbst an diese Ausführungen in Roths Seminar gedacht hatte, stieg gern darauf ein, weiter darüber zu sprechen. »Zum Beispiel?«, fragte sie.

»Nun, es gibt Dinge, die tun wir sowieso, ohne darüber nachzudenken. Wenn ich in der Stadt früher eine Zigarette schnorren wollte, bin ich zu jemandem hingegangen, der geraucht hat. Logisch.«

»Ja, durchaus.«

»Ich will sagen: Das ist aber schon genau diese Vorgehensweise. Man sieht ein Indiz, das darauf hindeutet, der andere könnte Zigaretten haben, und fragt denjenigen. Wenn jetzt keiner raucht, guckt man nach jemandem, der so aussieht, als ob er rauchen würde. Und ich kann bei etwas älteren Leuten fast immer erkennen, ob sie rauchen oder zumindest lange geraucht haben. Sie bestimmt auch. Da gibt's diese bestimmten Falten um den Mund herum, und insgesamt sind die Falten oft tiefer und schärfer. Die ganze Haut eines Rauchers wirkt weniger frisch und strahlend. Frage ich jetzt einen Mann mit den tiefen Falten eines seit dreißig Jahren am Bau arbeitenden Kettenrauchers, dessen grauer Schnurrbart um den Mund herum gelb verfärbt ist und der zudem nach Nikotin riecht wie eine Raucherkabine auf dem Flughafen, frage ich den also nach einer Zigarette und er sagt, er sei Nichtraucher, kann ich davon ausgehen, dass er mich belügt.«

»Natürlich, und Sie meinen, dieses ganze bewusste Suchen nach Zeichen braucht es eigentlich gar nicht? Ich hätte auch so gemerkt, dass der Typ Raucher ist, ohne auf diese Zeichen zu achten?«

»Genau das meine ich. Das macht Ihr Unterbewusstsein automatisch, es vergleicht Indizien wie gelber Schnurrbart, Geruch nach Zigaretten, tiefe Falten im Gesicht, matte Haut, wertet alles aus, und als Ergebnis entsteht das Gefühl, den könnte man bestimmt nach einer Zigarette fragen.«

»Ja, das stimmt, das ist gut«, sagte Hanna.

»Und man kann es trainieren!« Er tippte sich gegen die Schläfe. »Achtet man häufiger auf neue und immer kleinere Details, werden auch die irgendwann automatisch erfasst. Man kann also seine Intuition sozusagen durch

Füttern perfektionieren. Zumindest ist das meine persönliche Erfahrung«, sagte Roth.

»Klingt interessant!«

»Nur kann ich es eben nicht einfach wieder abstellen. Im Alltag ist ein derart sensibles Bauchgefühl oft verwirrend.«

»Das heißt, Ihr Kopf prüft am laufenden Band die Leute in Ihrer Umgebung auf irgendwelche Merkmale?«

»Ich denke, das tut jeder Kopf.«

»Und wie ist Ihr Bauchgefühl bei mir, haben Sie mich auch analysiert?«, fragte Hanna.

Roth lächelte mild. »Bei Ihnen habe ich ein gutes Gefühl!«

Hannas Handy klingelte. Kilian Huber. Sie ging ran, verstand aber kaum ein Wort. Deshalb trat sie ein Stück nach hinten an eines der Fenster. Tatsächlich hörte sie Huber hier einwandfrei.

»Jetzt ist's besser«, sagte sie.

Roth kramte ein paar Meter entfernt in irgendeinem Umzugskarton mit uralten Postkarten und anderen Papieren.

»Wo genau sind Sie gerade?« Jetzt, wo sie ihn so deutlich hörte, meinte Hanna, eine Art von Nervosität in Hubers Stimme zu hören.

»Bei Benedek Roth, auf seinem Kornspeicher«, sagte sie.

»Bitte tun Sie, was ich Ihnen jetzt sage. Verstanden?«

»Ja, klar«, sagte Hanna.

»Gehen Sie da weg, sofort, verstehen Sie?«

»Ja. Ja, klar. Klar verstehe ich. Nur warum?«

»Kommen Sie in die Rufus-Klinik, sofort, wir warten hier auf Sie. Das ist eine Dienstanweisung.«

»Okay.«

Huber beendete das Gespräch.

»Anruf vom Chef. Ich muss los, Dienstanweisung.«

»Klar, aber vergessen Sie das Buch nicht«, sagte Roth. Er gab es ihr in die Hand.

»Ja, vielen Dank!«, erwiderte Hanna. Irgendetwas an der Art, wie Huber ihr befohlen hatte, Roths Haus zu verlassen, verwirrte sie.

»Wiedersehen«, sagte Roth nickend. Sein Lächeln wirkte für einen Moment nachdenklich.

»Ich melde mich dann später noch mal«, verabschiedete auch sie sich. »Keine Ahnung, wann. Erst mal hören, welche Pläne mein Chef mit mir hat«, schickte sie noch hinterher und machte sich dann auf den Weg in die Rufus-Baldachin-Klinik.

Kapitel 10

Schon beim Eintreten bemerkte Hanna die veränderte Atmosphäre innerhalb der Klinik. Sie konnte nicht genau sagen, was anders war, doch höchstwahrscheinlich traf hier der Fall zu, den Roth eben erklärt hatte: »Das macht Ihr Unterbewusstsein automatisch, es vergleicht Indizien wie gelber Schnurrbart …« Nach diesem Prinzip musste ihr inneres Rechenzentrum ihre spontanen Wahrnehmungen beim Betreten der Klinik binnen kürzester Zeit ausgewertet haben, jedenfalls hatte sie eindeutig das Gefühl, die Stimmung sei sehr angespannt.

Im Empfangsbereich, wo Hanna letztes Mal noch vom Chefarzt persönlich abgeholt worden war, wartete Christopher, der Sozialarbeiter, auf sie. Wie beim letzten Mal in Russos Zimmer wirkte er blass und kränklich.

»Hallo, Frau Blum!«

Er reichte Hanna die Hand. »Ich soll Sie zu Ihrem Kollegen Huber bringen, er und Santiago Russo sind nämlich in einem der Therapieräume.«

»Alles klar, super, dann vielen Dank fürs Abholen.«

Sie begegneten einigen Mitarbeitern und mehreren Patienten, niemand hatte wirklich gute Laune. Vom Eingangsbereich bogen sie rechts ab, in einen Gang, auf dem sich Tür an Tür reihte, aber hier ging man auf einem Fußboden aus Eichendielen, das unterschied den Gang von denen in anderen Kliniken, die Hanna kannte. Am Ende des Ganges befand sich auf der linken Seite ein offenbar verwaistes Therapiezimmer. Das Kästchen für das Namensschild war leer. Christopher klopfte gegen die Tür und trat gleich darauf ein. Am Schreibtisch saß Kilian Huber. Er freute sich, Hanna zu sehen. »Gott sei Dank, dass Sie da sind«, rief er, sprang auf und für einen Moment hatte Hanna das Gefühl, Huber wollte sie umarmen.

»Äh … danke, freut mich auch, Sie zu sehen.«

»Wir haben eine neue Aussage von Herrn Russo«, sagte Huber und wandte seinen Kopf zu dem Sessel, in dem Russo zusammengekauert saß, er wirkte deutlich zerknirschter als beim letzten Mal.

»Was gibt's denn?«, fragte Hanna absichtlich etwas salopp.

Russo schaute langsam auf. Seine Augen waren rot gerändert, sein Blick flackerte seltsam. »Roth war es. Er hat die Frau getötet!« Genauso langsam, wie er aufgeschaut hatte, sank sein Blick zurück in Richtung Tischplatte und das Kinn auf die Brust.

»Verstehen Sie jetzt, warum ich so froh bin, Sie zu sehen?«, erkundigte sich Huber.

»Das muss ein schlechter Witz sein«, sagte Hanna. Sie hatte ein leicht gerötetes Gesicht und drehte sich zu Russo. »Sie meinen das doch nicht ernst, oder?«

»Er hat seine Position ausgenutzt, hat mich mit Dingen bedroht, die er mir antun könnte, mir und meiner Familie, wenn ich nicht mitspiele, er weiß ja alles über mich, er kennt meine kleinsten Schwächen, meine größten Ängste«, sagte Russo.

»Haben Sie ihn bei der Tat beobachtet?«, fragte Hanna.

»Nein, nein, er stand plötzlich einfach so da, unten, am Fuß des Steinbruches. Er hatte sich mit dem Rücken gegen die Felswand gedrückt und sich keinen Millimeter bewegt, hat wohl gehofft, ich würde ihn und die Leiche nicht bemerken, aber was meinen Sie, wie ich mich erschreckt habe, als ich ihn dort sah.«

»Was wollten Sie denn eigentlich da unten?«, fragte Hanna.

»Ich war an meinem Lieblingsplatz, an der Grillhütte, als ich feststellte, dass ich nur noch zehn Minuten hatte, um zurück in der Klinik zu sein. Also habe ich die Abkürzung durch den Steinbruch genommen. Normalerweise gehe ich auf dem Spazierweg, der um den Steinbruch herumführt.«

»Was genau haben Sie gesehen, als Sie den Steinbruch durchquerten?«

»Na ja, ihn habe ich gesehen. Seine Augen waren … wirklich beängstigend«, erzählte Russo. »Ich hab auf den ersten Blick gemerkt, dass da was oberfaul war. Er wirkte wie … na ja, wie jemand mit großer Wut darüber, dass man ihn entdeckt hat, und ich sah Blut an seiner Jacke. Automatisch hab ich dann ein Stück weiter nach links geschaut, ein paar Meter in den Wald hinein. Dort lag Schnee und ich hatte im Augenwinkel etwas bemerkt. Ich guckte hin, und da lag sie, tot, das hat man direkt gesehen. Er stand flach mit dem Rücken an der Felswand und die tote Frau lag ein paar Meter daneben im Schnee, sie war wohl von ganz oben runtergefallen.«

»Wie ging es weiter?«, fragte Huber, nachdem Hanna einen Augenblick über Russos Worte nachgedacht hatte.

»Na ja, … er wusste jetzt, dass ich es wusste«, sagte Russo.

»Was hat Roth gesagt, als ihm das klar wurde?«

Hanna sah einen Anflug von Verwirrung in Santiagos Augen, dann klärte sich sein Blick. »Er hat wortwörtlich gesagt: *Du weißt ja jetzt, dass ich jemanden töten kann, ich denke, damit ist alles gesagt.*«

Hanna brachte keinen Ton heraus. »Doch dann hatte er noch eine andere Idee«, fügte Russo an.

»Welche?«

»Ich sollte zur Leiche hingehen, sie an verschiedenen Stellen anfassen, ich sollte an der Halsschlagader fühlen, richtig fühlen und sichergehen, dass sie nicht mehr lebt. Danach sollte ich durch das Blut laufen und dann auf direktem Wege zurück in die Klinik. Ich hab gesagt, dass jetzt wohl eindeutig *er* der Verrückte sei, und er antwortete bloß: ›Ich hatte immer schon vor, deine kleine Schwester Lilli mal persönlich kennenzulernen, du hast so tolle Dinge über sie erzählt.‹ Danach habe ich einfach gemacht, was er wollte.«

»Sie sind zu der Frau gegangen, haben sie angefasst, und zwar am Hals, und haben festgestellt, dass sie tot ist?«

»Richtig!«

»Das würde die Fingerabdrücke eventuell erklären«, sagte Hanna. »Anschließend sind Sie, wie Roth es wollte, durch das Blut gelaufen, und zurück in die Klinik?«

»Ja, ja, so ist es gewesen.«

»Warum? Warum sollte Ihr Therapeut so was tun, jemanden töten?«, fragte Hanna.

Die Frage schien Russo aus dem Konzept zu bringen. Er kratzte sich am Kopf. »Keine Ahnung. Vielleicht was Sexuelles.«

»Obwohl die Frau komplett angezogen war?«

Russo brummte nachdenklich »Mmh … kann man im Grunde nie wissen.«

»Sie haben keine andere Idee?«, fragte Huber vom Schreibtisch.

Russo schüttelte den Kopf.

»Ich muss kurz … kann mir jemand sagen, wo die Toiletten sind?«, fragte Hanna. Sie hatte plötzlich rasende Kopfschmerzen, ihr war übel. Alles hatte sich um 180 Grad gedreht. Zu schnell für ihren Verstand. Roth war plötzlich der Mörder und Russo derjenige, der zur Aufklärung beitrug. Nur flammte in Hanna Widerstand auf. Da regte sich jetzt eines dieser Bauchgefühle und sagte: *Nein, auf keinen Fall hat er das getan!*

Russo erklärte ihr den Weg zur Toilette. Dort angekommen, warf sich Hanna gleich eine Handvoll Wasser ins Gesicht.

Was zum Teufel ist jetzt hier los? Kopfschüttelnd schaute sie in den Spiegel. Die Schatten unter ihren Augen waren dunkler als gewöhnlich, ihre Haut blasser. Sie sah kränklich aus. Zudem hatte sie Herzrasen und Kopfschmerzen. *Es hat angefangen, als Russo seine Geschichte erzählt hat,* sagte sie sich. Sie versuchte, die Szene, die Russo beschrieben hatte, wie einen Film vor ihrem inneren Auge ablaufen zu lassen, doch sie konnte sich Roth in ihrer Fantasie einfach nicht als bösartigen Mörder vorstellen. Sie konnte es sich – im wahrsten Sinne des Wortes – nicht vorstellen, brachte von Roth als Mörder einfach kein stimmiges Bild in ihren Kopf. Und wie sollte er vom Fundort der Leiche weggekommen sein? Es lag Schnee und mit jedem Schritt, den er sich vom Tatort entfernte, hätte Roth normalerweise Abdrücke hinterlassen. Außer den Spuren von Russo hatte man aber keine weiteren gefunden. Laut Spurensicherung waren dort bloß die Schuhabdrücke von Santiago Russo gewesen. Hanna verließ die Toilette. Sie brannte darauf, Russo die Frage nach den nicht vorhandenen Fußspuren Roths zu stellen. *Hat er sich vielleicht in Luft aufgelöst? Hat er die Arme ausgebreitet und ist losgeflogen? Wie erklären Sie sich, dass es keine Fußspuren von Benedek Roth gibt, sondern bloß von Ihnen?*

Als sie schließlich zurück im Therapieraum war, stellte sie die Frage weniger polemisch. »Wenn alles so war, wie Sie erzählen – und momentan gibt es keinen Grund, daran zu zweifeln –, dann wundert es mich, dass es keine Fußspuren von Roth im Schnee gab, dort waren bloß Ihre, von der Grillhütte kommend zum Fundort der Leiche und von dort aus direkt zur

Rufus-Baldachin-Klinik. Einsame Spuren im Schnee. Wo sind die Spuren des Täters?«, fragte sie.

»Das kann ich Ihnen nicht sagen. Ich habe ihn allerdings auch nicht im Schnee herumlaufen sehen. Ich habe ihn nur an der Wand gesehen, unten, an den Felsen. Da liegt kein Schnee, weil es einen Überhang gibt, außerdem wachsen oben Bäume über dem Abgrund, die den Schnee abhalten. Als ich ihn gesehen habe, hat er sich ausschließlich in dem Bereich aufgehalten«, sagte Russo.

»Dort, wo kein Schnee liegt.«

»Genau.«

»Auch jetzt nicht?«

»Ich denke nicht, dass dort jemals Schnee liegt. Der überhängende Felsen wirkt wie ein Dach.«

»Da müssen wir noch mal hin!«

»Sie wollen Fußspuren suchen?«, fragte Huber.

»Ergibt wohl Sinn, oder? Herr Russo soll mitkommen und uns die Stelle zeigen. Was für ein Untergrund ist dort eigentlich?«, fragte sie, jetzt wieder an Russo gerichtet.

»Na ja … so kleine, zermahlene Steine oder zermahlene Teile von den Steinen, aus denen die Felswand besteht. So wie auf einer Aschenbahn bei den Bundesjugendspielen. Nur nicht rot, sondern eher anthrazit«, sagte Russo.

»Gut!«, sagte Hanna. Sie schaute Russo an. »Haben Sie Zeit?«

»Jetzt?«

»Jetzt wäre prima«, sagte Hanna. Es durfte nicht noch mehr Zeit vergehen. Falls noch Spuren da waren, würden sie mit der Zeit nicht besser werden.

»Von mir aus, also, da müsste ich aber vorher Christopher fragen«, sagte Russo. Sie suchten Christopher auf den Gängen und fanden ihn recht bald.

»Die Polizisten hätten mich gern dabei, weil sie noch mal zum Fundort der Leiche fahren«, sagte Russo.

»Ach so, okay …« Es entstand eine längere Pause, in der Christopher nachzudenken schien. »Was soll er denn da machen?«, fragte er schließlich an Hanna gewandt.

»Fußspuren suchen und so«, sagte wieder Russo.

Huber räusperte sich. »Das ist genau genommen aber vertraulich, Herr Russo. Das haben wir wohl bisher vergessen, Ihnen zu erklären.«

»Fußspuren suchen?«, fragte Christopher, obwohl Huber gerade auf die Vertraulichkeit hingewiesen hatte.

»Tut mir leid, ich darf nichts verraten«, sagte Russo, zuckte mit den Schultern und hielt sich den senkrecht hochgestreckten Zeigefinger an die geschlossenen Lippen.

Der Sozialarbeiter wirkte persönlich beleidigt, was nicht für seine Professionalität sprach. »Na, wenn die Polizei dich mitnimmt, kann ich das wohl schlecht verbieten, oder?«, bemerkte er.

»Wir bringen ihn ja wieder«, beschwichtigte ihn Huber. Christopher brummte missmutig.

Huber, Hanna und Russo verließen gemeinsam das Klinikgebäude. Huber fuhr allein in seinem 5er BMW, Russo setzte sich auf den Beifahrersitz des Volvo. Hintereinander fuhren sie zum Steinbruch.

Kapitel 11

Aufgrund der steigenden Temperaturen war der Schnee im Steinbruch deutlich geschmolzen. Äste, Laub und Erde durchbrachen hier und da die vereiste weiße Schicht. Schon von Weitem erkannte Hanna, dass Russos Fußabdrücke fast gänzlich verschwunden waren, aber das interessierte sie jetzt nicht, sie hatte es auf mögliche Spuren nahe der Felswand abgesehen, Fußspuren des Mörders, denen das Tauwetter nichts ausgemacht haben durfte.

Unter Hochspannung näherten sie sich den steil aufragenden Felsen aus dunkelgrauem, brüchigem Stein.

»Dort drüben stand er«, sagte Russo und zeigte zielsicher auf eine Stelle, die von überhängendem Gestein überdacht wurde. Keine einzige Schneeflocke hatte den Weg in diesen geschützten Bereich gefunden, der Boden war steinig bis sandig. Die letzten Schritte rannte Hanna beinahe. Der Drang, herauszufinden, was an Russos Geschichte dran war, wurde mit jedem Schritt unerträglicher.

Zuerst erkannte sie bloß eine ganze Menge Rehspuren. Die Tiere nutzten den Unterstand offenbar als schneefreien Schlaf- und Ruheplatz. Es dauerte jedoch nicht lange, da entdeckte sie den Abdruck einer Schuhsohle. »Hier, ich hab was«, sagte sie zu

Huber, der ein paar Meter weiter rechts stand und telefonierte. Er beendete das Gespräch. »Die Spurensicherung ist unterwegs«, sagte er.

Der Abdruck stammte von einem Schuh der geschätzten Größe 42 bis 44, aber das würden die Kriminaltechniker noch genau feststellen. Die zackigen und zahlreichen Dellen im Steinstaub deuteten auf eine Sohle mit tiefem Profil hin. *Ein Joggingschuh? Ein Wanderschuh?*

»Wahrscheinlich ein Wanderschuh, das Zeichen befindet sich auch auf den Sohlen meiner eigenen«, sagte Huber und deutete auf den Schriftzug »Vibram«, der in der sandigen Schicht noch schwach zu lesen war.

»Und wahrscheinlich von einem Mann, die wenigsten Frauen haben so große Füße«, sagte Hanna.

»Wenn es um Mord geht, spricht die Wahrscheinlichkeit immer für einen Mann!«

»Da haben Sie recht.« Sie hatte die Zahlen zwar nicht im Kopf, doch sie wusste von dem überwältigend großen Anteil männlicher Mörder.

»Die Spurensicherung soll nach DNA-Spuren an den Felsen und auf dem Boden suchen. Wieso haben sie beim ersten Mal eigentlich diese Abdrücke nicht gefunden?«

»Da haben sie sich auf den Fundort und die Fußspuren ringsum konzentriert. Weil von der Toten keine Spuren in Richtung der Felsen führten oder von dort kamen, hat man die Arbeit auf Bereiche beschränkt, die erfolgversprechender waren«, erklärte Huber.

»Dann bin ich sehr gespannt, was man hier finden wird.«

Hanna wollte Russos Geschichte nicht glauben, aber er hatte beim Erzählen so authentisch gewirkt, als wären die Szenen währenddessen noch einmal vor seinem inneren Auge abgelaufen. Deshalb fiel es ihr schwer, weiterhin voller Überzeugung an Roths Unschuld zu glauben. Die Wanderschuhabdrücke deuteten darauf hin, dass Russos Geschichte stimmig war. *Wenn Roth jetzt auch noch Wanderschuhe in dieser Größe und mit dieser Sohle hat, versteh ich vorerst mal die Welt nicht mehr*, dachte Hanna.

Auf dem Weg zur Dienststelle, wo gleich die kleine MOKO-Sitzung stattfinden sollte, sausten Hanna eine Menge Ideen durch den Kopf. Sie bekam aber einfach keinen handfesten Gedanken zu fassen. Vor allem die Frage nach Roths Motiv ließ sie ratlos zurück.

Auf dem Weg vom Parkplatz in den Konferenzraum erzählte Hanna ihrem Chef von der Idee, die beim Betrachten der Überraschungseier-Figuren auf Roths Kornspeicher geschlüpft war.

»Eine Serie von Büchern, vielleicht nur zwei oder drei, und man muss alle haben, weil sie nur als vollständige Sammlung wertvoll sind. Ergibt in meinen Augen am ehesten Sinn«, erklärte sie Huber, der sich ihre Theorie interessiert anhörte. »Wenn es nur um das eine Buch ginge, das der Mörder Marie ja bei dem Mord abgenommen hat, wieso wurde dann die Wohnung des Opfers offensichtlich nach weiteren Büchern durchsucht? Es kann sich also nur um eine Serie handeln. Zumal ich auf ein zweites Buch gestoßen bin, an dem Marie auffallendes Interesse zeigte.«

»Das ist ein einfacher, aber genialer Gedanke. An solchen ›Kleinigkeiten‹ scheitern viele Ermittlungen. Würden wir weiterhin annehmen, es ginge bloß um ein Buch, kämen wir mit den Ermittlungen vermutlich nicht weiter.« Huber sagte das ganz ohne Ironie. Hanna errötete leicht. Ein so großes Lob hatte sie nicht erwartet.

Die beiden anderen Fallbeteiligten warteten bereits im kleinen Konferenzraum. Außer Hanna und ihrem Chef Huber nahmen der Kriminaltechniker Overath und die Staatsanwältin Burkhardt an dem Gespräch teil.

»Gleich vorneweg«, begann Overath, »vor morgen früh bekommen wir die DNA-Analyse nicht fertig, dazu kann ich jetzt noch gar nichts sagen.«

»Ja, das dachte ich mir schon. Was ist mit der Schuhgröße?«, fragte Huber.

»Die Schuhgröße des Abdruckes im Steinbruch ist 42. Roth hat ebenfalls Schuhgröße 42. Das passt also ganz wunderbar. Bloß haben ungefähr zwanzig Prozent aller Männer Schuhgröße 42«, sagte der Kriminaltechniker.

Staatsanwältin Burkhardt sah skeptisch in die Runde. »Haben Sie irgendwas Greifbares für den Richter? Sie glauben doch nicht, dass der Untersuchungshaft anordnet, weil Roth die gleiche Schuhgröße hat wie eine Person, die Abdrücke im Steinbruch hinterlassen hat? Mehr steht ja offensichtlich gar nicht fest. Da frage ich mich, weshalb Sie mich heute herbestellt haben.«

»Wir haben eine Zeugenaussage, die Roth stark belastet«, setzte Huber an. »Der Psychologe wurde einwandfrei identifiziert, beim Fundort der Leiche, kurz nachdem Marie Herrendorf in den Abgrund geworfen wurde, anwesend gewesen zu sein. In diesem Fall besteht also eindeutig Verdunklungsgefahr, Frau Staatsanwältin! Der Zeuge ist Patient des mutmaßlichen Täters in der Rufus-Baldachin-Klinik. Somit liegt in meinen Augen ein Haftgrund vor.«

Staatsanwältin Burkhardt erwachte aus dem Halbschlaf. »Wie bitte?«

»Roth ist Russos Therapeut, da muss man wohl zwangsläufig von einer Beeinflussung des Zeugen ausgehen, das ist ja schließlich die Strategie einer Therapie«, sagte Huber.

»Ja, also bei dieser Ausgangslage wird der Richter bestimmt die Untersuchungshaft anordnen«, räumte die Staatsanwältin ein.

»Dann fehlt uns ja nur noch das Motiv«, meldete sich Hanna, die sich sogleich wie die Spielverderberin vorkam.

»Das Motiv?«, fragte Huber erstaunt.

»Ja.«

»Wir gehen doch davon aus, dass es mehrere Bücher einer Serie gibt. Haben Sie selbst eben gesagt.«

»Richtig.«

»Und so wie ich das verstanden habe, besitzt Roth – höchstwahrscheinlich – eines dieser Bücher. Er will die Serie komplettieren und bringt Marie Herrendorf um, damit er sich das zweite Buch unter den Nagel reißen kann. Vielleicht wollte sich Marie mit ihm treffen«, sagte Huber.

»Aber wenn Marie eines der Bücher hatte, warum sollte sie es mit zu Roth bringen, wo sie es doch war, die ihn darum gebeten hatte, ihr Bücher für das Museum zu überlassen?«, erwiderte Hanna.

»Möglicherweise hat er ihr vorgeschlagen, die Bücher für eine Weile zu … tauschen. Vielleicht ging es Marie auch ganz einfach um den Inhalt, oder sie wusste gar nichts von dem besonderen Wert dieser Bücher«, sagte Huber. »Sie wollten sich an jenem Tag treffen, um, wie sie dachte, Bücher zu tauschen, aber Roth hatte gar keinen Tausch im Sinn. Er entreißt ihr das Buch, schlägt sie nieder. Sie stirbt, doch er ist sich nicht sicher, ob sie tot ist. Er wirft sie in den Steinbruch. Ihn überkommt Paranoia. Sie könnte aufwachen und ihn ins Gefängnis bringen. Er will sich überzeugen, dass sie tot ist, und klettert nach unten, die Felswand runter. Als er unten ankommt, begegnet ihm Russo«, mutmaßte er.

»Wäre zumindest eine Theorie«, sagte Hanna. Sie kniff die Augen zusammen, als müsste sie kurz einen starken Schmerz niederkämpfen, dann fuhr sie fort: »Nur ist da eben eine Sache, die das Ganze zum Einstürzen bringt.«

»Was?«

»*Ich* habe das Buch von Roth.« Sie fasste in ihre Tasche, die an der Lehne des Stuhls hing, holte das alte Buch raus und legte es auf den Tisch. »Er hat es mir selbst gegeben, hat sogar gesagt, ich könne es behalten …« Nach Hannas Worten herrschte im kleinen Konferenzraum eine Weile lang betretenes Schweigen.

»Das passt ja dann wiederum ganz und gar nicht zu meiner Theorie«, sagte Huber nachdenklich.

»Ganz recht, das passt überhaupt nicht«, bestätigte Hanna. Sie stand auf und ging zur Kaffeemaschine. »Will noch jemand einen?«

»Ja, ich würde auch einen nehmen«, sagte Overath.

»Weiß nicht, ob es hier Milch und Zucker gibt.«

»Brauch ich beides nicht.«

»Gut.«

»Es wäre zwar schöner, wenn wir eine stimmige Geschichte hätten, aber ich denke, wir haben zumindest genug, um Roth vorläufig festzunehmen, wenigstens für einen Tag. Zumal wir den richterlichen Beschluss bestimmt bald bekommen«, sagte der Kriminaltechniker und sah zur Staatsanwältin, die auf ihrem Smartphone herumwischte, als gäbe es dort Fliegen zu verscheuchen. Sie reagierte nicht auf die Anmerkung.

»Es wird Zeit, dass wir hören, was Roth selbst zu Russos Geschichte sagt«, erklärte Huber.

Bei diesen Worten beschleunigte sich Hannas Puls. Sie würden Roth festnehmen und sie würde sich schrecklich dabei vorkommen. Eben hatte sie noch mit ihm auf dem Kornspeicher über den Fall und die Bücher gesprochen und am selben Tag käme sie zurück, um ihn aus dem Verkehr zu ziehen. Und das, obwohl sie persönlich immer noch an seine Unschuld glauben wollte. *Und das Motiv ist ja sehr ins Wanken geraten. Wieso sollte er mir das Buch schenken? Das ergibt doch keinen Sinn.* Ihre Gedanken überschlugen sich förmlich. Hanna nahm einen Schluck Kaffee. *Außer, wenn es gar nicht um die Bücher selbst geht, sondern um irgendwelche Informationen, die drinnen stehen und die er sich längst notiert hat …*

Während hundert andere Möglichkeiten, die sie rund um das Geheimnis der Bücher in Erwägung gezogen hatte, ihr nicht plausibel genug erschienen waren, spürte sie bei diesem Gedanken sofort körperliche Erregung. *Das wäre denkbar,* überlegte sie, während im Konferenzraum Jacken raschelten und Stühle unter fürchterlichem Quietschen an die Tische geschoben wurden. Staatsanwältin Burkhardt und Overath verließen den Raum. Hanna verspürte den plötzlichen Drang, das Buch »Das größte Joch« genauestens unter die Lupe zu nehmen. Sie wollte es so akribisch untersuchen wie Nöthen die Leichen auf seinem Seziertisch und ihm mit wissenschaftlicher Gründlichkeit seine Geheimnisse entlocken.

»Mir wäre es sehr lieb, wenn ich mich erst eine Zeit lang noch mal hiermit beschäftigen könnte«, sagte sie und hielt Huber das Buch hin.

Ihr Chef machte ein überraschtes Gesicht. »Meinen Sie, jetzt sofort? Wollen Sie bei Roths Verhaftung nicht dabei sein?«

»Jetzt sofort wäre spitze, ich hatte nämlich gerade eine Idee.«

»Was für eine denn?«, fragte Huber.

»Was wäre, wenn es gar nicht um das Buch selbst geht, sondern um etwas, was drinsteht?«

Huber nickte und lächelte. »Das würde erklären, warum Roth es an Sie weitergeben konnte, ohne mit der Wimper zu zucken«, sagte er und deutete mit dem Zeigefinger auf Hanna, als wollte er anzeigen, wie sehr ihre Scharfsinnigkeit ihnen noch weiterhelfen würde. Und Hanna kam auch gleich der nächste spannende Gedanke.

»Vielleicht gibt es eine Art Geheimcode«, sagte sie.

Hubers Augen leuchteten auf. »Einen Geheimcode, der sich aus mehreren kleinen Codes zusammensetzt, die auf die verschiedenen Bücher aufgeteilt sind«, kombinierte er.

»Natürlich! So könnte es zum Beispiel sein«, bestätigte sie.

»Alles paletti, dann vertiefen Sie sich jetzt mal in den Schinken. Ich fahre mit zwei Männern in den Taunus zu Roth«, sagte er.

Kapitel 12

Mit einer Kanne Filterkaffee setzte sich Hanna im Büro an ihren Schreibtisch, zückte Notizblock und Kugelschreiber und schlug das Buch auf.

Ein leichtes, angenehmes Kribbeln breitete sich in ihrem Körper aus, während sie begann, die Seiten durchzublättern. Schon als kleines Mädchen, im Alter von sechs Jahren, hatte Hanna das Detektivspielen für sich entdeckt. Ihr Vater hatte ihr damals kurze Texte aufgeschrieben, in welchen er geheime Botschaften versteckt hatte. Die kleine Hanna hatte diese Minirätsel mit großer Begeisterung – und meistens im Handumdrehen – gelöst. Das erwartungsvolle Kribbeln beim Eintauchen in die Seiten des Buches versetzte sie auf wohltuende Weise zurück in ihre Kindheit.

Leider hatte Hanna mit der Zeit und dem Erwachsenwerden einige Abläufe und Reihenfolgen des Geheimcodeknackens vergessen, die sie als Zwölfjährige im Schlaf hätte aufsagen können. Andererseits war das inzwischen alles im Internet nachzulesen. Vielleicht käme sie nur über größere Umwege zu einer Lösung, doch die Motivation, eine geheime Botschaft in Ludwig Berns Schriften zu finden, wurde dadurch nicht geschmälert.

Sie vermutete eine eher simple Codierungstechnik, eine Austausch-Geheimschrift vielleicht. Während die modernen Codes, mit deren Entschlüsselung sich die Geheimdienste der Welt heutzutage beschäftigten, fast ausnahmslos von Computern generiert und gelöst wurden, waren die Bücher von Ludwig Bern in einer ganz anderen Zeit geschrieben worden. In einer Epoche, in der Konrad Zuse und seine Kumpels gerade erst dabei waren, die ersten funktionstüchtigen Rechenmaschinen zu entwickeln. Bis zur Nutzung durch Privatpersonen waren anschließend noch Jahrzehnte vergangen. Deshalb behalf man sich damals oft mit sogenannten Austausch-Geheimschriften und ähnlich leicht verständlichen Tricks. Dabei wurden Buchstaben, einer vorbestimmten Regel folgend, durch andere Buchstaben ersetzt. Diese Regel war der Code, und wer die Regel kannte und anwendete, war in der Lage, die geheime Nachricht zu lesen. Bloß konnte es lange dauern, die Regel herauszufinden. Falls sie nur für einen kleinen Teil – zum Beispiel einen Absatz – des gesamten Buchtextes galt, war es für eine Einzelperson ohne technische Hilfsmittel und ohne das Wissen über die vorbestimmte Regel sehr, sehr schwierig, zeitnah etwas in einem so dicken Buch zu finden oder gar zu entschlüsseln. Trotzdem packte Hanna der Ehrgeiz.

Sie fing an, Seite für Seite nach irgendwelchen direkt sichtbaren Auffälligkeiten durchzuschauen, und kam nicht einmal bis zum Beginn des eigentlichen Textes. Auf der ersten Seite stand der Name des Autors (Ludwig Bern), worauf ein Schrägstrich und der Titel (»Das größte Joch«) folgten. Darunter befand sich die Widmung, die Roth ihr bereits vorgelesen hatte, Hanna konnte die Sütterlinschrift nicht entziffern, erinnerte sich aber an Roths Worte: *Für den treuen Freund und tapferen Soldaten Karl Brandtner, ihm sei diese Schrift gewidmet.*

Im unteren Viertel der Seite war ein Zeichen abgebildet, bei dem es sich um das Wappen des Verlages handeln musste. Es bestand aus einer Raute, in deren Mitte ein großes Gebäude, ein Schloss oder Ähnliches, abgebildet war. Die Rückseite des Blattes war unbedruckt. Auf der folgenden Seite standen erneut der Titel des Buches, der Autorenname und dieses Mal auch der Name des Verlages: »Gesamtherstellung Bornhaller Druckerei / Westend Verlag«.

Hanna blätterte um. »Schutzumschlag Peter Weid« las sie mittig oben auf der Rückseite des Haupttitelblattes. Unten stand: »Gesamtherstellung Bornhaller Druckerei / Westend Verlag 1.–5. Tausend – 1942«.

Hanna musste zwei Mal hinsehen, um sich selbst zu überzeugen. Wenn sie nicht völlig danebenlag, bedeutete 1.–5. Tausend, dass in dieser Erstauflage bereits 5 000 Exemplare von »Das größte Joch« gedruckt worden waren. Weshalb sollte das Buch dann einen besonderen Wert haben? Von fünftausend Exemplaren würden sicherlich noch einige mehr existieren als dieses hier vor Hanna auf dem Schreibtisch, das Roth durch den Kauf des Hofes in die Hände gefallen war und ihm jetzt offenbar eine Menge Unglück brachte. Handelte es sich hier vielleicht um ein besonderes Exemplar, etwa um ein Buch aus der Hand einer ehemaligen Nazigröße? Waren vielleicht hier und da klitzekleine Bleistiftnotizen hingekritzelt. Von Goebbels oder anderen Verbrechern, Gott weiß, wen sie in der Szene noch anhimmelten. Dann jedoch fiel ihr wieder ein, dass sie über diese Theorie bereits hinaus war und aktuell ja nach einer Botschaft suchte, deren Wert nicht materieller Natur war, sondern durch die das Buch womöglich nur als Mittel zum Zweck diente.

Es würde ihr wohl nichts anderes übrig bleiben, als sich das gesamte Buch, Seite für Seite, sehr genau anzuschauen und es zu lesen. Den ganzen alten Schinken würde sie Zeile für Zeile durchackern müssen, der Titel schien Programm zu sein. Wenn ein Mal überhaupt reichte. Diese Ahnung breitete sich jetzt in ihr aus, und so sank sie noch tiefer in den Bürostuhl, öffnete den obersten Knopf ihrer Jeans, legte die Füße auf den Schreibtisch und vertiefte sich in das Buch.

Zuerst kam sie nicht gut in die Geschichte rein. Die Sprache war sperrig und der Erzähler alles andere als neutral, die Formulierungen waren altertümlich und das Thema, die Agrarkrise ab 1929, interessierte sie nicht besonders. Doch dann kamen die Versprechungen der NSDAP ins Spiel, von denen sich die deutschen Bauern (in der Realität der Nazizeit und auch innerhalb des Romans) eine Menge erhofften, und das weckte Hannas Interesse an Berns Geschichte tatsächlich. Obwohl die Frage, warum die meisten Bauern Hitler gewählt hatten, längst Bestandteil vieler Erörterungen war und Hanna die Antwort im Grunde wusste, verhalf ihr das persönliche Schicksal des Protagonisten Herrmann Schäfer, der wegen der abstürzenden Schweinepreise vor dem finanziellen Ruin stand, zu einer neuen Perspektive. Sie verfolgte die Geschichte, die sich nebenbei um Liebe, Verrat und Träume drehte, mit wachsender Aufmerksamkeit, bis ihr sogar gelegentlich entfiel, weshalb sie das Buch las.

Es war gegen drei Uhr nachts, Hanna hatte den Roman beinahe zu Ende gelesen, als sie über eine Stelle stolperte, die ihr den Atem verschlug. Es fühlte sich für einige Sekunden wirklich an, als bekäme sie keine Luft mehr. Was dort in einem Buch aus dem Jahr 1942 in klaren schwarzen Buchstaben abgedruckt war, verursachte einen Gedankenwirbel, einen regelrechten Schwindel in Hannas Kopf, weil es im Grunde gar nicht dort stehen durfte.

Es war eine Traumszene, in der Herrmann Schäfer seinem Sohn vom Ende des Krieges erzählte. Er sprach von Stalingrad, nannte Details aus der entscheidenden Schlacht im russischen Eiskessel und vom Gesamtsieg der alliierten Truppen. Wie schmerzlich die Niederlage gewesen sei, Knechte der Siegermächte und so weiter …

Hanna starrte auf das Buch, las die Szene ein zweites Mal und versuchte, zu begreifen. Sie wähnte sich zunehmend selbst in einem Traum, wehrte sich dagegen und spürte doch deutlich, wie Unwirklichkeit sie umgab, als ein feiner Nebel, den man kaum sah, der aber doch alles veränderte.

Wie konnte der Autor in einem Buch, das 1942 erschienen und demnach sogar noch ein bis zwei Jahre früher geschrieben worden war, Details aus der Schlacht um Stalingrad und von der Landung in der Normandie wissen? War Ludwig Bern so etwas wie ein geheimer Nostradamus der Nazis, ein Held rechter Extremisten und das Buch deshalb so wertvoll? *Nazi-Nostradamus. Schwieriges Wort.* Fast ein Zungenbrecher. *Vielleicht hat er in den anderen Büchern noch andere Vorhersagen gemacht, die dann wirklich eingetreten sind, vielleicht sogar irgendwelche Heilsversprechen für kommende Zeiten*, überlegte Hanna. Wären von den gedruckten 5 000 Exemplaren zum Beispiel noch hundert Stück auf dem Markt und jedes ein originales Beweismittel für die wahrsagerischen Fähigkeiten des Autors, konnte man sich bei der Anzahl an Rechtsradikalen weltweit gut vorstellen, dass sehr, sehr hohe Summen für jedes einzelne der hundert Restexemplare gezahlt würden.

Aber Hanna schoss jetzt unvermittelt eine ganz andere Idee in den Kopf. Sie glaubte ja sowieso nicht an Hellseherei.

Das ist der Hinweis selbst! In diesem Absatz ist der Code versteckt. Bern hat nach dem Krieg von seinem Roman »Das größte Joch« – und womöglich auch von anderen seiner Werke – ein einziges Exemplar mehr oder weniger überarbeitet nachdrucken lassen, um einer bestimmten Zielgruppe eine Nachricht zu übermitteln, natürlich ohne die Angabe des Erscheinungsjahrs zu verändern!

Bei diesem Gedanken wurde sie plötzlich hellwach. Sie vermutete, dass die Traumszene in der ursprünglichen Fassung des Romans – also in den 5 000 gedruckten Exemplaren der Erstauflage – anders oder überhaupt nicht vorkam. Sie musste so schnell wie möglich eines dieser Bücher in die Hand bekommen, um sich davon überzeugen zu können. Während sie »Ludwig Bern – Das größte Joch« in die Suchleisten verschiedener Internethändler eingab, fragte sie sich, weshalb sie nicht schon viel früher auf diesen Gedanken gekommen war. Leider fand sie bei eBay, Amazon und auch bei allen anderen Händlern unter diesen Stichwörtern überhaupt nichts. Die Googlesuche leitete Hanna zu einem Wikipedia-Eintrag über Ludwig Bern und dessen Werke, ergab letztendlich aber, dass die Romane bloß noch antiquarisch und nur mit viel Glück zu bekommen waren. *Oder überhaupt nicht*, dachte sie. *Hatte Marie nicht in ihrer E-Mail an Roth etwas Ähnliches erwähnt?*

Bei der Google-Recherche stieß Hanna sehr bald auf das ZVAB, das zentrale Verzeichnis aller antiquarischen Bücher, doch zu Ludwig Bern gab es keinen Eintrag. *Na, dann werde ich eben ein paar Telefonate führen*, dachte sie sich und begann damit, Antiquariate in ganz Hessen und deren Telefonnummern aufzulisten. Sie würde anrufen, sobald der Tag anbrach.

Gegen vier Uhr morgens fielen Hanna immer wieder die Augen zu. Sie hatte sich noch intensiv im Internet nach anderen Hinweisen zu Ludwig Bern umgesehen, doch leider war in diesem Netz, in dem – wie man meinte – eigentlich fast alles zu finden war, nicht viel vom Leben des Schriftstellers hängen geblieben. Über Karl Brandtner, dem Bern das Buch gewidmet hatte, war gleich überhaupt nichts zu finden gewesen und nun überwältigte Hanna die Müdigkeit. Sie beschloss, ein wenig zu schlafen, und legte sich auf das Sofa, das ihr schon in manch arbeitsreicher Nacht als Schlafstätte gedient hatte.

Es dauerte keine Minute, bis sie eingeschlafen war.

Kapitel 13

Als um Punkt acht Uhr der Wecker ihres Smartphones klingelte, wusste Hanna einige Sekunden lang nicht, wo sie sich befand. Sie fühlte sich desorientiert und übernächtigt, aber noch bevor sie sich darüber klar wurde, dass sie auf dem Sofa im Büro der Dienststelle lag, drängte sich die Erinnerung an einen Dialog in ihr Bewusstsein, der ihren müden Körper mit Adrenalin flutete und die Müdigkeit im Handumdrehen zum Teufel jagte.

»Worum ging es in dieser E-Mail?«, hatte sie Roth gefragt.

»Um den Nachlass eines Künstlers, der hier auf meinem Kornspeicher eingelagert ist. Ich habe ihn sozusagen mit dem Haus gekauft. Unveröffentlichte Texte, kistenweise von Verlagen zurückgesandte Manuskripte und so weiter«, war die Antwort gewesen.

Der Gedanke an die zurückgesandten Manuskripte war es, der in Hanna den Adrenalinstoß ausgelöst und ihren Herzschlag beschleunigt hatte. Mit etwas Glück war auch »Das größte Joch« nicht gleich beim ersten Verlag untergekommen, was bedeuten konnte, dass in den von Roth angesprochenen Kisten auch Kopien des Originalmanuskripts zu finden sein konnten. *So wäre doch zu beweisen,* glaubte Hanna, *dass Ludwig Bern seinen Roman nach dem Krieg noch einmal hatte drucken lassen. Das wäre klar, wenn in der Urfassung des Manuskripts die Traumszene anders oder überhaupt nicht vorkommen würde,* sagte sie sich. *Ich muss unbedingt zu Roth, um ihn zu fragen, wo die Manuskripte lagern …*

Die Gewahrsamszelle, in der Roth saß, befand sich im Keller des Polizeipräsidiums. Er war gegen Abend auf seinem Hof abgeholt worden und durfte bei vorläufiger Festnahme 24 Stunden festgehalten werden, also würde er noch dort sein. Sofort machte Hanna sich auf den Weg nach unten. Sie marschierte den Flur entlang, wo ihr zahlreiche Kollegen begegneten. Während sie den ausgeschlafenen, frisch geduschten Kollegen einen guten Morgen wünschte, kam sie sich ungepflegt vor. Sie fuhr mit dem Aufzug bis ganz nach unten in den Keller, wo keine Büros mehr waren, sondern Lagerräume für Akten, die Asservatenkammer und die Gewahrsamszelle, in der Roth einsaß. Hanna freute sich, als sie Werner erblickte. Werner war ein unkomplizierter Mann Mitte fünfzig, den man von einer Sicherheitsfirma weg engagiert hatte. Vier Wachmänner wechselten sich mit dem Job im Polizeipräsidium ab, sodass pro Monat jeder eine Woche lang die Aufgabe hatte, Asservatenkammer und Gewahrsamszelle vor unberechtigtem Zutritt zu schützen. Von allen Wachmännern mochte Hanna Werner am liebsten.

»Moin, Werner«, sagte sie.

Der Mann mit dem dünnen blonden Haar und dem rötlichen, ausgemergelten Gesicht freute sich ebenfalls, sie zu sehen. »Ach … das ist aber eine nette Überraschung. Dass du dich extra hier runter in die Katakomben begibst, um mich zu besuchen.«

»Du weißt doch, dass ich die Tage bis zu deinem nächsten Wachdienst zähle …«

Werner lächelte sie freundlich an. »Du willst da rein zu unserm Gast, nehm ich an?«, fragte er.

»Ja, ist er noch hier?«

»Soweit ich weiß … eben war er zumindest noch da«, sagte Werner grinsend und legte den Kopf schief.

»Witzbold. Wäre nett, wenn du aufsperren könntest, ich muss ihm ein paar Fragen stellen.«

»Zu Befehl«, erwiderte Werner und machte sich daran, die Tür der Zelle aufzuschließen.

Roth lag seitlich auf der Pritsche, das Gesicht Richtung Wand. Beim Öffnen der Tür drehte er sich langsam um. Seine Haut war zerknittert und fahl, die sonst lebhaften Augen lagen stumpf in ihren Höhlen. Sein Lächeln, als er Hanna erblickte, wirkte gequält.

»Das hat man davon, wenn man helfen will«, sagte er.

»Als ich bei Ihnen war, wusste ich nicht, dass Russo seine Aussage geändert hat, das muss ich unbedingt klarstellen.«

»Ich bin ja überhaupt nicht sauer auf Sie«, sagte er und schüttelte dabei gemächlich den Kopf. »Ich bin auch nicht böse auf Santiago, denn ich bin sicher, dass jemand ihn zu der Aussage gezwungen hat.«

Hanna nickte nachdenklich. Sie sah Roth in die Augen. »Wer könnte Interesse daran haben?«

Roth zuckte mit den Schultern. Er wirkte niedergeschlagen.

»Wer hätte einen Vorteil davon, Sie aus dem Verkehr zu ziehen, Herr Roth?«

»Ich weiß es wirklich nicht«, sagte er.

Hanna dachte einen Augenblick nach. »Gut, weswegen ich Sie nämlich auch noch sprechen wollte … Ich habe in Berns Roman eine verdächtige Textstelle gefunden. Bevor ich Alarm schlage, will ich mich allerdings davon überzeugen, dass mein Verdacht begründet ist.«

»Was für eine Stelle meinen Sie?«

»Gegen Ende des Buches erzählt eine der Romanfiguren davon, wie die letzten Kämpfe des Krieges verloren wurden. Sie nennt Details aus der Schlacht um Stalingrad und erzählt auch von anderen Dingen, die beim Schreiben des Buches noch gar nicht geschehen waren.«

Roth setzte sich auf. »Wie bitte?«

»Sie haben einmal von unveröffentlichten Texten und zurückgesandten Manuskripten aus dem Nachlass von Ludwig Bern gesprochen. Wissen Sie, ob bei diesen Rücksendungen auch Manuskripte von ›Das größte Joch‹ dabei waren?«

Roth überlegte. »Ich denke, da waren welche. Ja, ja, auf jeden Fall, da waren welche«, sagte er. »Aber fragen Sie mich nicht, in welcher Kiste, da müsste ich zuerst mal suchen.«

»Ich muss mir die Kisten selbst ansehen, so schnell wie möglich.«

»Sie wollen wissen, ob über Stalingrad schon in den Originalmanuskripten etwas zu lesen ist?«

»Ja, nur gehe ich davon aus, dass dort etwas anderes steht als in dem gedruckten Exemplar, das ich gelesen habe. Ansonsten müsste Bern Hellseher gewesen sein.«

Roth dachte einen Augenblick lang nach, dann nickte er. »Bern hat das Buch also nach dem Krieg drucken lassen und diese Stelle vorher verändert.«

»Zu dem Schluss bin ich auch gekommen.«

»Aber warum?«

»Ich denke, in der nachträglich eingefügten oder überarbeiteten Traumsequenz versteckt sich ein Code, der den eigentlichen Wert des Buches ausmacht. Die Frage ist aber nicht nur, wie man das Rätsel löst, sondern auch, für wen Bern es versteckt hat. Ich glaube inzwischen nämlich auch, dass er das Buch für eine bestimmte Person und deshalb auch nur ein einziges Exemplar nachgedruckt hat. Deshalb ist es so begehrt.«

»Guter Gedanke! Die Frage, für wen er das gedruckt hat, lässt sich leicht beantworten. Das steht ja vorne drin. Für Karl Brandtner, nehme ich an«, sagte Roth.

Hanna runzelte die Stirn. »Ja, das steht vorne drin. Aber offenbar hat der sein Wissen um das Geheimnis an irgendjemanden weitergegeben, bevor er gestorben ist.«

»Und offenbar nicht an seine Nachkommen. Martin Brandtner sagte ja, dass die gesamte Familie sich von ihm zurückgezogen habe.«

»Ich denke trotzdem, jemand sollte noch mal mit ihm sprechen. Möglicherweise kennt er noch Namen von Leuten, mit denen sein Urgroßvater im Alter Zeit verbracht hat. Freunde, Bekannte, Weggefährten, Kameraden, wer auch immer … Irgendjemanden muss er doch eingeweiht haben«, rätselte Hanna.

»Gut, und … ach ja, könnten Sie den Fall bis nachmittags gelöst haben. Ich habe nämlich keine Lust, noch eine weitere Nacht hier zu verbringen. Das fühlt sich furchtbar an.«

»Das glaube ich«, erwiderte Hanna und schüttelte den Kopf.

»Dieses Gefühl, als sie die Tür geschlossen haben und mir bewusst wurde, dass es innen keinen Griff gibt, das werde ich niemals vergessen«, sagte er.

»Ist sicherlich der blanke Horror.«

»Man bekommt plötzlich keine Luft mehr.«

»Ich denke, Sie werden heute Abend wieder in Ihrem Bett schlafen. Die vorläufige Festnahme ist auf 24 Stunden begrenzt, das wissen Sie ja.«

»Das weiß ich, aber es würde mich nicht wundern, wenn Untersuchungshaft angeordnet wird«, sagte er.

»Möglich wäre das theoretisch, aber nehmen wir einfach das Beste an.«

»Wenn Sie sich die Manuskripte ansehen wollen, gehen Sie einfach rein und suchen Sie danach«, sagte Roth.

»Einfach rein?«

»Ja, das Hoftor ist offen, wenn ich weg bin. Ich habe keinen Schlüssel und kann nur, wenn ich da bin, von innen einen Riegel vorschieben.«

»Aha … wenn abgeschlossen ist, sind Sie zu Hause, und wenn offen ist, sind Sie unterwegs. Was ist mit der Tür zum Kornspeicher?«

»Ist offen.«

»Warum?«

»Ist nur altes Gelump drin. Und einen Schlüssel hab ich auch dafür nicht.«

»Altes Gelump?« Hanna schaute ihn kopfschüttelnd an. »Da sind Schätze dabei!«, sagte sie vorwurfsvoll.

»Gehen Sie hoch, suchen Sie nach den Manuskripten, durchsuchen Sie meinetwegen alles. Ich hoffe, Sie sind da nicht auf dem Holzweg, Frau Kommissarin.«

»Was für ein Holzweg?«, fragte Hanna spöttisch. Roth kam ihr zunehmend angespannt vor. Jetzt, wo das Gespräch nicht mehr direkt um den Fall kreiste, trat ihm seine gegenwärtige Situation offenbar wieder deutlicher vor Augen. Er wirkte plötzlich sehr frustriert. Für ein paar Sekunden herrschte Stille, dann summte es in Hannas Hosentasche. Eine Nachricht im MOKO-Messenger, deren Eingang ihr Smartphone durch Vibrieren verkündete. Die Nachricht brachte Hanna zum Lächeln. *DNA am Felsen ist nicht von Roth. Auch nicht von Schmeichel,* hatte die Spurensicherung, wortgewaltig wie immer, in ihre Mitteilung geschrieben.

»Was gibt's denn zu freuen?«, fragte Roth. Er klang patzig, aber seine Neugier konnte er nicht verbergen.

Sie neigte den Kopf ein wenig zur Seite. »Haben Sie eine freiwillige Speichelprobe abgegeben, oder findet man Ihr DNA-Profil in der Datenbank des BKA?« Sie lächelte ihn an.

»Speichelprobe!«, sagte Roth.

»Warum?«

»Weil ich nicht in diesem Steinbruch war!«

Sie nickte. »Leider darf ich Ihnen ja nicht erzählen, was in der Nachricht steht, die ich eben bekommen habe«, sagte sie.

»Danke«, meinte Roth nur.

»Gut.«

»Ein Argument für mein Bett.«

Hanna verstand nicht gleich und machte ein etwas verstörtes Gesicht, dann fiel der Groschen. »Ach so … ich war kurz … woanders«, sagte sie.

»Woanders?«

»Ja, ein Satz, in dem kein Bett vorkommt, ist weniger verwirrend. Ein Argument gegen die Untersuchungshaft zum Beispiel, das wäre viel eindeutiger.«

»Dann eben das«, sagte Roth und lachte ebenfalls. Sie hatte es tatsächlich geschafft, ihn, den Umständen zum Trotz, einen Moment lang fröhlich zu stimmen. Das war bemerkenswert. Und es gefiel ihr.

»Ein Satz, in dem kein Bett vorkommt, ist weniger verwirrend«, wiederholte er und fing erneut an zu lachen.

»Was? Bei Bett denke ich immer sofort an schlafen, und sobald ich an schlafen denke, glüht irgendwas in meinem Kopf durch und ich verpasse ganze Gesprächspassagen, weil ich nur noch ›Bett, Bett, Bett, schlafen, schlafen, schlafen‹ denke«, erklärte Hanna, woraufhin Roth noch mehr lachen musste. Er kriegte sich gar nicht mehr ein, wahrscheinlich kam bei ihm langsam die Erleichterung über die guten Nachrichten von der DNA-Front an, und Hanna freute es, ihn aufmuntern zu können. Roth lachte immer weiter, und schließlich steigerte sich das Ganze in einen hysterischen Lachanfall, den er nicht mal unter Kontrolle bekam, als Kilian Huber die Zelle betrat.

»Was geht denn hier ab?« Huber wirkte fassungslos.

»Entschuldigung«, sagte Hanna, die sich sehr zusammenreißen musste, nicht auch noch die Contenance zu verlieren. »Wir haben alles Wichtige besprochen, wir sind fertig«, sagte sie.

»Na, dann würde ich Ihnen empfehlen, sich nach oben in Ihr Büro zu begeben.«

»Jetzt? In mein Büro?«

Huber lenkte sie in die Ecke des Raumes und flüsterte ihr ins Ohr, damit Roth ihn nicht hörte, doch der kämpfte sowieso weiterhin mit sich selbst um angemessene Ernsthaftigkeit.

»Schmeichel wird in einer Stunde zur Vernehmung hergebracht«, flüsterte Huber.

»Aber ich dachte …«

Er bat Hanna vor die Tür. »Keine Lust mehr auf Stille Post«, sagte er draußen. »Also: Die DNA am Steinbruch ist nicht von Schmeichel. Außerdem haben wir um die dreißig Zeugen von der Anwesenheitsliste befragt. Alle bestätigen, dass Schmeichel anwesend war. Lupenrein.«

»Und was haben Sie im Sinn, wonach soll ich Schmeichel befragen?«

»Sie sollten ihm klarmachen, dass wir genug Beweise haben, um ihn wegen des Einbruches zu verhaften, um ihn direkt hinter Gitter zu bringen. Wenn er davon überzeugt ist, wird er auf einen Deal eingehen.«

»Welchen Deal?«

»Sie sagen ihm, dass die Strafe deutlich geringer ausfallen wird, eventuell sogar verpufft, falls er uns alles erzählt, was er über die Bücher weiß«, sagte Huber.

»Das könnte uns weiterbringen.«

Huber ging wieder in die Zelle, ließ die Tür jedoch geöffnet, damit Hanna mitbekam, was er zu sagen hatte. »Herr Roth, die Richterin hat in Ihrem Fall die Untersuchungshaft angeordnet. Sie werden am späten Nachmittag in die JVA Butzbach verlegt.« Dieser Satz von Kilian Huber zerschlug Roths Albernheit mit brutaler Gewalt. Aus seinem lachenden Gesicht wurde innerhalb eines Atemzugs eine Maske des Schocks.

»Was? Aus welchem Grund denn, verdammte Scheiße noch mal?«, fragte er.

»Verdunklungsgefahr. Sie sind der Therapeut des Zeugen, der sie belastet. Da ist, auch nach Meinung der Richterin, eine Beeinflussung des Zeugen mehr als wahrscheinlich.«

Roth stieß wütend und zischend Luft durch seine zusammengebissenen Zähne. »Aber andersrum ist das in Ordnung? Dass der Patient seinen Therapeuten anschwärzt, dabei geht man wohl nicht irgendwie von Befangenheit aus, was?«

»Nein, davon war nicht die Rede«, sagte Huber. Er wandte sich an Hanna, die mit blassem Gesicht vor der Zelle stand. »Wir sollten dann jetzt weitermachen«, sagte er.

»Was ist mit DNA-Spuren? Ich habe eine Speichelprobe abgegeben, um zu beweisen, dass ich nie am Fundort der Leiche war. Was sagen die Ergebnisse?«, fragte Roth wütend.

»Dazu kann ich Ihnen jetzt aus ermittlungstechnischen Gründen noch keine Auskunft geben«, entgegnete Huber.

Roth schnaufte verächtlich. »Sie wissen doch genau, dass ich es nicht war«, sagte er.

»Nein, das weiß ich nicht genau«, sagte Huber.

»Sie sind nicht zufällig mit Kohlmeier befreundet?«

»Was soll die Frage?«

»Ach nichts.« Roth winkte ab. Dann legte er sich wieder zurück auf seine Pritsche und sagte: »Wenn es Ihnen nichts ausmacht, ich würde jetzt gern ein Schläfchen halten.« Er drehte das Gesicht zur Wand.

»Tun Sie das«, antwortete Huber.

»Auf Wiedersehen«, rief Hanna, die beim Abschied von Roth diesmal einen gewaltigen Kloß im Hals hatte.

»Was soll das? Glauben Sie trotz negativem DNA-Vergleich immer noch, dass er schuldig ist?«, fragte Hanna, als die Zellentür geschlossen war und sie sich auf den Weg nach oben machten.

»Na ja, nicht im Alleingang. Aber ich glaube, dass er *und* Schmeichel da drinhängen. Vielleicht hat keiner von ihnen Marie Herrendorf persönlich getötet, aber beide waren an der Planung beteiligt, davon bin ich überzeugt.«

»Schmeichel und Roth?« Hanna sah ihn verständnislos an. »Die beiden machen doch keine gemeinsame Sache, niemals!«

»Tja, zum Glück werden Gerichtsurteile nicht aufgrund der Gefühle von ermittelnden Beamtinnen oder ihren Vorgesetzten gefällt.«

Hanna sah ihren Chef ausdruckslos an. »Ich habe stundenlang mit Roth über den Fall gesprochen. Sie sind auf der völlig falschen Spur«, sagte sie.

Huber lächelte mild. »Roth hat kein Alibi und es gibt eine Zeugenaussage, die ihn stark belastet, das sind die Fakten, auch wenn Sie offenbar eine gewisse Sympathie für ihn hegen«, sagte Huber, während sie auf den Aufzug warteten.

»Sympathie? Na und? Roth ist mir sympathisch, ja, aber falls er etwas mit den Morden zu tun hätte, würde das für mich keinen Unterschied machen. Oder halten Sie mich für so unprofessionell?«

»Ach, das ist doch jetzt Quatsch, Frau Blum. Ich will nur vorsichtig sein und nicht den Fehler machen, am Ende einen Mörder freizulassen. Roth wäre nicht der Erste, der die Chance zur Flucht nutzt. Und andererseits wäre er auch nicht der Erste, der für eine gute Sache eine Zeit lang unschuldig im Loch sitzt. Das sind Kollateralschäden, manchmal unvermeidbar.«

»Wenn Sie meinen«, sagte Hanna patzig.

»Ist da vielleicht noch mehr als bloß Sympathie?«, stichelte Huber.

»Was meinen Sie?«

»Zumindest haben Sie wohl einen sehr ähnlichen Humor, wie ich eben feststellen durfte, als ich in die Zelle gekommen bin.«

»Wo steht denn geschrieben, dass es verboten ist, bei einer Zeugenbefragung zu lachen?«

»Das war doch überhaupt nicht wertend gemeint.«

Der Aufzug hielt, die Tür öffnete sich und die beiden stiegen ein.

Während der Fahrt schwiegen sie. Oben angekommen, verabschiedete sich Huber von Hanna.

»Kommen Sie nicht mit zum Verhör von Schmeichel?«

»Nein, ich hab noch einen Termin. Eine ältere Dame. Sie will am Tag des Mordes jemanden im Wald beobachtet haben. Ganz in der Nähe des Leichenfundortes. Mit Schmeichel werden Sie schon allein fertig«, sagte Huber, tätschelte Hanna die Schulter und ging.

Plötzlich fiel ihr siedend heiß ein, was im Büro auf dem Tisch lag. *Verdammt, das Buch!* Sie eilte über den Flur mit dem alten, stinkenden Teppichboden, sie wollte das Buch verstecken, bevor Schmeichel es zu sehen bekäme. Im Büro angekommen, packte sie es in einen Einkaufsbeutel und steckte den in ihren Rucksack. Anschließend kochte sie Kaffee für das Gespräch mit Schmeichel.

Kapitel 14

»Wie kommt aber Ihr Haar in den Wäschekorb, wenn der doch erst nach Maries Tod in das Zimmer gestellt wurde?«, fragte Hanna.

Wiegand Schmeichel wirkte sichtlich nervös.

»Was weiß denn ich? Wir hatten manchmal Sex in ihrem Zimmer, da kann schon mal ein Haar verlorengehen. Möglicherweise lag es schon ewig da auf dem Boden rum. Als Maries Mutter den Wäschekorb abgestellt hat, wurde es durch den Luftzug aufgewirbelt und ist dann auf der Wäsche gelandet.«

»Keine ganz schlechte Theorie, wirklich kreativ, aber einen Richter können Sie mit solchen Geschichten nicht überzeugen«, sagte Hanna, obwohl ihr Schmeichels Erklärung ganz und gar nicht unmöglich vorkam. Ihr Bestreben war es momentan jedoch, dem Verdächtigen etwas über die geheimnisvollen Bücher zu entlocken. Sie wollte bei der Mordermittlung weiterkommen, der Einbruch als Tat interessierte sie nicht großartig, sie wollte vielmehr wissen, in welchem Zusammenhang er mit dem Mord stand.

»Ich möchte Ihnen reinen Wein einschenken«, sagte Hanna und fixierte Schmeichel einige Sekunden lang mit ernstem

Blick, bevor sie zu sprechen fortfuhr. »Wir wissen, dass es zwischen dem Einbruch und Maries Tod einen Zusammenhang gibt. Wir haben genug, um Sie wegen des Einbruches hinter Gitter zu bringen …«

»Das … aber …«, fiel Schmeichel ihr ins Wort, doch Hanna beendete ihre Ausführung:

»Wir haben genug Beweise wegen des Einbruches. Das reicht. Sie werden vom Gerichtssaal direkt ins Gefängnis überführt, Bewährung können Sie vergessen.«

Schmeichels Augen wurden immer größer.

Hanna machte weiter: »Wir wissen aber auch, dass *Sie* Marie nicht getötet haben, Herr Schmeichel …« Sie ließ die Worte einen Moment lang nachwirken. »Ihr Alibi ist wasserdicht.«

»Mmh …«, brummte Schmeichel nachdenklich. Er schloss die Augen und kniff sich mit Daumen und Zeigefinger in die Nasenwurzel.

»Warum haben Sie bei unserem Treffen in der Bar ohne Namen eigentlich so überhaupt keinen traurigen Eindruck gemacht? Es war schließlich erst sehr kurz nach Maries Tod …«, fragte Hanna nun mit seitlich geneigtem Kopf, als wäre ihr die Frage gerade erst in den Sinn gekommen. Schmeichel traf der Themenwechsel unvorbereitet.

»Soll ich mich dafür entschuldigen, dass ich immer versuche, die Haltung zu wahren?«

»Sehen Sie, ich habe den Eindruck, Sie wissen Dinge, die uns dabei helfen könnten, den Täter zu finden, den Mörder von Marie Herrendorf, aber Sie wollen uns nicht helfen. Das ist mein Gefühl.«

»Schwachsinn!«, fauchte Schmeichel.

»Was haben Sie denn eigentlich in Maries Wohnung gesucht?«, fragte sie.

»Wann?«

»Bei dem Einbruch …«

Schmeichel lachte verächtlich. »Tzzz … ich habe gar nichts gesucht, weil ich dort nämlich nicht eingebrochen bin«, sagte er kopfschüttelnd und mit gespieltem Lächeln.

»Es gibt also zwei Möglichkeiten«, begann Hanna erneut. Sie führte die Vernehmung absichtlich auf diese konfuse Art durch, sie sprang von Thema zu Thema, um Schmeichel zu verwirren und aus der Reserve zu locken.

»Welche zwei Möglichkeiten?«, fragte Schmeichel irritiert.

»Sie geben das mit dem Einbruch zu, was Ihnen eine deutlich geringere Strafe einbringen könnte, als wenn man sie ohne Geständnis verurteilt. Was so oder so passieren wird. Oder Sie verzichten auf ein paar Jahre Freiheit und schweigen weiterhin. Sollte sich übrigens bestätigen, dass Sie wissen, wer den Mord begangen hat, und es der Polizei verheimlichen, stehen da neben dem Einbruch wieder ganz andere, heftigere Straftatbestände im Raum.«

»Ich verheimliche überhaupt nichts!«, zischte Schmeichel. Er klang inzwischen leicht aggressiv.

Hanna setzte nach: »Als ich Ihnen im Café sagte, es gebe kein sexuelles Motiv, wirkten Sie sehr überrascht und ihr ganzes Verhalten war für das restliche Gespräch vollkommen verändert! Was ist Ihnen da durch den Kopf gegangen?«

»Ich hab keine Ahnung, was mir genau durch den Kopf ging. Wahrscheinlich habe ich in meinem Kopf nach anderen Motiven gegraben und war deshalb so abwesend.«

»Okay, verstehe. Haben Sie da bereits daran gedacht, bei Marie einzubrechen? Vielleicht, weil Ihnen klar wurde, dass es dem Täter nur um ein bestimmtes Buch gegangen sein kann, wenn es kein sexuelles Motiv gab.«

»Ich bin kein Einbrecher«, sagte Schmeichel.

»Mittäterschaft bei Mord ist eine ernste Sache. Todernst, sozusagen. In Verbindung mit Einbruch warten ein paar Jährchen Gefängnis auf Sie. Wie alt sind Sie noch? Na ja, es wären wohl die besten Jahre Ihres Lebens, die Sie hinter Gittern verbringen müssten. Das beste Mannesalter.«

»Was zum Teufel wollen Sie eigentlich von mir?«, fragte Schmeichel, die Zähne dabei vor Wut aufeinandergebissen.

»Als ich im Café meinen Kuchen bekam, haben Sie auf Ihrem Smartphone eine *WhatsApp*-Nachricht getippt …«, sagte Hanna und ließ die Worte einige Sekunden lang im Raum stehen. Schmeichel schüttelte mittlerweile durchgängig den Kopf. »Wem haben Sie da geschrieben? Falls Sie dazu nichts sagen möchten, lässt sich das sicher ganz einfach überprüfen …«, führte die Kommissarin weiter aus.

»*Was* wollen Sie von mir?«, wiederholte Schmeichel, diesmal beinahe brüllend.

»Sagen Sie mir einfach alles, was Sie über die Bücher von Ludwig Bern wissen. Dann werden ich und meine Vorgesetzten alles dafür tun, dass Sie mit einer Bewährungsstrafe davonkommen und keine einzige Nacht hinter Schloss und Riegel verbringen müssen.«

Für einen Moment herrschte völlige Stille in Hannas Büro. Sie hatte ihn erwischt. Schon sein Nachdenken verriet alles.

Mit ruhiger Stimme fuhr sie fort: »Herr Schmeichel … falls Sie nichts über diese Bücher wüssten, hätten Sie jetzt keine Sekunde gezögert, mir das deutlich zu sagen, oder? So gut kennen wir uns doch mittlerweile, nicht wahr?«

Schmeichel nickte. Dann seufzte er. »Ich weiß nur, dass in den Büchern Weissagungen zu finden sein sollen«, sagte er.

»Also geben Sie zu, wegen der Bücher in Maries Zimmer gewesen zu sein?«

Schmeichel schwieg, während sich vor seinem inneren Auge offenbar ein düsteres Szenario abspielte. Er schnaufte hörbar durch die Nase, dachte noch eine Sekunde lang nach und begann dann langsam zu sprechen: »Ja, ich bin wegen der

Bücher dort gewesen.« Seine Augen wirkten jetzt wie Murmeln aus Glas. »Der Einbruch … das war ich.«

»Gut, das ist sehr gut, Herr Schmeichel. Das hilft uns. Und auch Ihnen.«

Er nickte mit dem Gesichtsausdruck eines reumütigen Sünders.

»Dann sagen Sie mir doch bitte, warum Sie so wild darauf waren, die Bücher zu untersuchen.«

Schmeichel zuckte mit den Schultern. »Wie gesagt, angeblich soll der Autor eine Vision von der Zukunft unseres Volkes darin aufgeschrieben haben. Vieles davon soll schon eingetroffen sein. Anderes wird möglicherweise noch eintreffen.«

»Und was genau hatten Sie mit diesen aufgeschriebenen Visionen vor?«

Schmeichel zuckte erneut mit den Schultern.

»Wer hat Ihnen überhaupt davon erzählt?«, hakte Hanna nach. »Sie müssen ja von jemandem darauf aufmerksam gemacht worden sein …«

»Das ist eine Geschichte, die in bestimmten Kreisen schon sehr, sehr lange herumgeht«, sagte Schmeichel.

»In welchen Kreisen?«

»Das wissen Sie doch genau.«

»Aber ich möchte es von Ihnen hören.«

»In Kreisen rechts der politischen Mitte«, antwortete er.

»Und wer hat es *Ihnen* erzählt?«

»Weiß ich gar nicht mehr.«

»Was wollten Sie mit den Büchern anfangen? Wie viel Geld hat man Ihnen dafür geboten?«

Schmeichel begann zu lachen. »Oh Mann … das glaubt mir sowieso niemand.«

»Versuchen Sie, mich zu überzeugen.«

»Okay«, sagte Schmeichel. »Niemand hat mir auch nur einen Cent für die Bücher geboten.«

Hannas einzige Reaktion war ein kritischer, prüfender Gesichtsausdruck. »Ich wollte sie jemandem geben, zu dem ich aufschaue«, fuhr Schmeichel fort. »Derjenige sucht seit Jahren nach bestimmten Büchern von Bern, eigentlich seit Jahrzehnten. Als ich dann die Gelegenheit gesehen habe, sie in die Hände zu bekommen, wollte ich das unbedingt«, sagte er.

»Ohne Gegenleistung?«

»Ja!«

»Warum?«

»Kennen Sie das Gefühl von seelischer Verbundenheit, Freundschaft?«

»Ich denke nicht, dass es da *das* Gefühl gibt. Jeder empfindet das anders.«

Schmeichel dachte nach. »Natürlich. Und in meinem Fall kann dieses Gefühl ziemlich stark werden, wissen Sie. Jedenfalls wollte ich kein Geld dafür, sondern bloß Anerkennung …«

Hanna nickte nachdenklich. »Muss ein richtig netter Charakter sein, zu dem Sie da aufschauen. Freundschaft, ja, sogar seelische Verbundenheit zu einem Kerl, der eine junge Frau töten lässt, um an ein altes Buch zu kommen. Klingt nach jemandem, den ich unbedingt kennenlernen muss. Außerdem wirft es kein gutes Licht auf Sie«, sagte sie.

Wiegand Schmeichel wand sich bei Hannas Worten wie unter körperlichem Schmerz und schüttelte abwehrend den Kopf. »Nein, nein, das ist ein völlig falscher Verdacht, wenn natürlich auch sehr naheliegend, das erkenne ich ja, das muss man in dem Fall ja quasi vermuten«, sagte er. »Der Mord an Marie, das war aber niemand von unseren Leuten!«

»Geben Sie mir einen Grund, Ihnen zu glauben.«

»Gut …« Schmeichels Gesicht wurde ein wenig härter. »Sie haben offen mit mir geredet, also werde ich das jetzt auch tun …«

»Ich denke, so kommen wir am besten weiter, ja.«

»In Wirklichkeit habe ich den Kontakt zu Marie Herrendorf erst gesucht, nachdem ich erfuhr, dass sie eines der Bücher von Ludwig Bern besaß. Ich habe mich interessiert gezeigt – an ihr selbst und an ihrem Faible für alte Gegenstände –, habe mir viel Zeit für sie genommen und ja, offensichtlich hat es auch funktioniert, sie in mich verliebt zu machen.«

»Sie waren doch eine ganze Zeit lang mit Marie Herrendorf zusammen, oder? Ich meine, ihre ›Freundschaft Plus‹ hielt doch deutlich länger, als es gedauert hätte, ihr das Buch zu entwenden.«

»Zuerst brauchte es ja mal ein Weilchen, ihr Vertrauen zu gewinnen. Anfangs glaubte sie, ich wollte sie nur ins Bett bekommen.« Nach diesem Satz verzog Schmeichel beinahe angewidert das Gesicht. »Und als ich sie zum ersten Mal speziell auf dieses Buch ansprach und sie darum bat, es mir ansehen zu dürfen, sagte sie, das Buch sei gerade bei einer Restauratorin.«

»Stimmte das?«

»Ja, sie wollte das Buch für nachkommende Generationen haltbar machen lassen. Der Einband löste sich an einigen Stellen und solche Dinge …«

»Wie lange hat es gedauert, bis das Buch von der Restauratorin zurückkam und sie es zum ersten Mal gesehen haben?«

»Ein paar Wochen gingen dabei schon ins Land. Kurz bevor ich dazu kam, es mitzunehmen, hab ich dann erfahren, dass sie bald sogar das zweite Buch bekommen würde. Sie sollte es von Benedek Roth kriegen, einem Psychologen aus der Klinik. Der Typ wollte es ihr für das geplante Heimatmuseum einfach so überlassen. Schenken. Offensichtlich hatte er keinen Schimmer, wie wertvoll das Buch ist.«

»Aber Sie wussten das, und der geheimnisvolle Mann, für den Sie offenbar bereit waren, eine ganze Menge aufs Spiel zu setzen, wusste es auch.«

Schmeichel fixierte Hanna mit verkniffenen Augen, als müsste er sich über die Absicht hinter ihrer Frage erst noch klar werden. Dann nickte er.

»Ja. Weil ich wusste, dass beide Bücher gemeinsam wie ein Sechser im Lotto wären, habe ich beschlossen, auf das zweite Buch zu warten und dann beide auf einmal mitzunehmen.«

»Das hätte sicherlich großen Eindruck gemacht, wenn Sie bei Ihrem großen … ist er so etwas wie ein Vorbild für Sie, ein geistiger Führer?«, vermutete Hanna.

Schmeichel sah sie nur ausdruckslos an.

»Na ja, wenn Sie da bei Ihrem … *Bücherfreund* plötzlich mit beiden Bänden aufgetaucht wären, was?«

»Ja, doch dazu kam es ja leider nicht mehr. Kurz darauf war Marie tot«, sagte Schmeichel.

»Was hat Ihnen eigentlich mehr ausgemacht. Dass es schließlich mit den Büchern nicht geklappt hat oder Maries Tod?«

»Ach … lassen Sie doch einfach stecken«, antwortete er patzig.

Hanna schoss die nächste Frage hinterher. Schmeichel sollte keine Zeit haben, sich Gedanken zu machen. »Wann hat sich bei Ihnen persönlich der Verdacht entwickelt, Maries Tod könnte mit dem Buch in Zusammenhang stehen?«

»Das war bei unserem Treffen im Café. Als Sie mir sagten, es hätte kein sexuelles Motiv gegeben. Da haben bei mir alle Glocken geläutet. Als Sie dann auch noch vom Gerangel um einen Gegenstand erzählten, war ich fast sicher, dass jemand ihr das Buch gestohlen hat.«

»Aber Ihnen ist bis jetzt kein Grund eingefallen, den sie gehabt haben könnte, das Buch mit zu einem Waldspaziergang zu nehmen?«

Schmeichel schüttelte den Kopf. »Absolut nicht. Jedenfalls wird sie es nicht mitgenommen haben, um darin zu lesen.«

»Könnte es sein, dass Marie das Buch verkaufen wollte? Vielleicht hat sie doch irgendwie von dessen Wert Wind bekommen.«

»Nein. Wegen Geld brauchte Marie sich keine Gedanken zu machen.«

»Herr Schmeichel, wie heißt der Mann, dem Sie das Buch geben wollten?«, fragte Hanna.

»Das *möchte* ich nicht sagen. Derjenige wusste ja überhaupt nicht, dass ich kurz davor war, die Bücher zu bekommen. Ich wollte ihn überraschen, es trifft ihn absolut keine Schuld an dem Einbruch, weil er gar nichts davon weiß. Warum sollte ich Ihnen also seinen Namen nennen?«

»Wenn er nichts davon wusste, trifft ihn ja auch keine Schuld. Demnach hätte er ja nichts zu befürchten.«

»Trotzdem, ich möchte einfach vermeiden, dass sein Name in irgendeiner Weise da reingezogen wird.«

»Herr Schmeichel«, sagte Hanna streng, »hier geht's nicht um irgendwelche Befindlichkeiten. Wir bekommen es ja sowieso raus, nur bedenken Sie immer, wie vorteilhaft es bei Gericht für Sie sein kann, wenn wir von Ihrer ausgezeichneten Mithilfe sprechen.«

Schmeichel machte ein nachdenkliches Gesicht. Er kam jedoch nicht mehr dazu, etwas zu antworten, denn Huber riss die Tür auf und Schmeichel damit aus seinen Gedanken.

»Wir haben eine Phantomzeichnung!«, rief er und keuchte, als hätte er die Treppe statt des Aufzuges genommen.

»Eine Phantomzeichnung?«

»Ja, ganz genau, kommen Sie doch bitte mal kurz raus.« Hanna folgte ihrem Vorgesetzten auf den Flur. Schmeichel sollte nicht alles mitbekommen, was die beiden zu besprechen hatten.

»Eben habe ich mit der neuen Zeugin gesprochen, von der ich Ihnen erzählt habe. Die Frau war am Tag des Mordes in der

Rufus-Baldachin-Klinik, um ihre Enkeltochter zu besuchen. Sie kommt nicht von hier und sagt, sie habe gestern erst zufällig im Internet von dem Mord gelesen und dann sei ihr klar geworden, dass sie an jenem Tag im Wald spazieren war und dort einen Mann gesehen hat, der ihr verdächtig vorkam.«

»Was war verdächtig?«, fragte Hanna.

»Sein Verhalten, sein Aussehen. Er hatte eine Ledertasche dabei! So eine, wie die Lehrer früher immer hatten, wissen Sie, was für eine ich meine?«

Hanna nickte.

»Und die Zeugin sagt, der Mann habe nervös gewirkt. Als hätte er auf jemanden gewartet, der lange überfällig war.«

»Zeigen Sie mal her«, sagte Hanna und nahm ihrem Chef die Phantomzeichnung aus der Hand. Sie war, anders als bei den meisten Fällen, farbig gestaltet worden. Der Mann, den Hanna auf dem Papier sah, hatte rotes, wuscheliges Haar, eine Brille mit dickem schwarzem Rand, auffallend weit auseinander stehende, hellblaue Augen und einen leichten Silberblick.

»Sieht ja fast aus wie Ed Sheeran«, stellte Hanna fest.

»Fast, ja. Sie nehmen jetzt die Zeichnung und fahren damit nach Cleeberg. Falls der Verdächtige von dort stammt, müsste man ihn bei der Größe des Dorfes ja schnell finden«, sagte Huber.

Kapitel 15

Dieses Mal parkte Hanna auf dem öffentlichen Platz vor dem Dorfbrunnen, der um diese Uhrzeit noch nicht von Besuchern der Gaststätte belegt war. Von hier aus würde sie bergauf die Hauptstraße entlanggehen. Mal sehen, wem sie begegnete.

Sie stieg aus, atmete die frische Landluft ein und fühlte sich auf seltsame Weise geborgen. Obwohl sie wegen eines Mordfalles zum ersten Mal nach Cleeberg geraten war, kam sie mittlerweile gern in das beschauliche Örtchen. Die Stille, in der man seine eigenen Gedanken hören konnte, und die fabelhafte Natur, die bei ihrem ersten Besuch das gesamte Dorf in unschuldiges Weiß gekleidet hatte, beruhigten ihr Gemüt. Doch wie überall auf der Welt war Schönheit auch hier nicht von Dauer, und die braunen Flecken abgestorbenen Grases, die nun durch die weiße Pracht lugten, erinnerten Hanna daran, dass unter dem Deckmantel der gemütlichen Dorfgemeinschaft auch schmutzige Dinge warteten.

Es hatte keinen Neuschnee mehr gegeben und die Temperaturen waren über Nacht sprunghaft auf beinahe zehn Grad Celsius gestiegen. Die dörfliche Stille war durchsetzt mit dem Knistern des tauenden Schnees. Durch die Rinnsteine flossen kleine Bäche aus Tauwasser in die Kanalisation. Irgendwo im

Wald verkündete ein vereinzelter Singvogel den lange ersehnten Frühlingsbeginn.

Der erste Mensch, dem sie an diesem späten Vormittag begegnete – es war inzwischen 11.30 Uhr –, war ein junger Mann. Jung zumindest auf den ersten Blick, denn obwohl sie ihn anhand des Gesichtes auf Mitte zwanzig schätzte, war alles an ihm irgendwie unmodern. Der staksende Gang, das fehlende Smartphone in der Hand, das unordentliche, ja ungepflegte Haar, dem – darauf hätte Hanna gewettet – nach dem Aufstehen aus dem Bett noch kein einziger Gedanke oder Blick gewidmet worden war. Er trug ein rot-blau kariertes Flanellhemd und eine sehr hell gewaschene Jeans, die in jägergrünen Gummistiefeln steckte.

»Guten Tag, mein Name ist Blum, ich bin von der Kriminalpolizei Frankfurt«, sagte sie und reichte ihm die Hand.

»Tag«, sagte der Mann, nickte und reichte Hanna eine schwielige Pranke.

»Ich habe hier eine Phantomzeichnung, ein Bild von jemandem, der als wichtiger Zeuge im Fall Marie Herrendorf infrage kommt. Sie haben doch mitbekommen, was passiert ist?«

»Natürlich«, sagte der Mann.

»Okay, also …« Hanna holte das Bild aus der Innentasche ihrer Jacke. Währenddessen stellte sie dem Mann eine weitere Frage: »Leben Sie hier oder kennen Sie viele Leute hier aus dem Ort?«

Der Mann nickte. »Ja.«

»Was jetzt genau? Sie leben im Ort oder Sie kennen hier viele Leute?«

»Beides«, sagte der Mann.

»Sehr gut!«

Hanna hielt ihm die Phantomzeichnung vor. »Erinnert er sie an irgendjemanden?«, fragte sie.

Der junge Mann schnaubte einmal kurz verächtlich mit der Nase. »Das ist der Gessner Eugen, den erkennt man ja aus hundert Metern Entfernung«, sagte er.

»Sie kennen ihn?«

»Ja, die Familie wohnt seit ungefähr zwanzig Jahren im Dorf, keine Alteingesessenen, hier bloß ein paar Häuser weiter, Hausnummer 104, das gelbe Haus, bei dem der Putz überall abfällt«, sagte er und zeigte in die Richtung, in der auch Roths Hof lag. Dann zog er die Mundwinkel nach unten. »Aber von denen werden Sie nicht viel erfahren, die halten sich aus allem raus. Keiner beteiligt sich am Vereinsleben, zu den Festen kommen sie auch nie«, fügte er hinzu.

»Dann hat die Familie Ihrer Meinung nach nicht viele Freunde im Ort?«

»Wüsste nicht, wer mit denen groß zu tun hat. Die sind alle ein bisschen seltsam«, verkündete er mit zusammengekniffenen Augen. »Also nichts Schlimmes, das nicht. Der Eugen hat das Herrendorf-Mädchen bestimmt nicht getötet. Die Gessners sind nicht böse, soweit ich das beurteilen kann, nur ein bisschen seltsam eben«, wiederholte der junge Mann, den Hanna ebenfalls ein bisschen seltsam fand.

»Gessner, sagten Sie? Ist das der Nachname?«

»Ja, wie gesagt, Hausnummer 104«, sagte er, deutete einen militärischen Gruß an, indem er die rechte Hand zum Kopf führte, und ging seines Weges.

»Darf ich Ihren Namen bitte auch noch erfahren?«, rief Hanna ihm hinterher. Der Mann, der vermutlich einer der wenigen Nachwuchsbauern im Landkreis war, blieb stehen und drehte sich um. »Lars Becker, mich kennt hier jeder, da können Sie jeden fragen.«

»Vielen Dank, Herr Becker, dann noch einen schönen Tag!«

»Ebenso«, brummte Becker und entfernte sich mit quietschenden Gummistiefeln.

Auf dem Weg zum Haus der Gessners kam sie an Roths Hofreite vorbei. Es versetzte ihr einen Stich, als sie an die aufgeweckte Ida dachte, die jetzt vermutlich große Sorgen plagten, falls sie von der Festnahme ihres Papas gehört hatte. Hanna nahm sich vor, im Anschluss an das Gespräch mit dem Zeugen Gessner Roths Kornspeicher aufzusuchen, um nach den Originalmanuskripten von Ludwig Berns Büchern zu sehen. *Da steht wohl kaum was von Stalingrad*, dachte sie bei sich.

Das gelbe Haus mit der Nummer 104 befand sich etwa zwanzig Meter entfernt von Roths Grundstück auf der anderen Straßenseite und war tatsächlich ziemlich heruntergekommen. Zwischen den gepflegten Nachbarhäusern hatte das alte, verwahrloste Gebäude etwas Gespenstisches. Der Putz war in großen Stücken von den Wänden gefallen, darunter konnte man die Balken des Fachwerkes sehen. *Als würde die Haut in Fetzen abfallen und die Knochen lägen frei*, dachte sie beim Anblick des Hauses. Doch auch die Balken selbst machten bei genauerem Hinsehen keinen gesunden Eindruck mehr.

Im Erdgeschoss war es dunkel, während unter dem Dach ein flackerndes, trübes Licht brannte. Das gelbe Haus war eines jener uralten, gedrungenen Fachwerkhäuser aus dem 18. Jahrhundert, mit winzigen Fenstern und niedrigen Decken. Das Hoftor hingegen war offensichtlich später angebaut worden und keines der regionaltypischen Hüttenberger Hoftore. Es war kaum höher als zwei Meter und an den Seiten konnte man durch breite Schlitze in einen sehr schmalen, dunklen Hof sehen. Auf diese Weise bekam Hanna einen ersten Eindruck vom Grundstück der Gessners. Im Hof war der Schnee bereits vollkommen getaut und nun lagen dort aufgeweichte Zeitungen, sonstiger Müll und die Hinterlassenschaften eines wohl ziemlich großen Hundes auf dem rissigen Asphalt, der an vielen Stellen mit Moos überwuchert war.

Das Klingelschild war bloß mit dem Familiennamen beschriftet: »Gessner«. Hanna drückte den Knopf und hörte ein lautes *Ding-Dong* durch das Innere des Häuschens schallen. Das tiefe Bellen eines Hundes folgte direkt auf die Klingel. Ansonsten passierte zuerst einmal nichts. Erst nach Hannas zweitem Klingeln öffnete sich unmittelbar eines der Fenster im Erdgeschoss. Eine dicke Frau mit fettigen Locken und qualmender Zigarette schaute fragend zu Hanna herunter.

»Kann ich Ihne irgendwie weiterhelfe?«, fragte die Frau. Ihre Stimme klang tief und männlich.

Hanna ging zwei Schritte auf das Fenster zu.

»Frau Gessner?«

»Richtig!«, krächzte sie und zog genüsslich an ihrer Zigarette.

»Mein Name ist Blum, ich bin von der Polizei, ich hätte ein paar Fragen an Herrn Eugen Gessner. Ist das Ihr Sohn?«

»Der is unterwegs. Kommt frühestens in einer Stund wieder.«

»Ah … okay, und spätestens? Haben Sie da auch eine ungefähre Idee?«

Sie zuckte mit den Schultern. »Der wird irgendwann mittags Hunger bekomme und sich was zu essen mache, also ewig wird der nicht wegbleibe.« Sie nahm noch einen tiefen Zug, hielt den Rauch in den Lungen und fragte: »Sie sind wegen Marie hier, gelle?«

Hanna nickte. »Ja, Ihr Sohn könnte ein wichtiger Zeuge sein.«

Frau Gessner nickte. »Zeuge …«, sagte sie.

»Ja, man hat Ihren Sohn an jenem Tag im Wald gesehen, und nun hoffen wir, er kann uns vielleicht irgendwie weiterhelfen. Vielleicht hat er was gesehen, von dem er selbst gar nicht weiß, dass es wichtig ist.«

Frau Gessner schüttelte den Kopf. »Die beiden waren befreundet. Wenn es irgendetwas gebe würd, womit Eugen helfen könnt, ihren Tod aufzuklären, hätt er das schon längst gemacht.«

»Freunde? Sind Sie sicher?«

»Natürlich, Marie und er ham sich oft getroffe. Eugen ist total fertig mit de Nerve. Seit das Mädsche tot ist, zieht er sich ja fast nur noch zurück. Wenn Sie mich frage, aber das sage ich nur Ihne, um Ihne klarzumache, dass er der Marie niemals was angetan hätt. Also wenn Sie mich frage, hat mein Bub das Mädsche geliebt.«

Hanna sah Frau Gessner nachdenklich an. »Vielen Dank für Ihre Offenheit. Ich werde dann im Laufe des Mittags noch mal vorbeikommen.«

»Ja, ich werd's ihm sage.«

»Vielen Dank«, sagte Hanna.

Beim Überqueren der Hauptstraße fiel ihr auf, wie schnell der Schnee ringsum nun taute. Die Sonne hatte noch ordentlich an Kraft gewonnen, die Luft auf eine angenehme Temperatur erwärmt. Zu dem einzelnen Singvogel von eben hatten sich weitere gesellt. Hanna steuerte Roths Hoftor an. Essensgerüche waberten aus den Häusern. Einmal glaubte sie, Reibekuchen mit Bohnensuppe zu erkennen, und ein paar Küchenfenster weiter roch es nach Frikadellen mit Kohlrabigemüse. Hannas Magen reagierte mit Grummeln. Sie hielt sich den Bauch. *Ich sollte mir demnächst über mein Mittagessen Gedanken machen.* Wenn sie einen bestimmten Punkt übergangen hatte und ihr Magen völlig leer war, verwandelte sich Hannas Hunger schnell in Übelkeit, und momentan hatte sie keine Ahnung, wo sie etwas zu Mittag essen sollte.

Wie angekündigt war die Tür zu Roths Anwesen nicht abgeschlossen. Sie schob sie unter gedehntem Quietschen auf und betrat den großen Innenhof. Auch hier hatte der Schnee an vielen Stellen weichen müssen, in einer Art Kuhfleckenmuster schauten hier und da Flächen aus sandfarbenen Klinkersteinen durch den Schnee.

Die Tür zum Kornspeicher befand sich direkt neben jener zur Sommerküche. Während Letztere relativ neu und aus stabilem Kunststoff war, hing das dicke, schiefe Holzungetüm mit dem Eisengriff, von dem die Farbe in großen Fetzen abblätterte, sicher schon fast hundert Jahre lang in seinen Angeln. Hanna ging darauf zu. In ihrem Bauch begann es zu kribbeln. Dieser Ort da oben strahlte etwas Fantastisches, Spannendes und Abenteuerliches aus. Laut Roths Erzählung hatte die Vorbesitzerin, Katharina Mohl, als Erwachsene nie selbst in dem Haus gewohnt. Es hatte ihr gehört, seit beide Eltern gestorben waren. Nach deren Tod mied sie das Grundstück und beließ alles so, wie es gewesen war, mitsamt Fotos, Möbeln, Blumentöpfen, Schallplatten und Unterhosen. Katharinas Eltern hatten in Haus, Hof, Scheune und Nebengebäude ihrerseits schon fast alles aufgehoben, was sie geerbt hatten. Im Aussortieren und Wegwerfen waren Generationen der Familie Mohl offenbar nicht sehr gut gewesen. Die Gegenstände auf diesem Hof, auch solche, die Roth noch benutzte – Holzrechen und Äxte zum Beispiel –, waren teils über hundert Jahre alt. Davon hatte Roth erzählt, als sie nach dem Essen noch beisammengesessen hatten. Er hatte auch erzählt, dass er eine Schwäche dafür habe, in den Sachen anderer Leute zu wühlen, um sich Geschichten über sie auszudenken. Er habe das Haus deshalb gern mitsamt allem darin befindlichen Kram gekauft. Zusätzlich habe er so die Kosten für eine Entrümpelungsfirma gespart. Eine Zeit lang sei er wie besessen von den Spuren vergangener Leben gewesen. Er habe Geldbeutel und Handtaschen durchforstet, in die schon seit Jahren niemand mehr hineingeschaut hatte. Solche Dinge seien unglaublich inspirierend für den Schriftsteller in ihm. Alle acht Räume des Wohnhauses seien damals mit den gesammelten »Schätzen« der Familie vollgestellt gewesen. Die meisten lagerten bis heute in Kisten und Kartons auf Roths Kornspeicher.

Hanna ging die knarzende Treppe nach oben, die sich unter der Last von Feldfrüchten im Laufe der Jahrzehnte nach rechts geneigt hatte. Sie konnte Roths Begeisterung für dieses Grundstück verstehen. Jetzt, wo sie ganz allein hier oben war, konnte sie sich gut in die Gefühle hineinversetzen, die er beim Durchstöbern der fremden Gegenstände gehabt haben musste. Doch Hanna hatte leider nicht ewig Zeit. Sie musste die Manuskripte finden und in der Urfassung die Stelle ansehen, an der im gedruckten Buch die angebliche Prophezeiung stand, mehr hatte sie hier – im wahrsten Sinne des Wortes – nicht zu suchen.

Da sich auf dem gesamten Kornspeicher über hundert Kartons befanden, war Hanna über Roths Inventarliste nun sehr dankbar. So hatte sie zumindest einen groben Überblick, in welcher Ecke sie mit ihrer Suche anfangen sollte. Alle Kisten, die irgendwie zu Bern gehörten – er hatte auch Kleidung und andere Besitztümer auf dem Hof hinterlassen –, standen vor dem mittleren Fenster aufgereiht und waren mit einem großen »Bern« beschriftet. Hanna warf einen Blick durch die dreckigen, dünnen Scheiben des alten Sprossenfensters. Dabei stellte sie fest, dass man von hier oben das gelbe Haus mit der Nummer 104 einwandfrei sehen konnte. Dort brannte nach wie vor das gelblich trübe Licht im Dachgeschoss. Ansonsten waren alle Fenster dunkel.

In der ersten Holzkiste, die Hanna öffnete, befanden sich stapelweise Kopien ein und desselben Textes. »Ein Kämpfer« lautete der Titel. Das bräunliche Papier verströmte den typischen Geruch alter Bücher. Sie fand ein Rasierset aus Leder, das gerahmte Foto eines kleinen Mädchens mit Zöpfen und ein paar Bleistiftzeichnungen von Bäumen und anderen Pflanzen, die gar nicht übel waren. In der nächsten Kiste bot sich ein ähnliches Bild. Dieses Mal handelte es sich offenbar um die Kopien verschiedener kürzerer Texte. Von dem, was Hanna suchte, war hingegen keine Spur zu finden.

Beim Öffnen von Kiste Nummer drei blickte sie auf einen Schuhkarton. Sie erinnerte sich, wie Roth von Fotografien aus dem 19. Jahrhundert, Postkarten von der Front und Briefen aus der Nazizeit erzählt hatte. Das alles hatte laut Roth in einem Schuhkarton gelegen. Sie öffnete ihn und wusste im selben Augenblick, dass es sich um diesen Karton handelte. Die gerahmten Schwarz-Weiß-Fotografien zeigten Familien oder immer dieselbe Familie in verschiedenen Zeiten. Mit todernsten Mienen standen die Leute dort, wo heute die Treppe von Roths Hof nach oben zu seiner Haustür führte. Zu seiner Haustür, die er nie benutzte. Die Frauen trugen hessische Tracht, die Männer Anzug, Fliege und streng zur Seite gescheiteltes Haar. Auch die Kinder waren in förmliche Kleidung gezwängt worden. Hannas Blick fiel auf den Stapel aus Briefumschlägen, den jemand sorgfältig in einer Plastikhülle aufbewahrt hatte. Sie nahm das Päckchen in die Hand, griff hinein und holte ein paar der Umschläge heraus. Es handelte sich um verschiedene Briefumschläge, auf denen weder Briefmarken noch Adressen zu sehen waren. Sie öffnete den ersten und zog einen Brief heraus. Das Papier war in der Plastikhülle und im Umschlag offenbar so gut geschützt gewesen, dass es wie neu wirkte. Der Brief war mit Füllfederhalter geschrieben und die Schrift wirkte wie die eines Mannes, fand Hanna.

Lieber Karl,
ich habe kürzlich von Deiner Krankheit erfahren und möchte Dir als Erstes viel Kraft wünschen. Du weißt, wie sehr diese Krankheit mich bereits ausgezehrt hatte, die Ärzte hielten mich schon für austherapiert. Das war vor einem guten Jahr. Wie Du siehst, bin ich noch hier, und mir geht es den Umständen entsprechend gut. Allerdings ist der Krebs nun zurück, und ich weiß nicht, ob ich die Kraft habe, noch einmal so zu kämpfen.

Mein treuer Freund, ich glaube, Du spürst selbst, dass es an der Zeit ist, die Sache in die Hand zu nehmen. Ansonsten könnte es für uns beide schon sehr bald zu spät sein.

Sonst stand dort nichts. Weder der Name des Absenders noch das Datum, wann der Brief geschrieben worden war. Hanna nahm sich den nächsten Brief vor, der in derselben Handschrift verfasst worden war und ebenfalls keine Datierung enthielt.

Lieber Karl,
Deine Antwort lässt mich etwas ratlos zurück. Waren wir uns nicht längst darüber einig, was es noch zu tun gibt, bevor für uns beide die Zeit abgelaufen ist? Ich zumindest habe das immer stärker werdende Verlangen, den besprochenen Weg noch zu gehen. Ich erwarte dabei keine Begleitung durch Dich, obwohl es im Grunde für Deinen Seelenfrieden ungemein bedeutsam wäre, aber ich kann Dich nicht zwingen. Was ich jedoch erwarte, ist, dass Du zu Deinem Wort stehst und mir alle nötigen Informationen zur

Verfügung stellst, die ich brauche, um die Sache durchzuführen.

Hanna stutzte. Die Briefe waren kurz und knapp gehalten. Außerdem fiel ihr jetzt auf, dass das Papier nicht nur neu aussah. Ihr fiel auf, wie sehr das Briefpapier im Gegensatz zu anderen Schriftstücken, Manuskripten und Zeitungsausschnitten strahlte. *Das Papier, kann nicht viel älter als ein paar Jahre sein, höchstens zehn,* dachte sie, und mit wachsender Spannung nahm sie den nächsten Brief heraus.

Lieber Karl,
die Zeit, um nachzudenken, hatten wir doch längst. Was gibt es noch zu überlegen? Ich bitte Dich, nicht nur für dein eigenes Seelenheil, nein, auch für Deine Nachkommen, die anhand dieser Geste den Mut finden könnten, wieder auf die Größe und das Gute in der eigenen Familie zu vertrauen.

Ist es Dir keine Herzensangelegenheit, zuletzt die Hand doch noch zu einem Friedensangebot auszustrecken? Und sollte dem nicht so sein, gib doch um Gottes willen zumindest meinem geplagten Gewissen die Chance, Erleichterung zu finden.

Und noch einen.

Lieber Karl,
meine Gesundheit scheint auf dem Weg zu neuer Blüte. Wird wohl ihre letzte sein. Die Ärzte sagen, ich hätte auch den zweiten Kampf

gewonnen. Nun, wie ich jetzt doch hörte, steht es um Dich längst nicht so gut …

Hanna brach das Lesen für ein paar Sekunden ab, um ihre Gedanken zu sortieren. Sie ließ den Blick nachdenklich aus dem Fenster schweifen, als sie unten auf der Straße den jungen Mann von der Phantomzeichnung erkannte. Eugen Gessner war auf dem Weg nach Hause. Hastig sah Hanna sich um. Obwohl der Briefwechsel zwischen dem unbekannten Karl und dessen namenlosem Freund in keinem offensichtlichen Zusammenhang mit Marie Herrendorf stand, drängte sich ihr das Gefühl auf, die Briefe in aller Ruhe ansehen zu müssen. Doch diese Ruhe hatte sie jetzt nicht. Sie befürchtete, Eugen Gessner könnte Reißaus nehmen, sobald seine Mutter ihm von Hannas Besuch erzählte. Sie steckte den gesamten Stapel in ihre linke Manteltasche und riss einen Karton nach dem anderen auf, wühlte, sichtete, blätterte in Windeseile und fand schließlich, ganz unten in einem großen, stabilen Umzugskarton das gesuchte Manuskript von »Das größte Joch«. Es befand sich in einem braunen Schnellhefter aus Pappe. Da der Schnellhefter nicht in die Manteltasche passte, schob sie ihn unter ihren Pullover und, damit er nicht hinunterrutschte, noch ein Stück weit in den Bund ihrer Jeans. So würde sie den Text bis zum Auto transportieren, um ihn dann zu seinem gebundenen Bruder in den Rucksack zu stecken und später in aller Ruhe die Stelle herauszusuchen, an der in dieser Urfassung auf keinen Fall etwas von Stalingrad stehen konnte.

Hanna beeilte sich, Kornspeicher und Hof zu verlassen. Auf der Straße blendete sie gleißend helles Sonnenlicht. Der Frühling hatte noch einen Zahn zugelegt. Ringsum in den Wäldern, die das kleine Dorf umgaben, zwitscherte es gewaltig, als sie auf der

Hauptstraße in Richtung Hausnummer 104 marschierte. Weil es bergauf ging und sie sich beeilte, wurde es ihr unter dem dicken Wintermantel richtig warm.

Bevor Hanna bei Gessner klingeln konnte, öffnete die Mutter bereits das Fenster, streckte ihren filzigen Kopf heraus und erklärte Hanna, sie solle doch ruhig im Hof warten, ihr Sohn werde die Haustür gleich öffnen, er wisse Bescheid.

»Alles klar, vielen Dank!«, rief Hanna hinauf und betrat den Hof. Die Mülltonnen standen an einer Wand, die gegenüber der Haustür in einer Entfernung von nur etwa fünf Metern aufragte. Hier konnte der Frühling kommen, wie er wollte. Länger als eine Stunde am Tag war in diesem Hof wohl zu keiner Jahreszeit mit Sonne zu rechnen.

Mit freundlichem Gesicht öffnete der junge Mann von der Phantomzeichnung die Tür. Ein Schwall warmer Luft entwich aus dem Inneren des Hauses und mit ihm der unangenehme Geruch nach altem Bratfett, Staub, Zigarettenrauch und Schimmel.

»Guten Tag, Blum ist mein Name. Ich bin Hauptkommissarin bei der Polizei Frankfurt. Ich würde Ihnen gern ein paar Fragen stellen. Es geht um Marie Herrendorf.«

Der junge Mann sah dem Phantombild verblüffend ähnlich. Bloß die Haare waren noch wuscheliger als auf der Zeichnung. Seine Kleidung bestand aus achtlos zusammengesuchten Einzelteilen und wirkte, als ob sie lange keine Waschmaschine von innen gesehen hatten. Das Lächeln, das Eugen Gessner Hanna zeigte, wirkte hingegen frisch.

»Kommen Sie doch bitte rein«, sagte er.

»Danke schön.« Sie betrat das Haus und durch den kleinen Eingangsbereich folgte sie dem jungen Mann die Treppenstufen hinab in den Keller.

Eugen Gessners eigenes kleines Kellerreich wirkte wie eine Mischung aus Großraumbüro und Werkstatt.

Schraubenschlüssel, Feilen für Metallgegenstände, mehrere Laptops, ein Schlagbohrmaschinenkoffer, Audio-Hi-Fi-Boxen in sämtlichen Winkeln des Raumes. Auf einer alten Tischdecke, die auf dem Fußboden ausgebreitet war, lagen die Einzelteile eines zerlegten Motors. Selbst der Esstisch war übersät mit kleinen Zangen, Stücken von Kupferkabeln, Glühbirnen, Schaltern und anderem Elektrokram.

»Möchten Sie sich setzen?«, fragte er und nahm einen Stapel Zeitschriften vom einzigen Stuhl im Raum, welcher gleichzeitig Wohn- und Esszimmer zu sein schien.

»Ich sitze oft genug am Schreibtisch, vielen Dank!« Sie schaute Gessner in die Augen. Die waren wach, wirkten intelligent, doch auf gewisse Weise auch abwesend wie die Augen eines Künstlers, der in seiner Gedankenwelt für das Hier und Jetzt nicht viel übrig hat.

»Ich möchte gar nicht lange um den heißen Brei herumreden. Es geht um den Tag, an dem Marie gestorben ist …«, sagte sie und ließ die Worte einen Moment lang wirken. Gessner nickte. Er wirkte traurig.

»Waren Sie an diesem Tag ebenfalls im Wald unterwegs? Vielleicht in der Nähe des Steinbruches, wo man Maries Leiche fand?«

Sekundenlang starrte Gessner sie ausdruckslos an, als verstünde er nicht, was sie von ihm wollte. Aus seinem Gesicht war sämtliches Blut gewichen. Dann begann er zaghaft zu nicken.

»Warum waren Sie dort?«

»Ich hatte mich mit Marie verabredet.«

Hanna stutzte. »Gab es einen bestimmten Grund, oder wollten Sie sich bloß auf einen Waldspaziergang treffen?«

Gessner atmete schwer. »Nein, sie … wollte mir etwas geben.«

»Etwas geben? Könnten Sie mal etwas genauer werden, Herr Gessner, es geht hier nicht um Fahrraddiebstahl.«

»Ein Buch«, sagte er.

»Ein Buch? Ein altes Buch? Geschrieben von einem alten Cleeberger Heimatdichter?«, fragte sie.

Nun wirkte Gessner verdutzt. »Woher wissen Sie das?«

»Ludwig Bern?«, hakte sie nach.

Der junge Mann mit dem rotblonden Wuschelkopf nickte. »Was genau wissen Sie denn darüber, und wie haben Sie das mit dem Buch herausgefunden?«, fragte er verwundert.

»So was lernt man bei der Polizei, wissen Sie, und da wir in einer laufenden Ermittlung stecken, werden *Sie* jetzt *mir* erzählen, was Sie herausgefunden haben, nicht umgekehrt.«

Wieder seufzte Gessner. »Wir waren einer sagenhaften Story auf der Spur, Marie und ich. Sie müssen wissen, ich arbeite als freier Journalist, und Marie hat mir von dem Nachlass erzählt. Sie hatte vorgehabt, ein Heimatmuseum zu eröffnen, da wollte sie auch Texte von Ludwig Bern ausstellen.«

Hanna nickte. »Das ist uns bekannt.«

»Marie war verliebt. In Wiegand Schmeichel – sind Sie im Bilde über Wiegand Schmeichel? Über sein politisches Engagement?«

»Ich denke schon.«

»Gut! Irgendwann hörte Marie heimlich ein Telefongespräch mit, bei dem er jemandem erzählte, er warte nur noch, bis Marie auch den zweiten Band des Autors habe, dann würde er zuschlagen. Da ist ihr plötzlich alles klar geworden. Dieser miese Typ hat sich allein wegen dieser Bücher an sie rangemacht. Er hat ihr vorgelogen, sie zu lieben, damit er an diese Bücher kommt.«

»Was hat Marie gemacht, als ihr das klar wurde?«

»Sie hat ihm gegenüber so getan, als hätte sie nichts mitbekommen. Zuerst wollte sie rausfinden, weshalb er so wild auf die Bücher war, und hat in der rechten Szene nachgeforscht. Durch Schmeichel hatte sie seit einigen Monaten ja sowieso gewisse Kontakte. Letztendlich hat sie mich um Hilfe gebeten, weil sie nichts Genaues herausfinden konnte.«

»Und, hatten Sie mehr Erfolg?«

»Das hatte ich. Es soll eine Prophezeiung in den Büchern stehen. Eine Art Heilsversprechen an das deutsche Volk.«

»Heilsversprechen. Wie meinen Sie das?«

»Offenbar stehen in diesen Texten Dinge, die der Autor zum Zeitpunkt der Veröffentlichung noch gar nicht wissen konnte. Geschehnisse, die später tatsächlich so eingetreten sind, wie Bern sie vorausgesagt hat. Einige Leute schreiben ihm deshalb prophetische Fähigkeiten zu und verehren ihn als Orakel des deutschen Volkes. Das Wort Heilsversprechen fiel mir ein, weil man auch von Voraussagen spricht, die eine Zeit betreffen, die noch vor uns liegt. Und wenn die früheren Aussagen tatsächlich eingetroffen sind, fördert das in manchen Köpfen möglicherweise neue deutsche Endsiegfantasien. Ich denke, Schmeichels Verein will die Bücher unbedingt, um damit einen Sonderstatus innerhalb der Szene zu erlangen. Dann wären sie sozusagen im Besitz der *Heiligen Hetzschrift* und hätten einen weiteren Ansatz, um von der besonderen Bestimmung des deutschen Volkes zu reden.«

»Und was hatten Sie und Marie mit dem Buch vor?«

»Unser Ziel war es, den Aufschwung der Rechten abzubremsen. Obwohl ich zugeben muss, Maries Motive waren zum großen Teil auch privater Natur. Sie wissen ja … alles, was aus Liebe geschieht, geschieht jenseits von Gut und Böse. Das hat Nietzsche gesagt! Ich glaube, Marie ging es in erster Linie darum, sich an Schmeichel zu rächen. Sie hat ihn sehr geliebt, hat geglaubt, er sei nicht wirklich überzeugt von rechtsradikaler Ideologie, sondern schlicht ein verwirrter, armer Junge auf der Suche nach dem Sinn seines Lebens, ein Mitläufer. Sie dachte, wenn sie ihn ändern würde, hätte sie ihren Traummann für sich und gleichzeitig dessen Seele vor dem Abgrund bewahrt.«

»Doch das lief dann nicht so wie erhofft«, sagte Hanna.

»Nein, irgendwoher muss jemand von unserem Plan erfahren haben.«

»Welchen Plan meinen Sie?«

»Wir hatten vor, eine Story über die Bücher und deren Bedeutung für die rechtsradikale Szene zu veröffentlichen. Im gleichen Zug wollten wir beweisen, dass die sogenannten Prophezeiungen fingiert waren und als Machtinstrument benutzt werden sollten. Marie hat von einem Antiquariatsgutachter das Alter des Buches bestimmen lassen. Wie wir geahnt hatten, kam heraus, dass die Materialien deutlich jünger sind, als sie aussehen. Man hat das Buch mit großer Wahrscheinlichkeit vor nicht allzu langer Zeit gedruckt und ihm absichtlich einen Vintage-Look verpasst.«

»Daran habe ich auch schon gedacht, sehr gut. Dann wäre es aber nicht unbedingt Bern selbst, der für den Nachdruck mit den fingierten Prophezeiungen verantwortlich ist, oder?«, erwiderte Hanna. »Aber jemand hat Wind von Ihrem und Maries Plan bekommen.«

»Ganz genau, und das würde ich sogar noch irgendwie glauben können, denn Marie und ich haben des Öfteren telefoniert und uns irgendwo getroffen, um über die Sache zu reden. Wir waren zwar immer vorsichtig, aber natürlich kann es theoretisch sein, dass jemand was aufgeschnappt hat und die Information dann – auf welchem Weg auch immer – zu Schmeichels Leuten gelangt ist. Das ist zumindest theoretisch möglich. Was ich jedoch absolut nicht in den Kopf bekomme, ist: Woher wussten die Typen, wann Marie sich mit dem Buch auf den Weg machte, um es mir zu geben? Das verstehe ich einfach nicht. Ich habe sie …« Gessner musste sich kurz sammeln. Offenbar machte ihm die Erinnerung an das letzte Gespräch mit Marie zu schaffen. Seine Mundwinkel zuckten, er kämpfte gegen seine Emotionen. »Ich hab sie angerufen, als sie gerade dabei war, sich für ihren täglichen Spaziergang mit Willi fertig zu machen. Sie war zu Hause und ich habe nur gesagt, ich sei so weit, wir könnten uns in einer halben Stunde treffen. Mehr nicht!«

»Und anhand dieser Mitteilung wusste Marie, worum es ging?«

»Natürlich! Wir hatten den Treffpunkt vorher längst ausgemacht. Ich wollte bloß noch genügend Material für meine Story sammeln, und wir wollten Schmeichel durch ein zu frühzeitiges Verschwinden des Buches nicht unnötig aufschrecken, er war ja häufig bei Marie zu Besuch und hätte das Fehlen vermutlich schnell bemerkt. Er selbst wollte zwar erst zuschlagen, wenn Marie auch den zweiten Band gehabt hätte, aber er hat den ersten Band sicher gut im Auge behalten. Also haben wir ganz cool abgewartet, bis ich genügend Material und Ideen hatte. Dann war ich bereit loszulegen und hab sie angerufen.«

»Warum ein Treffpunkt? Warum im Wald? Warum nicht in Ihrer oder Maries Wohnung?«

»Dafür gab es verschiedene Gründe. Wir haben unsere Freundschaft nie an die große Glocke gehängt. Marie wollte das nicht. Sie wollte nicht mit mir gesehen werden, sie hat befürchtet, die ›Jungen Deutschen‹ könnten davon erfahren, wenn man sie beim Betreten unseres Grundstückes gesehen hätte oder umgekehrt. Es gibt einen alten, verfallenen Waldspielplatz, oben direkt neben dem Gelände der Psychiatrie, dort haben wir uns häufig getroffen.«

»Und dort haben Sie auch an jenem Tag auf Marie gewartet?«

»Ja, genau.«

»Hatte Schmeichel grundsätzlich Probleme damit, wenn Marie mit anderen Männern zu tun hatte, oder ging es dabei um Sie persönlich?«

»In meinem Fall ging es nicht um Schmeichel. Wenn der überhaupt mal in Cleeberg war, dann nur auf dem Hof der Herrendorfs.«

Hanna zuckte mit den Schultern und sagte nichts. Sie schaute Gessner nur fragend an.

»Ich denke, es ging Marie um ihren kleinen Bruder, auch wenn sie das nie zugegeben hat«, sagte er.

Hanna kniff die Augen zusammen und fixierte Gessner. »Moment mal, sprechen Sie von Johannes Herrendorf?«

Er nickte und Hanna fiel die Musik im Haus der Herrendorfs ein.

»Wenn Sie von den Jungen Deutschen sprechen, die Marie hätten sehen können, falls sie zu Ihnen nach Hause gekommen wäre, wen genau meinen Sie damit?«

»Ich meine natürlich diejenigen, die hier bei uns im Ort wohnen und gleichzeitig Mitglied bei den Jungen Deutschen sind.«

»Von wie vielen wissen Sie das?«

»Mindestens von drei.«

»Und Johannes Herrendorf gehört dazu?«

»Ja«, sagte Gessner und schaute zu Boden. Hanna hatte den Eindruck, als sei es für ihn alles andere als einfach gewesen, dieses kleine Wort mit zwei Buchstaben auszusprechen. Vermutlich fühlte er sich Marie gegenüber noch immer verpflichtet. Möglicherweise kam es für ihn einem Verrat gleich, dass er nun die Wahrheit über ihren Bruder ausgesprochen hatte, denn nun schaute er nach oben, als wollte er dort jemanden um Vergebung bitten.

»Das ist jedenfalls mal eine Neuigkeit!«, sagte Hanna. Nun ahnte sie, warum Schmeichel und die Jungen Deutschen aus Sicht von Brigitte Herrendorf besser unerwähnt geblieben wären. *Sie weiß davon!*

»So … und weil wir im Dorf den Ruf haben, politisch zu weit links zu stehen, und auch ansonsten nicht ganz so gut in das reaktionäre Weltbild der Jungen Deutschen passen, haben wir uns heimlich getroffen.«

»Muss hart für Sie gewesen sein, dass Marie weiterhin so großen Wert auf Schmeichels Meinung gelegt hat, obwohl sie schon wusste, dass er sie bloß ausnutzt«, sagte Hanna.

»Ja, die Liebe macht bekanntlich blind.«

»Wen meinen Sie jetzt genau?«, fragte Hanna. Ihr war ein Satz eingefallen, den Gessners Mutter eben hatte fallen lassen.

»Na, Marie. Wen denn sonst?«, antwortete er und sah die Kommissarin misstrauisch an.

»Ja, natürlich«, sagte Hanna und wischte ihre Frage mit einer Handbewegung weg. »Sie haben also auf diesem verfallenen Spielplatz auf Marie gewartet?«

»Mindestens eine Stunde lang. Hab mich da rumgedrückt wie jemand, der was im Schilde führt. Ist mir schon klar, dass ich für jeden Beobachter verdächtig gewirkt haben muss. Und ich hatte mehrere Beobachter. Mindestens die zwei, die an den Fenstern der Klinik standen.«

»Haben Sie nicht versucht, Marie auf dem Handy zu erreichen, um zu erfahren, warum sie nicht kommt?«

»Nein, dort oben hat man absolut keinen Empfang, völlig sinnlos«, sagte Gessner. Hanna konnte aus eigener Erfahrung sagen, wie schwierig rund um die Klinik auch über ihren Mobilfunkanbieter das Telefonieren war.

»Wann haben Sie entschieden, nicht länger zu warten?«, fragte sie.

»Wie gesagt, mindestens eine Stunde lang hab ich gewartet, bin mit der leeren Aktentasche dauernd im Kreis rumgetigert. Ums Karussell herum, hab mich auf die Schaukel gesetzt. Dann bin ich extrem nervös geworden. Irgendwann hab ich gewusst, dass was nicht stimmt. Ich bin ihr entgegengegangen. Marie hat fast immer denselben Spazierweg genommen, wissen Sie. Vom Hof der Eltern aus ist sie die paar hundert Meter durch die Felder bis zum Wald gegangen, hat von dort auf einem Wanderweg einen vier Kilometer langen Bogen durch die Wälder gemacht, bis sie irgendwann bei diesem Spielplatz ankam. Die gesamte Strecke bin ich gegangen, aber keine Spur. Als ich wieder Empfang hatte, hab ich versucht, sie auf dem Handy zu erreichen, das war jedoch aus.«

»Vermutlich war sie da längst tot …«, sagte Hanna leise. Eine Zeit lang hämmerte der Sekundenzeiger einer Wanduhr in die Stille von Gessners Kellerwohnung.

»Demnach gehen Sie persönlich davon aus, dass Mitglieder der Jungen Deutschen Marie umgebracht haben?«, fragte die Kommissarin schließlich.

»Davon bin ich ausgegangen. Aber in den letzten Tagen kam mir noch eine andere Idee, und wenn da was dran ist, gibt es außer den Jungen Deutschen noch eine weitere … sagen wir Partei, die sich für die Bücher interessiert.«

»Jetzt bin ich aber wirklich gespannt!«

»Es klingt ein bisschen abgefahren, das weiß ich selbst, aber ich bin mir fast sicher, es gibt ein Geheimnis in den Büchern. Eine Botschaft oder so was, und erst wenn man die entschlüsselt hat, findet man das, worum es hier eigentlich geht. Verstehen Sie? Es geht also wahrscheinlich gar nicht um die Bücher selbst.«

Hanna nickte mit todernstem Gesicht. »Wie sind Sie darauf gekommen?«

»Es könnte einfach mehr dran sein als diese Sache mit der angeblichen Prophezeiung«, sagte er. »Entweder ist es eine Art Schatz mit großer Bedeutung für die rechte Szene, ein Kunstgegenstand, Hitlers letzte Unterhose, oder irgendwas symbolisch Bedeutsames, das mit den Voraussagungen Berns übereinstimmt. Das wissen die Rechten wahrscheinlich alles ganz genau. Die Prophezeiung ist Fake, aber sie ist vielleicht der Schlüssel zu etwas wirklich Interessantem.«

»Sehr gut …«, ermunterte ihn Hanna.

»Es könnte sich um alles Mögliche handeln, um Nazigold in unermesslichem Wert, eine Karte zum Bernsteinzimmer, oder man findet nach des Rätsels Lösung das Gegenteil eines Schatzes. Darüber bin ich mir nicht sicher.«

Hanna stutzte. »Was ist das Gegenteil eines Schatzes?«

»Ein dunkles Geheimnis, das Löcher aufreißt, wo vorher alles in Ordnung schien. Etwas, was Ihnen Schätze nehmen kann, die Sie bereits besitzen.«

Es gelang ihr nicht, Gessners Gedanken zu folgen, doch seine Ideen wirkten zumindest interessant. »Ich muss zugeben, ich verstehe nicht ganz, was Sie meinen, aber wenn Sie es noch mal etwas genauer erklären möchten. Es interessiert mich jetzt schon …«

»Falls es noch etwas anderes als die Bücher selbst gibt – einen wahrhaftigen Ort, wo etwas liegt, das man anfassen kann, das vielleicht schon jahrzehntelang auf denjenigen wartet, der es findet –, dann könnte dieser Fund sich für bestimmte Menschen doch auch negativ auswirken. Für die einen könnte es ein Schatz sein, für die anderen der Untergang.«

Hanna war weiterhin verwirrt. Doch sie hatte nicht das Gefühl, Gessner würde dummes Zeug reden.

»Ich weiß noch nicht ganz, worauf Sie hinauswollen«, sagte sie, »aber ich höre aufmerksam zu.«

»Stellen Sie sich vor, jemand weiß, was man nach des Rätsels Lösung finden würde. Es könnte ein dunkles Geheimnis damit verbunden sein.«

»Weshalb denken Sie in diese Richtung, wenn ich fragen darf?«

Gessner holte tief Luft. »Okay … eigentlich will ich mit manchen Dingen absolut nicht zur Polizei gehen, weil ich dafür nicht genug Vertrauen habe. Wer garantiert mir denn Schutz, wenn ich sage, was ich weiß? Sobald Sie Ihre Informationen haben, bin ich doch wertlos für Sie.«

»Aber gerade sind Sie dabei, es sich anders zu überlegen.«

»Wie kommen Sie darauf?«

»Sie sagten, *eigentlich* wollen Sie mit manchen Dingen nicht zur Polizei gehen.« Hanna lächelte ihn freundlich an. »*Eigentlich* ist das Wort, um das es geht. Aber ich kann Sie beruhigen, ich bin ja nicht gleich die ganze Polizei, und ich verspreche Ihnen, dass ich Sie weder jetzt noch später als wertlos betrachten werde.«

Er sah sie einige Sekunden lang an, kämpfte mit sich.

»Allein komme ich sowieso nie dahinter. Aber Sie müssen das bitte absolut vertraulich behandeln, okay, ich habe nämlich Angst«, sagte er.

»Das ist keine Frage, Herr Gessner.«

»Okay …« Es schien den jungen Mann einigen Mut zu kosten, weiterzusprechen. »Also kurz vor Maries Tod habe ich einen Zettel in meinem Briefkasten gefunden, auf dem stand, dass wir aufhören sollen, alte Wunden aufzureißen, und unsere Köpfe nicht in Bücher stecken sollen, die wir sowieso niemals verstehen würden. Daraus habe ich für mich zwei Dinge geschlossen. Erstens: Jemand hatte durch unsere Nachforschungen etwas zu befürchten, oder zu verlieren – zum Beispiel den guten Ruf der eigenen Familie …«

Hanna nickte. Die Überlegung ergab Sinn.

»Zweitens«, führte er fort, »es ist etwas in diesem Buch versteckt, das man nicht so einfach findet, wenn man den Text ohne Hintergrundwissen liest. Wahrscheinlich braucht man ein zusätzliches Hilfsmittel, eine Art Schablone oder Lösungskarte.«

»Wieso glauben Sie das?«

»Es stand noch ein weiterer, letzter Satz auf dem Zettel. *Die Bücher allein werden Ihnen sowieso nichts nützen, seien Sie nicht dumm, riskieren Sie nicht zu viel, denn momentan riskieren Sie Ihr Leben …* So lautet der Satz wortwörtlich, und da hat es bei mir Klick gemacht. Ich hab kapiert, dass für jemanden, den ich persönlich kenne, sehr viel auf dem Spiel steht bei dieser Sache. Und damit wusste ich natürlich auch, dass wir beobachtet werden. Jemand hatte also herausgefunden, womit Marie und ich uns beschäftigten und dass wir ihnen auf der Spur waren. Deshalb habe ich mich auch nicht getraut, zur Polizei zu gehen. Und nach Maries Tod erst recht nicht mehr …«

»Können Sie mir diesen Zettel zeigen?«

»Ja, natürlich, nur … momentan weiß ich nicht, wo ich ihn hingelegt habe«, sagte Gessner und schaute sich in der chaotischen Wohnung um.

»Dann suchen Sie in Ruhe, wenn ich weg bin. Sobald Sie ihn gefunden haben, machen Sie ein Foto mit Ihrem Handy und senden es mir.«

»Kein Problem, mach ich gern, dann bräuchte ich aber Ihre Nummer.«

»Und ich bräuchte Ihre, falls noch weitere Fragen aufkommen. War der Zettel handschriftlich verfasst?«

»Ja.«

»Umso besser! Was denken Sie, was man Belastendes finden könnte?«

»Vielleicht Belege für die Mitschuld an irgendwelchen Gräueltaten oder Kriegsverbrechen, die bis heute nicht aufgedeckt wurden. Je nachdem, wie die betroffene Person heute in der Gesellschaft positioniert ist, kann allein die Mitgliedschaft in der Hitlerjugend alles kaputt machen …«

»Scharfsinnige Überlegungen«, sagte Hanna. Das war ein völlig neuer Ansatzpunkt!

Sie tauschte mit Gessner Nummern und erinnerte ihn noch mal daran, sich sofort auf die Suche nach dem Drohbrief zu machen, der in seinem Briefkasten gesteckt hatte, und ihr ein Foto zu senden.

Auf dem Weg zu ihrem Dienstwagen wirbelten ihr die neuen Informationen und chaotische Ideen dazu durch den Kopf, bis ihr schwindelig war. Sie würde das alles in Ruhe noch mal durchdenken und mit den Kollegen besprechen müssen. Dennoch ließ sich das bis dahin nicht so einfach beiseiteschieben.

Marie war am Tag des Mordes mit Gessner im Wald verabredet gewesen, um ihm »Das größte Joch« von Ludwig Bern zu geben. Sie wollten gemeinsam eine Story darüber veröffentlichen. Zu diesem Zeitpunkt wusste Marie schon, dass Schmeichel sie ausgenutzt hatte. Gessner hatte die Überzeugung entwickelt, dass es nicht bloß um die Bücher ging. Er glaubte an ein größeres Geheimnis, einen Ort, einen Schatz.

Johannes Herrendorf gehört zu Schmeichels rechter Truppe. Verrückt! Jemand musste außerdem mitbekommen haben, dass Marie mit dem Buch unterwegs in den Wald war. Aber wer und wie? Laut seiner Mutter hatte Gessner Marie geliebt. Gessner wurde von zwei Leuten aus den Klinikfenstern beobachtet, als er auf dem verlassenen Spielplatz gewartet hatte. Hanna selbst hatte diesen Spielplatz, der zugewuchert einige Meter im Wald versteckt lag, noch nie betreten. Die undichte Stelle, durch die der Verdacht auf Russo ins Dorf gesickert war, musste sich bei einem Mitarbeiter der Klinik oder bei einer von Russos Vertrauenspersonen befinden.

Gessner hatte die Idee, jemand könnte Nachforschungen verhindern wollen, um den eigenen guten Ruf zu schützen.

Die Luft war herrlich, alles begann sich zu regen. Die Gräser, vor Stunden noch plattgedrückt und halb erstickt unter dem Schnee, streckten sich der Sonne entgegen und gaben den ersten zarten Hauch neuen Lebens in die Luft ab. Trotz der dienstlichen Anforderungen trafen Hanna diese ersten Ahnungen von Schmetterlingen und blühenden Wiesen unvorbereitet und deshalb doppelt so stark. *Der Frühling wird kommen, und auch der Sommer, ganz egal, wie es beruflich läuft. Ich werde diesen*

Frühling an jedem verdammten Feierabend genießen und einfach vergessen, was auf der Arbeit los war, sagte sie sich. Sie hatte sich fest vorgenommen, Privates und Berufliches schon im Kopf klarer voneinander abzugrenzen, doch mit ihrem Naturell war das äußerst schwierig. Darüber dachte sie nach, als sie den Parkplatz des Dorfbrunnens erreichte, auf dem sie den Volvo abgestellt hatte. Mit dem Schlüssel in der Hand war sie schon auf dem Weg zum Türschloss, als ihr die zertrümmerte Scheibe des Beifahrerfensters auffiel.

Ihr zuvor prall gefüllter Rucksack lag auf dem Beifahrersitz, ausgeräumt und zusammengefallen wie ein kaputter Ballon. Jemand hatte den Inhalt auf der Sitzfläche verteilt. Jede Menge Kram, den Hanna für alle Fälle mit sich rumschleppte. Aber eines sah sie auf den ersten Blick, und ihr fuhr ein Schrecken in die Glieder. »Das größte Joch« war bei diesem Kram nicht dabei. Sie wusste, das Buch würde auch sonst im Auto nirgends zu finden sein. Man hatte sie bestohlen. So viel zur Trennung von Beruf und Privatleben. Denn obwohl sie ja irgendwie *beruflich* bestohlen worden war, noch dazu in einem Dienstwagen, fühlte sie sich dennoch *persönlich* bedroht. Jemand hatte gewusst, wo sie gewesen war und vielleicht auch, was in ihrem Rucksack gesteckt hatte.

Wütend riss sie die Fahrertür auf, wischte die verstreuten Glasbruchstücke vom Sitz, ließ sich hineinfallen und startete den Motor. Wie eine verspätete Nachricht bei *WhatsApp*, die irgendwo im Netz festgesteckt hatte, wurde beim Lösen der Handbremse unvermittelt gleich einem Geistesblitz das Bild des Beifahrersitzes, das Hanna vor Sekunden gesehen hatte, vor ihrem inneren Auge eingeblendet. Einige Bruchstücke der Scheibe hatten dunkelrote Flecken gehabt. Sie sah noch mal hin. Die Flecken waren tatsächlich da. Und es war Blut. Hanna zog sich schnell ihren rechten Lederhandschuh über, um keine DNA-Spuren oder Fingerabdrücke zu vernichten, nahm eine ganze Handvoll Glasbruchstücke, von denen einige mit Blut beschmiert waren, und steckte sie in die Außentasche ihres schlaffen Rucksackes. Noch bevor ihr bewusst wurde, was sie vorhatte, ließ sie den Motor an und machte sich auf den Weg zum Aussiedlerhof der Herrendorfs.

Kapitel 16

Hanna fuhr aus Cleeberg hinaus, bog gleich nach dem Ortsausgangsschild links in einen Feldweg und hielt Ausschau. Was genau sie zu sehen hoffte, hätte sie nicht benennen können. Jedenfalls etwas Verdächtiges oder eine Person, die verdächtig wirkte. Der Diebstahl des Buches war möglicherweise erst ein paar Minuten her. Später würde sie in den Nachbarhäusern des Dorfbrunnens nachfragen, ob jemand etwas gesehen hatte. Erst jetzt wurde ihr klar, weshalb sie es intuitiv mit dem Losfahren so eilig gehabt hatte. Der riskanten Vorgehensweise des Diebes nach zu urteilen, am helllichten Tag die Scheibe eines Autos zu zertrümmern, erschien es ihr nicht unwahrscheinlich, ihn zu Fuß und mit dem Buch in der Hand zu erwischen. *Falls er mit einem Auto gekommen ist, kann jemand in der Nachbarschaft sich das Nummernschild gemerkt haben, und falls er maskiert war, könnte es bedeuten, dass es jemand aus dem Dorf war, der Angst hatte, erkannt zu werden. Vielleicht einer der Jungen Deutschen,* überlegte sie, während sich der Volvo dem Pferdehof näherte.

Wie das Schicksal es wollte, begegnete sie noch beim Aussteigen Maries jüngerem Bruder Johannes. Er hatte seinen Motorroller gerade unter dem Carport abgestellt. Hanna ging direkt auf ihn zu.

»Hey! Darf ich fragen, wo du herkommst?«

»Natürlich dürfen Sie fragen, aber warum interessiert Sie das überhaupt?«

»Wie wäre es, wenn du zuerst antwortest …«, sagte Hanna mit einer Miene, die klar zu verstehen gab, wie wenig sie zu Spielchen aufgelegt war.

»Ist ja gut, ich war im Dorf. Mit dem Roller.«

»In Cleeberg, meinst du?«

»Ja.«

»Und was hast du gemacht?«

»Ist irgendwas passiert?«, fragte er.

»Was du im Dorf gemacht hast, will ich wissen«, sagte Hanna.

»Meine Mutter hat mich geschickt. Ich sollte zwanzig Eier vom Bauernhof holen.«

»Ah«, machte Hanna. »Und, hast du welche bekommen? Wo sind sie denn, die Eier?«

»Nein, ich hab keine bekommen. Das Hoftor war zu und davor stand ein Rettungswagen. Die Nachbarin hat direkt den Kopf aus dem Fenster gestreckt und mir erzählt, dass der alte Sänger gestorben ist. Dem hat der Hof ja gehört.«

Es dauerte einen Moment, bis Hanna begriff, um wen es vermutlich ging.

»Sänger, meinst du Friedhelm Sänger?«, fragte sie.

Der Junge zuckte die Achseln. »Keine Ahnung, wie der genau heißt. Der alte Sänger, so sagen wir zu dem.«

»Weißes, aber dichtes Haar? Und sehr, sehr dünn war er, oder? Als ich ihn zum letzten Mal gesehen habe, sah er schon nicht sehr gesund aus, ausgemergelt würde ich es nennen.«

»Ja, das war er ganz bestimmt. Der alte Sänger ist bis zuletzt jeden Tag in die Kneipe gegangen, obwohl er bloß noch Haut und Knochen war.«

»Hat die Nachbarin dir auch erzählt, woran er gestorben ist?«

Johannes Herrendorf dachte kurz nach, dann erhellte sich der Ausdruck auf seinem Gesicht. »Ja! Wenn ich so darüber nachdenke, war es wohl ein Schlaganfall. ›Da gewinnt er drei Mal den Kampf gegen den Krebs und dann trifft ihn einfach der Schlag, man kommt hier eben nicht lebendig raus, Junge!‹ Genau das hat seine Nachbarin gesagt. Und wahrscheinlich meinte sie mit ›trifft ihn der Schlag‹ einen Schlaganfall«, vermutete Johannes Herrendorf.

Hanna wechselte das Thema. »Du sagst, du warst gerade im Dorf. Jemand hat die Scheibe an meinem Auto eingeschlagen und mich bestohlen. Hast du vielleicht was Verdächtiges gesehen?«

Er wirkte überrascht. »Gestohlen, hier in Cleeberg ist das passiert?«

»Auf dem Parkplatz vom Dorfbrunnen.«

Er schüttelte den Kopf. »Nee, also so was passiert hier auch normalerweise nicht.«

Hanna glaubte ihm. Von dem Diebstahl zumindest schien er nichts gewusst zu haben. *Oder seine schauspielerische Leistung ist wirklich exzellent,* überlegte sie. Aber schon ihre nächste Frage würde zeigen, wie gut sein Pokerface wirklich war. »Ich habe gehört, du wärst Mitglied in einem Verein, der sich Die Jungen Deutschen nennt. Was kannst du mir denn darüber sagen?«

Der Junge wurde rot. »Wer hat Ihnen das erzählt?«, fragte er mit gepresster Stimme.

»Wie ich dir schon erklärt habe, stelle ich die Fragen und du beantwortest sie«, erwiderte Hanna scharf.

Johannes Herrendorf wurde langsam zornig. Nur bedingt gelang es ihm, die Ruhe zu wahren. Wenn man genau hinhörte, bemerkte man die Vibration in seiner Stimme trotzdem. »Ja, da bin ich mal eingetreten, aber da ist ja wohl nichts Verbotenes dran, oder?«

»Hast du denn auch Kontakt zu Wiegand Schmeichel? Er ist einer der führenden Köpfe des Vereins und war außerdem der Freund deiner Schwester, nicht wahr?«

Johannes Herrendorf pustete angestrengt die Luft aus seinen Lungen.

»Hin und wieder schreiben wir uns Nachrichten«, sagte er.

»Auch an dem Tag, als deine Schwester ermordet wurde? Habt ihr euch da auch Nachrichten geschickt? Natürlich lässt sich das alles ohne viel Aufwand überprüfen«, fuhr Hanna fort.

Er sah ihr in die Augen und schüttelte den Kopf. »Das können Sie gern tun. Ich weiß zufällig noch sehr genau, dass ich an dem Tag keinen Kontakt mit Wiegand hatte.«

»Gut, falls sich das Gegenteil herausstellt, wirft das natürlich die Frage auf, weshalb du jetzt gelogen hast.«

»Ich habe nicht gelogen.«

»Ich sagte, falls …«

»Ja, ich hab's gehört. Was genau wollen Sie eigentlich? Glauben Sie etwa, dass Wiegand irgendwas mit Maries Tod zu tun hat? Und ich am Ende auch noch?«, fragte er, einen Mundwinkel arrogant nach oben gezogen.

»Was weißt du über Ludwig Bern?«, überraschte ihn Hanna mit einem erneuten Themenwechsel. Der arrogante Mundwinkel fiel nach unten. Er sah sie einen Moment zu lange nachdenklich an, um es mit einer Lüge zu versuchen. Das bemerkte er nun selbst.

»Das ist ein Schriftsteller, der früher hier in Cleeberg gewohnt hat«, sagte er.

»Seine Bücher sind sehr begehrt bei den Jungen Deutschen, oder?«

Er zuckte die Achseln. »Keine Ahnung.«

»Okay, auch das lässt sich überprüfen.«

»Was?«

»Na ja, ob es in den Textnachrichten zwischen Schmeichel und dir auch mal um diese Bücher ging. Schmeichel ist der Polizei nicht unbekannt. Seine *WhatsApp*-Chatverläufe auch nicht, weißt du, der Verfassungsschutz …«

Das Gesicht von Johannes Herrendorf nahm einen angewiderten Ausdruck an, als er Hannas Rede unterbrach. »Das ist hier echt das letzte Drecksland geworden«, sagte er kopfschüttelnd und spuckte auf den Boden vor seinen Füßen. »Junge Menschen, die hier geboren sind und dem eigenen Volk helfen wollen, werden bespitzelt, während Merkels Fachkräfte nicht mal abgeschoben werden, wenn sie hundert Straftaten in einem Jahr begangen haben. Wie soll man sich als Junger Deutscher denn darüber nicht aufregen?«

»Gut, das sind die Argumente, die man jeden Abend in den Talkshows der öffentlich-rechtlichen Sender hört. Das ist eine völlig andere Diskussion, für die ich jetzt weder Lust noch Zeit übrighabe, darum geht es hier auch nicht«, sagte Hanna.

»Das passt ja super, weil ich jetzt nämlich auch weder Zeit noch Lust habe, um mich weiter mit Ihnen zu unterhalten«, zischte der junge Mann.

»Da ist ja auch vorerst nichts weiter«, parierte sie. »Falls die Überprüfungen der Chat-Verläufe zwischen dir und Schmeichel ergeben, dass du sehr wohl eine Ahnung von den Büchern hast, bin ich ruckzuck wieder hier«, versprach sie lächelnd und hielt kurz inne. Der Junge sah sie wütend an. »Außerdem«, sagte sie, »wundert mich eine Sache doch sehr.«

»Was?«

»Wenn du über die Bücher von Ludwig Bern nichts weißt, aber von mir deswegen in die Mangel genommen wirst … Also ich an deiner Stelle würde wissen wollen, um was für Bücher es da überhaupt geht und warum zum Teufel das so wichtig sein soll«, sagte Hanna.

»Dann würden Sie doch eh wieder sagen, dass Sie hier die Fragen stellen und so weiter«, giftete Herrendorf.

Hanna lächelte, das Argument war nicht schlecht, aber der junge Mann wirkte jetzt doch äußerst aufgekratzt, empfindlich und verdächtig.

»Für heute reicht mir das auch. Schönen Tag noch«, sagte sie und setzte sich wieder in den Volvo.

Zurück auf dem Fahrersitz des Dienstwagens holte Hanna ihr Smartphone aus der Gesäßtasche. Bisher war keine Bildnachricht von Gessner angekommen. Allerdings hatte sie einen Anruf ihres Chefs verpasst. Huber hatte vor zehn Minuten angerufen. Sie wählte den Kontakt aus und drückte auf den grünen Button.

»Frau Blum.«

»Herr Huber.«

»Wir haben höchstwahrscheinlich einen weiteren unnatürlichen Todesfall in Cleeberg! Ein alter Mann, zuerst sah alles nach Altersschwäche aus, doch seine Tochter hat entdeckt, dass die gesamte Packung mit Schmerzpflastern verschwunden ist. Sie sagt, die Packung sei neu und voll gewesen.«

»Denkt sie an eine Überdosis?«

»Ja.«

»Fentanyl-Pflaster?«

»Ja, genau! Woher wissen Sie das?«

»Der Stoff sorgt momentan für Schlagzeilen.«

»Aha … Nöthen ist jedenfalls auf dem Weg. Wir werden rausfinden, ob der Mann tatsächlich an dem Medikament gestorben ist, und wenn ja, sollten wir uns fragen, ob er die tödliche Dosis mit Absicht zu sich genommen hat. Und auf welche Weise.«

»Auf welche Weise? Demnach war er wohl nicht mit Pflastern übersät.«

»Nein, als die Tochter ihn fand, klebte nur ein einziges an seinem Arm, und zwar an der üblichen Stelle, ansonsten aber fehlt von den Dingern jede Spur. Nichtsdestotrotz vermutet der Hausarzt Selbstmord. Sein Patient sei ein alter, sehr, sehr kranker Mann gewesen, der schon viel gelitten habe, hat er gesagt.«

»Der Tote heißt Friedhelm Sänger, oder?«, fragte Hanna.

Einen Moment herrschte Schweigen in der Leitung. »Donnerwetter, Sie scheinen ja über alles im Bilde zu sein, was in der Provinz abgeht, da funktioniert aber die Buschtrommel, was? Ja, Sänger, richtig. Woher wussten Sie das nun wieder?«

»Das hat mir Johannes Herrendorf eben gesteckt.«

»Ach so, und was gibt es ansonsten Neues?«

»So manches, den ausführlichen Bericht werde ich abends in die Gruppe posten. Als Sprachnachricht, wenn es recht ist. Ansonsten sitze ich ja stundenlang am Laptop.«

»Also jetzt will ich natürlich schon zumindest die wichtigsten Dinge erfahren, wenn Sie solche Andeutungen machen, Frau Blum, machen Sie es einfach stichpunktartig.«

Hanna sammelte sich kurz, sie schloss die Augen und begann die wichtigsten Fakten aufzuzählen. »Marie Herrendorf war mit Eugen Gessner befreundet. Sie wollten gemeinsam eine Story über die Bücher von Ludwig Bern veröffentlichen. Gessner ist besser informiert und glaubt, man könnte mithilfe der Bücher irgendein größeres Geheimnis finden. Außerdem gehört Johannes Herrendorf, Maries kleiner Bruder, zu Schmeichels Truppe! Ach so, und Gessner hatte die Idee, jemand könnte weitere Nachforschungen verhindern wollen, um seine weiße Weste nicht zu beschmutzen.«

»Äh, gut, das sind viele verschiedene Baustellen, da ist es wirklich besser, wenn Sie das alles ausführlich im MOKO-Messenger hinterlassen, ich hab jetzt schon die Hälfte vergessen.«

»Außerdem ist in meinem Dienstwagen die Scheibe eingeschlagen worden, jemand hat das Buch gestohlen.«

»Was? Das gibt's doch nicht. Was ist denn los in dem verdammten Kaff?«

»Die Bücher haben im Dorf wohl alte Dämonen geweckt. Irgendwie hat man das Gefühl, manche Leute in Cleeberg würden ihre Seele verkaufen, um hinter das Geheimnis zu kommen. Oder, um dafür zu sorgen, dass es unentdeckt bleibt.«

»Roth ist übrigens wieder auf freiem Fuß«, sagte Huber.

»Ach ja?«, erwiderte Hanna. »Ist er jetzt doch nicht der Mörder? Überraschung …« Sie konnte sich nicht gegen das Lächeln wehren, das beim Gedanken daran, Roth wiederzusehen, entstand. *Ich hätte direkt Lust, mit ihm einen Kaffee zu trinken*, dachte sie, *oder besser noch eine Dose Bier.*

»Was hat Roth denn letztlich entlastet?«

»Russo. Wieder eine Aussageänderung! Er sagte, er sei bereit, die Wahrheit zu erzählen, allerdings mussten wir versprechen, ihn anschließend in einer anderen Einrichtung unterzubringen. Außerdem dürfen wir niemandem verraten, in welcher.«

»Na dann! Und was ist nun aktuell Russos Wahrheit?«

»Dass Roth ihn eben *nicht* gezwungen hat, zum Tatort zu gehen, die Leiche zu berühren und das alles. Die Geschichte sei frei erfunden gewesen, um den Verdacht von sich selbst abzulenken. Er habe Angst gehabt, ins Gefängnis zu müssen, und sei verzweifelt gewesen. Nach wie vor wisse er einfach nicht, wie seine Fußspuren an den Tatort und seine Fingerabdrücke und DNA-Spuren an die Leiche gekommen seien.«

»Mmh … Also im Grunde dieselbe Aussage wie am Anfang.«

»Genau.«

»Demnach ist Russo jetzt auch wieder verdächtig?«

»Na ja, eigentlich schon, nur glaube ich selbst nicht mehr so recht dran, dass er es tatsächlich getan hat. Vielleicht hat sein Wankelmut auch mit seiner psychischen Erkrankung zu tun, vielleicht ist er ein Symptom?«

»Unmöglich ist das nicht. Jedenfalls kann ich Roth fragen, was er dazu meint. Jetzt, wo Leo die ganze Zeit krank ist, brauche ich jemanden wie Roth, jemanden, der ›out of the box‹ denken kann, so wie Leo. Man braucht einfach jemanden, um sich auszutauschen und neue Anregungen zu bekommen, und dass Roth unschuldig ist, war doch sowieso jedem klar …«, sagte Hanna herausfordernd.

»Ach ja, wo wir gerade über Leo reden …« Die Stimme, mit der Huber jetzt sprach, gefiel Hanna überhaupt nicht. Seine Worte hatten jenen gedämpften, murmelnden Unterton, den man von Gesprächen auf Beerdigungen kannte.

»Was ist denn mit Leo?«

Huber am anderen Ende der Leitung holte tief Luft. »Es sieht so aus, als würden irreparable Schäden an seinem Nervensystem zurückbleiben.«

Hanna glaubte, sich verhört zu haben. »Wie bitte?«

»Wie sich herausgestellt hat, war es keine gewöhnliche Lebensmittelvergiftung, sondern eine Ciguatera, das ist eine Fischvergiftung der übelsten Sorte, hervorgerufen durch zwei der stärksten Toxine, die man kennt.«

»Fuck!« Hanna blieb die Luft weg. Sie hatte von dieser Art Fischvergiftung gelesen. In einer Fernsehzeitschrift, im Wartezimmer eines Orthopäden. Meistens wurde sie durch den Genuss tropischer Meerestiere ausgelöst, die Gifte – Ciguatoxin und Maitotoxin – schädigten das Nervensystem und führten im schlimmsten Falle zum Tod. So viel wusste Hanna noch, aber sie wusste auch, wie unterschiedlich Menschen auf Gifte reagierten. Während dem einen nach zwei Gläsern Bier schon die Welt zu Füßen lag und sie selbst nach dem vierten Glas vor irgendwelchen Füßen, konnte manch anderer zwanzig Biere trinken und anschließend noch einsturzsichere Bierdeckelhochhäuser auf dem Tresen bauen. Deshalb hatte Hanna keine Ahnung, wie schlimm es wirklich um Leo stand. Irreparable Schäden am Nervensystem konnten sich in den verschiedensten Erscheinungsformen offenbaren. »Und welche Symptome zeigt er?«, fragte sie.

»Das weiß ich nicht. Mir wurde nur gesagt, dass er höchstwahrscheinlich nie mehr in seinem Job arbeiten wird.«

»Oh nein! Das hat man Ihnen jetzt schon gesagt?«

»Ja, leider, genau das. Die Info kam heute von Leos Familie.«

»Scheiße, so eine verdammte Scheiße!«, sagte Hanna.

»Jetzt fahren Sie erst mal zur Familie Sänger. Gerichtsmediziner Nöthen und die Tochter des Verstorbenen warten bestimmt schon auf Sie, es hilft Leo ja auch nicht, wenn wir jetzt alle verzweifeln.«

»Gut, ich melde mich dann.«

Jetzt schwirrte ihr der Kopf. Heute waren so viele neue Gedanken und Ideen zum Fall Herrendorf aufgekommen, sie hatte sich schon vor dieser Hiobsbotschaft überfordert gefühlt, vor allem auch, weil Leo eben nicht da war, um sich mit ihr auszutauschen. Jetzt wollte sie am liebsten einfach nach Hause fahren, sich die Decke über den Kopf ziehen und losheulen. Leo war nicht bloß ein Arbeitskollege, er war ihr Teampartner, was bedeutete, dass sie in den vergangen beiden Jahren praktisch jede dienstliche Minute miteinander verbracht hatten. Leo war ein hochinteressierter, ein toller Mensch, einer der zuverlässigsten Polizisten, die Hanna kannte, und das sollte nun alles vorbei sein, weil er ins falsche Restaurant gegangen war und das falsche Gericht bestellt hatte? Sie fragte sich, ob eine ernsthafte Behinderung aus den besagten Nervenschäden resultieren konnte und wie diese möglicherweise aussähe, doch dann schob sie die Gedanken mit Willenskraft beiseite. *Ich besuche ihn, sobald es geht, und mach mir selbst ein Bild, bevor ich mir den Kopf zerbreche. Vielleicht ist es ja nur halb so schlimm,* sagte sie sich. Jetzt würde sie zuerst zum Haus von Friedhelm Sänger fahren.

Der Bauernhof der Sängers, zu dem Johannes Herrendorf von seiner Mutter geschickt worden war, um zwanzig Eier zu besorgen, ähnelte von der Anordnung der einzelnen Gebäude her Roths Hofreite. Das Tor, ebenfalls eines jener reich mit Schnitzereien verzierten Hüttenberger Hoftore, stand sperrangelweit offen. Ein Krankenwagen parkte im Hof, daneben das Auto von Dr. Nöthen.

Als Hanna auf die Haustür zuging, wurde die bereits von einer Frau mittleren Alters geöffnet. *Wahrscheinlich die Tochter*, vermutete Hanna.

»Guten Tag, Blum ist mein Name. Polizei Frankfurt«, begrüßte sie die Frau.

»Ich bin Susanne Wilderleben, die Tochter des Verstorbenen.«

»Mein Beileid«, sagte Hanna.

»Ach … im Grunde ist es gut so, wie es ist. Mein Vater hat seit Jahren bloß noch gekämpft. Falls er sich tatsächlich selbst umgebracht hat, kann ich das verstehen«, sagte Frau Wilderleben, während sie Hanna ins Haus führte.

Sie stiegen in den ersten Stock hinauf, wo sich das Schlafzimmer von Friedhelm Sänger direkt gegenüber der Treppe befand. Hanna betrat den Raum, ohne ein Wort zu sagen. Nöthen war gerade bei der Arbeit, sie wollte nicht stören.

Sängers Leiche ruhte friedlich auf dem Bett, die Hände gefaltet, die Wangen, welche auf Hanna schon im Dorfbrunnen erschreckend ausgemergelt gewirkt hatten, waren jetzt noch eingefallener, die Nase spitz, Augen und Schläfen eingesunken, selbst die Ohren wirkten seltsam verschrumpelt und hatten dieselbe bleierne Farbe wie das restliche Gesicht des Toten. Alles schien im Rückbau begriffen.

»Ach … Frau Blum …«, sagte Nöthen, schaute lächelnd über den Rand seiner Brille und hob kurz die rechte Hand zum Gruß. Dann wandte er sich wieder dem Leichnam zu, um jeden Quadratzentimeter zu inspizieren.

»Haben Sie schon irgendwas gefunden? Glauben Sie, die Tochter könnte mit ihrem Verdacht bezüglich einer Fentanyl-Überdosis recht haben?«

»Schwer zu sagen. Von außen sehen Menschen, die an einer Fentanyl-Überdosis gestorben sind, nicht anders aus als Leute, die an Altersschwäche gestorben sind. Der Tod tritt meistens durch Atemlähmung ein. Zuerst will ich aber ausschließen, dass es sonstige Auffälligkeiten gibt, die mit dem Tod in Verbindung stehen könnten. Wäre unprofessionell, wenn ich das Messer im Rücken übersehe und gleich nach Substanzen im Blut suche.«

»Natürlich, keine Hektik.«

»Nein, nein, damit fang ich in meinem Alter nicht mehr an. Aber bisher sieht es nicht so aus, als wäre körperliche Gewalt im Spiel gewesen. Der Leichnam ist unversehrt.«

»Welche Möglichkeiten gibt es denn Ihrer Meinung nach, um sich mit Fentanyl-Pflastern zu vergiften? Mit der üblichen Anwendungsmethode hätte ein Selbstmord wahrscheinlich gar nicht funktioniert, oder?«

»Doch, natürlich! Wenn Sie mehrere Pflaster gleichzeitig benutzen oder wenn die Wirkstoffabgabe eines einzigen Pflasters irgendwie beschleunigt wird, zum Beispiel durch große Wärme, eignen sich die Dinger auch sehr gut zum Suizidieren.«

»Ach so, das hätte ich gar nicht gedacht.« Hanna hatte von der unfassbaren Potenz dieses synthetischen Opioids gehört, das bis zu hundert Mal so stark wirken sollte wie Morphin. Fünfzig

Mal so stark wie Heroin. Dass die Dosis eines einzigen Pflasters für einen Menschen bereits tödlich sein konnte, war ihr trotzdem neu.

»Es gibt auch die Möglichkeit, Pflaster auszukochen und sich den Sud zu spritzen. Bei der Vorgehensweise kommt es dann zu einer schlagartigen Abgabe des gesamten Wirkstoffes. Das dürfte für einen Fixer ohne hohe Opiat-Toleranz genügen, um den Löffel abzugeben.«

»Und wenn man auf Nummer sicher gehen will, die gewünschte Wirkung zu erzielen, kocht man wahrscheinlich entsprechend viele Pflaster aus.«

»Ja, das denke ich auch.«

Hannas Blick fiel auf die leere Infusionsflasche, die an einem Metallgestell neben Sängers Bett hing. Sie schaute sich die gefalteten Hände der Leiche an. Auf dem Handrücken befand sich seltsamerweise weder ein Venenzugang für Infusionen noch ein Einstich oder ein anderer Hinweis darauf, dass einer vorhanden gewesen wäre. *Wenn Sänger den Stoff direkt in die Blutbahn bringen wollte, dann hat er das höchstwahrscheinlich über einen bereits gelegten Venenzugang getan.* Hanna konnte sich nicht vorstellen, dass der Alte sich einen Gürtel über die Armbeuge geschnallt und sich einen Schuss gesetzt hatte. Sie konnte ihn sich nicht mal beim Auskochen der Pflaster vorstellen. Das passte einfach nicht zu Friedhelm Sänger.

Frau Wilderleben lugte ins Zimmer. Sie stand mit verschränkten Armen da und betrachtete den toten Vater. Hanna drehte sich zu ihr um.

»Welche Medikamente hat er denn über die Infusionsflasche bekommen?«, fragte sie.

»Krebsmedikamente und Elektrolyte«, sagte Frau Wilderleben, trat in den Raum und ging mit sehr kleinen Schritten auf das Totenbett zu.

»Täglich?«

»Ja, morgens und abends.«

»Warum gibt's dann keinen Venenzugang?«, fragte Hanna verwundert.

»Er hat einen festen Port, und zwei Mal täglich kam jemand vom Pflegedienst, der sich um die Medikamente gekümmert hat. Es war eigentlich fast immer dieselbe Kraft. Nette junge Frau.«

»Entschuldigung, was hat er festes?«

»Einen Port, das ist ein implantierter Katheter unterm Schlüsselbein«, sagte Frau Wilderleben und deutete auf die Stelle.

»Ah, *Port* wie Eingang! Jetzt hats geklickt … jedenfalls werden wir diesen Port und das Innere der Infusionsflasche auf Fentanyl-Rückstände untersuchen.«

Die Tochter des Toten nickte.

»Wie viele Pflaster fehlen denn ungefähr, Frau Wilderleben?«

»Gestern früh waren zwanzig Stück drin, die Packung war neu, jetzt ist sie verschwunden.«

»Wissen Sie, bisher ist das mit der Überdosierung ja bloß eine Vermutung. Vielleicht hat er die Packung auch bloß irgendwo hingelegt, wo er sie normalerweise nicht hinlegt«, sagte Hanna.

»Also alle Stellen, wo er sie meiner Meinung nach hingelegt haben könnte, hab ich abgesucht.«

»Ah, das haben Sie schon getan … gut. Können Sie mir vielleicht sagen, wer Ihren Vater in den letzten 24 Stunden besucht hat?«

Frau Wilderleben überlegte. »Ich weiß von der Pflegekraft, dass sie gestern hier war, ansonsten ist mir da leider nichts bekannt, nein.«

»Wären Sie so nett, mir Namen und Telefonnummer seiner Pflegekraft zu geben?«

»Ja, sicher, einen Moment, die Nummer müsste hier liegen.«

Sie ging zum Nachttisch, hob eine Zeitschrift auf und fand ein Büchlein. »Hier hat er sich alle wichtigen Telefonnummern auf die erste Seite geschrieben«, sagte sie, griff danach und schlug es auf. Hanna trat neben sie und warf einen Blick in das kleine, dunkelblaue Adressbuch. »Das hier ist die Pflegekraft.« Frau Wilderleben deutete auf die Nummer, die ganz oben, an erster Stelle der Liste, stand, davor der Name: Fabienne Giroud. Hannas Herz begann augenblicklich schneller zu schlagen. Sie starrte wie elektrisiert auf die Buchstaben und wusste selbst nicht, woher die plötzliche Aufregung kam. Offenbar hatte Sänger die Liste nicht alphabetisch, sondern nach Wichtigkeit oder anderen Gesichtspunkten sortiert, ja, und ganz sicher hatte Hanna eher einen osteuropäischen Namen der Pflegekraft erwartet und keinen französischen, das stimmte zweifellos, doch das erklärte ihre unvermittelte Aufregung nicht. Gebannt starrte sie auf die Liste. Sorgfältig und schwungvoll waren die Buchstaben geschrieben worden. Hanna fühlte sich wie in jenen Momenten, wenn einem vor lauter Überraschung und Aufregung der Name eines guten Bekannten nicht einfällt, den man nach Ewigkeiten wieder trifft. Für einen schrecklichen Augenblick kam es ihr vor, als spürte sie ein Seufzen hinter sich, das vom Totenbett kam, einen kaum wahrnehmbaren Hauch, der klang wie ein erleichtertes, letztes Ausatmen. Die feinen Härchen in ihrem Nacken stellten sich auf. Ein Schauer lief an ihrer Wirbelsäule hinab wie ein Tropfen Eiswasser. Mit einem Mal wusste Hanna, woher die Erregung kam. Die Buchstaben waren es. Die Buchstaben selbst. Es war die Handschrift, in der Sänger die Namen und Nummern zu Papier gebracht hatte. Sie schloss die Augen, öffnete sie erneut und schaute noch einmal hin. *Ja, das müsste wirklich hinkommen*, dachte sie. Die Handschrift in diesem kleinen dunkelblauen Adressbuch war dieselbe, in der die Briefe an einen gewissen Karl verfasst worden waren. Wie so oft in Augenblicken unvermittelter Erkenntnis, flogen Hanna unzählige Gedanken, Erinnerungen, Ideen und Bilder zu, die alle irgendwie mit der neuen Information in Zusammenhang standen und jetzt, wie magnetisch von dieser angezogen, in Hannas Bewusstsein drängten, um dort neue Verbindungen einzugehen. *»Da gewinnt er drei Mal den Kampf gegen den Krebs und dann trifft ihn einfach der Schlag«,* hatte die Nachbarin am Fenster zu Maries Bruder gesagt. *Die Ärzte sagen, ich hätte auch den zweiten Kampf gewonnen. Nun, wie ich jetzt doch hörte, steht es um dich längst nicht so gut …* Die Zeilen des Briefes standen ihr deutlich vor Augen. Sie sah wieder auf das Adressverzeichnis. Das *musste* einfach dieselbe Schrift sein. *Sänger hat die Briefe geschrieben, als er den Krebs gerade zum zweiten Mal besiegt hatte. Und dann ist er wohl noch ein weiteres Mal zurückgekommen,* überlegte sie.

»Ist alles okay?«, fragte Frau Wilderleben. Sie schaute forschend und etwas irritiert in das Gesicht der Kommissarin, die mit großen Augen und offenbar völlig geistesabwesend durch das Adressbüchlein hindurchstarrte.

»Wie bitte?«

»Ob alles in Ordnung ist, wollte ich wissen. Sie wirkten gerade so … geschockt.«

»Geschockt? Ach, nein, nein«, antwortete Hanna lachend und wischte die Bedenken der Frau mit einer Handbewegung weg. »Ich war nur in Gedanken. Habe mich über den französischen Namen gewundert. Soweit ich weiß, kommen Pflegekräfte ja eher aus Osteuropa.«

»Stimmt, aber Fabienne Girouds Lebensgefährte wohnt wohl hier in der Gegend, sie hat ihre Heimat wahrscheinlich nicht des Jobs wegen verlassen, sondern wegen der Liebe.«

»Ah … okay, verstehe.«

Hanna zog ihr Handy aus der Gesäßtasche. »Ich fotografiere mir die Nummer schnell ab, spart mir das Eintippen«, sagte sie und richtete die Kamera ihres Smartphones auf das Adressbuch.

»Natürlich«, sagte Frau Wilderleben.

Hanna würde Fabienne Giroud später kontaktieren, um ihr ein paar Fragen zu stellen. Außerdem nahm sie sich vor, die Buchstaben auf der Fotografie direkt mit denen in den Briefen zu vergleichen, um einen Irrtum auszuschließen. Möglicherweise hatte sie die Schrift in den Briefen nicht mehr ganz genau im Gedächtnis. *Es kann ja doch gut sein, dass sich die Handschriften von Leuten aus Sängers Generation generell ähneln,* dachte sie.

Nöthen, der seine Untersuchungen die ganze Zeit in leicht gebückter Haltung durchgeführt hatte, richtete sich auf. »Ich bin hier fertig«, sagte er. »Die Ergebnisse der toxikologischen Untersuchung gebe ich Ihnen weiter, sobald sie da sind, das kann aber etwas dauern, da es mit einigen Tücken verbunden ist, die Konzentration von Fentanyl im Blut einer Leiche festzustellen. Das Verfahren ist aufwendiger und deutlich teurer als bei den meisten anderen bekannten Drogen.«

Hanna schäumte nicht gerade über vor Begeisterung.

»Ob Rückstände von Fentanyl im Port, im Schlauch oder in der Infusionsflasche waren, kann ich Ihnen allerdings schon in den nächsten Stunden sagen, je nachdem, wie schnell ich dazu komme«, ergänzte Nöthen.

»Danke, das ist doch zuerst mal die Hauptsache«, sagte Hanna.

Nöthen verabschiedete sich, um seine Arbeit im Institut für Gerichtsmedizin fortzusetzen.

Auch Hanna hatte fürs Erste genug gehört. Sie brannte darauf, Roth von den neuen Erkenntnissen zu erzählen. Sein Scharfsinn würde ihr helfen, die eigenen Theorien zu beleuchten. Ohne Leo fehlten der ständige Abgleich, die Zustimmung, die Einwände, das dauernde Reden über Kleinigkeiten. Manchmal hatte Hanna das Gefühl, es war durchaus möglich, in völliger Betriebsblindheit auf das falsche Pferd zu setzen, wenn einem nicht jemand früh genug den Vogel zeigte.

»Danke, dass Sie uns über Ihren Verdacht informiert haben, Frau Wilderleben, ich wünschte, mehr Leute würden der Polizei gegenüber so aufgeschlossen sein.«

»Na ja, ich finde es einfach gut, wenn die Wahrheit ans Licht kommt. Solange ich nichts gemacht habe. Falls noch was ist, rufen Sie bitte einfach an.« Frau Wilderleben drückte Hanna eine Visitenkarte in die Hand. »Kanzlei Wilderleben – Wirtschaftsprüfer, Steuerberater, Rechtsanwälte, Notar« war dort über den Telefonnummern zu lesen.

»Falls ich mal wieder Steuer hinterziehen will, melde ich mich bei Ihnen«, sagte Hanna und hielt das Kärtchen hoch.

Kapitel 17

Als Hanna den Volvo vor Roths Haus parkte, traute sie ihren Augen nicht. Roth hatte den Kopf aus dem Küchenfenster gestreckt. Er rauchte. Die Unterarme auf die Fensterbank gestützt, das Haar zauselig, wozu der verwirrte, leicht beschämte Blick passte, mit dem er Hanna begegnete.

»Frau Blum, Sie sind das …« Er zog kräftig an seinem Glimmstängel. Irgendetwas stimmte nicht mit ihm. Die schleppende Sprache war genauso ungewöhnlich wie der sprunghafte Blick. Außerdem rauchte er normalerweise nicht im Haus. Wenn er rauchte, tat er das im Garten oder im Hof. Das war neulich noch Thema gewesen, als Hanna mit ihm und seiner Tochter gegessen hatte.

»Darf ich reinkommen, ist alles in Ordnung?«

»Ja, alles ganz wunderbar«, sagte Roth, hob eine Bierdose und prostete Hanna zu. »Kommen Sie rein, das Hoftor ist heute ausnahmsweise auf, alle sollen reinkommen und machen, was sie wollen, die Party ist in vollem Gange.«

»Oh, um diese Uhrzeit trinken andere Leute Kaffee«, erwiderte Hanna. Tatsächlich war es erst 15.30 Uhr. »Aber wenn man gerade entlassen wurde, kann man sich natürlich mal was gönnen«, fügte sie augenzwinkernd an. Mittlerweile kannte sie

Roth gut genug, um zu wissen, dass er gerade *nicht* dabei war, seine wiedererlangte Freiheit zu feiern.

Als sie den Hof betrat, bemerkte sie als Erstes das fehlende Prasseln in der Feuertonne. Sie warf einen Blick in das verrostete Fass. Nicht einmal mehr Glut war zu sehen. Es gab zwei Erklärungen für das erloschene Feuer. Erstens: Roth hatte in einer Zelle gesessen und konnte kein Brennmaterial nachlegen. Zweitens: Der Frühling war da!

Hanna ging über die sandfarbenen Pflastersteine, die mittlerweile völlig schneefrei waren. Am Eingang zur Sommerküche wurde sie bereits erwartet. Roth hielt ihr die Tür auf und lächelte. Hanna spürte, wie bemüht er versuchte, das Lächeln ehrlich wirken zu lassen, doch etwas Trauriges in seinem Inneren verdunkelte das sonst so typische Leuchten seiner Augen. »Haben Sie Fragen, oder wollen Sie mich wieder mitnehmen und einsperren? Wieso muss das eigentlich so unmenschlich sein? Wenn man schon eingesperrt ist, könnte man doch wenigstens Bier bekommen …«, sagte Roth und trank die Dose unter Gluckern und Schlürfen bis auf den letzten Tropfen leer.

»Nein, ich hab nicht nur Fragen, sondern auch eine ganze Menge Neuigkeiten.«

Roths Reaktion war zuerst nicht mehr als ein mürrisches Brummen, dann fragte er. »Und wieso wollen Sie gerade mir diese Neuigkeiten erzählen? Ich bin weder ihr Teampartner noch überhaupt bei der Polizei.«

»Aber es geht um das Buch. Es wurde mir aus dem Auto gestohlen. Außerdem würde ich gern mit Ihnen über ein paar Briefe sprechen, die ich in der Bern-Kiste gefunden habe.«

»So? Na, dann …«, murmelte Roth und ging ins Haus. Hanna folgte ihm die Stufen der kleinen Treppe in die Küche hoch und zum Kühlschrank, aus dem er sich ein neues Bier nahm. Mit einem Knacken öffnete er die Dose.

»Auch eins?«

»Nein, danke, dann kann ich den restlichen Tag vergessen.«

»Das ist alles, was ich will, den restlichen Scheißtag vergessen«, murrte Roth. Hanna roch den Alkoholdunst in seinem Atem. Es war nicht sein zweites Bier.

»Ist irgendwas passiert, ich meine, außer dass man Sie eine Zeit lang unschuldig eingesperrt hat?«, fragte Hanna.

Roth ließ sich auf einen der Stühle am Esstisch fallen und seufzte. »Meine Ex verbietet mir den Umgang mit Ida. Bis sich der Fall geklärt hat, sagt sie – das ist passiert!«, sagte er und trank. »Mit anderen Worten ausgedrückt, bevor nicht irgendjemand wegen Marie Herrendorf im Bau sitzt, darf Ida mich nicht mehr besuchen.«

»Das ist ja absoluter Blödsinn. Sie wurden von Russo fälschlicherweise belastet. Er hat seine Aussage längst zurückgezogen und zugegeben, dass alles frei erfunden war.«

»Das weiß ich selbst!«, entgegnete Roth. »Mir brauchen Sie das nicht zu erklären, erklären Sie es lieber meiner Ex-Frau und deren Mann.«

»Aber mit welcher Begründung hält sie Ida von Ihnen fern? Vertraut sie Ihnen so wenig, also glaubt sie Ihnen gar nicht? Denkt sie wirklich, dass Sie der Mörder sind?«

»Sie vertraut mir schon lange nicht mehr, nein, sie vertraut bloß noch Gott selbst. Und seinen neugeborenen Christen. Bibeltreu und fromm, wie sie mittlerweile ja ist, befolgt sie natürlich die Anweisung ihres Ehegatten. Er will es momentan einfach nicht. ›Und ich übrigens auch nicht‹, hat sie gesagt.«

»Was hat das denn mit Bibeltreue zu tun?«

Roth hob den Zeigefinger und sein Gesicht nahm einen gespielt würdevollen Ausdruck an: *»Ich will euch aber noch zu wissen geben, dass eines jeden Mannes Haupt der Christus ist, das Haupt der Frau aber ist der Mann, und das Haupt des Christus ist Gott«*, zitierte er.

»Sie glauben tatsächlich, ihr Mann verbietet es, und sie nimmt das einfach so hin? Das kann ich mir nicht vorstellen«, sagte Hanna.

Roth lachte. »Ha! Ich konnte mir bis vor einigen Jahren nicht mal vorstellen, dass sie es eines Tages falsch finden würde, Popmusik zu hören.«

»Und wie ist es dann so krass geworden, wenn ich das fragen darf?« Roth dachte nach. »Alissas Mutter war todkrank, die Überlebenschancen standen sehr schlecht, die Ärzte gaben ihr höchstens noch ein Jahr. Das hat Alissa damals ins Straucheln gebracht. Die Endlichkeit des Lebens. Sie hat nach sämtlichen Strohhalmen gegriffen und so ist sie schließlich bei einer freien evangelischen Gemeinde gelandet. Dort hat sie ihn kennengelernt. Sie haben dann ein paar Mal gemeinsam für Alissas Mutter gebetet und – oh Wunder des Himmels – entgegen den Prognosen der Ärzte wurde sie wieder vollkommen gesund.«

»Ah … verstehe.«

»Während des gemeinsamen Betens und bei Gesprächen über den Sinn des Lebens haben die beiden erkannt, dass sie füreinander bestimmt sind. Durch Gott natürlich. Dagegen hat man als Mensch dann keine Chance mehr.«

Hanna hörte aufmerksam zu.

»Dass Alissa gerade von mir schwanger war, hat sie nicht von der Idee abgebracht, von Gott für einen anderen bestimmt zu sein. Sehr nett von Gott. Besonders Ida gegenüber. Wir haben es noch ein bisschen miteinander versucht, aber sie wollte mich von da an ständig bekehren. Als sie dann gemerkt hat, dass ich einfach nicht bereit bin, die Genesung ihrer Mutter als Wunder Gottes anzuerkennen, war die Trennung für sie die einzige Lösung.«

»Das heißt …« Hanna hatte das Gefühl, sie müsste die Worte in Watte packen, doch egal, wie man den Satz auch formulierte, der Inhalt blieb immer gleich brutal. »Das heißt, Ihre Frau war mit Ida schwanger, als Sie beide sich getrennt haben?«

Roth starrte ein Loch in die Wand, nickte und nahm einen kräftigen Schluck. »So war es, ganz genau, und kurz zuvor hatten wir den Kaufvertrag für diesen Hof hier unterschrieben.«

Hanna schüttelte den Kopf. »Wahnsinn, wie sich manchmal alles entwickelt!«

»Japp, die einen nennen es Glaube, die anderen sagen Wahnsinn dazu. Aber jetzt genug von früher und dem Trübsalblasen. Sie sagen, es gibt Neuigkeiten?«

»Ja, ja, eine ganze Menge …«

»Schießen Sie los.« Roth nahm einen weiteren Schluck und sank noch tiefer in die Lehne des Stuhls.

»Also, das Buch wurde aus meinem Dienstwagen gestohlen, in Cleeberg, am helllichten Tag, auf dem Parkplatz vorm Dorfbrunnen, aber … eigentlich muss ich anders anfangen. Also noch mal: Ich war im Dorf unterwegs, um jemanden zu finden, der am Tag von Maries Tod in der Nähe des Leichenfundortes gesehen worden war. Wir hatten eine Zeugin und über sie eine Phantomzeichnung und es hat nicht lange gedauert, bis ich denjenigen gefunden hatte. Gessner heißt er.«

»Eugen Gessner?«

»Ja, er hat zugegeben, mit Marie am Tag ihres Todes verabredet gewesen zu sein. Im Wald. Unweit vom Leichenfundort.«

Eine tiefe Furche verlief mittig durch Roths Stirn, als Hanna fortfuhr: »Sie wollten eine Enthüllungsstory über die Bücher von Bern veröffentlichen. Gessner hat von sich aus auch schon eine Art Code in den Büchern vermutet. Er glaubt, mit Hilfe dieses Codes sei möglicherweise ein echter, materieller Schatz zu finden.«

»Ich dachte bis eben, Marie Herrendorf sei die Freundin von Schmeichel gewesen«, sagte Roth.

»War sie auch, aber zu dem Zeitpunkt wusste sie schon, was Schmeichel in Wahrheit dazu veranlasst hat, eine Beziehung mit ihr einzugehen. Nämlich die Bücher von Ludwig Bern.«

»Von Anfang an bloß die Bücher? Keine Liebe?«

»Ja, von Anfang an die Bücher, und nein, keine Liebe …«

»Also hat Gessner im Wald gewartet, um sich mit Marie zu treffen, aber sie ist nicht aufgetaucht?«, folgerte Roth.

»Richtig! Auf einem Waldspielplatz nahe der Klinik hat Gessner gewartet.«

»Aha! Demnach muss der Täter gewusst haben, wann und mit welchem Gepäck Marie sich auf den Weg gemacht hat. Nach Zufall klingt das ganz und gar nicht.«

»Nein, auf keinen Fall.«

Roth kratzte sich am Kinn. »Kann es nicht Gessner selbst gewesen sein, der sie für eigene Vorteile ans Messer geliefert hat? Ich meine, wie denken Sie darüber?«

»Man sollte keine Möglichkeit außer Acht lassen, natürlich, aber mein Eindruck war positiv. Gessners Mutter sagte mir auch im Vertrauen, ihr Sohn sei in Marie verliebt gewesen, und nach meiner Begegnung mit Gessner kann ich mir bei ihm echt keine schlechten Absichten vorstellen. Er und Marie waren Freunde. Für sie zumindest, für ihn hätte es anscheinend gern etwas mehr sein dürfen.«

»Ah, verstehe, ja, das kann ich mir gut vorstellen, das passt.«

»Laut Gessner gibt es auch in Cleeberg Mitglieder des Vereins der Jungen Deutschen. Vielleicht wusste jemand aus dieser Ecke von Maries Plan, das Buch im Wald zu übergeben.«

»Hat Gessner da irgendwelche Namen genannt, weiß er, welche Personen bei den Jungen Deutschen aktiv sind?«, fragte Roth.

»Er sagte, bei drei jungen Männern wäre er sich sicher. Einer davon heißt Johannes Herrendorf.«

»Wow! Ihr kleiner Bruder …«, sagte Roth mit großen Augen.

»Ja, er wohnt im selben Haus, er könnte es mitbekommen haben, als sie mit dem Buch gegangen ist. Aber irgendwie glaube ich da nicht dran. Ein bisschen Rebellion und Grenzen austesten in der Jugend, das ist ja normal, aber die Rebellion gegen das Elternhaus ging bei Johannes Herrendorf doch bestimmt nicht so weit, dass er den völligen Bruch mit seiner Familie riskiert hätte«, sagte Hanna.

Roth schwieg. Er schaute grübelnd aus dem Fenster, auf die ersten Tulpen im Garten seiner Nachbarn, die ihre gelben Köpfe aus der Erde streckten. »Ich frage mich gerade, ob er die Herrendorfs wirklich als seine Familie ansieht …«

»Wie meinen Sie das denn jetzt?«

Roth rückte auf seinem Stuhl hin und her, als wollte er für besonders wichtige Worte die angemessene Haltung finden. »Ich weiß was, von dem nicht sehr viele Leute im Dorf etwas wissen. In unserem Fall könnte das aber eventuell sehr wichtig sein.«

»Was wissen Sie denn?«

»Johannes Herrendorf ist *nicht* der leibliche Sohn von Harald Herrendorf.«

Hanna kniff die Augen zusammen und dachte nach, sie fragte sich, ob es an diesem einfachen Satz etwas falsch zu verstehen gab. *Johannes Herrendorf ist nicht der leibliche Sohn von Harald Herrendorf.* »Waren Maries Eltern zwischenzeitlich denn mal getrennt?«, erkundigte sie sich.

Roth schüttelte den Kopf.

»Dann ist Johannes das Ergebnis einer Affäre?«

»Sieht ganz so aus.«

»Weiß er davon, Harald Herrendorf? Und was ist mit Johannes selbst?«

»Der Vater weiß seit Langem darüber Bescheid, bei Johannes bin ich nicht sicher.«

»Und wissen Sie auch, wer der leibliche Vater ist?«

»Nein, aber Brigitte Herrendorf wird es wohl wissen. Es kam vor einiger Zeit mal das Gerücht im Dorf auf, es müsse ein deutlich jüngerer Mann gewesen sein. Eine Bekannte von Harald Herrendorf hat Brigitte damals mit jemandem in Frankfurt am Mainufer gesehen.«

Hanna ließ die Informationen sacken und versuchte, sie einzusortieren. »Das wirft ein ganz anderes Licht auf die Sache. Falls Johannes verletzt und wütend auf seine Familie ist, wäre es schon möglich, dass er jemandem aus seinem Verein den Tipp gegeben hat. Er muss ja nicht zwangsläufig auch von den Mordabsichten gewusst haben.«

»Ebenso wenig, wie der Mord geplant gewesen sein muss. Vielleicht sollte nur das Buch gestohlen werden, und es endete dann so dramatisch, weil Marie sich gewehrt hat.«

»Auch möglich, ja klar …«, sagte Hanna und zog das Smartphone aus ihrer Hosentasche.

Während Roth von Brigitte Herrendorfs Ehebruch erzählt hatte, war eine Nachricht eingegangen. Eine Mediendatei. Sie kam von Gessner. Es war das Foto des Drohbriefes, den er in seinem Briefkasten gefunden hatte. Hanna klickte auf das Foto und öffnete es, dann vergrößerte sie die Ansicht. Sie konnte nicht glauben, was sie sah. Mit steigender Aufregung klickte sie das Kamerasymbol an und betrachtete die letzte Aufnahme, die sie selbst eben im Totenzimmer von Friedhelm Sänger gemacht hatte. Es war die Fotografie seines Adressbuches. Das Atmen fiel ihr schwer, der Mund war mit einem Mal ausgetrocknet. Ihr Mantel hing über der Stuhllehne. Sie langte in die Tasche und holte die Briefe raus.

»Was ist denn, haben Sie …?«, fragte Roth. Hanna schüttelte den Kopf, was Roth sofort verstand. Er schwieg. Hanna verglich die beiden Fotos, mehrmals wischte sie hin und her. Dann zog sie die Briefe hervor, faltete einen davon auf und legte ihn neben das vergrößerte Foto des Drohbriefes. Sie war natürlich keine ausgebildete Grafologin, doch wenn man sich die Zeilen genau ansah, konnte es auch für Laien kaum einen Zweifel geben. Die Handschrift auf dem Drohbrief stammte von derselben Person wie die in den Briefen. Und dieselbe Person hatte auch in das Adressbuch geschrieben.

»Sind das die Briefe, von denen Sie mir erzählen wollten?«

Hanna nickte. »Ja, das sind sie. Aus einer der Kisten.«

Roth nahm den Stapel in die Hand und betrachtete ihn. »Ach ja, ich erinnere mich. Ich hab da nur mal kurz reingeschaut, aber gelesen hab ich sie nicht wirklich.«

»Die Briefe stammen wahrscheinlich von Friedhelm Sänger. Haben Sie von seinem Tod gehört?«

»Er soll friedlich eingeschlafen sein, erzählt man sich im Dorf, ein Segen so was.«

»Das kann durchaus sein. Aber wir sind dabei, zu untersuchen, ob der griechische Gott der Träume – beziehungsweise einer seiner jüngeren Nachfahren – ihm diesen Segen gebracht hat, wenn Sie verstehen, was ich meine.« Morpheus hieß in der griechischen Mythologie ein Gott der Träume und die betäubende Substanz Morphium, die nach wie vor von den meisten Menschen für das stärkste Schmerzmittel der Welt gehalten wurde, hatte man nach ihm benannt. Allerdings gab es längst künstliche Opioide, die weitaus potenter waren. Die Wirkung von Fentanyl beispielsweise war hundert Mal so stark wie die von Morphium. Die Wirkung von Carfentanyl wiederum war nochmals hundert Mal so stark und somit zehntausendmal so stark wie die von Morphium. Drei Kristalle Carfentanyl von der Größe eines Salzkornes reichten, um einen Menschen damit zu töten.

»Reden Sie von Sterbehilfe?«

»Das weiß ich noch nicht. Sterbehilfe. Suizid. Mord. Alles möglich, falls der Tod durch eine Überdosis Fentanyl eingetreten ist. Das wird momentan geprüft.«

Die senkrechte Falte zwischen Roths Augen wurde tiefer und breiter. »Ich komme gerade nicht mehr so ganz mit. Alte Briefe, Sängers Tod. Fentanyl. Was hat das alles mit Marie Herrendorf zu tun?« Roth klang etwas frustriert. *Wenn er was nicht gleich als Erster versteht, wird er leicht ungeduldig*, erkannte Hanna schnell. Sie erklärte ihm, was sie vermutete. »Aus dem Medizinschrank von Sänger ist eine Packung Schmerzpflaster verschwunden. Fentanyl. Da liegt es nahe, zu überprüfen, wie viel des Opioids Friedhelm Sänger bei seinem letzten Atemzug intus hatte.«

»So viel verstehe ich ja.«

»Langsam … ich habe schließlich selbst erst vor einer Minute entdeckt, dass der Drohbrief an Gessner von Sänger stammt. Ich muss mir noch zusammenreimen, was das alles bedeutet.«

»Was für ein Drohbrief?«

»Ach so … das habe ich Ihnen ja auch noch nicht erzählt.« Hanna schob ihm ihr Smartphone mit der Fotografie des Drohbriefes über den Tisch. »Diesen Zettel hat Gessner im Briefkasten gefunden.«

Roth las den gesamten Text laut vor, er endete mit den Worten: *»Die Bücher allein werden Ihnen sowieso nichts nützen, seien Sie nicht dumm, riskieren Sie nicht zu viel, denn momentan riskieren Sie Ihr Leben …«*

»Sehen Sie, da ist die Verbindung zu Marie Herrendorf.«

»Das wird immer verrückter.« Roth schüttelte ungläubig den Kopf. »Der alte Sänger war demnach also auch an diesen Büchern interessiert?«

»Sieht ganz danach aus.«

Roth schaute aus dem Fenster und dachte laut nach: »Vielleicht hat er deshalb von Anfang an diese Hetzkampagne im Dorf gegen mich geführt. Vielleicht ging es gar nicht um das Haus, sondern von Anfang an um die Bücher.«

»Mmh … aber warum ist er dann nicht zuerst einmal auf Sie zugegangen und hat freundlich gefragt, ob er sich die Bücher mal ausleihen oder Ihnen abkaufen kann, so wie Marie es getan hat?«

»Keine Ahnung. Männern seiner Generation fällt es oft nicht leicht, andere um einen Gefallen zu bitten.«

Hanna verzog das Gesicht. »Das kann nicht der einzige Grund sein. Wenn er wusste, wo die Bücher waren, hätte er sie doch auch leicht stehlen können. Ihr Hoftor steht ja jedem offen, sobald Sie mal nicht da sind«, sagte Hanna.

»Das ist richtig! Aber ich kann mir Sänger als Einbrecher genauso schlecht vorstellen wie als Mörder, er war doch schon sehr alt und gebrechlich …«

Hanna zuckte die Schultern. »Er muss es ja nicht selbst gemacht haben.« Dann kniff sie die Augen zusammen, als hätte sie ein plötzlicher Schmerz getroffen. »Es gab bestimmt einen triftigen Grund, nicht einfach bei Ihnen einzubrechen und die Bücher zu stehlen. Oder … das Buch, Sie hatten ja nur das eine.«

»Und was wäre dieser triftige Grund?«

»Was stand noch mal in dem Drohbrief, den er geschrieben hat, der letzte Satz, wie lautet der?« Sie wollte sich das Foto noch mal ansehen und griff nach dem Handy, aber Roth benötigte es nicht. Er zitierte aus dem Kopf: »*Die Bücher allein werden Ihnen sowieso nichts nützen, seien Sie nicht dumm, riskieren Sie nicht zu viel, denn momentan riskieren Sie Ihr Leben …*«

»Wahrscheinlich hätte Friedhelm Sänger mit den Büchern *allein* ebenso wenig anfangen können wie Gessner oder wir«, schlug Hanna vor. »Deshalb hätte es ihm nichts gebracht, sie einfach zu stehlen.«

Roth dachte angestrengt nach. »Dann muss es also noch irgendwas anderes geben, das er zusätzlich zu den Büchern gebraucht hätte, um zu finden, was immer es zu finden gibt.«

Hannas Augen wurden groß, sie erinnerte sich, dass auch Gessner das schon in Erwägung gezogen hatte. »Jaaa, verdammt! Ganz genau!«, sagte sie.

»Aber Sänger wusste doch, dass er nicht mehr lange leben würde. Warum vergeudet er seine letzten Tage mit der Suche nach diesen bescheuerten Büchern und lädt sich kurz vorm Sterben noch mal ein paar deftige Sünden auf die Seele? Normalerweise versuchen Menschen im letzten Lebensabschnitt eher, ihren Frieden mit der Welt zu machen und fangen nicht plötzlich an, junge Frauen umzubringen oder Bücher zu stehlen. Das letzte Hemd hat keine Taschen, warum also dreht Friedhelm Sänger kurz vor seinem Tod noch mal so richtig durch?«

»Gessner hat vermutet, jemand könnte daran Interesse haben, seinen guten Ruf zu retten. Wenn dieser jemand Friedhelm Sänger gewesen wäre? Wenn des Rätsels Lösung irgendwas zutage fördern würde, das den Ruf seiner Familie ruinieren könnte? Das wäre für mich ein nachvollziehbarer Grund, das Versteck als Erster finden zu wollen.«

»Um das kompromittierende Material verschwinden zu lassen …«, sagte Roth nickend.

Kapitel 18

Der Lebensgefährte von Fabienne Giroud wohnte in Braunfels, einer Kleinstadt im östlichen Hintertaunus, die als Luftkurort bekannt war. Außerdem thronte ein prächtiges Schloss auf einem Berg über der Gemeinde, welches dem Städtchen ebenfalls eine gewisse Bekanntheit einbrachte. Umgeben von dichten Wäldern machte Schloss Braunfels auf Hanna einen märchenhaften Eindruck. Überhaupt herrschte auch hier – trotz der mittlerweile 10 000 Einwohner – eine eher dörfliche Atmosphäre.

Das Haus stand am Ende einer Sackgasse. Es war höchstens fünf Jahre alt und, wie Hanna glaubte, gewiss mit sämtlichem Technik-Schnickschnack versehen, eines dieser hochmodernen Häuser, die so gut isoliert waren, dass man darin ersticken konnte, wenn die vorgeschriebene Lüftungsanlage mal ausfiel. Hanna mochte das Klima in alten Backsteingemäuern hundert Mal lieber. Schon der erste Atemzug, den sie im Flur des Hauses nahm, fühlte sich an wie in einem Kaufhaus.

Fabienne Giroud hatte die Tür geöffnet und Hanna eine schlanke, kühle Hand gereicht.

»Kommen Sie mit«, sagte die Frau mit leichtem französischem Akzent. Sie hatte dunkles, schulterlanges Haar und große braune Augen. Im Wohnzimmer brannte ein Kaminfeuer. Wegen der riesigen Glasfront hatte man den Eindruck, sich mitsamt dem Sofa und allen Möbeln mitten in der Natur zu befinden. Hanna wusste nicht, ob der Park mit den alten Eichen, Kastanien und Fichten zum Grundstück gehörte, doch der Ausblick war fabelhaft. Am Ende des Parks stieg die Grünfläche an und ging in den bewaldeten Berg über, auf dem Schloss Braunfels errichtet worden war.

»Das ist ja genial. Wie gemütlich! Und mit sagenhaftem Ausblick«, sagte Hanna.

»Ja, wir aben wirklisch Glück ge-abt, diese Grundstück zu bekommen«, antwortete Fabienne.

»Wann sind Sie denn hier eingezogen?«

»Vor eine Jahr, wir aben eingezogen«, sagte sie.

»Ah … alles noch sehr neu, auch für Sie.«

»Ja.«

Hanna betrachtete die Einrichtung. Sie war beeindruckt von der Qualität und Schlichtheit der Möbel. Alles roch so gut. So natürlich. Nach Holz, Harz und Leinöl. »Aus welcher Ecke Frankreichs kommen Sie, wenn ich fragen darf?« Hanna war ein großer Frankreichfan. Sie liebte die Sprache, die Leidenschaft fürs Essen, den Wein und die Vielfalt des Landes, das sich von der sonnigen Côte d'Azur bis in die neblige, raue Normandie in unzähligen Facetten zeigte.

»Isch komme von Nordfrankreisch, isch weiß nischt, ob Sie kennen Lille?«

»Natürlich, ich bin ein großer Frankreichfan. Lille liegt in der Nähe der belgischen Grenze, historische Altstadt, Universität, allerdings war ich noch nie dort. Obwohl ich weit über zehn Mal in Frankreich Urlaub gemacht habe.«

»Ah … oui, sehr genau! Lille ist ein sehr schöne Stadt, in manche Ecken.«

»Ja, so ist es doch überall. Keine Stadt besteht nur aus schönen Ecken. Und wie gefällt es Ihnen als Stadtkind hier in der Provinz? Lille ist ja doch eine Großstadt und Braunfels dagegen eher ein Dorf.«

Fabienne wirkte plötzlich nachdenklich. Sie schwieg einen Moment und sah aus dem Fenster, wo der Frühling sich unaufhaltsam Bahn brach.

»Eigentlisch, isch komme nischt direkt aus Lille«, sagte sie. »Isch bin ebenfalls auf die Land gelebt, in eine kleine Dorf namens Ascq.«

»Ascq? Hab ich doch letztens irgendwo gehört, kann das sein?«

»Leider unsere Dorf ist bekannt wegen die Massaker von die Nazis«, erklärte Fabienne.

»Ah, ja, richtig! So was nennt man wohl traurige Berühmtheit.«

»Deswegen isch sage in Deutschland lieber, dass isch komme aus Lille. Isch mag nischt immer hören über diese traurige Geschischte, wissen Sie …«

»Ja, das kann ich gut verstehen. Dann kommen wir lieber mal zu der Sache, wegen der ich hier bin. Wissen Sie, woran Friedhelm Sänger gestorben ist?«

»Isch weiß nischt, ob isch alles rischtig verstehe«, sagte Fabienne.

»Woran ist Herr Sänger gestorben, der Mann, den Sie gepflegt haben?«, wiederholte Hanna.

Fabienne Girouds Deutsch war sehr gut. Gut genug, um diese Frage zu verstehen.

»Er war schon alt«, sagte sie.

»Ja, er war alt.« Hanna fixierte Fabienne mit strengem Blick. »Aber woran ist er gestorben?«

Fabienne wurde blass. »Isch weiß es doch nischt«, sagte sie. »Denken Sie, isch abe ihm umgebracht, oder was?«

»Oh nein, nein, nein! Aber Sie gehören zu den letzten Personen, die ihn lebend gesehen haben, und es gibt Hinweise auf eine unnatürliche Todesursache.«

Die Französin wirkte verdutzt. »Als isch war bei ihm, er war völlig normal. Und bei die nächste Mal, wo isch kommen wollte, kam schon die Anruf, dass er ist verstorben«, sagte Fabienne.

»Haben Sie vielleicht mitbekommen, was mit den Fentanyl-Pflastern passiert ist? Die Tochter von Herrn Sänger hat gesagt, die Packung sei beinahe voll gewesen, und jetzt ist sie verschwunden.« Hanna suchte im Gesicht der Französin nach Hinweisen auf Drogenabhängigkeit, doch die Frau wirkte so gesund, ihr Teint so strahlend, dass man diese Idee im Grunde gleich wieder verwerfen konnte. Menschen, die abhängig von Opiaten waren, hatten meist ausgezehrte Gesichter, matte, gelbliche Haut und stumpfe, glanzlose Augen.

»Nein, isch abe Fried-elm jede drei Tage eine neue gemacht, mehr kann isch nischt sagen, aber es stimmt auf jede Fall, dass Fried-elm eine neue Packung atte.«

Hanna nickte. »Wie kamen Sie überhaupt zu dem Job?«

»Theo hat mir besorgt, meine Verlobter.«

»Aha, und haben Sie mitbekommen, ob Sänger in den Tagen vor seinem Tod Besuch hatte?«

Fabienne zuckte mit den Schultern. »Nischt, dass isch wüsste.«

»Hat er denn überhaupt manchmal Besuch bekommen?«

»Ja, manschmal, aber nischt sehr oft.«

»Von wem?«

»Von seine Tochter, von eine ältere Herr, isch glaube Wilfried … und sonst manschmal auch eines der Enkelkinder, soweit isch weiß … Aber sonst war nischt viel Besuch.«

»Gut«, sagte Hanna. »Und Sie müssen sich jetzt einen neuen Job suchen, oder?«

»Ja, leider, isch mag es nischt, die ganze Zeit auf die Tasche von Theo zu liegen, isch brauche meine eigene Geld«, sagte sie und wirkte ernstlich besorgt, als wäre es nicht so einfach, eine neue Anstellung zu finden. Jedenfalls wirkte sie auf Hanna nicht verdächtig, und ein Motiv war auch nicht zu erkennen. Sie glaubte der Frau fürs Erste.

»Alles klar, Frau Giroud, das wäre es auch schon. Wir warten jetzt mal ab, was die Untersuchungen bringen. Vielleicht melde ich mich noch einmal bei Ihnen.«

Von Braunfels aus fuhr Hanna direkt nach Hause, um Feierabend zu machen. Sie hatte Huber Bescheid gegeben, es war höchste Zeit für eine Mütze Schlaf.

Daheim duschte sie heiß, zog sich ihre Jogginghose und einen Kuschelpullover an, aß eine Tütensuppe mit Aufbackbrötchen und legte sich aufs Sofa. Eine Menge war passiert. Sie schloss die Augen und rief sich die Ereignisse des Tages noch mal ins Bewusstsein. *Mit Phantombild Gessner identifiziert, Briefe gefunden, Gessner getroffen, Roth gesprochen und die französische Pflegekraft Fabienne Giroud befragt. Dazu Sänger als Briefeschreiber identifiziert. Was zur Hölle wollte Sänger vor seinem Tod noch so unbedingt in die Hände bekommen? Was wollte er verheimlichen? Was war es nur, lieber Karl?*, dachte sie.

Das, was Menschen dieser Generation oft verheimlichen wollen und müssen, sagte eine Stimme in ihrem Hinterkopf. *Natürlich, die Nazizeit!* Das passte doch wie die Faust aufs Auge. Und Gessner hatte es außerdem längst ausgesprochen. »Je nachdem, wie die betroffene Person heute in der Gesellschaft positioniert ist, kann allein die Mitgliedschaft in der Hitlerjugend alles kaputt machen«, hatte er gesagt. Die Bücher konnten für Sänger deshalb so wertvoll gewesen sein, weil durch sie in fremden Händen eventuell eine bisher nichtbekannte Nazivergangenheit ans Licht gekommen wäre. Ja, das war eine wirklich gute Theorie.

Hanna hatte diese Gedanken in einem Dämmerzustand zwischen Wachen und Schlafen, doch nun schlug ihr Herz wieder schneller, und sie spürte, wie Adrenalin sich in ihren Gliedern ausbreitete. Dieses Herzklopfen bedeutete in der Regel, auf einer guten Fährte zu sein. Jetzt war sie wieder wach. Aber das machte nichts. Früher hätte sie die Sache direkt mit Leo besprochen. Am Telefon, scheißegal, wie viel Uhr es war, so gut kannten die beiden sich. Und dann hatten sie gequasselt bis in die Puppen, Dienstliches und Privates vermischt und …

Sie durfte gar nicht an Leo denken. Nicht jetzt, sie wollte ihn zuerst besuchen. Das würde sie morgen tun. Auch mit Roth hätte sie gern geredet, doch den kannte sie nicht *so* gut und er war nicht ihr Kollege, das hatte er ihr ja unmissverständlich klargemacht. Huber hatte sie zu ihm geschickt und auf seine Mitarbeit gehofft, doch Roth würde nicht dafür bezahlt werden und Hanna wollte nicht unverschämt sein.

Morgen standen also Krankenhaus und ein kleines MOKO-Meeting in der Dienststelle auf dem Programm. Danach würde sie versuchen, Roth zu kontaktieren.

Hanna stand vom Sofa auf, sie fühlte sich etwas schwummrig. Sie kritzelte die Worte »Sänger Nazivergangenheit?« auf einen Zettel, legte diesen auf den Wohnzimmertisch, putzte sich die Zähne und ging ins Bett. Es war erst 20.34 Uhr, aber ins Bett zu gehen war genau die richtige Entscheidung. Der nächste Tag würde Hanna einiges abverlangen.

Kapitel 19

Auf dem Weg zu ihrem Auto wurde Hanna morgens von einem heftigen Regenschauer erwischt. Der Himmel über Offenbach sah nach Weltuntergang aus. Orkanartige Böen zerrten an den Menschen, die über Straßen und Gehwege hasteten, um so schnell wie möglich in geschützte Räume zu gelangen.

Auf der Autobahn Richtung Gießen riss der Himmel auf. Beim Fahren in die Wetterau wandelte sich die weiß-graue Decke in eine Herde Schäfchenwolken, und auf Höhe Bad Nauheim erstrahlte der Himmel in hellem, reinem Blau.

Mit dem besseren Wetter lichteten sich auch Hannas Gedanken. Während die Sonne durch die Scheibe des Fahrerfensters ihre linke Gesichtshälfte wärmte, spürte sie zum ersten Mal in diesem Jahr echte Frühlingsgefühle aufkommen. Wie im Trailer für einen Kinofilm liefen Szenen vor ihrem geistigen Auge ab. *Grillen mit Familie und Freunden, abends lange draußen sitzen, ins Freibad gehen, joggen, braun werden, schwitzen, Eis essen, Biergarten, fröhliche Menschen.* Es kribbelte angenehm und voller Vorfreude in ihrem Bauch, wenn sie an die kommenden Monate dachte.

Doch die Wetterau machte ihrem Namen alle Ehre. Als Hanna die Senke durchfahren hatte und sich Gießen näherte, zogen erneut schwarze Wolken auf. Und so, wie eben mit dem Durchbruch der Sonne hellere Gedanken ihren Geist bevölkert hatten, richteten in der zunehmenden Trübe des Gießener Landes auch die Schatten in ihrer Seele sich wieder zu dämonischen Gestalten auf. Ein mulmiges Gefühl begleitete sie auf der Abbiegespur Richtung Stadtmitte. Und es wurde nicht besser, während sie sich über die Frankfurter Straße dem katholischen Krankenhaus näherte. Im Gegenteil. An der letzten roten Ampel vor der Zielstraße breiteten sich die düsteren Ahnungen in ihrem Bauch immer weiter aus und verwandelten sich im Parkhaus der Klinik schließlich in handfeste Angst.

Niemand macht gern Besuche im Krankenhaus, das ist völlig normal, sagte sie sich vor dem Fahrstuhl stehend. *Allein schon dieser Geruch … da kann man sich doch nur schlecht fühlen.*

Die Tür des Fahrstuhls öffnete sich, und wie das offenbar immer und in jedem Krankenhaus der Welt zu sein hatte, befand sich eine Krankenschwester mit Besteckwagen in der Kabine. Der Fahrstuhl fuhr nach oben. Die Krankenschwester stieg im selben Stockwerk aus wie Hanna, ging jedoch nicht in Richtung Intensivstation, wo Hannas Weg hinführte. Sie betrachtete das Schild mit der Aufschrift Intensivmedizin, das über der gläsernen Zwischentür prangte und Erinnerungen in ihr hervorrief, die sie längst begraben glaubte. Gleich würde man sie bitten, einen keimfreien Kittel überzustreifen. Sie drückte den Klingelknopf. Ihr Herz begann zu rasen.

Die Ohnmacht war mit einem Schlag zurück, als Hanna das Krankenzimmer betrat. Die gleiche Ohnmacht, die sie auf dem Gesicht von Brigitte Herrendorf gesehen und die sie selbst schon einmal gespürt hatte.

Leo hing an Schläuchen und Geräten. Im Handrücken steckte eine Kanüle.

Hanna trat näher ran. Das Nachbarbett war leer. Ein Monitor piepste. Leos Gesicht war gelblichgrau. Er liege momentan im künstlichen Koma, hatte man ihr beim Überstreifen des Kittels gesagt. Sie hatte das nicht gewusst. Die Ohnmacht breitete sich vom Solarplexus kreisförmig aus, der Unterschied zur Panik war in manchen Momenten nicht erkennbar. Die beiden Gefühle vermischten sich, Hanna kannte diese Kombination, die sie früher einmal monatelang vergiftet hatte. Ohnmacht und Panik. Beim Anblick ihres bewusstlosen Teampartners kam das Gefühl wieder hoch, genau wie damals. *Oh Gott, wie schlimm es jedes Mal war, in dieses Zimmer zu gehen,* erinnerte sie sich, und in diesem Moment stand sie noch einmal an seinem Bett, hörte das Piepsen, sah die leblose, zusammengesackte Figur, die ein paar Tage später in derselben Position auch im Sarg gelegen hatte. Sie schaffte es nicht, die Tränen zurückzuhalten. Ihre Erinnerungen übermannten sie.

Am Tag, als es passiert war, hatte ähnlich wechselhaftes Wetter geherrscht wie heute. Damals war November gewesen. Der Wind hatte massenweise Laub auf die Fahrbahn geblasen. Regen und faulende Blätter verwandelten den Asphalt in eine Rutschbahn. Michel war am Ausgang einer Kurve ins Schleudern geraten und gegen einen Baum geprallt. Das war inzwischen sieben Jahre her, doch nach wie vor konnte keine Rede davon sein, Hanna hätte den Tod ihres Verlobten überwunden. Es schmerzte immer noch, wenn sie daran dachte. Aber auf der anderen Seite gab es ihr auch Kraft. Sie hatte gelernt, die Wut auf den Tod und alle, die sich mit ihm verbündeten, hinter sich zu bringen und als Antrieb zu nutzen. Ja, der Tod eines geliebten Menschen war eine furchtbare Sache, aber wenn diese Gefühle Hanna dabei helfen konnten, Verbrecher, die das

Geschenk des Lebens missachteten, hinter Gitter zu bringen, hatte Michels Tod wenigstens irgendeinen Sinn gehabt.

»Hey, ich bin's. Weiß nicht, ob du mich hörst, aber falls doch, will ich dir sagen, dass wir dich wirklich vermissen. Wir brauchen dich noch, weißt du …«, sagte sie und Tränen schnürten ihr dabei die Kehle zu. »Wir brauchen deine dummen Witze und deine genialen Ideen. Zeig denen einfach, dass Leo Altmann nicht so leicht kleinzukriegen ist, okay?« Sie konnte nicht mehr weitersprechen, weil die unsichtbare Hand wieder ihre Kehle zudrückte. Heiße Tränen liefen über ihre Wangen.

Sie blieb noch eine halbe Stunde dort sitzen. Leo bewegte in dieser Zeit nicht einmal die Augen hinter den geschlossenen Lidern. Er sah nicht gut aus.

Hanna wollte gehen und dachte daran, nun vielleicht zum letzten Mal das Wort an ihn persönlich richten zu können, mit ihm zu sprechen. Auch ohne Antwort hatte sie das Gefühl, er könnte womöglich hören, was sie sagte. Der Tod würde alles verändern. Tod. Für immer.

Fast wäre ihr ein flapsiger Abschiedsgruß wie »Gute Reise, wir sehen uns auf der anderen Seite« herausgerutscht, doch Gott sei Dank fuhr die Stimme der Vernunft dazwischen. Wie aufmunternd und aufbauend wäre es denn wohl für Leo gewesen, während er gerade in seinem Körper kämpfte und sich auf sein großes Comeback vorbereitete, Hanna zu hören, wie sie ihn praktisch bereits im Grab liegen sah? Nein, das wäre kein guter Freundschaftsdienst gewesen. Und sie selbst wollte ja auch an seine Genesung glauben. Hätte sie doch nur die so wichtige Hoffnung dafür aufbringen können. Als sie bereits in der Tür stand, drehte sie sich noch einmal um. »Wir sehen uns, wenn du ausgeschlafen hast«, sagte sie und verließ auf schnellstem Wege das Krankenhaus.

Das kleine MOKO-Meeting im Präsidium lief an Hanna weitestgehend vorbei. Die Ohnmacht saß ihr noch in den Knochen, wich für einige Minuten, als sie der Runde ihre neusten Erkenntnisse vorstellte, und kehrte anschließend zurück. Der Besuch im Krankenhaus hatte sie sehr mitgenommen, das stand fest. Zumindest bekam sie mit, dass Nöthen Fentanyl-Spuren in Sängers Infusionsflasche bestätigte. Zur tödlichen Dosis konnte er indessen noch keine Angaben machen, da es bei der Feststellung des Fentanyl-Spiegels im Blut eines Verstorbenen ein paar komplizierte Besonderheiten gab. Ansonsten bat Huber Hanna darum, Benedek Roth noch einmal wegen der undichten Stelle in der Klinik zu befragen. Gab es für ihn Verdächtige? Vielleicht unter dem Personal? Schließlich war nach Maries Tod binnen eines Tages schon bis in den Dorfbrunnen durchgesickert, dass einer seiner Patienten unter Mordverdacht stand.

Hanna erinnerte Huber daran, wie entgegenkommend es von Roth war, ihnen überhaupt noch zu helfen. Nach seiner kurzzeitigen Haft sei das nicht gerade selbstverständlich.

»Ich habe trotzdem nichts anderes von ihm erwartet. Wir haben nach dem Gesetz gehandelt, es gab eine Beschuldigung und es bestand Verdunklungsgefahr. Roth hat seine Prinzipien, und ich glaube, er mag Leute, die auch welche haben. Deshalb mag er Sie, und deshalb hilft er uns weiterhin. Und weil er es nicht ertragen kann, dass Maries Mörder in Freiheit lebt.«

»Ja, mit dieser Einschätzung könnten Sie tatsächlich richtig liegen, so ähnlich kommt es mir auch vor. Hätte gar nicht gedacht, dass Sie mich als Frau mit Prinzipien sehen. Das klingt nett!«, sagte Hanna.

»Sehen Sie, wenn ich etwas wirklich will, kann ich einfach alles, sogar nett sein«, erwiderte Huber und verabschiedete sich aus dem kleinen Konferenzraum.

Mittlerweile war Hanna der Weg nach Cleeberg so vertraut, dass es sich anfühlte, als hätte sie das Dorf schon immer gekannt, als gehörte es zu ihrem Leben. Dabei war sie vor ein paar Tagen zum ersten Mal dort gewesen. Von Frankfurt kommend nahm sie die Abfahrt Butzbach, durchfuhr das Städtchen, vorbei an Ebersgöns in Richtung Oberkleen, durch die gesamte Ortschaft mit ihren schönen Fachwerkhäusern hindurch, und gleich nach dem Ortsschild ging es links ab Richtung Cleeberg.

Das Tal, in dem das kleine Dorf lag, bildete den Übergang von den nördlichen Ausläufern des Taunus zur Wetterau. Es wirkte wie hingeschmiegt an die Landschaft aus steilen Hängen und Wäldern, so gemütlich und friedlich, dass man gar nicht glauben wollte, was in letzter Zeit dort los war. Aber das machte das Dörfchen für Hanna nicht weniger attraktiv. Mord gab es nun mal überall, vor allem da, wo sie arbeitete.

Sie hatte versucht, Roth zu erreichen, und ihm eine Textnachricht gesendet, aber beides bisher ohne Reaktion. Er ging nicht ran und schrieb nicht zurück. Also fuhr sie unverrichteter Dinge zu seinem Anwesen und parkte den Wagen, einen Passat, an der Straße. Der Volvo befand sich wegen der zertrümmerten Scheibe in der Werkstatt. Einige Bruchstücke der Scheibe, an denen DNA-Spuren des Täters vermutet wurden, waren zur kriminaltechnischen Untersuchung geschickt worden.

Schon beim Hinunterdrücken des Türgriffes wusste sie, dass Roth nicht zu Hause war. Das Hoftor war nicht verriegelt, also musste er weg sein. Sie ging aber trotzdem in den Hof, machte ein paar Schritte, sah sich die Fenster der Reihe nach an, ob irgendwo im Haus vielleicht doch ein Licht brannte oder sonstige Lebenszeichen zu sehen waren, aber es wirkte, als wäre tatsächlich niemand im Gebäude. *Bei strahlendem Sonnenschein wäre es auch Blödsinn, das Licht anzuschalten*, dachte sie noch, doch instinktiv wusste sie, dass niemand im Haus war.

Sie sah sich um, sah die riesige Spielfläche, die der Hof hätte sein können, sah die ungenutzten Gebäude. *So viel Platz, so viele Möglichkeiten, so viel ungelebtes Leben*, dachte sie. Und weil sie sich bei diesem Gedanken in Roth hineinversetzte, sich vorstellte, wie er sich die Zukunft mit seiner Familie ausgemalt hatte, eine lebendige, große Familie, die durch den Hof tobte und voller Liebe füreinander war, schossen ihr plötzlich Tränen in die Augen. *Na toll, das kann ja was werden, wenn ich jetzt wegen jedem Scheiß gleich wieder anfange zu heulen.* Ihr Körper hatte sich offenbar daran erinnert, wie erleichternd Weinen sein konnte, und jetzt musste sie aufpassen, dass er nicht bei jeder Gelegenheit versuchte, ihr auf diese erfolgversprechende Weise Erleichterung zu verschaffen.

Ausgerechnet als Hanna gegen ihre Sentimentalität und Tränen ankämpfte, flog die Tür auf und Benedek Roth landete rückwärts auf den Pflastersteinen. Da er bis zur Nasenspitze mit Einkäufen beladen war, musste er versucht haben, die Tür im Hoftor mit dem Hintern aufzudrücken. Dabei war er wohl nicht auf den erwarteten Widerstand gestoßen und rücklings in den Hof gepurzelt.

Hanna, gerade noch weinend vor Mitleid um Roths Traum von einer glücklichen Familie, musste nun beim Anblick dieser Slapstick-Einlage über ihn lachen.

»Nicht erschrecken, ich bin's nur«, sagte Hanna. Sicherlich erwartete er nicht, von jemandem in seinem Hof angesprochen zu werden.

Er rappelte sich auf und klopfte sich den Schmutz von der Kleidung. »Ich wusste das schon, ihr Auto steht doch direkt vor meinem Küchenfenster, als wäre der Hof ein MacDrive«, antwortete er betont lässig, ohne ein Wort über seinen Sturz zu verlieren. Hanna musste erneut lachen.

»Welches Auto meinen Sie?«

»Na, Ihr Volvo natürlich.«

»Das Auto da draußen hat vielleicht eine ähnliche Farbe. Aber ich bin heute mit einem Passat hier, Herr Roth, weil der Volvo wegen der eingeschlagenen Fensterscheibe in Reparatur ist. Man sagt doch immer, Frauen könnten sich bei Autos höchstens an die Farbe erinnern.«

»Echt?«, fragte Roth mit verwirrtem Blick, ging zurück zum Hoftor und rutschte dabei fast auf einem Päckchen Scheiblettenkäse aus.

»Passat«, sagte er und kratzte sich am Kopf. »Hab wohl nur die Farbe und das Nummernschild gesehen, das ist ja sehr ähnlich.«

»Ja, die sind sehr ähnlich, haben beide den gleichen Anfangsbuchstaben«, sagte Hanna, als Roth vor ihr stand.

»Freut mich, Sie zu sehen.« Seine Miene wurde kritisch. »Haben Sie eben geweint?«, fragte er. Hanna tastete ihre Wangen ab, wischte restliche Tränen fort und lächelte zurück. »Nein, das war, weil ich so lachen musste, als Sie eben auf den Hintern gefallen sind. Da kommen mir manchmal die Tränen«, sagte sie.

»Wenn jemand auf den Hintern fällt? Sie scheinen ja ein wahrer Feingeist zu sein, was Humor angeht«, sagte Roth, und auch darüber musste sie lachen.

»Ja, sehen Sie, ich lache über alle möglichen Dinge«, sagte sie und lachte gleich noch einmal los, bis ihr erneut die Tränen kamen.

Irgendwie bin ich in letzter Zeit manchmal so extrem albern. Wie bei dem Lachanfall neulich. In der Zelle. Irgendwie immer mit ihm, dachte sie, und noch im selben Moment verblühte ihr Lächeln und sie spürte ihr Herz unter dem Kehlkopf. Warum zur Hölle war sie denn so albern in seiner Gegenwart?

»Kommen Sie rein, ich hab was rausgefunden«, sagte Roth und öffnete die Tür zur Sommerküche.

»Was haben Sie denn rausgefunden?«, fragte Hanna am Esstisch sitzend und einen dampfenden Kaffee mit Milchschaum vor sich.

»Wir waren doch, wegen der Widmung in dem Buch, auf der Suche nach Verwandten von Karl Brandtner.«

»Ja …«

»Ich habe noch mal drüber nachgedacht«, sagte Roth betont geheimnisvoll.

»Worüber?«

»Na ja, zuerst über Verwandtschaftsverhältnisse im Allgemeinen, und dann über die Nachkommenschaft von Brandtner im Speziellen.«

»Und?«

»Mir ist eingefallen, dass es in den meisten Fällen auch Urenkelkinder gibt, die andere Familiennamen haben. Also der Urenkel heißt ja oft mit Nachnamen gar nicht so wie seine Urgroßeltern.«

»Ach so, ja, natürlich.« Hanna machte ein kritisches Gesicht, das wohl ihrer eigenen Blindheit galt. Wie konnte man etwas so Naheliegendes nur übersehen?

Roth nahm einen Schluck Espresso. »Das Verrückteste kommt erst noch«, sagte er und seine Augen funkelten. »Ich hab nämlich noch einen Urenkel von Brandtner ausfindig gemacht. Und er wohnt … Trommelwirbel … in Cleeberg. Scheint jedoch keinen Kontakt mit Martin Brandtner zu haben.«

Hanna stand sofort unter Strom, als hätte Roth auf einen Schalter gedrückt. Der Fall hatte sie wieder. Nach dem emotionalen Besuch bei Leo und den Nachwehen im Hof tat es gut, die Gedanken wieder auf die Arbeit zu richten. Sie wollte zurück in ihren Tunnel, sich auf das Hier und Jetzt fokussieren und ihre Arbeit erledigen.

»Dann sagen Sie schon, wer es ist«, drängelte sie.

Er grinste breit. »Sein Urenkel arbeitet als Sozialpädagoge in der Rufus-Baldachin-Klinik.«

»Nein.«

»Doch! Und wissen Sie, wer es ist?«

»Keine Ahnung …«

»Christopher Miele. Er war lange auf Russos Station im Dienst.«

Hanna war baff. Sie sah den Mann bildlich vor sich. Blasse Haut, hellblaue, kalte Augen und die krausen, dunklen Locken. *»Christopher, ich sollte mit Herrn Russo auf Sie warten.« Der Typ? Wirklich?* »Ich kenne nur seinen Vornamen, aber dann wird's wohl der sein. So blass, dass er schon krank wirkt und hellblaue, starre Augen. Höchstens vierzig.«

»Ja, genau. Ich fand schon immer, Miele sieht aus wie ein Heroinjunkie«, flüsterte Roth.

»Dann meinen wir definitiv denselben Kerl.« Sie schüttelte ungläubig den Kopf.

»An Ihrer Stelle würde ich mir den mal vorknöpfen, Frau Kommissarin.«

Hanna sah ihn fragend an. »Aber wegen was denn eigentlich? Soll ich ihn verhören, weil sein Urgroßvater ein Nazi war?«

»Nein, natürlich nicht. Aber wenn die Widmung im Buch seinem Urgroßvater galt, kann er theoretisch auch von den Büchern wissen. Und von den Briefen.«

»Ja, das stimmt!« Hanna freute sich über die neue Spur wie ein zweijähriges Kind, dem die Mama unvermittelt eine Packung Gummibärchen in die Hand gedrückt hat. Sekunden später verwandelte sich das Strahlen ihrer Augen übergangslos in ein fiebriges Glühen.

»*Für den treuen Freund und tapferen Soldaten Karl Brandtner, ihm sei diese Schrift gewidmet*«, murmelte sie und schlug sich mit der flachen Hand gegen die Stirn. »*Lieber Karl* … die Briefe waren an *ihn* gerichtet. Briefe von Sänger an Brandtner!«

»Jetzt wird es doch langsam spannend«, sagte Roth. »Wenn Sie jetzt noch annehmen, jemand könnte Santiago Russo gezwungen haben, an den Fundort zu gehen und die Leiche anzufassen, wäre die Befragung von Miele am Ende vielleicht enorm aufschlussreich.«

Hanna fiel die Kinnlade runter. »Sie meinen … *er* könnte mit dem Mord an Marie zu tun haben, oder vielleicht sogar selbst der Mörder sein?«

»Immerhin hatte er Kontakt zu Russo und ist gleichzeitig der Urenkel des Mannes, dem Ludwig Berns persönliche Widmung galt. Außerdem mag ich ihn nicht. Das macht es leichter, ihn zu verdächtigen.«

»Und nicht zu vergessen, es würde erklären, wie die Informationen so schnell aus der Klinik kommen konnten. Einen Tag nach Maries Tod.«

»Richtig, ja, genau!«, sagte Roth.

»Was haben Sie denn eigentlich gegen Miele? Ich meine, warum mögen Sie ihn nicht?«

»Ach … nichts Handfestes, nur ein Gefühl, dass er ein falscher Fuffziger ist, glatt wie ein Aal.«

Hanna sah Roth nachdenklich an. »Russo könnte auch deshalb darauf bestanden haben, in eine andere Klinik verlegt zu werden. Weil er weiterhin von Miele bedroht wird. Halten Sie das für möglich?«

Roth wirkte überrumpelt. »Wie? Russo ist nicht mehr in der Rufus?«

»Nein, wussten Sie das nicht? Er hat seine Aussage nur im Gegenzug zu einem Versprechen unsererseits geändert. Wir mussten ihm versprechen, ihn augenblicklich in einer anderen Einrichtung unterzubringen.«

»Das wusste ich nicht, nein«, sagte Roth verblüfft. »Aber wenn man es mir erzählt hätte, wäre mir sofort die Idee gekommen, dass jemand aus der Klinik ihn unter Druck setzte und er deshalb woanders hinwollte. Das ist doch wohl mehr als offensichtlich.«

»Wir dachten, Russo wolle *Ihnen* aus dem Weg gehen, nachdem er Sie mit seiner Falschaussage ins Kittchen gebracht hat.«

Roth schüttelte den Kopf. »Nein! Auf keinen Fall. Er hat keine Angst vor mir, er weiß, dass ich ihm gegenüber nicht feindselig wäre, sondern professionell und verständnisvoll.«

»Sie nehmen das wirklich nicht persönlich, oder?«

»Um Gottes willen, nein! Ich versuche, im Leben überhaupt nichts persönlich zu nehmen. Das ist nicht immer leicht. In dem Fall wäre das aber kein Problem gewesen. Russo hat entweder aus Furcht vor einem realen Erpresser gehandelt oder seine psychotischen Symptome sind wieder stärker geworden. Dann könnten Bedrohung und Erpressung auch von seiner inneren Stimme gekommen sein. In seiner wahnhaften Phase hat er auf Befehl dieser Stimme hin einige der für ihn wichtigsten Menschen seelisch verletzt, er hat ihnen Dinge gesagt, die ihm von der Stimme zugeflüstert worden waren, Dinge, die für einen Bruch mit vielen Freunden und Familienmitgliedern gesorgt haben.«

»Heftig so was! Wieso hat er getan, was die Stimme verlangt hat?«

»Weil er davon überzeugt war, die betreffenden Menschen nur so schützen zu können. Nach Logik seiner Stimme musste er diese Personen dazu bringen, sich von ihm abzuwenden. Die Stimme prophezeite ihm, er werde ansonsten zur tödlichen Gefahr für seine Liebsten werden. Russo hat damals häufig Dinge gesagt und getan, an die er sich später nicht erinnern konnte und die gleichzeitig im absoluten Gegensatz zu den Werten standen, die für ihn wichtig waren.«

»Klingt sehr, sehr unangenehm.«

»Wer einmal eine psychotische Episode mitgemacht hat, ist fürs Leben innerlich gebrandmarkt. Ein ›Alles wieder gut!‹ gibt es bei schizoiden Erkrankungen im Grunde nicht.«

»Verständlich, warum Sie Russo gegenüber nicht nachtragend sind.«

»Haben Sie denn versucht, was aus ihm rauszubekommen, seit er in … wo ist er eigentlich?«

»In der Nähe von Limburg. Aber das wissen Sie natürlich nicht. Und ja, Kollegen haben mit ihm gesprochen, aber er sagt mittlerweile gar nichts mehr zu dem Fall. Die Kollegen meinten auch, er wirke extrem verängstigt und eingeschüchtert.«

Roth nickte. »Gehen Sie der Sache mit Christopher Miele nach, ich denke, das ist immerhin eine Spur. Vielleicht keine direkte zum Mörder, aber irgendwie wird uns das weiterbringen, das weiß ich ganz sicher.«.

»*Uns* weiterbringen … ich liebe es, wenn Sie *uns* sagen, dann fühle ich mich nicht so allein.«

»Wie geht's denn eigentlich Ihrem Teampartner? Kommt er bald zurück?«

Hannas Miene verdunkelte sich. »Kein gutes Thema jetzt, ich erzähle es ein anderes Mal.«

»Ok, dann reden wir da nicht drüber«, sagte Roth.

Hanna nickte mit zusammengepressten Lippen. Wieder stand ihr das Wasser in den Augen. »Jedenfalls tut es gut, jetzt nicht so völlig allein zu ermitteln.«

Roth deutete eine ergebene Geste an, indem er den Kopf leicht neigte und sich dabei an die Brust fasste. »Stets zu Ihren Diensten, meine Liebe.«

»Danke!«, sagte Hanna, und ein Lächeln, das aus tiefstem Herzen kam, verwandelte ihr ernstes Gesicht. »Ich werde dann jetzt direkt mal versuchen, Kontakt mit Christopher Miele aufzunehmen. Mal sehen, ob uns das weiterbringt.«

Kapitel 20

Erst zwei Tage später hatte Hanna letztendlich Glück und schaffte es mithilfe eines von Roth abfotografierten Dienstplanes, Miele am Telefon der Klinik zu erreichen. Sie verabredeten sich in seiner Wohnung. Nun stand sie vor der Haustür und wartete auf ihn.

In den vergangenen beiden Tagen hatte sich der Verdacht bezüglich des Fentanyls bestätigt. Sänger war an einer Überdosierung gestorben. Die Konzentration des Opioids in seinem Blut war jedoch zur Todeszeit längst nicht so hoch gewesen, wie sie hätte sein müssen, wenn der ausgekochte Wirkstoff aus allen zwanzig Pflastern durch die Infusionsflasche in seinen Körper geflossen wäre. Vielmehr kam bei den Berechnungen ein Wert heraus, der auf den Wirkstoff aus zwei, höchstens drei Pflastern schließen ließ.

Das Haus befand sich in der Ringstraße. Hanna war eine in Serpentinen verlaufende Strecke bergauf gefahren, um es zu erreichen. Nachdem sie aus dem Auto gestiegen war, hatte sie für einige Sekunden den herrlichen Ausblick über die Landschaft genossen. Unten lag der alte Dorfkern im Talkessel. Idyllisch war das Wort, das Hanna dazu einfiel.

Miele öffnete die Haustür. Er wirkte noch blasser als beim letzten Mal. Seine Hand war feucht. Auch die Ränder unter den Augen waren Hanna beim letzten Mal nicht aufgefallen. Er sah aus, als hätte er Fieber.

»Ist mit Ihnen alles okay, Sie sehen krank aus«, sagte Hanna.

»Oh, ich hab mir definitiv irgendwas eingefangen, ja. Wahrscheinlich in der Klinik, da geht die Grippe rum.«

»Dann versuchen wir, das hier so schnell wie möglich hinter uns zu bringen. Damit Sie nicht so leiden müssen und ich mich nicht anstecke.«

»Kurz und schmerzlos.«

»Genau.«

»Ich glaube, wir gehen trotzdem hoch und besprechen das nicht im Treppenhaus«, sagte Miele.

»Besser wäre das wohl.« Hanna folgte ihm auf knarzenden, mit Klarlack behandelten Stufen bis unters Dach, wo er lebte. Es war eine Wohnung mit sehr vielen Dachschrägen, aber für eine Person durchaus gut geschnitten. Die Einrichtung war Geschmackssache. Sehr schlicht, sehr funktional, aber durchweg in harmonierenden Stilrichtungen. Auf einer Kommode stand, zwischen weiteren gerahmten Fotos, das eines jungen, gut aussehenden Mannes, der eine bildhübsche Frau im Arm hielt und glücklich lachte. Hanna betrachtete das Foto eine Weile. Der junge Mann kam ihr irgendwie bekannt vor. Dann durchzuckte sie ein regelrechter Schreck, als sie begriff, wer der junge Mann war. Aber das konnte eigentlich nicht sein. Mieles gesamte Statur war viel hagerer, er war vermutlich ein völlig anderer Hauttyp als der auf dem Foto, einige Stufen heller. Und seine dünnen Ärmchen gegenüber den muskulösen auf dem Bild. Nein, oder?

»Sind Sie das hier auf dem Foto?«, platzte es aus ihr heraus, noch bevor sie begriff, wie verletzend die Frage im ungünstigen Fall sein konnte. Es hatte ja nichts mit dem Fall zu tun. Miele konnte ernsthaft krank sein, chronisch krank, vielleicht unheilbar. Und die Rückmeldung, die er nun von Hanna bekommen hatte, war grob gesagt: *Man erkennt sie ja überhaupt nicht mehr wieder!* Das war nicht gut, und Hanna war erleichtert über die Reaktion des Mannes.

»Ja, da war ich noch richtig fit, was?«, erwiderte er mit einem recht entspannten Lächeln. »Setzen wir uns am besten da vorne an den Tisch.« Er zog Hanna einen Stuhl hervor. »Möchten Sie einen Kaffee?« Trotz seiner schlechten Verfassung war er höflich und umsichtig, zwei Eigenschaften, die bei Hanna nicht unbedingt hervorstachen, wenn sie krank war. Für diese mentale Stärke hatte sie durchaus Respekt übrig.

»Ich fange gleich mit den Fragen an, damit Sie nicht zu lange auf den Beinen bleiben müssen«, sagte sie. Beim Abstellen der Tasse zitterte Mieles Hand. Er schwitzte und zog andauernd die Nase hoch. Alle paar Sekunden tat er das. Es hatte schon etwas von einem Tick.

»Sie sind, wenn ich richtig informiert bin, der Urenkel von Karl Brandtner, das ist doch richtig, Herr Miele?«

»Ja …«, antwortete der Sozialarbeiter. Schon die Art und Weise, mit der Miele dieses eine Wort aussprach, zeigte, wie wenig er mit dieser Frage gerechnet hatte. »Wie kommen Sie denn jetzt auf meinen Uropa? Er ist doch schon lange tot.«

»Darüber müssen Sie sich gar nicht den Kopf zerbrechen. Es hat ja nichts mit Ihnen als Person zu tun. Er war eben bloß mit Ihnen verwandt. Beantworten Sie doch einfach die paar kurzen Fragen, dann bin ich ganz schnell wieder verschwunden.« Hanna klang wie eine gutmütige Krankenschwester, die mit ihrem Patienten sprach.

»Trotzdem kommt es mir seltsam vor, wenn mich eine Polizeibeamtin dringend wegen meines toten Urgroßvaters sprechen will. Wie kann das dringend sein, wenn er schon lange tot ist?«

»Was dachten Sie denn, worum es geht?«

»Um den Mord natürlich.«

»Ach so, haben Sie deshalb am Telefon gar nicht nach dem Grund für meinen Besuch gefragt?«

»Ich bin davon ausgegangen, dass es um den Mord geht.«

»Aber warum eigentlich?«

»Weil Sie von der Polizei deswegen überhaupt im Dorf sind, ansonsten passiert hier doch nichts.«

»Na ja …«, sagte sie. »Die Scheibe meines Dienstwagens wurde in Ihrem Dorf eingeschlagen.«

Miele machte ein überraschtes Gesicht. *Er »macht« dieses Gesicht. Mit Absicht. Er tut nur so, als sei er überrascht,* erkannte Hanna instinktiv. Miele hatte eine Viertelsekunde gezögert, bevor er sich für das überraschte Gesicht entschieden hatte. *Anscheinend spricht sich das mit der Scheibe rum. Aber weshalb verheimlicht er dann, dass er davon weiß?*, fragte sie sich.

»Mit so was erproben Jugendliche manchmal ihren Mut, allerdings sind mir in Cleeberg schon lange keine wirklichen Rowdys mehr aufgefallen«, sagte er.

»Jugendliche Mutprobe kann ich fast ausschließen, aber zurück zu Ihnen und Ihrem Urgroßvater«, sagte Hanna. »Hatten Sie in der Zeit vor seinem Tod denn noch regelmäßig Kontakt?«

Miele zuckte mit den Schultern. Kurz darauf begann er zustimmend zu nicken. »Ich hab ihn manchmal besucht, ja.«

»Waren Sie der Einzige aus seiner Familie, der noch Kontakt zu ihm hatte?«

»Das war leider so.«

»Warum?«

»Warum was?«

»Warum wollten die anderen keinen Kontakt, Sie aber schon?«

»Mein Uropa hat im Krieg für die Nazis gekämpft. Als der Krieg verloren war und rauskam, welche Verbrechen sie verübt hatten, haben sich alle von ihm abgewandt. Ich fand das irgendwie nicht ganz richtig.«

»Wegen seiner Vergangenheit haben sich alle abgewandt, oder weil er auch nach dem Krieg seine Gesinnung behalten hat?«

Miele sog zischend Luft durch die zusammengebissenen Zähne. »Beides, schätze ich.«

»Und Sie haben sich nicht an seiner politischen Haltung gestört?«

»Doch, aber ich glaube nicht, dass man seine Familienmitglieder dermaßen im Stich lassen sollte, egal, was sie gemacht haben. Ich wollte viel mehr rausbekommen, wie man zu so einer krassen Einstellung kommt, warum er überzeugter Nationalsozialist geblieben ist, obwohl er die Leichenberge auf den Fotos gesehen hat und weiß, was zum Beispiel der Mengele den Kindern alles angetan hat.«

»Und, haben Sie es begriffen?«

»Nein, um ehrlich zu sein, nein, das hab ich nie.«

»Dann darf ich Ihre politische Einstellung demnach außerhalb der ganz rechten Ecke vermuten, richtig?«

»Absolut. Für mich gibt's nichts Schlimmeres als Extremisten. Menschen, die gedankenlos und blind einer Ideologie nachlaufen, find ich zum Kotzen.« Er hörte auf zu sprechen und verzog das Gesicht wie unter plötzlichen Krämpfen.

»Alles gut?«, fragte Hanna.

»Ja, ja, klar, kein Problem, das geht gleich wieder …« Er sprach mit gepresster Stimme wie ein Hantelbank-Pumper, der beim Gewichtestemmen gleichzeitig mit seinem Pumperkumpel quatschte.

»Wissen Sie denn, ob Ihr Urgroßvater mit einem Friedhelm Sänger befreundet war, oder wissen Sie, ob die beiden Kontakt zueinander hatten?«

Die kritische Falte zwischen Mieles Augenbrauen hatte die Form eines Zackenblitzes. »Ja, die beiden kannten sich gut. Und Sänger war einer der wenigen im Dorf, die meinen Uropa als Freund bezeichnet haben. Vermutlich sogar der Einzige.«

»Dann haben die beiden sich also gegenseitig besucht?«

»Ja.«

»Gut, sehr gut«, sagte Hanna.

»Ich verstehe nicht, was das Gute daran ist, und noch nicht mal im Ansatz, was die Fragen sollen.«

»Vielleicht verstehen Sie es nach der nächsten«, sagte sie mit freundlichem Lächeln. »Wissen Sie von einem Briefwechsel zwischen den beiden, Ihrem Urgroßvater und Friedhelm Sänger? Und wenn ja, können Sie mir sagen, worum es dabei im Kern ging?«

»Briefwechsel?« Er sah Hanna verständnislos an. »Die beiden haben ihr Leben lang im selben Dorf gewohnt. Mir würde jetzt nicht einleuchten, weshalb die sich per Briefwechsel hätten verständigen sollen.«

»Nun gut, im Grunde wissen wir gar nicht, ob es ein Briefwechsel war oder eine einseitige Geschichte. Ist auch egal. Gab es denn mal eine Zeit, in der die beiden Streit hatten oder sich aus irgendwelchen Gründen nicht sehen konnten?«

Der Zackenblitz zwischen seinen Augen wurde noch deutlicher. Miele dachte einige Sekunden nach. »In den letzten Monaten, als er schon sehr, sehr krank war, gab es irgendeinen Konflikt zwischen den beiden, ja, aber ich weiß wirklich nicht, um was es da ging. Leider haben sie es auch bis zu seinem Tod nicht geschafft, sich zu versöhnen. Auf der Beerdigung hat Sänger niedergeschlagen gewirkt. Ich glaube, er wollte unbedingt Frieden haben. Mein Uropa war kein sehr harmoniebedürftiger Mensch. Ich kann mir gut vorstellen, dass er die Friedensangebote ignoriert hat und mit dem Groll auf Sänger gestorben ist. So war er halt«, sagte Miele.

»Sagt Ihnen der Name Ludwig Bern irgendwas?«

Wieder machte der Mann ein nachdenkliches Gesicht. »Nein, nie gehört. Wer soll das sein?«

»›Das größte Joch‹, sagt Ihnen das nichts?«

Miele schüttelte den Kopf.

»Gut. Würden Sie mir verraten, worüber Sie und Ihr Großvater bei den Besuchen so alles geredet haben?«

»Wieso wollen Sie das denn jetzt wissen?«

Hanna antwortete nicht. Sie sah ihn bloß abwartend an. Schließlich sagte er: »Sie können nicht behaupten, das hier würde schnell gehen, und gleichzeitig soll ich Ihnen erzählen, worüber ich mit meinem Uropa geredet habe. Wir haben viel geredet, wissen Sie. Grenzen Sie es doch mal ein bisschen ein. Welches Thema wäre denn für Sie interessant?« Miele wirkte plötzlich gereizt. Das Zittern seiner Hand war in ein allgemeines, ganz leichtes Wackeln des Körpers übergegangen. Er schwitzte wieder stärker. Offenbar stresste ihn die Situation mit zunehmender Dauer sehr. Er war krank, das konnte jeder sehen.

»Gut, Sie haben recht. Da braucht man wohl eine Eingrenzung, wenn man so viel miteinander geredet hat.«

»Eben«, erwiderte er.

»Dann hatten Sie schon recht engen Kontakt mit Ihrem Urgroßvater? Das höre ich zumindest so raus.«

»Wir haben uns unterhalten.«

»Ja. Auch über den Krieg und seine nationalsozialistische Weltanschauung?«

Miele schaute unter den Tisch, als sei die Antwort dort auf den Fußboden geschrieben, dann sah er auf, der Blick eisblau und kalt in dem verschwitzten Gesicht. Er zuckte die Achseln. »Ja, auch darüber. Ich habe ja schon gesagt, dass ich versucht habe, nachzuvollziehen, wie er zu seiner krassen Einstellung kam. Ohne darüber zu sprechen, ist das schlecht möglich, oder?«

»Stimmt, das hatten Sie gesagt. Und wie haben Sie da reagiert?«

»Wie meinen Sie reagiert? Wie soll ich wann reagiert haben?«, keifte er und machte beim Sprechen schnarrende Geräusche, die vermutlich aus der Nasen-Rachen-Gegend kamen. Er zog die Nase jetzt noch häufiger hoch. »Wir haben uns unterhalten. Wenn er etwas gesagt hat, das ich abstoßend fand, habe ich ihm das deutlich zu verstehen gegeben.«

»Könnten Sie ein Beispiel nennen?«

Er war jetzt sichtlich genervt. »Ich bin krank, ich muss ins Bett. Warum müssen Sie mir unbedingt heute solche Fragen zu den Gesprächen mit meinem Uropa stellen? Er ist tot und die Gespräche sind ewig her. Sie tun aber so, als hätte er womöglich gestern noch einen Mord verübt.«

»Er nicht, aber vielleicht sein langer Schatten.«

»Was soll das jetzt wieder bedeuten? Welcher Schatten?«

»Das weiß ich selbst noch nicht so genau. Jedenfalls sind wir eigentlich auch schon fast fertig«, sagte Hanna in dem Wissen, dadurch einen größeren Überraschungseffekt für die letzte Frage vorzubereiten, die sie unvermittelt anhängte: »Ach ja, wo waren Sie eigentlich am 22. Februar zwischen 18 und 0 Uhr?«

Wieder die Zackenblitzfalte zwischen Mieles Brauen. »Das … äh … weiß ich jetzt gar nicht so genau. Aber einen Moment, ich schau in meinem Terminkalender nach, ich hab nämlich zumindest eine Ahnung.« Der blasse, hagere Mann griff in einen Rucksack, der unter dem Tisch bei seinen Füßen stand. Er kramte ein wenig darin herum und zog einen großen schwarzen Terminplaner raus. Er blätterte vor, tippte mit dem Zeigefinger auf eine Seite und sagte: »Da, ich war arbeiten. Hatte 24 Stunden Dienst. Von 16 Uhr am 22. Februar bis 16 Uhr am 23. Februar.« Er zeigte ihr seine Notiz.

»Sie waren in der Klinik im Dienst?«

»Ansonsten hab ich keinen Job, ja.«
»Sehr gut, dann gibt es ja auch jede Menge Zeugen.«

Eigentlich hatte sie vorgehabt, anschließend gleich mit Roth weiterzumachen, aber als sie im Auto saß, kam ihr die Idee, noch einmal beim Pferdehof der Herrendorfs vorbeizufahren. Sie wollte die Mutter nach dem leiblichen Vater ihres Sohnes fragen. Die Antwort konnte enorm dabei helfen, ein weiteres Stück des Puzzles zu erkennen.

Als sie während der Fahrt daran dachte, nach Abschluss des Falles nie wieder nach Cleeberg zu fahren, stellte sich in Hannas Brustkorb überraschenderweise eine Art Beklemmung ein. Jemanden wie Roth zu finden, bei dem man nie das Gefühl bekam, wegen haarsträubender Theorien belächelt zu werden, war gar nicht so leicht. Bei Leo hatte es gepasst. Aber wie würde ihr neuer Teampartner sein? Menschlich musste es absolut stimmen. Im Idealfall ergänzten sich zwei Beamte eines Teams zudem aufgrund ihrer unterschiedlichen Stärken und Denkweisen, wodurch Situationen vermieden wurden, in denen zwei sich ähnliche Charaktere mit Scheuklappen ermittelten und nicht sahen, was links und rechts passierte. *Außerdem hoffe ich, dass es kein jüngerer Kerl ist, der glaubt, seine Genialität beweisen zu müssen. Und kein verbitterter Menschenhasser wie Kohlmeier. Roth würde ich auf der Stelle als Teampartner nehmen, so viel steht fest*, sagte sie sich, verließ die geschlossene Ortschaft und bog auf den lang gezogenen Feldweg ein, der, kurz bevor er in einen Waldweg überging, am Hof der Familie Herrendorf vorbeiführte. Doch niemand öffnete auf ihr Klingeln hin. Auch keines der Autos stand auf dem Parkplatz.

Hanna wollte gerade in den Passat steigen, da erblickte sie einen jungen Mann auf einer der Koppeln. Er war dabei, mit einer Mistgabel Pferdeäpfel von der Wiese aufzulesen. Vor ihm stand eine Schubkarre mit dampfendem Mist.

»Hallo!«, rief Hanna und winkte. Der Mann sah sich verwirrt um und entdeckte Hanna.

»Haben Sie mich eben gerufen?«

»Ja, genau. Könnten Sie vielleicht kurz herkommen, ich will mit den Schuhen nicht …?«

»Klar, kleinen Moment.« Der Mann legte die Mistgabel auf dem Schubkarren ab und ging auf Hanna zu.

»Was kann ich für Sie tun?« Es war ein gut aussehender Mann in Hannas Alter. Er hatte einen muskulösen Oberkörper, dunkle Bartstoppeln und grüne Augen.

»Ich bin auf der Suche nach Frau Herrendorf. Haben Sie eine Ahnung, wann sie wiederkommt?«

»Sicher nicht vor nächster Woche«, sagte der Mann grinsend.

»Oh, wo ist sie denn?«

»Die Herrendorfs sind heute früh in Urlaub geflogen. Nach Madeira.«

»Ach so, das ist natürlich blöd. Wissen Sie, ob der Sohn auch mit ist?«

»Johannes? Ich glaube, der ist auch weg. Genau weiß ich es aber nicht.«

»Alles klar, das war's dann auch schon! Wann, sagten Sie noch mal, kommen sie zurück?«

»Ich weiß den Tag nicht genau, aber ich meine, Brigitte hätte von zehn Tagen gesprochen.«

»Vielen Dank, Herr …«

»Schmidtbauer. Carsten Schmidtbauer, der neue Stallbursche.«

»Aha, gut zu wissen. Ich bin übrigens Hanna Blum von der Kriminalpolizei Frankfurt.«

Der Stallbursche zog die dunklen, dichten Brauen hoch. »Oh, auch gut zu wissen. Sie sind wohl wegen der Tochter hier, die vor Kurzem gestorben ist.«

»Ja, kannten Sie Marie denn nicht?«

»Nein, vorgestern war mein erster Tag.«

»Ach so, dann wünsche ich Ihnen, dass Sie sich gut einfinden in Ihrem neuen Job.«

»Danke, das ist nett«, sagte der Stallbursche und stieg über den Koppelzaun, um weiter Mist aufzusammeln.

Hanna machte sich auf den Weg zu Roths Hof, aber vorher fuhr sie noch einmal nach Oberkleen, um dort im Lebensmittelgeschäft ein paar Kleinigkeiten einzukaufen. In Cleeberg gab es momentan kein Geschäft. Sie spürte Hunger aufkommen, und weil sie schon mehrmals Roths Gastfreundschaft beansprucht, Kaffee getrunken und bei ihm Gegrilltes gegessen hatte, gesellte sich zu ihrem Hunger auch das Bedürfnis, ihm eine Kleinigkeit mitzubringen.

Auf den vier Kilometern von Cleeberg nach Oberkleen war die Straße breit, fast gerade und leicht abschüssig. Hanna fuhr, ihrem subjektiven Gefühl nach, gar nicht so schnell. Die Kombination von breiten Straßen und modernen, großen Autos war Gift für die menschliche Fähigkeit, das Tempo richtig einzuschätzen. Die Straße war frei, in Gedanken war Hanna schon im Laden. Ein Brötchen würde sie gleich auf der Rückfahrt im Auto essen. Ihr Magen protestierte lautstark, als sie sich vorstellte, in ein knuspriges Kürbiskernbrötchen zu beißen. Sie fuhr und bemerkte den Blitzer, einen kleinen schwarzen Kasten am Straßenrand, erst, nachdem er sie bereits abgelichtet hatte. Ihr Blick huschte zum Tacho. 155 km/h. Hanna erschrak. Sie hatte geglaubt, nicht schneller als 110 km/h zu fahren. *Die Strecke lädt ja wohl auch zum Rasen ein. Sieht doch aus wie 'ne Autobahn*, sagte sie sich, wusste jedoch genau, wie viel die zulässige Höchstgeschwindigkeit für Pkw auf deutschen

Landstraßen betrug, nämlich 100 km/h und nicht einen zusätzlichen Stundenkilometer.

In Oberkleen befand sich der Lebensmittelladen direkt am Dorfeingang, gegenüber einer kleinen Tankstelle, die sich den Charme eines Tante-Emma-Ladens bewahrt hatte. In dem ebenfalls sehr übersichtlichen Supermarkt fand Hanna sich vor der Tiefkühltruhe wieder, den Blick auf Pizzaschachteltürme gerichtet. Doch sie schaute gar nicht hin. Sie wollte gar keine Pizza. Sie stand nur – passenderweise wie eingefroren – vor der Truhe und starrte durch gefrorene Lebensmittel auf einen Tacho, der 155 km/h anzeigte. Es war eh schon wenig angenehm, Knöllchen mit dem Dienstauto zu bekommen, aber sie glaubte, sich zu erinnern, dass 50 km/h Überschreitung reichen würden, um den Führerschein für eine Weile los zu sein.

Man darf sich aber aussuchen, wann der Lappen wegkommt. Das bringt jetzt absolut nichts, sich darüber den Kopf zu zerbrechen. Und ohne was Nahrhaftes im Bauch wird sowieso kein vernünftiger Gedanke dabei rauskommen. Sie drehte sich um und ging zur Bäckertheke. Dort verlangte sie fünf Brötchen. Anschließend packte sie Wurst, Käse sowie Antipasti und eine Familienpackung Eiscreme in ihren Einkaufskorb. Das Bild der Eiscremepackung hatte sich beim Starren in die Truhe in ihre Netzhaut eingebrannt.

Auf der Rückfahrt nach Cleeberg, als sie an dem Blitzgerät vorbeifuhr, ärgerte sie sich noch einmal über die eigene Dummheit. Aber nach den ersten Bissen vom Kürbiskernbrötchen beruhigte sich ihr Magen, und mit ihm verstummte auch ihr Ärger. Sie würde sich mit der eigenen Dummheit beschäftigen, wenn die Zeit dafür war, jetzt hatte sie keine. Sie musste einen Mörder fassen und dafür körperlich und geistig gerüstet sein. Sie parkte vor Roths Hofreite, stopfte sich den letzten Bissen des Brötchens in den Mund und stieg aus. Kauend ging sie auf das Tor zu, die nächsten Ermittlungsschritte im Sinn, und überhaupt mit den Gedanken längst wieder bei Marie, ihrem Bruder Johannes, bei Sänger, Ludwig Bern, Karl Brandtner, Miele und Gessner, bei herausgerissenen Buchseiten, geheimnisvollen Briefen, Männerfreundschaften und Nazigold.

Roth schob den Riegel des Hoftores auf und sie trat hindurch.

»Was haben Sie mitgebracht?«, fragte er mit Blick auf die Tüte in Hannas Hand.

»Nahrung für die graue Masse, damit wir besser denken können«, sagte Hanna. Roth nahm ihr die Tüte ab und inspizierte den Inhalt.

»Wusste gar nicht, dass Leberwurst gut fürs Gehirn ist.«

»Doch, doch sicher«, sagte sie.

Er schob den Riegel wieder vor und gemeinsam gingen sie über den Hof zur Sommerküche. »Sind Antipasti auch gut fürs Gehirn?«, fragte Roth und öffnete die Tür.

»Natürlich, was denken Sie denn? Bei dem ganzen Olivenöl mit Omega 3 läuft's oben gleich wie geschmiert.«

Roth grinste. »Möchten Sie Kaffee?«

Fünf Minuten später saßen sie am gedeckten Tisch.

»Der war total krank, ich wollte nur so schnell wie möglich wieder da weg, um mich nicht anzustecken. Der sah nach übelster Grippe aus.«

»So richtig gesund war der noch nie.«

»Jedenfalls hat er angeblich während der Tatzeit gearbeitet«, sagte Hanna.

Roth kramte den Dienstplan für Februar aus einem Papierstapel und schaute nach. »Stimmt, jedenfalls war er eingeplant.« Er tippte mit dem Finger auf das Dokument.

»Ich werde natürlich trotzdem in der Klinik nachfragen, ob er auch wirklich da war.«

»Ja, natürlich«, sagte Roth und biss in ein Kürbiskernbrötchen mit Camembert und Gurke.

»Zu seinem Uropa hatte Miele ein zwiespältiges Verhältnis. Auf der einen Seite wollte er ihn nicht auch noch im Stich lassen, wie der Rest der Familie, auf der anderen gab es wohl auch Konflikte wegen der nationalsozialistischen Weltanschauung Brandtners.«

»Irgendwie auch sympathisch, dass er seinen Uropa nicht im Stich lassen wollte, finden Sie nicht?«

»Doch, ich glaube, er hat bis zum Schluss versucht, dem Alten andere Einstellungen und Ideen zu vermitteln.«

»Was war es noch, weswegen seine Familie ihn verstoßen hat?«, fragte Roth mit vollem Mund.

»Äh, …weil er bis zum Schluss ein Anhänger der Nazis war, bis zum Schluss seines Lebens, meine ich …«

»Nee, nee, ich meine speziell. Da war doch irgendwas. Irgendeine besonders schlimme Sache im Krieg, an der Brandtner persönlich beteiligt war.«

»Ach so, das.«

»Ja, genau«, fiel es Roth wieder ein. »Dieses Massaker in Frankreich, als jemand einen Anschlag auf den SS-Zug verübt hat.«

Hanna nickte. »Das Massaker von Ascq.«

»Ich glaube, mir wäre es an Mieles Stelle auch total wichtig gewesen, zu verstehen, wie der eigene Urgroßvater eine so unmenschliche Einstellung entwickeln konnte. Das Böse ist am besten zu bekämpfen, wenn man es versteht. Und verstehen kann man es nur, indem man versucht, sich in die Täter hineinzuversetzen.«

»Absolut! Ich frage mich oft, weshalb ein großer Teil der Menschen heute noch glaubt, wenn sie damals gelebt hätten, wäre das alles nicht geschehen. Ich weiß von mir selbst nämlich keinesfalls, ob ich den Mut gehabt hätte, mein eigenes Leben und das meiner Kinder zu riskieren, um wildfremde Menschen zu schützen.«

»Ehrlich gesagt weiß ich nicht, ob so was überhaupt mit Mut zu tun hat. Man macht doch eigentlich alles, um die eigene Familie zu schützen, das ist die natürlichste Verhaltensweise als Mensch. Wir sind so. Wir brauchen die anderen zum Überleben. Und so war die Situation im Dritten Reich nun mal. Sag was gegen die Nazis, und du bist so gut wie tot.«

»Nur wer begreift, dass in ihm selbst das Potenzial für alle möglichen Grausamkeiten schlummert, kann verstehen …«, erläuterte Roth, stoppte aber seine Ausführungen, als er Hannas Blick bemerkte. Sie schaute angestrengt aus dem Fenster, als versuchte sie, in der Ferne etwas zu erkennen. Und sie hörte ihm offensichtlich gar nicht zu.

»Was ist los?«, fragte er.

»Das Massaker von Ascq …«

»Ja.«

»Mir ist gerade ganz heiß«, sagte Hanna. Ihre Wangen waren gerötet, ihr Atem ging schnell.

»Was ist denn los?«

»Ascq ist ein kleines Dorf. Ein Kaff wie Cleeberg …«, begann sie. Roth lauschte gespannt, als Hanna fortfuhr: »Was für ein seltsamer Zufall soll das denn sein, dass jemand aus jenem kleinen Kaff in Frankreich, in dem dieses Massaker stattfand, einen Job in diesem kleinen Kaff hier bekommt. Bei einem Mann, der gut mit einem der Täter von Ascq befreundet war?«

»Sie meinen die Krankenpflegerin?«

»Frau Giroud kommt aus Ascq.«

»Das gibt's nicht.«

»Ist aber so.« Hanna fragte sich, wie ihr der Zusammenhang entgangen sein konnte.

Roth kratzte sich am Kopf. Sein Gesicht legte sich in nachdenkliche Falten. »Also irgendwie … mir kommt es auch sehr seltsam vor. Bei der Konstellation kann ich kaum noch an Zufall glauben.«

»Fällt schwer.« Hanna goss sich Kaffee nach.

»Wenn es kein Zufall war, wirft das zudem einen herben Verdacht auf die Krankenpflegerin«, fuhr Roth fort.

Hanna nickte. »Sagen Sie es zuerst, ich will hören, ob wir auf dieselbe Idee gekommen sind.«

»Friedhelm Sänger ist tot. Vermutlich an einem Medikament gestorben, von dem absichtlich eine Überdosis in die Infusionsflasche gefüllt wurde. Die Infusionen wurden regelmäßig von der Pflegekraft des Vergifteten durchgeführt. Die Pflegekraft stammt aus dem Dorf, in dem Sängers Kumpel mit seinen SS-Kameraden, quasi im Vorbeifahren, 86 Zivilisten ermordet hat. Es wäre doch in diesem kleinen Ort gut möglich, dass Verwandtschaft der Pflegerin unter den Opfern war.«

»Das wäre dann ein Motiv«, sagte Hanna. »Bloß war Sänger selbst gar nicht dabei, was das Motiv natürlich abschwächt.«

»Er war doch besessen davon, vor seinem Tod noch irgendwas ins Reine zu bringen. Auf welche Weise auch immer, er wird wohl ebenfalls Schuld mit sich herumgeschleppt haben«, argumentierte Roth.

Hanna kam plötzlich ein Gedanke, der sich wie das passende Glied einer Kette an die Reihe ihrer Überlegungen anfügte. *»Jemand hatte durch unsere Nachforschungen etwas zu befürchten oder zu verlieren – zum Beispiel den guten Ruf der eigenen Familie …«*, hörte sie Gessner sagen. »Ja, ja, ja! Und der Schatz, das Versteck, das Geheimnis in den Büchern, wie auch immer wir es nennen wollen, würde Sängers Schuld offenbaren. Falls er es nicht doch noch geschafft hat, die belastenden Beweise verschwinden zu lassen.«

»Das hat er nicht«, sagte Roth überzeugt.

»Woher wollen Sie das wissen?«

»Als das Buch aus Ihrem Auto gestohlen wurde, war Sänger schon tot.«

»Richtig, ja …«

»Wenn Sänger dafür gekämpft hat, das Geheimnis zu bewahren, könnten andere Leute dafür kämpfen, es aufzudecken.«

»Falls Fabienne Giroud von Sängers Schuld wusste, hätte sie damit vielleicht ein Motiv gehabt, ihn zu töten. Sie musste verhindern, dass Sänger die Beweise verschwinden ließ. Er hätte sein Geheimnis ansonsten mit ins Grab genommen.«

»Gut, ja, wäre eine Möglichkeit!«

Hanna blies die Backen auf und ließ die Luft geräuschvoll entweichen. »Ich will nicht zu sehr spinnen, aber wenn das alles zusammenhängt, kann dann Maries Tod nicht auch irgendwie zu diesem Rachefeldzug gehören?«

»Es wäre auf jeden Fall naheliegend, das zu denken«, sagte Roth.

Hanna schlug mit der flachen Hand auf den Tisch, dass die Kaffeetassen auf ihren Untersetzern klirrten. »Ich denke, wir haben eine brandheiße Spur!«, sagte sie und zog sich bereits die Jacke an.

»Warten Sie kurz! Ich würde Ihnen gern noch meine Theorie vorstellen«, sagte Roth. Da war sie wieder, die selbstsichere Dozentenstimme.

»Natürlich, klar«, sagte Hanna. Sie zog die Jacke wieder aus und setzte sich.

»Meine Idee ist eine ganz andere, bei mir spielt Fabienne Giroud keine Rolle. Aber zuerst noch mal eine Sache … Haben Sie Miele denn gefragt, ob er selbst Kontakt mit Sänger hatte, nach dem Tod seines Uropas, meine ich, vielleicht sogar in letzter Zeit?«

»Nein, hab ich nicht.«

»In meiner Theorie hatten die beiden regelmäßigen Kontakt. In meiner Theorie gehört Miele zu dem kleinen

Kreis von Leuten, die von den Codes in den Büchern wissen. Brandtner wusste wohl am meisten, nämlich wo das Versteck ist. Er wollte es aber nicht verraten. Auch nicht seinem Freund Friedhelm Sänger, dessen Ruf vermutlich auf dem Spiel stand. Er könnte jahrzehntelang in Angst gelebt haben. Im Grunde hatte sein Freund Brandtner ihn damit vollkommen in der Hand. Selbst seinem Urenkel hat er nicht verraten, wo das Versteck war«, sagte Roth.

»Wie kommen Sie eigentlich auf die Idee, Miele könnte regelmäßigen Kontakt zu Sänger gehabt haben? Da ist mir wohl ein Zusammenhang nicht aufgefallen.«

»Nein, das ist sozusagen der theoretische Teil meiner Theorie, den hab ich noch nicht erwähnt«, erwiderte er mit leuchtenden Augen. »Aber wenn man annimmt, dass er stimmt, passt alles wunderbar zusammen. Ist mir eben eingefallen, als du von deinem Besuch bei Miele erzählt hast.«

»Äh … gut, dann …« Hanna stockte, weil ihr Roths letzter Satz noch einmal durch den Kopf ging wie ein Echo, in dem irgendetwas nicht stimmte. Eine Fehlermeldung, etwas hatte sich fremd angefühlt, angehört. »Haben Sie mich eben geduzt?«, fragte sie, als ihr klar wurde, was so komisch gewesen war.

»Wenn, war das keine Absicht«, sagte Roth grinsend.

»Wenn Sie mögen, dürfen Sie mich auch absichtlich duzen.«

Roth strahlte. »Aber sehr, sehr gern, liebe Hanna. Seit ich gesehen hab, wie du zwischen meiner Garage und meiner Lorbeerhecke festgesteckt hast und dabei offensichtlich eine Art Polizeieinsatz im Sinn hattest, fühlt es sich sowieso irgendwie gekünstelt an, dich zu siezen.«

Schon während der Ausbildung hatte Hauptkommissarin Blum bei verbalen Scharmützeln mit einigen Kollegen gelernt, schnell und treffsicher zurückzuschlagen. Daher hatte sie auch jetzt sofort eine Antwort parat: »Das ist ja verrückt, mir ging's umgekehrt genauso! Mir fällt es nämlich schwer, dich überhaupt noch ernst zu nehmen, seit ich Augenzeugin davon geworden bin, wie du mit dem Hintern voran in deinen Hof gefallen bist und dabei mit Tütensuppen und Käse um dich geworfen hast wie mit Kamelle an Karneval.«

»Hahaha.«

»Warum hatte Miele überhaupt Kontakt zu ihm? Kannst du mir das erklären?«, kam Hanna zu dem brandheißen Thema zurück.

»Das ist die entscheidende Frage: Warum?«, antwortete Roth, um die Spannung etwas zu erhöhen.

»Ja, warum denn?«

»Erstens könnten beide zu regelmäßigem Kontakt gezwungen gewesen sein. Sänger und Miele waren die einzigen Menschen, die von Brandtners geheimem Pulverfass wussten. Zumindest dachten sie das. Ich hab keine Ahnung, wie Schmeichels Leute davon Wind bekommen haben. Aber sicherlich haben Sänger und Miele sich gelegentlich ausgetauscht, um gemeinsam dem Versteck auf die Spur zu kommen. In meiner Theorie war Sänger der Planer. Altersbedingt nicht mehr zu den höchsten Sprüngen fähig. Die beiden waren eine Art Zweckgemeinschaft. Sänger ging es wohl um irgendwelche Dokumente, die er vernichten musste. Ich schätze, bei Miele ging es um Geld. Er versprach sich finanzielle Freiheit. Ich glaube, der materielle Wert dessen, was man durch Knacken der Codes und Ausräumen des Brandtner-Versteckes erbeuten könnte, ist enorm. Sie waren ein Team. Miele konnte die Dinge erledigen, zu denen Sänger nicht mehr fähig war. Junge Frauen mit bloßen Händen töten. Autoscheiben einschlagen. Diese Dinge. In meiner Theorie stimmt die DNA-Spur an den Scherben Ihrer Autoscheibe mit der vom Steinbruchfelsen überein. Denn eine Sache weiß ich schon länger, und ich hab mir geschworen, es niemandem zu sagen, solange Miele seine Arbeit gewissenhaft macht. Ich habe ihn immer etwas im Auge, wissen Sie.«

»Weshalb das denn?«

»Eben, als Sie mir von seiner schlechten Verfassung erzählt haben, hab ich flapsig gesagt, er sehe für mich aus wie ein Heroinjunkie.«

»Ja, ich erinnere mich.«

»Es muss unter uns bleiben, falls ich mich irre, dürfen Sie es niemandem erzählen.«

»Du …«

»Was ist?«, fragte Roth verwirrt.

»Ich reagiere nur noch, wenn ich geduzt werde.«

Er lachte. »Oh, Entschuldigung. Also: Kannst *du* mir versprechen, etwas für *dich* zu behalten, falls Miele unschuldig sein sollte?«

»Ja, du hast mein Wort«, sagte sie.

»Schon ganz am Anfang, in meinen ersten Tagen in der Rufus, hatte ich den Eindruck, Miele sehe opiatabhängig aus. Ich hab mal zwei Jahre mit Drogenabhängigen gearbeitet. Außerdem beschäftige ich mich schon sehr lange und intensiv mit psychoaktiven Substanzen. Nur aus rein wissenschaftlichen Gründen selbstverständlich. Wenn man einmal weiß, wie jemand aussieht, der gekifft hat, dann erkennt man es eben. Wir checken ja auch sofort, wenn jemand betrunken ist. Das sind viele kleine Besonderheiten, die zusammengenommen eindeutig sagen: Diese Person ist high, und es war definitiv Marihuana. Oder: Hier war mit Sicherheit Alkohol im Spiel. Man sieht das einfach. Und genauso deutlich erkennt man auch einen Opiatabhängigen, wenn man schon Hunderte von ihnen gesehen hat.«

»Absolut! Ich kenne mich da auch ein bisschen aus, und jetzt, wo du es angesprochen hast – er sieht wirklich verdammt nach Opiaten aus. Ich kenne ein paar Leute. Süchtig nach Opiaten und Opioiden. Zwei davon waren früher gute Bekannte. Was alle gemeinsam haben, ist dieses verhärmte, ausdruckslose Gesicht, dazu die fahle Haut, die toten Augen und der kalte Schweiß. Man bemerkt es auch an der Art, wie sie sich bewegen, finde ich.« Sie sah Roth an und sein Gesichtsausdruck verwirrte sie. Er strahlte auf eine Weise, die den Eindruck vermittelte, dass sein Interesse an psychoaktiven Substanzen doch nicht rein wissenschaftlich war, sondern eher so, als trete gerade die Wirkung irgendeines Mittelchens ein, das er geschluckt hatte.

»Über was freust du dich denn so?«, fragte Hanna. Sie war verwundert, wie sich der Satz außerhalb ihres Kopfes anhörte. *Wie ein Satz zwischen zwei vertrauten Personen. Über was freust du dich denn so?* »Ich hab gerade von halbtoten Augen und fahler Haut geredet, und du strahlst wie ein Nebelscheinwerfer.«

»Ach, das ist nur, weil … weil du auch sofort weißt, was einen Opiatabhängigen optisch kennzeichnet. Das find ich schön.«

»Hä? Schön?« Hanna meinte, Ergriffenheit in seinen Augen zu erkennen.

»Weil ich ansonsten oft das Gefühl habe, mein Gegenüber glaubt, ich hätte einen an der Waffel. Mit meiner Detailversessenheit und den vielen Interessen. Die Leute hängen lieber mit desillusionierten Marionetten rum, die sich für nichts interessieren. Damit sie sich daneben selbst ein bisschen besser fühlen.«

»So geht es mir auch oft, wenn ich den Leuten nichts vormache«, sagte Hanna und sah ihn an. Wie von allein, als hätte sie mit ihrem Blick aus Versehen eine unsichtbare Hülle durchdrungen, glitt sie für Bruchteile einer Sekunde tief in seine warmen Augen. Ein, zwei Sekunden sahen sie sich an, ohne ein Wort zu sprechen, dann wurde die Stille unangenehm. »Aber du warst auch noch gar nicht fertig, oder?«, fragte sie.

»Nein. Ach so ja, was wollte ich sagen? Genau! Ich habe irgendwann, durch zufälligen Blick in Mieles offen stehenden Rucksack, eine Packung Oxycodon gesehen.«

»Oh, das ist richtig harter Stoff.«

»Das Zeug hat in den Staaten schon einigen Sternchen das Licht ausgeknipst. Und nicht nur dort. Die Welle wird bei uns auch noch kommen.«

»Wahrscheinlich war er auf Entzug, als ich bei ihm war. Die Symptome passen einwandfrei«, sagte Hanna. »Er hat dauernd die Nase hochgezogen, hat gezittert, war blass wie ’ne Leiche. Manchmal hat er das Gesicht verzogen, als hätte er Krämpfe.«

Wieder freute sich Roth über Hannas Drogenwissen. »Genau! Das hatte er in der Klinik auch nicht selten. An einem Tag alles normal, nur etwas schläfrig, dann am nächsten Tag zitternd und kränklich. Er hat ständig die Nase hochgezogen.«

»Wollte wahrscheinlich klar im Kopf sein, wenn die Polizei kommt, und hat deshalb nichts genommen.«

»Glaube ich nicht. Wenn jemand richtig drauf ist, gibt er nüchtern ein erbärmlicheres Bild ab als nach dem Konsumieren.«

»Na ja, auf Entzug sieht man krank aus, aber es ist gesellschaftlich nun mal akzeptiert, krank zu sein. Und auch wenn jemand an den Konsum gewöhnt ist, sieht man es ihm trotzdem an, dass er auf Droge ist. Wenn man genau in die Augen sieht. Und das wollte Miele wahrscheinlich vermeiden, wenn die Polizei ihn befragte. Wäre interessant, jetzt direkt noch mal hinzufahren, um zu sehen, ob er plötzlich wieder *gesund* geworden ist.«

Roth nickte eine ganze Weile in der Stille weiter, die nach Hannas Worten eingetreten war. Dann stand sein Kopf für einen Augenblick still. Zumindest äußerlich. »In meiner Theorie findet man Mieles DNA nicht nur an den Steinbruchfelsen und an der zerbrochenen Autofensterscheibe, sondern auch in

Sängers Krankenzimmer. Und seine Fingerabdrücke sind an der Infusionsflasche zu finden.«

Hanna leuchtete es nun ein. Christopher Miele war tatsächlich krank. Suchtkrank, er war körperlich und seelisch abhängig von künstlichen, unvorstellbar starken Opioiden. Um seinen Bedarf zu decken, oder wie man in der Szene sagte: um seinen Affen zu töten, brauchte Miele sicher viel Geld. Er wusste von Brandtners Versteck, zumindest von dessen Existenz, weil Sänger darum gebeten hatte, ihm bei der Suche zu helfen. So hätte Miele die schwere Last der Schuld, die sein Urgroßvater auf seine Nachkommenschaft abgeladen hatte, zumindest etwas ertragbarer machen können. Doch stattdessen hatte er Sänger mit Opioiden ins Jenseits geschickt. Mit Opioiden kannte Miele sich aus. Das alles ergab Sinn. Er wollte sich die Beute allein unter den Nagel reißen und das Geld in einen unerschöpflichen Vorrat an Oxycodon, Fentanyl, Hydrocodon, Morphium, Heroin und Carfentanyl verwandeln. Zudem hatte Friedhelm Sänger von seinen Ärzten sicher schon seit Jahren starke Schmerzmittel verschrieben bekommen. Wer wusste schon, ob der Alte nicht sogar einer von Mieles Versorgern gewesen war.

»Das würde auch erklären, wo die restlichen Fentanyl-Pflaster sind«, sagte sie.

»Das wäre mein nächster Satz gewesen.«

»Deine Theorie hat was Großartiges.«

Hanna war jetzt nicht mehr sicher, ob sie gleich zu Fabienne Giroud fahren sollte. Möglicherweise war es besser, sich noch mal in aller Ruhe Gedanken zu machen, Roths Theorie im eigenen Kopf noch mal selbstständig und Schritt für Schritt nachzuvollziehen.

Bevor Hanna entschieden hatte, ob sie jetzt oder später nach Braunfels fahren sollte, erklang irgendwo über ihnen ein Rumpeln. Es war laut, und es war im Haus gewesen.

Hanna zuckte zusammen. »Was war das denn?«

Roth hatte die Augen weit aufgesperrt und rührte sich nicht, erstarrt wie die Gazelle am Wasserloch, wenn sie glaubt, den Geruch eines Raubtieres gewittert zu haben. Aber alles war so ruhig wie vorher.

»Ist das normal, dass es ab und zu so poltert, obwohl du allein bist?«

»Nein«, flüsterte Roth. Das Geräusch hatte sich nicht angehört, als wäre es von einem kleinen Nager verursacht worden, der auf dem Dachboden wohnte. Es war eher, als sei irgendwo da oben etwas Größeres auf den Fußboden gefallen. »Nein, es sollte außer uns eigentlich niemand im Haus sein«, sagte Roth ernst. Er saß wie eine Statue da und lauschte.

»Von wo kam das denn?«

»Pssst!« Sein Zeigefinger lag auf den geschlossenen Lippen. »Ich glaube, ich höre was.«

Hanna lauschte.

»Da, wieder!«, sagte Roth. Nun hörte sie es auch. Schritte, knarzende Schritte. Über ihnen war jemand!

Roth erhob sich bedächtig und schlich in Richtung Treppenhaus. Hanna sah ihn fragend an. Er bedeutete ihr mit einer Handbewegung, ihm zu folgen.

Die alte Holztreppe knarrte verräterisch, als Roth seinen Fuß auf die vorletzte Stufe zum ersten Stock setzte. Anschleichen war nun nicht mehr möglich. Er nahm die letzten Schritte zum gegenüberliegenden Zimmer in einem Sprung, Hanna folgte ihm mit gezückter Dienstwaffe. Er riss die Tür auf und warf den Kopf wild von links nach rechts. Es war Roths Schlafzimmer. *Niemand hier*, dachte Hanna, *hier ist niemand*. Sie sah ihn an, schüttelte den Kopf.

»Vielleicht im Bad«, flüsterte sie.

Er deutete auf die Wand am Kopfende des Bettes.

Sie verstand nicht.

Roth winkte ab, drehte sich um und verließ das Schlafzimmer. Er stieg die Treppe nach unten, zurück ins Erdgeschoss. Hanna folgte ihm. Als sie wieder im Esszimmer angekommen waren, fragte sie flüsternd: »Was hast du vor?«

Er, ebenfalls im Flüsterton: »Schlafzimmer und Kornspeicher sind nur durch eine Wand getrennt. Man kommt aber nur über den Hof da hoch. Weil im Schlafzimmer niemand war, *müssen* die Geräusche vom Kornspeicher gekommen sein.«

Er ging durch die Küche, öffnete die Zwischentür zur Sommerküche, nahm die kleine Treppe nach unten, öffnete die Tür zum Hof und spähte nach draußen. Langsam setzte er einen Fuß vor den anderen. Hanna blieb hinter ihm, die Dienstwaffe weiterhin gezückt.

Die Tür neben der Sommerküchentür führte zum Kornspeicher, aber zuerst betrat man eine Art Vorraum, von dem aus die Treppe nach oben führte. Hanna hob die Waffe. Sie zielte auf die Tür. Man konnte nie wissen. Sie machte sich auf einen Überraschungsangriff gefasst. Auch Roth wirkte angespannt. »Warte«, hauchte Hanna und stellte sich links der Tür mit dem Rücken an die Wand. Von dort zielte sie jetzt in Richtung Tür, dorthin, wo ungefähr der Kopf des potenziellen Angreifers erscheinen würde, wenn er rauskäme.

Ihr Herz pumpte schneller, als Roth die Hand nach der Klinke ausstreckte. Die Tür war aus dickem, schwerem Holz. Roth riss sie auf. Im gleichen Moment sprang Hanna aus der Deckung. Sie richtete die Pistole in den kleinen Vorraum. Der Raum lag verlassen im Halbdunkel. Zwei große Schränke standen an der Wand, dazu links ein uralter Herd, der noch mit Holzfeuer zu betreiben war. Ansonsten gab es ausrangierte Blumentöpfe, einen Sack mit Pflanzerde und ein paar Tüten, die mit irgendwelchem Kleinkram gefüllt auf dem Boden lagen.

Roth griff nach einem alten, dreckigen Geschirrtuch, das in einem großen Blumentopf steckte. Hanna hatte keinen blassen

Schimmer, was er mit dem Tuch wollte. Er schaute sich um. Unter der Treppe lag ein Fußball. Er war platt und wahrscheinlich älter als Hanna. Roth nahm den Ball unter den Arm, deutete auf die schiefe Holztreppe, zog ein kleines Messer aus der Tasche, klappte es auf und umklammerte es mit der Faust. Sie gingen die Treppe nach oben. Falls einer auf dem Kornspeicher wartete, hatte er längst bemerkt, dass Besuch auf dem Weg war. Die Tür unten hatte gequietscht, die alte Holztreppe knarrte. Es war unmöglich, sich anzuschleichen. Aber auf dem Kornspeicher konnte jemand bereits jetzt eine Waffe in Richtung Treppenaufgang richten. Deshalb griff Roth jetzt zu einem alten Trick, den Hanna schon in diversen Filmen gesehen hatte. Er spießte den schlaffen Ball auf sein Messer, legte das Tuch darüber und streckte ihn langsam nach oben. Das Erste, was ein Schütze vom Kornspeicher aus sehen würde, wäre etwas Rundes, etwa in der Größe eines menschlichen Kopfes. Die Chancen standen gut, dass er den ersten Schuss reflexartig auf den präparierten Fußball abgab. Der Ball musste für ihn nun fast halb zu sehen sein. Roth schob ihn noch ein Stück nach oben. Es passierte nichts. Er hielt den Ball komplett über die Kante und verharrte. Es gab keine Reaktion. Langsam reckte Roth den Kopf nach oben, um einen Blick über die Kante am Fußboden des Kornspeichers zu werfen. Zuerst nur einen hastigen Blick, nicht länger als eine halbe Sekunde. Hanna wusste nicht, ob es möglich war, den gesamten Kornspeicher innerhalb einer halben Sekunde abzuscannen, doch Roth sah sie an und schüttelte den Kopf. Als wäre er vollkommen sicher, niemanden übersehen zu haben. *Dabei gibt's da oben so viele Kartons und alte Möbelstücke und irgendwelchen Kram, um sich dahinter zu verstecken,* dachte Hanna nervös.

Roth begab sich bereits aus der Deckung und betrat den Kornspeicher.

»Hallo!«, rief er.

Hanna bemerkte Aggressivität in seiner Stimme. »Ist jemand hier?«, rief er. Sie lauschten. Da war kein Geräusch außer ihrem eigenen Atem.

Hanna kam nun ebenfalls aus der Deckung des Treppenaufganges. So schnell wie möglich versuchte sie, den gesamten Raum zu erfassen. Dabei folgte die Mündung der Pistole ihrem Blick von einem möglichen Versteck zum nächsten. Sie entdeckte niemanden. Alles sah aus wie vorher. Kartons, einige davon riesig, zusammengerollte Teppiche, verwitterte Gartenmöbel. Es gab ein paar altertümliche Geräte aus landwirtschaftlichen Zeiten. Hanna hätte nicht von einem einzigen den Namen sagen können. Es waren absurde Gebilde aus Eisen, die mit ihren Zähnen, Klingen, Zacken, Füßen und Krallen wohl irgendwann mal Böden aufgerissen hatten. Jetzt standen sie auf dem düsteren Speicher wie lauernde Kreaturen, die mit Abscheu auf moderne Menschen wie Hanna schauten. *Jede Menge Möglichkeiten, sich zu verstecken, bietet dieses ganze Gerümpel.* Erst jetzt fiel ihr auf, wie leichtsinnig es gewesen war, Roth mit seinem Klappmesserchen vorgehen zu lassen. Sie war diejenige mit der Schusswaffe. *Sie* hätte *ihm* Deckung geben sollen. Aber Roth war gleich vorneweg marschiert. Er konnte zu den Männern gehören, denen es unmöglich war, eine Frau vorzuschicken, selbst wenn die besser bewaffnet war.

Da manche der Kartons groß genug waren, um sich dahinter zu verstecken, schlichen sie Schritt für Schritt weiter. Mit gezückten Waffen, sie mit Pistole, er mit nach vorn gerichteter Messerklinge, spähten sie in jeden Winkel des Raumes. Kurz vor Ende des Speichers ging es noch einmal wenige Stufen nach oben. Die kleine Treppe führte auf eine Empore, deren Sinn für Hanna nicht zu erkennen war. Es war eine bühnenartige Erhöhung aus Beton in einem großen Lagerraum für Feldfrüchte. Ein mächtiger vierkantiger Träger, ebenfalls Beton, ragte aus dem Fußboden der Empore und verschwand in der

Decke über ihnen. Es war aber wohl kein Träger, es musste der Kamin sein. Das Ding war auf jeden Fall breit genug. Auch ein erwachsener Mann konnte dahinter vollkommen verschwinden. Hanna zeigte auf den Kamin, und machte Roth mit Gesten klar, was sie befürchtete. Roth nickte. Er entfernte sich nach links. Hanna verstand. Er würde sich von der einen und Hanna von der anderen Seite nähern. So wäre einer von beiden zur Stelle, egal, in welche Richtung der andere flüchten würde. Und auch, falls der Eindringling es auf einen Kampf abgesehen hatte, war es vorteilhaft, sich von verschiedenen Richtungen zu nähern.

Beim letzten Schritt hielt sie den Atem an. Die Pistole war geladen und entsichert. Hanna befand sich unmittelbar vor der Säule. Sie atmete durch, und bevor sie darüber nachdenken konnte, wie gefährlich die Situation war, sprang sie aus der Deckung und zielte mit der Waffe hinter den Kamin: »Hände hoch, Polizei!«

Aber hinter dem Träger war auch niemand.

Roth schaute sie verärgert an. »Das kann doch echt nicht sein. Hier war jemand, hundert Prozent!« Er zuckte plötzlich kurz zusammen, als hätte er was Verdächtiges gehört. Dann verharrte er in Bewegungslosigkeit. Er wirkte so konzentriert wie ein Hund, der Witterung aufgenommen hatte. Sogar die Nase reckte Roth ein wenig in die Luft. Hanna glaubte langsam doch an einen Marder oder etwas Ähnliches. Auch Katzen schubsten liebend gern Gegenstände von Tischen, Kommoden oder Schränken. Ohne konkrete Nachfrage, quasi als kleine Unterstützung für ihren Denkprozess, spielte Hannas Gehirn das Poltern, das sie und Roth in der Küche aufgeschreckt hatte, wie von einer Audiodatei noch einmal in ihrem Kopf ab. Jetzt passte gar nichts mehr! Das Geräusch stammte von etwas, was auf einen Fußboden aus Holz gefallen war. Ein Poltern. Es war ein Poltern gewesen. Den Boden des Kornspeichers hingegen überzog eine Schicht aus altem Estrich. *So poltert nichts auf Estrich, oder?* Hanna hatte den Gedanken gerade beendet, da flüsterte Roth: »Spürst du den Luftzug? Er ist unten!« Roth stürmte los, sprang über Kartons, rannte donnernd die Treppe runter und brüllte: »Hey, Arschloch! Wo bist du? Zeig dich!«

Hanna erreichte den Hof wenige Sekunden nach ihm. Roth stand orientierungslos da und warf mit wilden Blicken um sich.

»Das gibt's doch nicht!«, schimpfte er wütend.

»Woher kam der Durchzug?«

»Jemand hat die Tür zum Hof aufgemacht, unten im Vorraum.«

»Dann müsste er die ganze Zeit da unten gewesen sein.«

»Ich befürchte tatsächlich, der hat sich da unten versteckt. Im Vorraum, wo der Ball gelegen hat. Der ist erst eben abgehauen, als wir beim Kamin waren.« Sie standen im Hof. Die Kornspeichertür stand offen. Er zeigte in den Vorraum, aus dem die Treppe nach oben führte. Dann ging er zu dem großen alten Bauernschrank, der an der hinteren Wand stand. Er öffnete ihn.

»Verfluchte Scheiße!«, zischte er.

»Was denn?«

»Hier war er drin, das erkennt man. Ich weiß, wie es in dem Schrank vorher ausgesehen hat. Jemand hat alles an den Rand geschoben und sich da rein gequetscht. Außerdem riecht man es sogar.«

»Vielleicht ist er noch nicht weit gekommen.« Hannas Herz klopfte wild, sie war angestachelt von der Demütigung, die man ihnen zugefügt hatte. *An der Nase herumgeführt wie zwei Esel*, dachte sie. Er hatte da im Schrank gesessen, während sie einen Meter entfernt waren. Im Nu rannten beide über den Hof. Roth erreichte das Tor zuerst. Er riss die Tür auf, ohne vorher den Riegel beiseitezuschieben. Sie standen auf der Hauptstraße, sahen wild in alle Richtungen, in der Hoffnung, jemanden beim Davonlaufen zu sehen. Aber dafür war es längst zu spät.

Bloß eine Gruppe alter Frauen war auf dem Gehweg auf der anderen Straßenseite unterwegs. Sie schienen alle Zeit der Welt zu haben, lachten und schwatzten beim Gehen. Roth sprach sie an »Entschuldigung, meine Damen, können Sie mir vielleicht … ich meine, ist hier gerade einer vorbeigekommen, der auffällig war. Jemand, der gerannt ist oder nervös gewirkt hat.«

Die Frauen sahen sich gegenseitig an, murmelten und schüttelten die Köpfe.

»Oder einfach jemand, der fremd im Dorf ist?«

Wieder verneinten die Frauen durch allgemeines Kopfschütteln.

»Alles paletti, vielen Dank«, sagte er und drehte sich zu Hanna um.

Dass sein Hoftor nicht verriegelt gewesen war, ließ für sie nur einen Schluss zu. »Es *muss* jemand hier gewesen sein«, sagte sie.

»Ja, ich hab ganz deutlich am Luftzug gespürt, dass unten die Tür aufgemacht wurde«, sagte er und sah wieder nach links und nach rechts die Straße entlang.

»Nicht nur deshalb. Das Hoftor war überhaupt nicht zu.«

»Stimmt! Ich hab die Tür einfach aufgemacht, nicht entriegelt«, stieß er aus.

»Genau. Als ich vorhin bei dir ankam, hast du zugemacht, das weiß ich genau«, sagte Hanna.

»Er muss irgendwie anders aufs Grundstück gekommen sein, man bekommt das Tor von außen nicht auf. Vielleicht ist er über die Garage geklettert oder er hat sich wie du beim ersten Mal an den Büschen entlanggequetscht.«

»Möglich, aber mir ist noch was Anderes aufgefallen«, erwiderte Hanna. Sie folgte Roth, der auf seinen Wagen zulief, einen Audi A4 Avant mit matter Silberlackierung. Roth stieg ein. Ganz automatisch öffnete sie die Beifahrertür und setzte sich neben ihn.

»Wohin?«, fragte sie. Roth hatte den Motor gestartet. Sie schnallte sich an. »Ich will's wenigstens versuchen«, brummte er düster und fuhr los. *Offensichtlich steuert er einfach instinktiv bergab in Richtung Sportplatz und Dorfausgang. Was soll das jetzt noch bringen*, sagte sie sich, doch sein Instinkt schien absolut brauchbar zu sein. In etwa hundert Metern Entfernung hatten die Scheinwerfer des Autos eine Gestalt erfasst, die sich in dieselbe Richtung bewegte wie sie. Dem Laufstil nach ein Mann. Er trug eine rote Jacke, die Kapuze über dem Kopf, und schritt zügig aus. Hanna hatte den Eindruck, der Typ ging gerade so schnell, wie man gehen konnte, bevor man zu laufen anfing. Ging jemand so abartig schnell, war das höchst verdächtig, fand sie. Wenn man eilig irgendwo hinmusste, war es doch besser, gleich zu laufen. Andererseits fiel eine Person, die in Straßenkleidung und nicht im Sportdress durchs Dorf rannte, mit Sicherheit im Dorf auf, wo jeder über eine Ungewöhnlichkeit im eintönigen Alltag froh war. Die Leute fragten sich dann, ob etwas passiert war, ob ihm jemand auf den Fersen war. Oder sie dachten eben, er selbst habe etwas ausgefressen – wie diese Gangart ja auch für Hanna den Kerl direkt verdächtig machte.

Sie erreichten ihn, Roth fuhr in Schrittgeschwindigkeit neben ihm her und ließ die Scheibe runter. Der Typ lief am Fahrbahnrand der Gegenspur, aber die Straße war nicht besonders breit. Roth musste nicht schreien, um sich verständlich zu machen.

»Hey«, rief er und streckte den Kopf aus dem Fenster. Der andere drehte sich erschrocken um. Hanna erschrak ebenfalls. Die Gestalt, deren Gesicht durch die Kapuze überschattet war, starrte sie an. Das ausgezehrte Gesicht wirkte wie ein Totenschädel.

»Guten Abend«, sagte Roth angestrengt freundlich.

Der Totenschädel grinste. »Ah, lange nicht gesehen, wann ist Ihr Urlaub denn zu Ende?« Hanna und Roth erkannten gleichzeitig, wer unter der roten Kapuze steckte.

»Herr Miele?«, fragte Roth.

»Ja, wer sonst, Herr Roth?«

Hanna selbst hätte die Sache vorsichtiger angepackt, doch Roth glaubte fest an seine Theorie, und mit diesem flüchtenden Junkie Miele passte die jetzt wirklich wie die Faust aufs Auge. Roth schaffte es zwar, angemessene Worte zu finden, doch aus seiner Stimme sprach die Wut.

»Waren Sie das gerade eben? Bei mir zu Hause?«, fragte er ohne Umschweife. Dieser Typ, sein Arbeitskollege, war in sein Heim eingebrochen, in seine Festung.

Auf Roths Frage blitzte ein Grinsen in der Kapuze auf. »Ja, tatsächlich, ich war bei Ihnen«, erwiderte Miele vergnügt. Er kam auf den Audi zu und blieb einen halben Meter vor der Fahrertür stehen.

»Ich wollte mit Ihnen sprechen, aber Sie haben nicht aufgemacht. Hab mehrmals geklingelt. Draußen, an der Glocke.«

Roth starrte ihn an. »Was wollten Sie mir denn sagen?« Seit er hier wohnte, hatte er noch keinen Besuch von Miele gehabt.

Das Gesicht in der Kapuze verwandelte sich. Das Grinsen verschwand. Er trat noch einen Schritt näher. »Kann ich kurz einsteigen?« Er fragte das mit gedämpfter Stimme, als hätte er Angst, jemand könnte es hören.

»Warum einsteigen?«, fragte Roth.

»Was ich Ihnen sagen will, muss nicht ganz Cleeberg wissen.«

Hanna war vollkommen perplex.

»Irgendwie kommt mir das schräg vor«, sagte Roth.

»Was jetzt genau?«, fragte Miele freundlich, auch wenn die ganze Zeit schon ein gewisses Zittern in seiner Stimme mitschwang. Dieses vibrierende Sprechen deutete auf Nervosität hin, hatte aber nicht unbedingt mit Schuld zu tun. So viel wusste Hanna aus Erfahrung. Und bisher hatte sie auch nicht den Eindruck, Miele sei übermäßig zugedröhnt. Erst jetzt sah er Hanna auf dem Beifahrersitz zum ersten Mal richtig an und erkannte sie. Er lächelte, aber aus der Nähe bemerkte man den Zwang dahinter.

»Frau Kommissarin …«

Hanna ersparte sich das Theater. Sie lächelte nicht. »Herr Miele, was für ein Zufall, oder?«, fragte sie und sah ihn mit durchdringendem Blick an. »Sie warten bitte kurz hier, wir besprechen schnell was«, sagte sie, beugte sich über den Schoß von Roth und drückte den Knopf für den elektrischen Fensterheber. Sie hielt ihn gedrückt, bis das Fenster vollständig geschlossen war.

»Wir müssen mit ihm reden«, sagte sie leise.

»Ja, aber im Auto, das ist mir irgendwie … ich weiß selbst nicht.«

»Na ja, ist doch logisch, was dir das ist. Falls er durchdreht und um sich sticht, hat man im Auto wenig Möglichkeiten, wegzukommen. Wehren kann man sich auch schlecht«, sagte Hanna.

Roth nickte. »Ganz genau!«

»Ich hab die hier. Damit kann man Leute gut auf Abstand halten«, sagte sie und tippte an die Stelle, wo ihre Waffe wieder im Halfter saß.

»Dann soll er einsteigen, bin echt gespannt, was jetzt kommt. Bis eben war ich mir todsicher, dass *er* bei mir eingebrochen ist. Und jetzt will er sich zu mir ins Auto setzen und was Wichtiges erzählen …?« Er schüttelte den Kopf.

»Bitte ihn rein«, sagte Hanna.

Roth ließ die Scheibe runter. »Steigen Sie ein«, sagte er. Miele folgte der Aufforderung und rutschte in die Mitte der Rückbank. »Ich fahr woanders hin, hier stehen wir schlecht«, sagte Roth. Er wendete und fuhr zwanzig Meter weiter auf den Parkplatz des Bürgerhauses. Hier parkte er und stellte den Motor aus. Er schnallte sich ab und drehte sich auf dem Fahrersitz so um, dass er Miele direkt ins Gesicht sehen konnte. »Also, jetzt mal ganz in Ruhe«, sagte er, keine falsche Freundlichkeit vortäuschend. »Sie waren also eben bei mir, um über irgendwas zu sprechen?«

»Genau.«

»Und weil ich nicht aufgemacht habe, sind Sie über die Garage geklettert?«

Miele machte ein fragendes Gesicht. »Nein …, das Hoftor war ja offen.«

»War es nicht«, sagte Roth.

Miele runzelte die Stirn. »Ich bin rein in den Hof, hab noch mal an der Haustür geklopft – ’ne Klingel haben Sie ja nicht, oder?«

Roth schüttelte den Kopf.

»Und als keiner aufgemacht hat, bin ich wieder gegangen.«

»Ach, so war das …« Roth nagelte ihn mit seinem Blick fest. »Und was *genau* wollten Sie mir sagen?«, fragte er und klang nicht, als glaubte er ein Wort von Mieles Geschichte.

Miele seufzte. Sein freundlicher Gesichtsausdruck verblich und Sorgenfalten zogen sich quer über seine Stirn. Er sah Hanna an. »Sie hatten mich gefragt, ob ich von den Büchern weiß. Da hab ich gelogen. Ich weiß schon lange, dass es diese Bücher gibt. Um die ging es auch beim letzten Konflikt zwischen meinem Urgroßvater und Friedhelm Sänger.«

Hanna notierte sich die Frage *Warum haben Sie gelogen und warum hatten Sänger und Brandtner einen Konflikt* in ihr Handy. »Erzählen Sie weiter«, sagte sie währenddessen.

»Gut, ich bin zu Ihnen nach Hause gekommen, weil ich Sie warnen muss, Herr Roth.«

Roth machte ein fast angewidertes Gesicht. »Vor was denn?«, fragte er.

»Vor miesen Typen. Ich hab da was gehört.«

»Was? Was haben Sie da gehört?«

»Dieses geheime Versteck, das man findet, wenn man die Codes in den Büchern knackt. Haben Sie davon gehört?«

»Reden Sie weiter«, sagte Roth.

»Also der Ort, an dem er sein Nazigold liegen hat, jedenfalls, der befindet sich auf Ihrem Grundstück, Herr Roth. So viel weiß ich mittlerweile.«

Roth kniff die Augen zusammen und sah Miele aus misstrauischen und feindseligen Schlitzen an. »Das kann nicht sein«, knurrte er. Doch seine Antwort war eher seiner Wunschvorstellung entsprungen und klang keinesfalls überzeugend.

»Ich weiß es aber. Und leider wissen es die Rockertypen vom Schwarzköpfe-Club jetzt auch. Der Boss, Frank Schwarzkopf, ist ziemlich einflussreich. Schmeichel ist in ihn verknallt. Oder, sagen wir, er ist ihm irgendwie … verfallen. Als Liebesbeweis wollte er ihm die Bücher von Ludwig Bern besorgen. Einfach mal so. Nur deshalb hat er sich überhaupt für die Bücher interessiert. Und er ist weit gekommen!«

»Schmeichel ist schwul?«, fragte Roth.

»Ich weiß nicht, ob schwul. Er kann ja auch mit Frauen … jedenfalls weiß ich das von Schmeichels Gefühlen für Schwarzkopf aus absolut sauberer Quelle. Aus derselben übrigens, von der ich weiß, dass Sie wegen dieser Typen in Gefahr sind«, sagte er.

»Ich?«

Miele nickte ernst.

»Wieso Gefahr?«

»Schwarzkopf weiß nur, dass Brandtners Versteck irgendwo auf Ihrem Grundstück liegt. Er hat aber den Versuch aufgegeben, den genauen Ort herauszufinden. Das zweite Buch ist eh nicht da, das geht also gar nicht mehr.«

»Und jetzt?«

»Jetzt werden bald die brutalsten Rocker, die Sie je gesehen haben, vor Ihrer Tür stehen. Schwarzkopf hat beschlossen, das Versteck zu suchen, ohne vorher das Rätsel zu lösen. Er wird nicht klingeln und fragen, ob er Ihre Wohnung ein bisschen auf den Kopf stellen und nach einem Schatz im Wert von Millionen suchen darf. Er wird das Haus auf links drehen und Sie notfalls töten, sollten Sie irgendwie stören. Verstehen Sie? Skrupel kennen die nicht. Das Einzige, was Schwarzkopf fürchtet, ist ein Fehlschlag. Er will dieses Versteck unbedingt finden. Ob jemand dabei stirbt, ist ihm vollkommen egal.«

»Was befindet sich denn in diesem verdammten Versteck?«, fragte Roth gereizt bis aufs Blut.

»Das weiß ich leider auch nicht, aber allein der materielle Wert soll sich auf mehrere Millionen Euro belaufen. Dazu kommt noch der ideelle Wert. Allein für das Prestige, das Brandtner-Gold gefunden zu haben, wären einige Menschen da draußen ebenfalls bereit, einen Mord an unschuldigen Frauen wie Marie Herrendorf zu begehen.«

»Mehrere Millionen?« Roth schüttelte immer wieder ungläubig den Kopf. »Nazigold? Auf meinem Grundstück?«

Miele nickte.

Roth sah zu Hanna. »Vielleicht sollten wir uns selbst schnellstmöglich auf die Suche danach machen. Und hier einfach alles stehen und liegen lassen, sobald wir die Millionen haben.«

»Dein Hof ist doch unbezahlbar, ich würde da nicht weggehen.«

»Vor allem würde ich jetzt gern schnellstens dorthin zurückgehen.«

Hanna sah den traurigen Knochenschädel auf der Rückbank an. »Aus welchem Grund wollten Sie Herrn Roth überhaupt warnen?«

»Aus welchem Grund? Na, er hat niemandem was getan, ich weiß als Einziger, dass ihm bald was Schlimmes zustoßen könnte ...«

»Das ist ehrenhaft, Herr Miele«, sagte Hanna. Sie wusste gerade nicht mehr, ob überhaupt irgendwas von dem, was Miele erzählte, der Wahrheit entsprach. Alles drehte sich in ihrem Kopf. »Am besten fahren wir erst mal zu dir und sichern alles ab, so gut wie es möglich ist«, schlug Hanna vor.

»Ja, machen wir!« Roth wandte sich an seinen Arbeitskollegen. »Vielen Dank! Ich hatte schon geglaubt, Sie wären selbst auf der Suche nach Brandtners Versteck. Eben ist es mir nämlich vorgekommen, als hätte sich jemand auf meinem Kornspeicher rumgetrieben.«

Miele hob die knochigen Schultern, zeigte sein Totenkopflächeln und schwieg.

»Soll ich Sie zuvor noch nach Hause fahren?«, fragte Roth.

»Nein, danke. Ein bisschen Bewegung schadet mir nicht.«

»Guten Heimweg. Und nochmals vielen Dank für die Warnung«, sagte Hanna und reichte Miele zum Abschied die Hand.

Sobald er ausgestiegen war, fuhr Roth los. Während er mit leicht überhöhter Geschwindigkeit auf der Hauptstraße sein Zuhause ansteuerte, murmelte er ununterbrochen vor sich hin. »Der spinnt doch vollkommen, der hat uns so was von verarscht. Das glaubt er doch selbst nicht.«

»Klang ziemlich verrückt, ja. Andererseits: Falls er das wirklich eben auf deinem Kornspeicher war, wäre es schon beachtlich, sich ohne Vorbereitung so 'ne Geschichte auszudenken. Samt schwulem Schmeichel, brutalem Schwarzkopf und was nicht alles. Und anschließend freiwillig zu uns ins Auto zu klettern?«

»Du glaubst gar nicht, wie dreist Abhängige sein können. Der Typ ist sowieso ein Arschloch. Wahrscheinlich hängt der mit drin. Sollte uns mit seinem Gepolter aus dem Haus locken, und jetzt verwüsten die Schwarzköpfe gerade mein ganzes Grundstück, um die Nazimillionen zu finden, die da versteckt sind.« Roth gab einen hysterischen Lacher von sich und schlug aufs Lenkrad. »Ha! Skrupellose Rocker. Ich lach mich tot! Das war der selbst, der Miele, und mit seiner offensiven Art hat er uns dreckig verarscht. Am Ende kommt raus, dass er die Sachen aus dem Versteck längst bei sich hatte, während er da hinten auf der Rückbank saß und uns vollgelabert hat.«

Kann ein extrem wertvoller Gegenstand klein genug sein, um in eine Jackentasche zu passen?, überlegte Hanna. »Meinst du wirklich?«

»Weiß ich nicht, ich weiß gerade gar nichts mehr! Aber das Gefühl, gerade derb verarscht worden zu sein, das hab ich ganz bestimmt, zumindest darüber bin ich mir im Klaren!«

»Wir hatten ja sowieso nichts gegen ihn in der Hand. Wir haben ihn nicht mal auf deinem Grundstück gesehen, gar nichts. Wir haben das gut gemacht. Solange wir keine Beweise haben, sollten wir Miele nicht unnötig aufscheuchen. Es geht ja immer noch um den Mord an Marie. Denken Sie, dass …«

»Du«, unterbrach er sie.

»Was ist denn mit mir?«, fragte Hanna.

»Nein, du sollst Du zu mir sagen.«

Sie grinste. »Hab ich nicht bemerkt. Also noch mal. Denkst du, Miele ist so stark abhängig, dass er bereit ist, Menschen für seinen Suchtstoff umzubringen?«

»Schwer zu sagen. Er ist niemand, der für einen Schuss Heroin jemanden töten würde, so schätze ich ihn nicht ein. Aber die Aussicht auf ein paar Kilo davon ohne schädliche

Streckmittel, auf einen Berg aus Oxycodon-Tabletten, so was kann einen hoffnungslosen Junkie vielleicht ins Nachdenken bringen. Jeden Tag nur Krankheit, Schmerzen, Durchfall und Elend, wenn man nichts hat …«, sagte Roth.

Sie näherten sich seinem Hof, er fuhr langsamer. Beide spähten schon beim Heranfahren nach irgendwelchen Auffälligkeiten. *Es stehen auf jeden Fall keine Motorräder vorm Hoftor*, dachte Hanna. Alles war ruhig. Das alte Bauernhaus lag verschlafen da. Die Läden an den Sprossenfenstern hingen auf halbmast und wirkten wie müde Augenlider, was zur fortschreitenden Dämmerung passte. Ein sehr behagliches, einladendes Bild, fand Hanna.

Sie stiegen aus. Die Luft war frisch und rein wie immer in Cleeberg.

Im Hof, hinter verriegeltem Tor, führte Roth seinen Gedanken noch weiter aus. »Vor allem bei Sänger kann ich mir das vorstellen. Bei einem alten, kranken Mann wie ihm wäre Miele vielleicht dazu in der Lage gewesen. Sehr viel Lebenszeit hätte er ihm dann wohl nicht gestohlen.«

»Klingt nach ›Schuld und Sühne‹, ein fast vernünftiger Mord«, sagte Hanna.

Er schloss die Tür zur Sommerküche auf. »Anders bei Marie. Aber wer weiß. Kann ein Unfall gewesen sein. Er wollte das Buch, es gab einen Kampf …«

»Möglich«, sagte Hanna. Sie hatte Probleme, sich auf Roths Worte zu konzentrieren, weil sich ihr Gedanken zu der mysteriösen Begegnung mit Miele ins Bewusstsein drängten.

»Lass uns erst noch mal auf den Kornspeicher gehen«, sagte sie.

Ihr war eine verrückte Idee gekommen. Sie hatte sich vorgestellt, Miele sei vorhin tatsächlich auf Roths Kornspeicher gewesen, um dort irgendwo Brandtners Versteck auszuräumen, und hätte sich anschließend – mit Taschen voller Gold, Edelsteinen oder sonst was – zu ihnen ins Auto gesetzt. *Das wäre schon der Gipfel der Dreistigkeit,* dachte sie und kam über den »Gipfel der Dreistigkeit« auf die fixe Idee, die Bern-Kiste noch mal mit anderem Fokus durchzuschauen. In der Kiste hatte sie zwar gewisse Gegenstände neben den Büchern bemerkt, Beachtung geschenkt hatte sie ihnen aber nicht. Sie erinnerte sich bloß an die Schriftstücke. An Roths Worte, er habe die Kiste so bekommen und weder was rausgenommen noch was reingelegt, erinnerte sie sich sehr genau. *Der Gipfel der Dreistigkeit.* Oft lagen die Lösungen der kniffeligsten Rätsel schreiend vor einem und heulten, weil man sie nicht sah. Unvermittelt hatte sich das Gefühl geregt, in der alten Holzkiste könne etwas Essenzielles versteckt sein, das wichtigste Puzzlestück, durch das man das gesamte Bild erkennen konnte. *Irgendwas völlig Unscheinbares vielleicht, das ansonsten in den nächsten tausend Jahren niemand in die Hand genommen hätte.*

»Was willst du denn noch mal da oben?«, fragte Roth.

Hanna war schon auf dem Weg. »Ich will die ganze Bern-Kiste durchschauen, vielleicht liegt da was auf dem Silbertablett und man muss es nur rausnehmen. Oder die Kiste selbst ist das Versteck. Und der millionenschwere Gegenstand liegt mittendrin«, flachste Hanna.

»Silbertablett hab ich da keins gesehen. Und wenn, dann lag in der Kiste so lange was Wertvolles, bis Miele es sich eben geschnappt hat, jetzt also bestimmt nicht mehr.«

Mittlerweile war es fast dunkel. »Hier erkennt man gerade gar nichts mehr«, sagte sie.

»Moment.« Er drehte an einem runden Schalter und mit einem Klicken wurde es hell.

»Alter Schalter!«, sagte sie und ging auf die Ecke zu, wo die Bern-Kiste stand.

Roth lachte. »Ja, ungefähr hundert Jahre alt!«

Sie drehte sich um. Er stand immer noch da.

»Weshalb grinst du so?«, fragte sie.

»Ich mag deinen Humor einfach.«

Hanna sah ihn verwundert an. Sie war im Tunnel, bereit, etwas Entscheidendes im Fall Marie Herrendorf zu entdecken, da waren solche persönlichen Nebengeräusche wie »Ich mag deinen Humor« etwas verwirrend.

Sie öffnete die Kiste. Zum ersten Mal betrachtete sie den Inhalt genauer. Neben den Manuskripten und Schmierblättern mit Gedichten waren auch einige sehr gute farbige Porträtzeichnungen und Bleistiftskizzen dabei, die auf festen Kartonplatten angefertigt worden waren. In einem Kästchen, es hatte etwa die Größe eines Kulturbeutels, befanden sich offenbar einige von Berns persönlichen Gegenständen. Ein Brillenetui mitsamt Brille, in braunes Papier gewickelte Tablettenröhrchen mit der roten Aufschrift »Codein-Phosphat« aus einer Wehrmachtsapotheke, ein Rasierpinsel, diverse Bleistifte, ein Füllfederhalter, ein Stapel Schwarz-Weiß-Fotografien, eine Hakenkreuzbrosche, ein Schnitzmesser. Auch Führerschein und Reisepass des Künstlers fanden sich in dem Kästchen. Außerdem lag ein Schreiben des Hessischen Staatsministeriums an Herrn Ludwig Bern bei. Es war vom 14. Mai 1947 und bescheinigte Berns Unschuld an den Verbrechen der Nationalsozialisten. Sie las:

Auf Grund der Angaben in Ihrem Meldebogen gehören Sie gemäß der Verordnung zur Durchführung der Weihnachtsamnestie vom 5. Februar 1947 zu dem Personenkreis, der unter die Weihnachtsamnestie fällt. Ich habe deshalb das nach dem Gesetz zur Befreiung von Nationalsozialismus und Militarismus vom 5. März 1946 gegen Sie schwebende Verfahren eingestellt.

»Was ist das denn?«, hörte sie Roth fragen, der weiterhin am Ende der Treppe stand.

»Berns Persilschein.«

»Nein, das meine ich nicht«, sagte er. Hanna drehte sich zu ihm. Roth war auf das Treppengeländer geklettert und sah nach oben. Die Decke des Kornspeichers, die aus Holzbrettern, Lehm und Stroh bestand, begann erst ein Stück links der Treppe. Direkt über dem Aufgang hingegen konnte man bis unters Dach sehen. Zwischen der Holzdecke des Kornspeichers und den Dachziegeln des Hauses befand sich ein Hohlraum. Ein unzugänglicher Raum.

»Was denn?« Hanna stand auf und ging zu ihm hin.

Roth zeigte nach oben. »Da ist ein Stück Holz abgebrochen.«

An der Kante einer Bohle war ein längliches Stück abgesplittert.

»Und was bedeutet das?«

»Jemand war vor Kurzem da oben. Guck doch mal, wie frisch das Holz an der Bruchstelle ist.«

»Muss echt vor Kurzem erst passiert sein.«

An der Abbruchkante strahlte das Holz frisch und hell, während die Bohlen sich außen mit den Jahrzehnten dunkel verfärbt hatten.

»Ich war noch nie da oben«, sagte Roth.

»Überhaupt noch nie?«

Er schüttelte den Kopf.

»Was ist denn da oben?«

»Ungenutzter Hohlraum, zu dem es keinen Zugang gibt.«

»Eine Art Dachboden?«

Er sah wieder hinauf. »Vermutlich, ja.«

»Man müsste eben hochklettern«, sagte sie. »Kommst du ohne Leiter hoch?«

»Werden wir sehen.« Roth kletterte auf das Treppengeländer, streckte die Arme aus und nach einem kleinen Hüpfer hing er schaukelnd wie ein Affe an der Kante des Dachbodens. Mit einem Klimmzug wuchtete er seinen Körper nach oben.

»Und?«, fragte Hanna.

»Bisschen dunkel. Ich muss erst mal Licht machen.«

Kurz war es still, dann erhellte das Licht einer Smartphone-Taschenlampe die Szenerie vor Roths Augen. »Jackpot«, rief er.

»Was ist da?«

»Das muss es sein, da hinten«, antwortete Roth.

Kapitel 21

Hanna hatte gar nicht mitbekommen, wie sie auf das Treppengeländer geklettert war. Zwei Sekunden, nachdem Roth »Jackpot« gerufen hatte, stand sie schon auf dem Handlauf und rief: »Zieh mich hoch, ich will dabei sein, wenn wir das finden!«

Roth legte sich auf den Bauch und umfasste mit beiden Händen Hannas Arme. Mit unvermutetem Schwung landete sie ebenfalls auf dem geheimnisvollen Dachboden des Nebengebäudes, den selbst der Hausherr noch nie betreten hatte. Der Raum war zu niedrig, um aufrecht zu gehen, man musste entweder mit krummem Rücken vorankommen oder auf allen vieren. Aufgeregt schaute Hanna sich um. Das Ziegeldach und die rechte Seite des Dachbodens wurden von Roths Handytaschenlampe recht gut beleuchtet, aber links strandete der Blick nach wenigen Schritten in der Dunkelheit. Sie zückte ihr eigenes Smartphone und schaltete ebenfalls die Taschenlampe ein. Als der Schein auch die linke Seite des Dachbodens sichtbar machte, war sie enttäuscht.

»Hier ist doch nichts außer Staub, Spinnweben und Mäusedreck.«

Roth richtete den Strahl seiner Lampe auf den vierkantigen Kaminschacht, der vom alten Heizbrenner im Keller durchs

Wohnzimmer verlief. Es war derselbe Kamin, hinter dem Hanna vorher eine Etage tiefer den Einbrecher vermutet hatte. Hier, im letzten gemauerten Stück Schornstein, endete der Schacht. Jahrzehntelang hatte er die Bewohner des Hauses vor den giftigen Nebenprodukten des Heizens bewahrt und diese sorgsam in die Atmosphäre geleitet.

»Der ist schon lange außer Betrieb. Beim Einbau der neuen Heizung gab's auch gleich einen neuen Kamin.«

»Wofür ist das?«, fragte sie. Der Lichtkegel ihrer Lampe ruhte auf einer Klappe, die seitlich in den Schornstein eingebaut war. Sie stand etwas offen. Beim ersten Betrachten des Kamins war sie ihr gar nicht aufgefallen.

»Sieht aus wie ein Versteck, würde ich sagen …«

Gemeinsam gingen sie auf den Kaminschacht zu. Unter ihren Füßen knirschte eine Schicht aus Staub und Dreck, die teilweise schon vor dem Zweiten Weltkrieg hier gelegen haben musste. *Sieht wirklich aus wie ein Versteck.* In Hannas Neuronen knisterte es, sie war bis in die Haarspitzen mit körpereigenen Drogen vollgepumpt. Adrenalin, Noradrenalin, Dopamin, Endorphine. Saubergemacht hatte hier oben sicher seit der Erbauung des Gebäudes niemand. Allerdings bekräftigten die Fußspuren, die Hanna nun im dichten Staub erkannte, Roths Verdacht. Es musste vor Kurzem jemand hier gewesen sein. Deutlich wie Abdrücke im Schnee führten die Spuren genau auf den Kamin zu.

Hanna öffnete das Türchen. Mit der Handytaschenlampe leuchtete sie in den Hohlraum dahinter.

»Ja, Jackpot!«, rief sie. Im Lichtkegel stand eine Kiste.

»Verrückt.«

Vorsichtig streckte Hanna ihre Hände in die Schachtöffnung und griff nach diesem sagenumwobenen Gegenstand. *Nach dem Schatz von Brandtner. Kriegsbeute. Nazigold. Millionen wert,* ging es ihr durch den Kopf. Sie nahm das Kästchen heraus und öffnete es. Roth leuchtete mit seiner Lampe hinein. Auf den ersten Blick sah Hanna ausschließlich Fotos. Leichte Panik stieg in ihr hoch. Aufgeregt langte sie in die Kiste hinein, wühlte mit wachsender Panik darin herum. Schließlich verwandelte sie die vibrierende Erwartung in lähmende Enttäuschung. Außer Fotografien und ein paar alten Zeitschriften war da überhaupt nichts.

»Die alten Heftchen werden wohl keine Millionen bringen, oder?«

Hanna versuchte, ihre Enttäuschung zu bekämpfen. Sie wollte weiter hoffen. Es konnte ein einziges wertvolles Papier zwischen den Fotos und Zeitschriften liegen. Eine verschollene Skizze von Picasso oder Hitlers Reisepass.

»Wer weiß. Es gibt für jeden Mist genügend Sammler.« Sie sah sich eines der Hefte genauer an und bemerkte erst jetzt dessen französische Herkunft. Offensichtlich handelte es sich um eine Art Klatschmagazin aus den 1930er Jahren. Auf der Titelseite war groß das Porträt einer wunderschönen Frau abgebildet. Sie trug ein prächtiges Abendkleid. An ihrer Halskette funkelte ein rosa Stein. Er war oval und halb so groß wie seine goldene Fassung, die Fassung musste ungefähr den Umfang einer Walnuss haben.

»Scheiße«, sagte Roth. »Da drinnen werden wir nichts Wertvolles finden. Miele hat sich heute das genommen, was er die ganze Zeit haben wollte.«

»Aber hier ist auch absolut nichts über Sänger drin. Nur Fotos und Magazine. Nicht mal ein Brief oder ein amtliches Schreiben, gar nichts«, kommentierte Hanna frustriert, während sie den Inhalt der Kiste im Einzelnen durchsah.

»Sänger war ja auch mal jung und brauchte Geld. Am Ende finden wir ein Aktgemälde von ihm in so einem Magazin«, scherzte Roth.

»Tolle Vorstellung«, murmelte sie abwesend und sah sich die Fotos noch mal genauer an. Eins nach dem anderen legte sie zurück in die Kiste. Mit jedem gesichteten Foto stieg nun ihre Spannung wieder. »Aber weißt du was?«, fragte sie und sah sich das nächste an.

»Nein, vermutlich nicht.«

»Auf jedem dieser Fotos ist dieselbe Frau abgelichtet. Mal allein, mal mit anderen feinen Damen, mal im Kreis der Familie.«

»Ja und?«

»Das müsste dieselbe Frau wie auf dem Titelbild des Magazins da sein, glaube ich.«

Roth betrachtete das Titelbild und verglich es mit einigen Fotografien. »Sieht wirklich so aus.« Dann betrachtete er die Fotos ein zweites Mal. »Und auf jedem einzelnen Foto trägt sie den rosa Klunker am Hals. Genau wie auf der Illustrierten …«

Der Satz hatte die Wirkung eines Fußtrittes in den Bauch. Hanna schnappte nach Luft. Sie sah Roth an. »Die Kette war da drin«, flüsterte sie.

Roth sagte nichts. Seine Augen bewegten sich hin und her, als suchte er in sämtlichen Winkeln seines Schädels nach einer zweiten Erklärung, aber er fand keine. »Meinst du?« Er nahm sich das Magazin, sah hin, verglich, nickte. »Ja, ganz genau … Vermutlich war die vor einer Stunde noch da drinnen. Seltsame Vorstellung. Da lag die ganze Zeit ein Diamant in meinem Schornstein und ich wusste nichts davon.« Er lachte.

»Glaubst du, es ist ein Diamant, oder war das nur so gesagt.«

»Das ist wahrscheinlich ein Diamant«, sagte Roth, »der Farbe nach ein sehr seltener.«

Hanna vertraute ihm. »Und wo kommt der her, der Diamant? Wer ist die Frau?«

»Der Name steht bestimmt irgendwo da auf dem Titelblatt.«

Sie nahm die Zeitschrift. Tatsächlich. Der Name der Frau stand in großen Buchstaben unter dem Foto. Camille Dupont. Von dem kurzen Text, der unter ihrem Namen abgedruckt war, verstand Hanna nicht viel. Dafür war zu wenig hängengeblieben von den vier Jahren Französisch in der Schule, trotz der vielen Frankreich-Urlaube. Egal, wie sehr sie das Land liebte, die Sprache hatte sie abgehakt. Aber sie brauchte die Bildunterschrift auch gar nicht zu verstehen. Es genügte, ungefähr zu wissen, um was es in dem mit Camille Dupont bebilderten Artikel ging. Soweit Hanna es verstand, handelte er von der reichen Familie Dupont und ihrem sozialen Engagement. Eine Großindustriellenfamilie aus dem französischen Norden. Aus dem Dörfchen Ascq. Sie ließ die Zeitschrift zurück in die Kiste fallen.

»Weißt du, was das ist, der Stein?«, fragte sie.

»Vermutlich hat Brandtner ihn nicht von seinem Sold bezahlt. Gestohlen. Wahrscheinlich im Krieg.«

Sie reichte ihm das Magazin und tippte auf den Namen des Dorfes, das weltweit für diese grauenhafte Nacht bekannt war.

»Ascq«, las Roth. »Er hat die Toten des Massakers bestohlen. So wird es gewesen sein.«

»Und Miele hat davon gewusst.«

»Das …« Roth schüttelte wütend den Kopf. Ihm fehlten offenbar die Worte.

Sie ließen die Kiste stehen, da sie nicht unnötig noch mehr Spuren verwischen wollten, man würde das Stück höchstwahrscheinlich bald auf DNA und Fingerabdrücke untersuchen. Drei Bilder und die Zeitschrift nahmen sie mit. Dann kletterten sie hinunter auf den Kornspeicher und kehrten ins Haus zurück.

In der Küche kochte Roth Kaffee, während Hanna mit Huber telefonierte, um ihn auf den neusten Stand zu bringen.

Der Kaffee war noch nicht fertig, ebenso wenig das Telefonat mit Huber, als die Glocke am Hoftor zu hören war. Hanna schaute Roth an. Er schien ebenfalls keine Ahnung zu haben, wer das sein konnte. Hanna fing an zu stammeln und konnte sich nicht mehr richtig auf das Gespräch mit Huber konzentrieren. Das Läuten hatte ein mulmiges Gefühl in ihr ausgelöst. Dafür gab es keinen ersichtlichen Grund, aber das Gefühl war da und wurde von einem weiteren rabiaten Läuten der Glocke noch verstärkt.

Roth stieß die dreiste Art offenbar übel auf. Sein Gesicht glühte, er preschte ans Fenster, riss den rechten Flügel auf und streckte den Kopf raus. So schön sein Anwesen auch war, die alte Glocke und die fehlende Sprechanlage hatte Hanna von Anfang an etwas abenteuerlich gefunden und der Eindruck bestätigte sich nun. Vom Küchenfenster bis zum Hoftor waren es ungefähr fünfzig Meter. Da musste man seinen Besuch jedes Mal anbrüllen, wenn er klingelte.

Doch Roth brüllte nicht, er drehte sich zu Hanna um und flüsterte. »Der Miele …«

»Was will der denn?«

»Gerade dachte ich noch, ich hätte langsam den Durchblick …«, sagte Roth mit einem Hauch von Resignation.

»Er will bestimmt den Diamanten zurückgeben und sich der Morde an Sänger und Marie Herrendorf schuldig bekennen«, sagte Hanna.

»Kann sein, mich wundert heute nichts mehr«, sagte Roth. Erneut streckte er den Kopf aus dem Fenster. »Moment, ich komme!«

Roth ging das Hoftor aufmachen. Hanna wartete im Esszimmer. Sie fand auf Anhieb keine Erklärung für Mieles Verhalten. *Zuerst bricht er hier ein und klaut den Schmuck, danach setzt er sich freiwillig zu uns ins Auto, um Benedek zu warnen, und jetzt kommt er sogar noch mal zurück* … Sie schüttelte nachdenklich den Kopf. Dabei fiel ihr noch eine weitere Ungereimtheit ein. *Aber warum zur Hacke bricht er ausgerechnet dann ein, wenn jemand zu Hause ist? Nach jahrelangem Ausharren keine Geduld mehr, oder was*? Hanna wurde aus Miele nicht schlau. Sie war sehr gespannt auf den Grund seines Besuchs.

Sie stand auf und nahm sich die Tasse Kaffee, die Roth für sie zubereitet und dann wegen des Läutens stehen gelassen hatte. Sie hielt ihre Nase in den aufsteigenden Dampf. Allein das Aroma löste in ihr Zuversicht aus. Erfahrungsgemäß fühlte sie sich den Anforderungen der Welt besser gewachsen, sobald sich die Wärme des ersten Schluckes in ihrem Bauch verteilte.

Den heißen Kaffee umklammert, ging sie zurück zu ihrem Stuhl und setzte sich. *Wo bleiben die so lange?* Sie führte die Tasse an die Lippen und nippte, nahm aber gleich noch einen größeren Schluck. Wie erwartet, wärmte dieser erste große Schluck auch heute ihren Magen, doch Behaglichkeit wollte nicht aufkommen, als sie in der Küche saß und wartete. Im Gegenteil. Langsam kroch die Kälte der Angst in Hannas Eingeweide. Es dauerte zu lang. Sie lauschte. Alles war still. Natürlich war es schon ein Stückchen bis zum Hoftor, aber allmählich wurde sie wirklich nervös. *Da stimmt doch zu hundert Prozent irgendwas nicht*, dachte sie. Dann hörte sie, dass die Tür vom Hof zur Sommerküche aufging. Mit beiden Händen hob sie die Tasse wieder zum Mund, den Blick auf die Tür gerichtet, durch die man von der Küche aus in die Sommerküche gelangte. Roth und Miele würden dort jede Sekunde hereinkommen.

Ein feiner Nebel aus Kaffee spritzte zwischen ihren Lippen hervor und benetzte Roths Esstisch, als sie die Stimmen hörte. Männerstimmen, die weder Roth noch Miele gehörten. Osteuropäischer Akzent, vielleicht auch Balkan.

Plötzlich weich wie ein Seidentuch, glitt Hanna unter den Tisch. Sie hatte nicht darüber nachgedacht, es nicht geplant, nur getan. Von ihrem geschützten Platz unter dem Esstisch bis in den Flur des Treppenhauses waren es höchstens drei Meter. Die Bassstimmen der Männer dröhnten immer noch durch die Sommerküche. Sie beratschlagten sich offenbar dort, schienen momentan nicht näherzukommen. In dem hohen, gekachelten Raum klangen ihre Stimmen laut und bedrohlich. Es waren keine jungen Stimmen, und sie klangen auch nicht, als kämen sie von schmächtigen Kerlen.

Jede Sekunde konnte die Tür aufgehen. Wieder dachte Hanna nicht nach, sondern ein archaischer Mechanismus tief im Reptilienhirn übernahm die Kontrolle über ihr Handeln. Es fühlte sich an wie ein Kurzschluss, wie ein vorübergehender Ausfall der Vernunft, ausgelöst durch den Zusammenprall von zwei gegensätzlichen Optionen. Instinktiv krabbelte sie aus dem Schutz des Tisches in Richtung Treppenhaus. Die Tür stand offen. Gerade als sie den Flur erreicht hatte, betraten die Männer mit den düsteren Stimmen die Küche.

Fuck, das war knapp! Ihr Herz schlug so schnell wie noch nie. Ihr Körper verlangte mehr Sauerstoff. Er wollte Hanna mit der nötigen Kraft für den Kampf oder die Flucht ausstatten. Aber ihre beschleunigte und laute Atmung war verräterisch. Sie musste sich zusammenreißen, sich aufs Handeln konzentrieren. *Ruhig atmen, ruhig denken,* sagte sie sich.

»Wohin?«, fragte einer.

»Einsperren in Zimmer«, sagte ein anderer.

Hanna bemerkte, wie sich die Stimmen und Schritte näherten. Jeden Moment würden die Männer hier sein. Sie sprang auf. Von ihrer Position im Flur, aus dem Esszimmer kommend, gab es drei Möglichkeiten. Links das kleine Bad, rechts das Wohnzimmer, daneben Roths Büro. In allen drei Türen steckten die Schlüssel von außen. Hanna wusste nicht, was sie tun sollte. Starr wie ein Baum stand sie in der Ecke. Zeit zum Nachdenken gab es nicht, die Männer waren bereits da. Diesmal blieb der Kurzschluss aus. Hanna drückte ihren Körper so flach es ging an die Wand. Zu ihrem Erstaunen betraten Miele und Roth den Flur zuerst.

Stumm, die Augen auf den Fußboden gerichtet, schlurften sie über die Türschwelle. Hinter ihnen folgten zwei große, muskulöse Männer. Einer hatte einen dichten schwarzen Vollbart, der andere war rotblond und glatt rasiert. Ihre Kleidung war komplett schwarz. Keine Aufdrucke, aber das ganze Benehmen, die langen Haare und entsprechende Tätowierungen ließen bei Hanna keinen Zweifel. Miele hatte offenbar doch nicht bei allem gelogen. Das mussten die Schwarzköpfe sein.

Die werden alles auf den Kopf stellen und uns am Ende erschießen, weil sie nichts finden. Es waren, wie ihre Stimmen es bereits hatten annehmen lassen, weder schmächtige noch zimperliche Exemplare ihrer Zunft. Sie drückten Roth und Miele ihre Pistolen mit Gewalt in die Nieren und schlugen ihnen mehrmals gegen die Hinterköpfe. Jetzt verstand Hanna auch, warum sie bloß die Fremden gehört hatte. Miele und Roth wirkten völlig aus der Welt getreten, der Schock und die Angst hatten sie dermaßen im Griff, dass sie den Eindruck erweckten, entweder psychisch krank oder im Vollrausch zu sein.

Der Schwarzhaarige mit dem Bart gab seine Rolle als Bewacher kurzzeitig auf. Er öffnete nacheinander alle drei Türen und warf einen Blick in jedes der Zimmer. Vorm Badezimmer blieb er stehen. »Hier rein. Gibt's nur kleine Fenster, wo kann nicht abhauen.«

Der andere schob jetzt Miele und Roth vor sich her in Richtung Badezimmer. Nun befanden sich alle vier Männer vor Hanna. Alle mit dem Rücken zu ihr. Ein Adrenalinstoß jagte durch ihren Körper. *Der eine Moment. Der einzige vielleicht.*

Hanna umklammerte ihre Waffe. Wie sie das Ding aus dem Halfter gezogen hatte, wusste sie nicht mehr. Die Männer hatten sie noch nicht bemerkt, doch es würde keine Zeit bleiben, um nachzudenken. Gleich würde sich einer der beiden umdrehen und sie entdecken. *Dann ist es zu spät.* Sie riss die Waffe hoch und zielte auf den Kopf des Rothaarigen. »Polizei, Waffen fallen lassen!«

Wie in Zeitlupe gingen die Arme der schweren Jungs nach oben. »Waffen fallen lassen!«, wiederholte Hanna. Aber die Waffen fielen nicht. Langsam drehte sich der Rothaarige um. Hanna wusste, was die Uhr geschlagen hatte. Wenn sie es ernst meinte, musste sie ihn jetzt kampfunfähig machen. Sie zielte weiterhin auf seinen Kopf. Er lächelte, hob, ganz entspannt, als würde er jemandem den Weg zeigen, seinerseits die Waffe. Hanna tat nichts. Sie drückte nicht ab, sie war dazu nicht bereit. Bevor sie es begriff, steckte sie in einer Pattsituation. Der Glattrasierte mit den roten Haaren zielte auf ihren Kopf. Dann brach das Chaos los. Hanna und ihr Widersacher hielten sich mit ihren Pistolen gegenseitig in Schach, während der Schwarzhaarige Roth und Miele bewachte. Für einen flüchtigen Blick nach seinem Kollegen drehte er ihnen den Rücken zu. Miele witterte seine Chance. Er wollte die Situation nutzen und sich, mit einem völlig unvorhersehbaren Hechtsprung Richtung Esszimmer aus der Schusslinie bringen. Also tauchte er ab. Wie ein Fußballtorwart hechtete er ins Esszimmer und noch in der Bewegung knallte er die Tür hinter sich zu. Der Schwarzhaarige fuhr herum und brüllte etwas in einer slawischen Sprache. Sein Gesicht war vor Wut verzerrt. Er starrte Hanna tief und bösartig in die Augen. Ohne den Blick von ihr abzuwenden oder zu verändern, rammte er Roth seinen Ellenbogen ins Gesicht. Es gab ein hässliches Knacken. Der Psychologe sackte zusammen und schlug mit dem Kopf auf den Fliesen seines Badezimmers auf. Vom Geräusch des aufschlagenden Kopfes wurde ihr übel.

»Ich wiederkommen«, sagte der Schwarzhaarige zu Hanna und verschwand im Flur. Sie wagte es nicht, sich zu bewegen. Der andere zielte weiterhin auf ihr Gesicht, wie sie auf seines. Um Roths Kopf bildete sich eine Lache Blut, er zuckte leicht mit Armen und Beinen. Der Rothaarige wirkte nervös.

»Wir wollen nur was abholen, es muss nicht Verletzte geben.«

Aus der Küche drangen Scheppern und schrilles Kreischen. Miele hatte es nicht mal bis in die Sommerküche geschafft. Der Schwarzhaarige hatte ihn.

»Was abholen?«, fragte Hanna.

»Besser, wenn nicht wissen.«

»Ich glaube, Ihr Auftraggeber wollte Sie hinters Licht führen«, sagte sie. »Ich glaube, ich weiß, was Sie suchen, und das ist überhaupt nicht mehr hier im Haus.« In der Küche war der Kampf offenbar entschieden. Das Scheppern und Klirren hatte aufgehört, stattdessen nahm Hanna im Sekundentakt ein dumpfes Klatschen wahr, das klang, als schlüge jemand mit der bloßen Faust auf ein rohes Stück Fleisch ein.

Die Augen des Mannes sahen sie ausdruckslos an. »Sie wisse nicht!«

»Er hat den Stein längst irgendwo anders hingebracht«, sagte sie.

Die ausdruckslosen Augen des Mannes leuchteten auf. Er rief etwas. Eine Sekunde später stand der Schwarzhaarige in der Tür. Sie unterhielten sich in ihrer Sprache. Der Bärtige wandte sich Hanna zu. »Du wissen, wo Versteck ist?«, fragte er.

Sie nickte. »Aber da ist nichts mehr.«

»Zeigen uns!«, befahl er. Allerdings hatte sich an der Pattsituation mit dem Rothaarigen ja gar nichts geändert. Sie zielte auf ihn, er zielte auf sie.

»Ich werde die Waffe jetzt bestimmt nicht runternehmen«, sagte sie. Der Schwarzhaarige blökte drei grob klingende Worte und sein Kumpan ließ die Waffe sinken.

»Jetzt du«, sagte er. Hanna dachte kurz nach. Sie ließ die Waffe sinken.

»Waffe auf Boden«, sagte der Dunkelhaarige, der ebenfalls eine Pistole in der Hand hielt. Hanna legte die Waffe vorsichtig ab. Momentan konzentrierten sich ihre Gedanken nur noch auf das Ziel, den Tag lebendig zu überstehen. Und sie musste schnellstmöglich einen Notarzt für Roth anfordern. Die Blutlache hatte ein erschreckendes Ausmaß angenommen. Sie machte sich große Sorgen um ihn.

»Ich kann Ihnen das Versteck zeigen«, sagte sie.

»Warte ...«, befahl der Rothaarige und machte sich daran, Roths Arm mit Kabelbinder am Handtuchwärmer zu befestigen.

Hanna betrat das Esszimmer und sah Miele bewusstlos auf dem Küchenfußboden liegen. Auf seiner Höhe blieb sie kurz stehen. Der Dunkelhaarige ging zum Waschbecken, ließ Wasser in eine Tasse laufen und kippte es in Mieles Gesicht. Er schlug die Augen auf, der andere riss ihn am Kragen hoch und zerrte ihn zurück in den Flur. Mieles Beine zitterten und wackelten wie die eines Fohlens nach der Geburt. Das Rollen seiner Augen ließ Hanna das Schlimmste befürchten. Der Dunkelhaarige schubste Miele ins Badezimmer, wo er halb auf Roth und halb in dessen Blutpfütze landete.

»Mach auch fest«, sagte der Dunkelhaarige und kratzte sich am Vollbart. Sein Kumpan fesselte daraufhin Miele neben Roth an den Handtuchwärmer. Er verpasste ihm noch einen Tritt in den Bauch und hob Hannas Dienstwaffe auf. »Wo ist Versteck?«, fragte er.

»Kommen Sie, ich zeig es Ihnen.« Sie warf noch einen flüchtigen Blick zurück. Die beiden Männer lagen bewegungslos da.

Roths Atem machte ein blubberndes Geräusch. Sie spürte in diesem Moment große Zuneigung für ihn. Sie wollte ihm helfen, ihn in den Arm nehmen und sagen, dass alles gut werde, dass gleich Hilfe komme. Es war schwer, ihn dort liegen zu lassen, aber sie hatte keine Wahl.

Sie führte die beiden Männer in den Hof und die Treppe zum Kornspeicher hoch. Als sie das Ende der Treppe erreicht hatten, zeigte sie ihnen den kleinen, versteckten Dachboden.

»Wir mussen klettern da hoch?«, fragte der Rothaarige.

Hanna zuckte mit den Schultern. »Ja, sonst wüsste ich keinen Weg.«

»Ich gehen voran«, sagte der Schwarzhaarige. Trotz seiner Masse zog er sich mit Leichtigkeit vom Handlauf des Geländers auf den Dachboden. Die alten Bretter wackelten unter seinem Gewicht.

»Gib Frau hoch«, sagte er. Ohne ein Zögern packte der Angesprochene Hanna im Stil eines Ringers. »Loslassen!«, fauchte sie. Er ließ von ihr ab.

Er wirkte verständnislos. »Nur helfen.«

Hanna kletterte auf das Geländer. Dieses Mal flog sie wie von selbst nach oben. Mit einer Leichtigkeit, die wohl auf ihr mit Adrenalin angereichertes Blut zurückzuführen war und auf die in ihrem Bauch brennende Wut auf Leute, die glaubten, einfach Menschenleben auslöschen, in Häuser einbrechen und Frauen hochheben zu dürfen.

»Wo ist Licht?«, fragte der Rothaarige, nachdem er mit größter Anstrengung ebenfalls den Dachboden erreicht hatte.

»Es gibt kein Licht.«

Sie machten es wieder mit den Handylampen. Beleuchteten den bereits in den Staub getrampelten Pfad, gingen zum Kamin, öffneten die Klappe, schauten in die Kiste.

Der Schwarzhaarige sah sich ein paar der Fotos an und rümpfte die Nase. Einen Moment lang wühlte er in der Kiste herum. Er wurde immer hektischer, schließlich packte ihn die Wut. »Ich schwöre, dass ich töte ihn, wenn er nicht gibt uns diese Stein!«, brüllte er. Schon machte er sich auf den Rückweg, schwang sich wie ein Silberrücken auf den Kornspeicher, polterte die Treppe nach unten und war weg. Hanna hatte er offenbar vergessen, von ihr schien er ohnehin keine Schwierigkeiten mehr zu befürchten. Was sollte sie machen? Ein einzelner Mann mit einer Waffe genügte, um sie aus dem Spiel zu nehmen.

»Vielleicht wir können ein bisschen gemütlich machen«, sagte der Rothaarige mit einer ekelhaft schmierigen Stimme.

»Ich denke, wir klettern auch runter«, sagte sie.

Er grinste. »Vielleicht nicht …« Er wedelte mit der Waffe und sah Hanna lüstern an. Trotz ihrer Furcht gelang es ihr, seinem Blick mit Verachtung zu begegnen. Der Mann reagierte überraschend. Er wirkte plötzlich wie jemand, der aus einem Traum aufwacht. Das diabolische Leuchten verlosch. Er schaute Hanna mit einem fast reumütigen Blick an. »Nur Spaß«, sagte er und befahl ihr, voranzugehen. Hanna tat das. Sie wollte zu Roth, weg von der Situation. Während sie zurück auf den Kornspeicher kletterte, hielt er seine Waffe die ganze Zeit auf sie gerichtet. Gleich wäre ihm das allerdings unmöglich, überlegte Hanna, denn er musste ja selbst runterklettern. Dazu brauchte wohl auch ein Rocker beide Hände. Er würde Hanna sogar für einen Moment den Rücken zudrehen müssen, um sich festzuhalten.

Sie stand unten und wartete. Er blieb an der Kante stehen und dachte nach.

»Jetzt wir haben Problem«, sagte er, da ihm nun anscheinend klar wurde, wie unmöglich es sein würde, Hanna zu bewachen und gleichzeitig zu klettern. Hannas Kopf arbeitete derweil auf Hochtouren, doch alle bisherigen Fluchtideen bargen tödliche Risiken. Es war besser, zunächst auf den Mann zu hören und eine weitere Gewalteskalation zu vermeiden. Niemand wusste, was mit Roth und Miele passieren würde, wenn Hanna es schaffte, die wenigen Sekunden zur Flucht zu nutzen. Vermutlich würde der Rothaarige ihr sowieso in den Rücken schießen, noch bevor sie die Treppe unten war. Gegen die Geschwindigkeit einer Kugel half auch kein Adrenalin.

»Keine Angst, ich bleibe ruhig stehen«, sagte sie.

»Woher soll ich wissen?«, fragte er.

»Sie müssen mir wohl glauben.«

»Nix glauben«, schnauzte er sie an, als wäre es ihr Fehler.

Hanna schaute sich um. »Ich lege die Säcke da hin, dann springen sie einfach runter und müssen mir nicht den Rücken zudrehen«, schlug sie vor.

»Schlaue Mädchen«, sagte er. Hanna zog einen Stapel leere Kartoffelsäcke bis zu der Stelle, die zum Landeplatz für den Mann werden würde, dann gleich noch einen. Der Rothaarige stand oben, etwa zwei Meter fünfzig über dem Fußboden des Kornspeichers, und wirkte sehr ungeduldig. »Hoffentlich ist weich«, sagte er. Er sprang und landete verhältnismäßig sanft, kugelte aber wie ein erschossener Bär rückwärts vom Berg aus Kartoffelsäcken hinunter. In Windeseile kam er auf die Beine und richtete die Pistole wieder in Hüfthöhe auf Hanna. »Gehen!«, befahl er.

Hanna ging voran, die schiefe Treppe runter. Der Gedanke an Roth kam zwangsläufig auf, als die ersten Stufen unter ihren Füßen sich nach links neigten. Ihr Herz machte einen wilden Schlag, begann zu rasen. Sie hatte Angst, ihn tot in seinem kleinen Gästebad zu finden. Sie hatte ihn gern, das durfte nicht sein. Ihre Kehle war zugeschnürt von Angst, Wut, Traurigkeit und Verzweiflung. Geld ging diesen Verbrechern über alles. Sie würden die Leben von Hanna Blum, Benedek Roth und Christopher Miele ohne mit der Wimper zu zucken auslöschen, wenn es ihnen hilfreich vorkam, und deswegen nicht eine schlaflose Nacht haben. Das machte sie wütend und traurig zugleich. Draußen im Hof brannte Licht. Unzählige Sterne glitzerten am Himmel wie Diamanten auf einem schwarzen Tuch. Bevor sie die Tür zur Sommerküche aufmachte, nahm sie noch einmal einen tiefen Atemzug der frischen Waldluft, die sie an Cleeberg so schätzte. Kurz kam ihr der Gedanke, es könnte ihr letzter Atemzug im Freien, ihr letzter Blick auf den Sternenhimmel sein.

Die Sommerküche war hell erleuchtet. Hanna schlich hinein. »Weiter!«, blaffte der Rothaarige von hinten und wies sie an, die kleine Treppe hochzugehen. Die Tür zur Küche stand offen. Sie setzte den Fuß auf die sechsstufige Treppe nach oben und sah etwas, was ihr einen eiskalten Schrecken einjagte. Erst im allerletzten Moment hinderte ihre Selbstbeherrschung den Körper daran, einen Schrei auszustoßen und damit alles zu vermasseln.

Sie nahm die letzte Stufe der kleinen Treppe und hoffte. Nichts konnte sie jetzt tun. Sie konnte nur hoffen. Hoffen und vielleicht sogar beten. Beim Überschreiten der Türschwelle kniff sie die Augen ganz fest zusammen. Die Chancen, gleich doch noch einmal Sterne zu sehen, aber mit geschlossenen Augen, schätzte sie sehr hoch ein. Was sie beim Betreten des Treppchens gesehen hatte, war ihr gar nicht direkt ins Auge gesprungen. Es war eine Spiegelung in der Scheibe eines alten Bauernschrankes gewesen. Am rechten Rand der Küche stand Roth. Blutverschmiert, mit zugeschwollenem Gesicht und einem langen, dünnen Gegenstand in der Hand. *Er hat ein Eisenrohr.*

Nach dem ersten Schritt in die Küche stellte sich Panik ein. Der Drang, einfach loszurennen, wurde übermächtig. Sie spürte ihn schon fast, den Knall, der alle Lichter ausknipste und ihr den Kopf zertrümmerte. Ihr Körper schien aus jeder einzelnen Zelle zu brüllen: »Renn! Du sollst wegrennen!« Neben der Panik musste sie gegen den Reflex ankämpfen, den Kopf nach rechts zu drehen, wo Roth mit der Eisenstange auf den richtigen Moment lauerte. Wo er lauerte und um Gottes willen hoffentlich schnell genug erkannte, wer als Erstes durch die Tür kam.

Nach zwei weiteren Schritten fühlte sie es. Freude. Es würde keinen Schlag gegen ihren Kopf geben. Sie blieb ruhig. Auch nach hinten sah sie nicht, wusste jedoch instinktiv, wo der Rocker sich befand. Er nahm die letzten zwei Stufen in die Küche, betrat die Fliesen. Hanna kniff erneut die Augen zu wie vor dem Explodieren eines Silvesterböllers. Sie fürchtete die rohe, entfesselte Gewalt, die jeden Augenblick einsetzen würde. Und doch hoffte sie darauf.

Es waren höchstens zwei Sekunden, in denen sie auf Roths Angriff wartete und nichts geschah. Doch die Zeit fühlte sich an wie eine Ewigkeit. *Er muss doch jetzt*, dachte sie verbissen. Da passierte es. Roth hatte gelauert, bis der Rocker vollständig an ihm vorbeigegangen war. Nur so konnte der Verbrecher keinerlei Bewegung bemerken, sie nicht im Augenwinkel wahrnehmen und nicht reagieren, als Roth mit dem Eisenrohr zum Schlag ausholte. Die Bewegung fand vollkommen außerhalb seines Sichtfeldes statt, direkt hinter ihm. Das Geräusch klang, als hätte er mit einem Baseballschläger einen jungen Tannenbaum geschlagen. Zwei Geräusche, Nanosekunden voneinander entfernt. Das dumpfe Geräusch beim Aufprall der Stange gegen die Schicht aus Kleidung, Haut, Muskeln und Fett. Und das hellere Geräusch knackender Knochen, die brachen wie Tannenzweige. Dann der Schrei. Hanna fuhr herum.

Der Rocker krümmte sich. Roth hatte ihm vermutlich ein paar Rippen gebrochen. Aber das reichte offenbar nicht, um ihn aus dem Spiel zu nehmen. Mit einem Arm die Flanke schützend und keuchend, den Rücken gebeugt, aber keineswegs am Ende, richtete er seine Waffe auf Roth. Der wich erschrocken zurück. Eben noch hatte sie Roth für seine Nachsicht bewundert, jetzt wünschte sie, er hätte dem anderen das Eisen gnadenlos über den Schädel gezogen.

Das glatte, zuvor noch milchweiße Gesicht des Rockers war rot angelaufen und fleckig. Wieder extrahierte der fabelhafte Apparat in ihrem Schädel innerhalb einer Sekunde aus tausend Erfahrungen ein Gefühl. Dabei spielte sich alles vor ihren Augen unendlich langsam ab.

Es waren ungefähr drei Meter zwischen Roth und dem Mann mit der Pistole. In Zeitlupe sah Hanna, wie sich der Arm des Rothaarigen mit der Pistole nach oben bewegte. Gleichzeitig bewegte sich Roths Körper nach unten. Sie erkannte Todesangst in seinen Augen, spürte die Entschlossenheit zu schießen in der Bewegung des anderen. Sie wusste, dass der Schmerz in den gebrochenen Rippen ihm die Sinne vernebelte und der verletzte Mann Hanna gerade vollkommen ausblendete. Der Schmerz und der Wunsch nach Rache trieben ihn zur Raserei. Er riss die Waffe hoch und krümmte den Abzugsfinger.

Das Krachen des Schusses beendete den gedehnten Zustand von Hannas Wahrnehmung. Roth hatte es nicht rechtzeitig geschafft, aus der Schusslinie zu gelangen. Mit dem Rücken an der Tür rutschte er zu Boden und hinterließ auf dem Lack eine breite Schliere aus Blut.

Hanna langte nach dem antiken Kerzenständer auf dem Esstisch. Roth hatte ihn, wie so viele Dinge, gemeinsam mit der Hofreite erworben. Das Stück bestand aus massivem, gedrechseltem Holz und das obere Ende, auf das man die Kerze steckte, war aus rostigem Eisen.

Wie der Griff eines Baseballschlägers lag das Ding in ihrer Hand. Als der Mann mit der Pistole sich zu ihr umdrehte, zog sie mit voller Wucht durch. Sie traf ihn am Jochbein, dort, wo es zur Schläfe überging. Der Kopf mit den langen roten Haaren flog zur Seite. Schon beim Auftreffen des Eisenringes wusste sie, dass er diesen Schlag nicht auf beiden Füßen überstehen würde. Seine Augen erloschen wie zerschmissene Glühbirnen, noch während er zur Seite kippte. Er krachte mit der anderen Schläfe gegen den Küchentresen und lag kurz darauf, alle viere von sich gestreckt, wie ein toter Käfer auf dem Fußboden.

Hannas Blick huschte zu Roth. Sein Körper befand sich in sitzender Position, den Rücken gegen die Tür und den Kopf nach rechts gegen den Herd gelehnt. Er atmete noch, das hörte sie, aber sie konnte sich darüber kaum freuen, denn die Art seiner Atmung bereitete ihr Sorgen. Es klang nach gewaltiger Anstrengung, nach Schmerzen. Jeder Atemzug wurde von Saug- und Pfeifgeräuschen begleitet.

Hanna ging vor ihm auf die Knie. »Hey …«, sagte sie, strich ihm mit der Hand über die Wange und versuchte, Augenkontakt aufzunehmen. Gleichzeitig überlegte sie, wie sie ein erneutes »Comeback« des bewusstlosen Rockers verhindern konnte. Plötzlich erwachte Roth aus seinem Dämmerzustand und sah sie mit großen, klaren Augen an.

»Danke!« Er brachte sogar ein Lächeln zustande.

Hannas Augen füllten sich sofort mit Tränen. Dieses »Danke« berührte sie zutiefst. Doch nicht, weil sie so versessen auf Roths Dankbarkeit war, sondern weil es exakt das ausdrückte, was auch sie jetzt fühlte. Roth bei Verstand zu sehen, erfüllte sie mit großer Dankbarkeit und Hoffnung. »Alles gut, du musst mir nicht danken, das war ja rein beruflich.«

Die Kugel hatte seine Schulter getroffen. Offensichtlich ein glatter Durchschuss, wie das Loch in der Tür bewies, das sie jetzt entdeckte.

Roth lächelte gequält und reckte das Kinn in Richtung des bewusstlosen Mannes. Seine Worte klangen so angestrengt, als müsste er zu jedem Wort einen Liegestütz machen.

»Dann bring … deinen Job … auch gleich zu Ende. Du musst ihn fesseln.«

»Hast du ein Seil?«

»Kabelbinder … ist …« Er stöhnte vor Schmerzen, bevor er weiterreden konnte. »Kabelbinder ist am einfachsten.«

»Ist hier irgendwo welcher.«

Roth nickte und zeigte in Richtung Esszimmer. »Auf dem Tisch«, sagte er.

»Wo ist eigentlich der andere Kerl?«, fragte Hanna plötzlich völlig geschockt.

»Auch mit Kabelbinder festgemacht, an der Heizung. Kann ich … nämlich auch, das war … echt ein schönes Gefühl«, sagte er und stöhnte wieder. »Hab ihn mit demselben … Bauerntrick erwischt wie den da.« Vorsichtig tastete er seine Schulter ab und grinste dabei, als sei ihm etwas Witziges eingefallen. Hanna erkannte aber das schmerzverzerrte Gesicht unter dem Grinsen.

»Wie bist du deine Fessel eigentlich losgeworden?«, fragte sie und ging zum Esstisch, wo einige der kleinen fiesen Plastikstreifen auf einem Haufen lagen.

»Ha! Jeder vernünftige Mann hat doch wohl eine Zange im Schränkchen unterm Waschbecken liegen. Damit drückt man einfach den Verschluss kaputt und fertig«, sagte er, offenbar unter zunehmenden Schmerzen. Er presste die Worte fast keuchend heraus.

»Okay, und was ist mit Miele?«

»Den hab ich hängen lassen … sozusagen. Also am Handtuchwärmer, mit genug Abstand zum Schwarzhaarigen.«

Es war höchste Zeit, den Rothaarigen zu fesseln. Als sie ihm Hände und Füße zusammenzurrte, begann er, sich zu regen. Es waren eher unbewusste Bewegungen und keine, um sich gegen das Fesseln zu wehren. Trotzdem war es gut, ihn endlich vollkommen aus dem Spiel genommen zu haben. Dann orderte sie Ärzte und Krankenwagen für die Verletzten. Sie war die Einzige, die keinen brauchte.

Huber war erst danach an der Reihe. So kompakt wie möglich erklärte sie ihm am Telefon die Situation, bat um Verstärkung und bedrängte ihn, auf der Stelle einen richterlichen Durchsuchungsbefehl für Mieles Wohnung zu besorgen. Von ihrem Treffen auf der Straße bis zum Läuten an Roths Hoftor war kaum Zeit vergangen. Hanna war davon überzeugt, dass sich der Edelstein irgendwo in Mieles Wohnung befinden musste. Wahrscheinlich hatte er im Vorfeld längst nach Käufern Ausschau gehalten, um die Beute so schnell wie möglich wieder veräußern zu können. Aber um ein Millionengeschäft abzuwickeln, konnte die Zeitspanne vom Diebstahl bis zum Auftauchen der Rockertypen keinesfalls gereicht haben. Wobei sich ihr jetzt erneut die Frage aufdrängte, weshalb Miele ausgerechnet heute hatte zuschlagen müssen. Nach all der Geduld, die er bis jetzt aufgebracht hatte, begriff Hanna nicht, weshalb er am Schluss Hals über Kopf losgestürmt und hier eingebrochen war, obwohl sich Roth offensichtlich im Haus befunden hatte. Dank seinem Wissen über das Türchen im Kamin hätte er doch in voller Vorfreude auch noch die restliche Zeit abwarten können, bis sich eine Gelegenheit geboten hätte. Spätestens nach Ende von Roths Urlaub wäre die Hofreite regelmäßig für mehrere Stunden am Stück menschenleer gewesen. Und mit wenig Aufwand hätte Miele als Mitarbeiter derselben Klinik schnell rausfinden können, wann Roths Urlaub endete und bestimmt auch, zu welchen Zeiten er in der Rufus und damit nicht daheim sein würde. Schnell einen Blick auf den entsprechenden Dienstplan ergaunert und schon hätte eine deutlich größere Chance bestanden, den Stein unbemerkt aus dem Schornstein zu holen, als heute. Hanna wollte es partout nicht in den Kopf gehen. Es passte überhaupt nicht zu seinem bedachten Verhalten.

»Sag mal, was meinst du, weshalb der Miele nicht einfach gewartet hat? Du kannst ja nicht immer zu Hause sein. Warum geht er unnötig ein so großes Risiko ein?«

Roth saß nach wie vor an der Tür. Er drückte sich ein Geschirrtuch auf die Wunde, um die Blutung zu stillen. »Ist doch logisch …«, stöhnte er. »Er … hat schon teilweise die Wahrheit gesagt. Er wusste von den Plänen, hatte Panik, den Diamanten auf den letzten Metern doch noch vor der Nase … aaah, das tut jetzt doch weh.« Er hielt die Hand mit dem Geschirrtuch in einem etwas anderen Winkel auf die Wunde und verzog das Gesicht noch mehr. »Also … er wollte den Stein nicht noch weggeschnappt bekommen. Deshalb ist er heute hier gewesen. Vielleicht wusste er auch schon, dass … aaaaah! Entschuldigung. Dass die anderen auch auf dem … auf dem Weg waren.«

»So kann es gewesen sein. Aber warum hat er uns dann gewarnt? Was ergibt das für einen Sinn?«

Automatisch zuckte Roth mit den Schultern und bedachte dabei nicht die Schussverletzung. Er schrie vor Schmerz laut auf.

»Na ja, wir besprechen das dann alles später …«

»Ok …«, sagte Roth seufzend und lehnte seinen Hinterkopf an die Tür. Er war nicht in Lebensgefahr. So viel konnte Hanna fast mit Sicherheit sagen. Trotzdem musste er sich jetzt schonen.

Sie ging ans Fenster und sah, dass ein hoher weißer Wagen vorbeifuhr. Der erste Krankenwagen. Er parkte vor dem Hoftor. Das Eintreffen der Rettungskräfte flößte Hanna neue Kraft ein. Jetzt würde alles seinen Gang gehen, sie war nicht mehr allein. Man würde sich kümmern. Um Roths Schussverletzung und die

Platzwunde am Kopf, um die beiden überwältigten Riesen und um Christopher Miele. Alle drei lagen, mit Kabelbinder gefesselt, wie fertig geschnürte Pakete für die Polizei zur Abholung bereit. Kurz spürte sie den Impuls, ein paar Abschiedsworte an die Herren zu richten, doch sie entschied sich dagegen. Sie war nicht mehr allein. *Die andern sollen sich jetzt kümmern, für heute reicht's,* dachte sie, als gleichzeitig mit den ersten Sanitätern auch die Kollegen eintrafen.

Kapitel 22

Erst einen Monat und drei Wochen später richtete Hanna das Wort wieder an einen der Herren. Er saß ihr gegenüber. Der Raum war nackt, bloß drei Stühle und ein Tisch befanden sich darin. Sie musterte den Mann verwundert. Absurderweise strahlte seine Haut, als hätte er die letzten Wochen auf einer Schönheitsfarm verbracht und nicht in einer Zelle. Sein Gesicht wirkte markant, aber längst nicht mehr so eingefallen und hager wie beim letzten Mal. Das krause, dunkle Haar war gepflegt, und die sonst immer matten, wasserblauen Augen leuchteten, als hätte jemand ein Feuer in seinem Inneren angezündet.

Die Kopfverletzungen, die ihm der Schwarzhaarige zugefügt hatte, waren halb so schlimm gewesen. Das Gehirn hatte keinen bleibenden Schaden davongetragen. Bloß zwei Narben, auf Jochbein und Augenbraue, hatte er behalten.

»Geht's Ihnen wieder besser?«, fragte Hanna. Sie befanden sich in der JVA Butzbach, einem Gefängnis der höchsten Sicherheitsstufe. Hier saßen erheblich kriminell vorbelastete Männer, ausbruchswillige, langjährig drogenabhängige und verhaltensauffällige Straftäter ein.

»So gut ging's mir nicht mehr, seit ich ein Kind war.«

»Sieht man Ihnen an.«

»Danke.«

»Wie kommt's? Ist nicht unbedingt der Normalfall, dass jemand aufblüht, sobald er im Knast sitzt.«

Miele holte Luft, seine Mundwinkel zogen sich langsam nach oben. Hanna erkannte den Mann gar nicht wieder.

»Die letzten zwanzig Jahre lang war ich durchgängig drauf. Opiate, Opioide, Benzos, Alkohol, Amphetamin. Ich war niemals länger als vierundzwanzig Stunden am Stück nüchtern. Und jetzt …« Sein Lächeln wurde noch breiter, die Augen noch strahlender. »Und jetzt, nachdem ich sieben Wochen lang überhaupt keinen Stoff genommen hab – nicht mal einen Zug an 'ner Kippe –, merke ich, wie es bergauf geht. Sie können sich wahrscheinlich nicht vorstellen, wie schön sich das anfühlt, wenn sich zum ersten Mal seit Jahren ein positives Gefühl in einem regt, das nicht von einer Droge kommt, sondern von einem selbst. Völlig verrückt. Ich sitze draußen, gucke beim Fußball zu. Als Kind bin ich keinen Schritt ohne Ball gegangen, sogar in der Wohnung hab ich dauernd gedribbelt und herumgeschossen. Überall hatte ich Bälle. Meine Mutter ist fast wahnsinnig geworden. Fußball war echt alles für mich. Bis zu meiner Jugend. Dann kamen die Drogen, die neuen Freunde, die Szene. Schon nach sehr kurzer Zeit war Fußball für mich nicht mehr interessant. Bundesliga, Sportschau, Tabellenführer, DFB-Pokal. Das hat sich plötzlich alles lächerlich angehört. Das war was für Spießer. Für Leute, die am Wochenende nichts Besseres vorhatten, als anderen beim Rennen und Hinfallen zuzugucken. Das Glücksgefühl, das ich früher hatte, wenn meine Mannschaft in der Champions League erfolgreich war oder nach einem Tor von mir selbst im Verein, dieses Glück war wie ein alter Witz geworden, über den man als Kind gelacht hat, und der einem jetzt nur noch dumm, flach und billig vorkommt.«

Mieles Worte beeindruckten Hanna. Sein geistiger Zustand hatte sich, ähnlich wie sein gesamtes Erscheinungsbild, dramatisch verbessert. Er sprach in Vergleichen und Bildern, wirkte frisch, gesund, emotional ausgeglichen und mit seiner Situation durchaus zufrieden.

»Man merkt Ihnen den neuen Mut wirklich an«, sagte sie.

»Zum ersten Mal seit meiner Kindheit freu ich mich wieder auf die Zukunft.«

Das klang etwas verrückt, bedachte man, wo Miele diese Zukunft verbringen würde. Zumindest die nächsten zwanzig bis dreißig Jahre.

Roths Theorie hatte sich in vielen Punkten als goldrichtig erwiesen. So konnte das Blut an den Bruchstücken der Autoscheibe durch DNA-Vergleich einwandfrei Christopher Miele zugeordnet werden. Auch in Sängers Totenzimmer hatte er – wie in Roths Theorie – DNA-Spuren hinterlassen. Überall. Ebenso auf der Infusionsflasche. Von drei menschlichen DNA-Spuren, die an der Felswand im Steinbruch gefunden worden waren, gehörte eine zu Miele. Nach dreiwöchiger Genesungsphase auf der Intensivstation hatte man ihn mit diesen Fakten konfrontiert. Er hatte die Tötung Friedhelm Sängers sofort gestanden. Bevor Miele den Mord an Marie Herrendorf ebenfalls zugab, waren anschließend noch Tage vergangen. Wie Roth geahnt hatte, konnte er sich diesen Mord deutlich schlechter vergeben als den an Sänger. Doch schließlich war er unter dem psychischen Druck zusammengebrochen und hatte gestanden. »Ich will jetzt einfach, dass das endlich vorbei ist. Die dauernde Anspannung bringt mich bald um«, hatte Miele gesagt und mit tränenerstickter Stimme geschildert, wie er mit Skimaske auf Marie gewartet habe. Das Buch aus der Hand reißen, wegrennen, im Wald verschwinden, so sei der Plan gewesen. Stattdessen habe sie ihm schon während des ersten Gerangels die Maske vom Kopf gerissen, ihn erkannt, habe Dinge wie Nazi, Polizei rufen, Hurensohn, Anzeige und Knast gebrüllt. Sie habe sich aufgeführt wie eine Verrückte und sich mit allen Mitteln gewehrt. Und das Buch dabei einfach nicht losgelassen. Plötzlich habe er ein Holzscheit auf dem Waldboden liegen sehen. Von einem Brennholzstapel am Wegesrand gefallen. Hanna hatte Fotos der Tatwaffe gesehen, welche die Kollegen auf Mieles Beschreibung hin leicht gefunden hatten. Trockenes, gespaltenes Holz, das unten dünn zulief und am oberen Ende so dick war wie der Boden einer Bierflasche. Er hatte alles haarklein berichtet und seine volle Schuld gestanden. Bloß die Sache mit dem Edelstein stritt er bis heute ab.

»Weshalb verraten Sie uns nicht, wo der Stein ist? Sie haben diese ganze schreckliche Last mit den beiden Morden abgeworfen, Herr Miele. Warum wollen Sie Ihr Gewissen trotzdem weiter mit diesem Diebstahl belasten. Daran klebt jede Menge Blut. Wäre es nicht richtig, das Schmuckstück dem rechtmäßigen Besitzer zurückzugeben? Ein kompletter Neuanfang für Ihr Gewissen. Klingt das nicht nach dem richtigen Weg?«, versuchte Hanna nun doch, ihn zu überreden, das Versteck des Steines zu verraten.

»Doch, das tut es wirklich«, sagte er. Das neuartige Leuchten seiner Augen verlosch. Er sah zu Boden. »Aber … ich hab den Stein eben nicht, tut mir leid.«

»Betrachten Sie das einfach als die einmalige Chance, etwas Großes zu tun … Es wäre doch fantastisch, diesen Leuten ihr Eigentum zurückzugeben. Eine menschliche Geste und Balsam für Ihr Selbstbild.«

»Darum geht es nicht«, sagte Miele mit plötzlicher Erregung.

»Worum dann?«

Wieder schüttelte er den Kopf und sah nach unten. »Ich würde so gern …«

»Was würden Sie gern?«

»Ich hab den Stein wirklich nicht«, begann er, stockte und fuhr erst nach einem langen tiefen Seufzen fort. »Würden Sie mir sagen, welche Strafe auf jemanden zukommt, den man gezwungen hat, den Stein aufzubewahren? Unter psychischem Druck gezwungen!«

»Vielleicht gar keine, das kommt auf die genauen Umstände an«, sagte sie.

»Die Chancen darauf stehen bei Minderjährigen sicherlich besser, oder?«

»Natürlich.«

Wieder musste Miele tief Luft holen, um weitersprechen zu können. »Ach … die Strafe, die er momentan verbüßt, ist wahrscheinlich viel schlimmer als das, was vor Gericht für ihn rauskommen würde.«

Hanna hörte gebannt zu. Miele deutete die Falte zwischen ihren Augen als Unverständnis. Und so war es ja auch. Hanna hatte keinen Schimmer, vom Verbüßen welcher Strafe Miele da sprach und auch nicht, wer überhaupt damit gestraft war.

»Sein ganzes Leben ist völlig aus den Bahnen geraten, er muss Psychopharmaka nehmen, hat paranoide Schübe und Panikattacken. Die Schuld erdrückt ihn früher oder später. Ich …« Miele fasste sich an die Nasenwurzel. Er kniff seine Augen zusammen, sein ganzes Gesicht lief feuerrot an. Er wehrte sich aus Leibeskräften, doch nach und nach brachen sich bittere Schluchzer den Weg.

»Um wen geht es?«

Miele schüttelte den roten Kopf. »Ich weiß einfach nicht, was richtig ist …«, sagte er.

»Im Zweifelsfall die Wahrheit.«

»Aber ich will für ihn nicht noch mehr Unglück anzetteln, eigentlich sollte ich nämlich derjenige sein, der ihm zeigt, wie man den richtigen Weg im Leben findet.«

Hanna sah ihn sehr ernst, aber mit einer guten Portion Menschlichkeit an. »Für jemanden mit psychotischen Symptomen oder Paranoia, für jemanden, der an Panikattacken leidet, kann es kaum noch schlimmer werden. Hatten Sie schon mal eine waschechte Panikattacke?«

»Nein, ich glaube nicht«, sagte Miele.

»Während Sie eine Panikattacke haben, würden Sie zehn Jahre Knast unterschreiben, damit diese quälenden Gefühle verschwinden. Sie wollen sterben, würden sich vielleicht sogar umbringen, damit es aufhört. Aber diese Panik beherrscht Sie und Ihren Körper dermaßen. Sie sind motorisch und intellektuell nicht mal dazu fähig, sich einen Beruhigungstee zu kochen. Das ist eine der schlimmsten Erfahrungen, die ein Mensch machen kann. Und von Psychosen will ich gar nicht anfangen. Ich will damit sagen, dass Sie für ihn vermutlich nicht noch mehr Unglück anzetteln werden, wenn Sie mir sagen, wo der Stein ist. Im Gegenteil, es wird ihn vermutlich von diesen Qualen erlösen.«

Mieles Gesichtsfarbe hatte sich normalisiert. Hannas Worte waren nicht spurlos an ihm vorbeigegangen. »Manchmal weiß man einfach nicht, was richtig und was falsch ist.«

»Mögen Sie denjenigen? Ist er Ihnen wichtig?«, fragte sie.

»Beides, ja.«

»Ich bin keine ausgebildete Psychologin, Herr Miele, aber ein paar Dinge weiß ich schon. Psychische Krankheiten entwickeln sich oft aus verdrängten Gefühlen heraus. Es ist nicht schwer, sich vorzustellen, dass man Schuldgefühle entwickelt, wenn man was versteckt, für das Unschuldige ermordet wurden.

Aber ich kann mir nicht gut vorstellen, dass jemand unter dieser Belastung dauerhaft ein gutes Leben führen kann. Ich glaube, das Beste, was Sie für denjenigen tun könnten, wäre, die Wahrheit zu sagen und ihm diese untragbare Last abzunehmen.«

Miele schüttelte den Kopf.

Hanna setzte nach. »Ich denke, Sie werden es schaffen, clean zu bleiben. Und wissen Sie warum? Weil Sie Ihre Schuld gestanden haben, weil Sie sich von diesem Geheimnis befreit haben. Auch im Knast kommt man an Drogen, aber Sie sind clean, weil Sie den Neuanfang gewagt haben und weil es Ihnen ohne diese Last leichter fällt, gegen die Sucht zu kämpfen.«

Miele sah sie mit großen Augen an, in denen Tränen glitzerten. Er nickte. »Sie haben da gerade was mit Worten ausgedrückt, was ich bisher nur irgendwie gespürt habe.«

»Wo ist der Stein, Herr Miele? Sie tun Ihrem Komplizen einen Gefallen, wenn Sie die Sache beenden und er auch die Chance hat, einen Neuanfang zu starten.«

»Ja, Sie haben recht.«

»Also … wer bewahrt den Stein für Sie auf?«

Er sah ihr in die Augen und sammelte all seinen Mut: »Mein Sohn hat den Stein«, sagte er dann.

»Sie haben einen Sohn? Wo wohnt er?«

Miele gab ein kurzes, schnaufendes Lachen von sich. »Er wohnt auf dem Hof der Familie Herrendorf«, sagte er.

Hanna fiel das Kinn hinunter. »Johannes Herrendorf?«

»Ja, ich hatte mal was mit seiner Mutter.«

Hanna fühlte sich wie benebelt. Wieder tanzten die Informationen, Theorien und Ideen bezüglich des Falles durch ihren Kopf, sortierten sich, ordneten sich nach aktueller Faktenlage neu. Zumindest interpretierte Hanna das Schwirren im Kopf so. Sie dachte an Brigitte Herrendorf, die vor achtzehn Jahren sicherlich noch eine sehr attraktive Frau gewesen war. Sie war damals am Mainufer mit einem deutlich jüngeren Mann gesehen worden. Miele war deutlich jünger. Hanna kam das Foto in den Sinn, auf dem sie Miele als gut aussehenden, gesunden jungen Mann gesehen hatte.

»Sie sind der Vater von Johannes Herrendorf?«

»Genau. Aber ich hab mich ihm gegenüber nie so verhalten. Ich habe ihn benutzt, ihm versprochen, wir würden den Stein verkaufen und zusammen ein herrliches Leben führen. Irgendwo in Südamerika. Wenn man sich zu Hause nicht geliebt fühlt, können solche Ideen sehr reizvoll sein. Vor allem, wenn es der leibliche Vater ist, der mit einem abhauen will.«

»Diese Verhältnisse werden Johannes vor Gericht zugutekommen. Er ist noch minderjährig, und Sie, als sein Vater, haben ihn angestiftet.«

Miele nickte traurig. »Und wahrscheinlich hat er sich meine Liebe mehr gewünscht als das Geld.«

»Durchaus möglich.«

Hanna hielt für einige Sekunden inne. »Also war Johannes nicht mit seinen Eltern im Urlaub, als Sie bei Roth eingebrochen sind?«

»Nein, er war zu Hause. Das sollte nur offiziell niemand wissen. Weil er noch minderjährig ist.«

»Ah …« Miele wirkte nun mit seiner Entscheidung zufrieden, endlich die Wahrheit ausgesprochen zu haben. Fast glücklich schaute er Hanna an, während sie weitermachte.

»Also … die undichte Stelle in der Klinik, nämlich Sie, kennen wir ja mittlerweile.« Er hatte zugegeben, das Gerücht über den mordverdächtigen Patienten Roths in Umlauf gebracht zu haben. Noch am Tag, als Marie Herrendorfs Leiche im Wald gefunden worden war. Miele räumte ebenfalls ein, Santiago Russo zur Falschaussage gezwungen zu haben. Unter den perfidesten Drohungen – die eiskalt auf die psychischen

Bruchstellen Russos abzielten – hatte er ihm gedroht, dessen kleine Schwester zu »besuchen«, wenn Russo es nicht hinbekäme, die Geschichte vom bösen Roth zu erzählen. Er hatte gehofft, im besten Fall werde Roth aus dem Verkehr gezogen. Miele wollte unbehelligt auf das Grundstück, um den Schmuck zu stehlen. Zu dem Zeitpunkt hatte er jedoch den Code noch nicht geknackt gehabt. Das sei erst gelungen, nachdem Roth schon wieder aus der U-Haft entlassen worden war. »War es schwierig, den Code zu entschlüsseln?«

»Nein, sobald ich die beiden Bücher und die Lösungskarte hatte, war es das reinste Kinderspiel.«

Hanna nickte. Genau das war es, was Gessner vermutet hatte.

»Und die hatte ich schon einige Zeit.«

»Woher?«

Er grinste. »Mein Urgroßvater hat sie in einem Bilderrahmen versteckt. Es war ein Bild von ihm in voller SS-Montur. Der Rahmen war kaputt. Ich hab den Rahmen damals aufgemacht, weil ich mir das Bild genauer ansehen wollte, das war ja durch das zersplitterte Glas kaum noch zu erkennen. Dabei hab ich die Lösungskarte gefunden, und so bin ich überhaupt erst auf diese Geschichte mit den Büchern und dem Versteck gekommen.«

»Und diese Lösungskarte mussten Sie dann wie eine Schablone auf die speziellen Textstellen im Buch legen, richtig?«, fragte Hanna.

»Richtig! Die Buchstaben, die durch die ausgeschnittenen Stellen der Karte zu erkennen waren, ergaben die Lösung.«

»Woher wussten Sie eigentlich, wann Marie mit dem Buch aufgebrochen war, um spazieren zu gehen?«

Er schnaubte, kurz und heftig, durch aufgeblähte Nasenlöcher. Heraus kam ein Geräusch, das nach Resignation und Wut klang. Seine Augenlider senkten sich auf Mittellinie.

»Na ja, ich glaube, es ist im Endeffekt für alle Beteiligten am besten, wenn jetzt reiner Tisch gemacht wird. Und manchmal muss man als Vater Entscheidungen treffen, die gut für das Kind sind, auch wenn das Kind sie momentan scheiße findet.«

Sie sah ihn erwartungsvoll an.

»Auf lange Sicht wird es gut für ihn sein. Er sollte sein Leben nicht um lauter Lügen herum aufbauen müssen, die er noch nicht mal selbst zu verantworten hat. Ich bin schuld, dass er überhaupt in die Situation gekommen ist, seine Schwester zu verraten. Ich bin schuld am Tod seiner Schwester. Weil ich meine Angst nicht unter Kontrolle hatte. Ja, ich hab lange drüber nachgedacht. Eigentlich hab ich sie aus Angst getötet.«

»Aus Angst vor Rache?«

»Das vielleicht auch. In erster Linie war es ihr Blick. Ich hab diesen Blick nicht ertragen … Aber zurück zu Ihrer Frage. Johannes hat mich angerufen, als Marie losgegangen ist. Er hat schon länger gewusst, was Marie und Gessner geplant hatten. Er hat seine Schwester belauscht, ihre Social-Media-Chat-Verläufe auf sein eigenes Handy gezogen, wenn sie ihres mal irgendwo liegen lassen hat.« Miele erzählte mit großen wasserblauen Augen, die in ihrer neuen Klarheit an Gletschereis erinnerten. »Ach, Scheiße! Wenn wir beide auch nur geahnt hätten, wie die Sache ausgeht … Er wollte mir ja nur helfen, das Geld zu besorgen. Für unseren tollen Vater-Sohn-Plan.« Nach diesen Worten hing sein Blick lange an der Wand fest. »Diesen Plan gab es in Wirklichkeit gar nicht.« Er verzog angewidert das Gesicht. »Oh Mann, wie kaltblütig und gemein das eigentlich alles war!« Wie in Zeitlupe schloss er die Augen. Er tat es voller Demut. Als würde er in Gedanken um Vergebung bitten. »Ich wäre ja sowieso nicht mit ihm nach Südamerika abgehauen. Außer, ich hätte da irgendwo für mein neues Nazigeld gefahr- und problemlos an hochwertigen Stoff kommen können. Südamerika ist normalerweise für Koks bekannt. Na ja, Oxycodon, Hydrocodon, die Pillen gibt's mittlerweile fast überall. Dann Südamerika – juhu! In Wirklichkeit ging's aber halt einfach nur darum, endlich eine gesicherte Stoffversorgung bis ans Lebensende, nie wieder den Affen schieben, immer genug Rest-Opioide im Blut, bis die nächste Dosis nachkommt, aber nie zu viel. Kein schlechter Stoff. Nur allerreinstes Zeug. Ohne schädliche Streckmittel. Längeres Leben. Ich hab mir eingeredet, ich müsste das Versteck finden, um mein Leben zu retten. Um nicht an verunreinigtem Straßenheroin zu verrecken. Oh Mann! Ich hab mir eingeredet, es ginge ums nackte Überleben und würde deshalb alles rechtfertigen, auch Johannes gegenüber. Dabei ging es mir nicht ein bisschen um Johannes. Jetzt weiß ich das alles.«

»Das ist ja wirklich spannend, aber um was geht's Ihnen denn *jetzt* eigentlich gerade, Herr Miele? Was haben Sie? Ich hab keine Zeit und auch keine Lust, mir alle möglichen Anekdoten anzuhören. Ich weiß immer noch nicht, was Sie mir sagen wollen.«

»Im Endeffekt will ich wohl sagen, wie unglaublich abstoßend, bösartig, ekelhaft und grundfalsch ich die Dinge, die ich getan habe, mit meinem normalen Hirnstoffwechsel finde.«

»Ah, daher …«

»Nein, nein, verstehen Sie mich nicht falsch. Schuld hab ich selbst. Mich hat niemand dazu gezwungen, Heroin zu nehmen, und auch nicht, mit dem richtig harten Zeug anzufangen.«

»Hat Johannes Sie eigentlich wegen der Rocker gewarnt? Wussten Sie das von ihm?«

»Das wusste ich auch von Johannes, ja«, sagte er.

Na, geht doch! Man kann auch mal ganz einfache Antworten geben, dachte sie.

»Mein Sohn ist ziemlich geschickt darin, Leuten unauffällig Informationen aus der Nase zu ziehen. Er hat das Datum, das am Ende auch richtige Datum, an dem die Schwarzkopf-Rocker in Cleeberg aufschlagen sollten, gewusst. Und er hat es von Schmeichel persönlich erfahren! Das ist schon eine Kanone. Mit siebzehn!«, sagte er.

»Die beiden haben sich auch häufiger über den Bern-Nachlass unterhalten«, erzählte er weiter. »Über mögliche Codes zum Beispiel. Außerdem natürlich in erster Linie darüber, wie sie an die Sachen überhaupt erst mal drankommen konnten. Johannes hat immer brav so getan, als würde er Sänger bei der Suche nach dem Brandtner-Versteck helfen. Schmeichel hat es schwer beeindruckt, als Johannes sein Wissen über den Brandtner-Schatz mit ihm geteilt hat. Johannes hat lange Zeit so getan, als würde er mit Schmeichel am selben Strang ziehen. Genau wie bei Sänger.« Ein stolzes Lächeln huschte über sein Gesicht. »Oft musste er natürlich auch an einem Strang mit ihm ziehen. Sie haben sich unterhalten, Ideen ausgetauscht. Schmeichel war irgendwie ganz angetan von meinem Sohn …« Hanna starrte gedankenversunken auf den Tisch, als hätte sie nicht aufgepasst.

»Sie haben Ihren siebzehnjährigen Sohn gewissenlos benutzt, Herr Miele«, sagte sie und schaute langsam auf. Ein Hauch von Verachtung lag in ihrem Ton. »Sie haben ihn als Marionette eingesetzt. In einem falschen und extrem gefährlichen Spiel.«

Miele wirkte betroffen. Er sah nach unten und neigte dabei den Kopf, als hätte er etwas an seinen Schuhen entdeckt, das dort nicht hingehörte. Dann räusperte er sich und schaute Hanna direkt ins Gesicht. »Ich bin da nicht stolz drauf!«, sagte er in so überzeugtem Brustton, dass der Satz in dem kahlen Raum schallte wie durch ein Mikrofon gesprochen. Er klang wie eine Einleitung zu einer Rede, vielversprechende erste Worte eines charismatischen Politikers, der die wichtigste Ansprache seines Lebens beginnt.

Hanna erwiderte Mieles Blick und wartete. Er schien nachzudenken. Doch er sagte nichts.

»Eine Zeit lang haben wir wirklich geglaubt, irgendwas Düsteres aus Sängers Vergangenheit könnte ans Tageslicht kommen, wenn jemand das Brandtner-Versteck finden würde«, erklärte sie und sah ihn erwartungsfroh an.

»Mein Uropa hat sich zwar hier und da an kleinen Machtspielchen im Dorf beteiligt, wenn es unvermeidbar wurde. Aber es gab, zumindest diesbezüglich, überhaupt kein dunkles Geheimnis in seiner Vergangenheit, überhaupt nicht. Mit einer solchen Vermutung sind Sie auf dem Holzweg.«

»Warum wollte Sänger unbedingt das Versteck finden, bevor er starb?«

Miele lächelte traurig. Seine Augen waren mit einem Mal feucht.

»Sänger hat sich eines Tages vorgestellt, wie es wäre, mit dem millionenschweren Diamanten nach Frankreich zu fahren und ihn an seine rechtmäßigen Besitzer zurückzugeben. Einfach so. Ohne eine Gegenleistung zu erwarten. Er hat sich wegen dieses Steines sehr viele Jahre schuldig gefühlt. Einfach, weil er davon wusste. Diese Schuld wollte er begleichen, indem er den Leuten den Stein zurückgab. Ich sollte ihm dabei helfen, ihn zu bekommen.«

»Das war eine richtig schöne Idee, nicht?«

»Entschuldigung, ich war gerade …«, sagte er und machte mit dem Zeigefinger ein paar kreiselnde Bewegungen, während er damit auf seinen eigenen Kopf deutete.

»Den Leuten in Frankreich den Stein zurückzugeben. Hört man nicht alle Tage. Schöne Idee, oder nicht?«

Miele nickte. »Ja, genau, sehr schöne Idee, wirklich«, stimmte er zu.

Hanna fixierte ihn mit einem Blick, der durch das schwarze Rund seiner stecknadelgroßen Pupillen bis tief dorthin vordrang, wo es ihm nicht mehr möglich war, seine Lügen vor ihr zu verstecken.

»Aber dann kamen Sie offenbar zu der erstaunlichen Einsicht, es sei eine noch viel, viel schönere Idee, den alten Mann einfach umzubringen! Außerdem war es Ihrer Meinung nach ja auch eher angebracht, den Diamanten nicht an die Leute in Ascq zurückzugeben, sondern ihn selbst zu behalten. Richtig?« Sie wartete keine Antwort ab. »Sie haben Sängers wunderbar menschliche Idee torpediert, manipuliert und im Endeffekt ja auch deren Umsetzung verhindert. Leider haben Sie das nicht getan, weil Sie selbst vielleicht noch tollere Projekte im Sinn gehabt hätten … Im Gegenteil! Sie haben keine einzige Sekunde darüber nachgedacht, etwas von dem Geld abzugeben, das sie sich erhofften. Sie haben Marie Herrendorf ein vermutlich noch sehr, sehr langes Leben weggenommen. Einfach aus der Hand gerissen. Genau wie das Buch. Und Sie haben einen Mann kaltblütig umgebracht, der fest entschlossen war, mit einer wundervollen Geste am Ende seines Lebens ein Zeichen für Menschlichkeit zu setzen.«

Sie bemerkte, wie gern er sich abgewandt hätte. Tränen quollen aus den wasserblauen, geröteten Augen. Er nickte kaum merklich.

»Ich bereue auf unfassbar grausame Weise, was ich gemacht habe«, sagte er. »Das Schlimmste ist es, an die Menschen zu denken, die jetzt einfach nicht mehr existieren. Wegen mir. Dass man da einfach nichts mehr machen kann … das treibt mich in den Wahnsinn. Wenn ich vor dem Spiegel stehe und dabei an den Jungen denke, der mich daraus einmal angegrinst hat …« Er presste die Lippen fest aufeinander. »Ich weiß auch nicht … Irgendwie hat es einfach alles nicht funktioniert. Ich hab ja nicht absichtlich alles verbockt. Das Gute ist aber, der Junge von damals wird das irgendwann verstehen, da bin ich ganz sicher! Der scheint ja jetzt schon fast klüger zu sein als ich.«

Hanna nickte. »Na, wenigstens müssen Sie dann in den nächsten dreißig Jahren nicht so allein sein.« Die Worte trafen Miele nicht wirklich brutal, sie waren kein zertrümmernder Schlag auf den Hinterkopf. Ihre Worte wirkten vielmehr wie ein erster kalter Windhauch im Spätsommer, der unvermittelt Gedanken an das bevorstehende unwirtliche, nasse Ende des Jahres mitbrachte.

»Zur Tatzeit waren Sie allein auf der Station, wenn meine Quelle kein falscher Dienstplan ist. Stimmt doch, oder?«, fragte Hanna, wieder auf den Boden der Tatsachen zurückkehrend.

»Ich hatte allein Dienst!«, sagte er.

Hanna blickte auf. »Wie haben Sie es hinbekommen, sich einfach so zu entfernen?«, fragte sie. An Mieles Schuld gab es keine Zweifel mehr. DNA, Geständnis, Zeugen. Er würde wegen zweifachen Mordes einsitzen und brauchte deshalb keine allzu große Angst vor einer dienstlichen Abmahnung wegen Verletzung der Aufsichtspflicht zu haben. Am 22. Februar. Irgendwann im Zeitraum zwischen achtzehn und null Uhr. Verlassen des Arbeitsplatzes für mindestens eine Stunde.

»Auf meiner Station waren ursprünglich sieben Patienten. Ende Februar war nicht voll belegt, also hatten wir nur sechs. Davon waren die drei fittesten für ein paar Tage auf Heimatbesuch «, sagte Miele.

»Da waren es nur noch drei«, sagte Hanna.

»Von den drei Patienten sind zwei fest zusammen.«

Mit einem scharfen Blick, der keines Wortes mehr bedurfte, forderte sie ihn auf, weiterzusprechen.

»Die beiden sieht man nur beim Essen. Ansonsten sind sie die ganze Zeit im Zimmer und …« Es genügte sein Grinsen, um keinen Zweifel mehr daran zu lassen, welcher Beschäftigung die beiden im Zimmer wohl nachgingen.

»Bleibt noch einer«, sagte Hanna.

»Richtig! Waldi ist als Einziger noch dagewesen.«

Hanna fiel eine Frage ein, die sie unvermittelt in die Unterhaltung warf, um sie später nicht zu vergessen. »Wie lange im Voraus wussten Sie denn das alles eigentlich? Dass Marie das Buch genau an diesem Tag dabeihatte und so weiter.«

»Nee, war wirklich nicht so!«, sagte Miele.

»Was war nicht so?«

»Alles Zufall! Das müssen Sie mir wirklich glauben!«, sagte er mit kindlicher Begeisterung. »Dass ausgerechnet an dem Tag drei Patienten auf Familienbesuch waren und zwei quasi ins Zimmer verschwanden, um dort für die nächsten Stunden zu bleiben, das wusste ich vorher nicht. Es gab keinen geplanten Zeitpunkt. Noch nie! Das sollte alles noch reifen und kein Schnellschuss werden«, sagte Miele. »Dann hat Johannes angerufen! Danach ist mir kurz komisch im Kopf gewesen, da wusste ich echt überhaupt gar nichts mehr! Richtig, falsch, links, rechts, gut, schlecht – meine Fresse! Da hätte ich wahrscheinlich die Farben nicht mehr gekannt. Gedankenlähmung. Vollsperrung. Und dann, als ich wieder zu mir gekommen bin, war die Entscheidung gefallen.«

»Was war wirklich mit Russo? Wie kamen seine Schuhabdrücke an den Tatort und seine DNA an die Leiche? Wenn der Mord nicht geplant war, hätten Sie doch keine falschen Spuren legen müssen.«

»Alles war ganz genauso, wie Russo es erzählt hat, als er sagte, er habe Roth am Tatort getroffen. Die Geschichte stimmt, nur hat er eben nicht Roth überrascht, sondern mich. Ich habe ihn gezwungen, diese Spuren zu hinterlassen, und damit keine Ungereimtheiten in seiner Geschichte entstehen, sollte er sie Ihnen genauso erzählen, wie sie war, bloß mit Roth als Täter. Wenn man lange mit einer kranken Person arbeitet, weiß man eben, wo deren psychische Bruchstellen sind.«

Hanna nickte.

»Aber ein Patient war ja noch da. Den mussten Sie zuerst noch loswerden, bevor Sie die Klinik unbemerkt verlassen konnten ...«, erinnerte Hanna ihn.

Mieles Augen wurden glasig. Er dachte zurück. Währenddessen veränderte sich sein Gesicht. Es wirkte seltsam angestrengt. Seine Mundwinkel begannen, rauf und runter zu hüpfen. Offenbar kämpfte er gegen ein Lachen. Als er zu reden anfing, wackelten seine Nasenflügel. »Genau. Genau richtig!«, begann er und ein angestrengtes Grunzen und Gurgeln drang aus der Kehlkopfgegend. Sein Kopf lief rot an. Die Mundwinkel schossen nach oben, er sah aus wie ein Wahnsinniger. Im Hinblick auf seine Lage wirkte sein Gesichtsausdruck noch absurder, als er es schon bei jemandem getan hätte, der nicht mit lebenslänglich rechnen musste.

Es machte Hanna wütend. Während Miele auf einen flüchtigen Betrachter nur so gewirkt hätte, als überspielte er seine furchtbare Situation tapfer mit künstlichem Grinsen, erkannte Hanna durch professionelles Hinschauen etwas Auffälliges in seinen Augen. Da war irgendwas. Oder genauer gesagt: Da war irgendwas eben nicht. Da fehlte etwas, was hätte da sein müssen.

Mit der Bedrohlichkeit eines aufziehenden Gewittersturmes verdüsterte sich in Hannas Wahrnehmung der gesamte Raum. Grimmig funkelte sie Miele an. »Was gibt's denn so Witziges?«

»Nichts, nichts. Es ist einfach ... gar nichts, nur gute Laune, einfach nur so«, sagte er, kopfschüttelnd, kichernd und grinsend wie ein bekiffter Jugendlicher, den die Mutter gefragt hat, ob er wüsste, wo die ganze Schokolade hin ist.

»Ich hoffe, Sie haben nicht vergessen, was in den nächsten Jahrzehnten für Sie so auf dem Programm steht, Herr Miele. Ihre Laune wird sonst umso schlechter ausfallen, wenn Ihnen das wieder einfällt«, sagte sie.

Miele kämpfte ganz offensichtlich schon wieder gegen das nächste Lachen. »Nein, das vergesse ich so schnell nicht! Auf keinen Fall …«, antwortete er feixend und schüttelte den Kopf. »Aber wie ich Waldi losgeworden bin, das war wirklich …«

Metallene Stuhlbeine, die jäh über den gekachelten Fußboden geschoben wurden, verursachten ein markerschütterndes Kreischen. Hanna war aufgesprungen. »Das hat dann jetzt mit unserem Fall im Grunde auch gar nichts mehr zu tun«, sagte sie mechanisch. Sie war ganz von allein aufgestanden. Ein Reflex. Jetzt musste sie so schnell wie möglich hier raus.

»Wie, schon fertig?«, fragte Miele. Er wirkte überrascht. Ein Schatten der Enttäuschung huschte über sein Gesicht.

Hanna nickte. »Ja, zum Glück sind wir fertig! Ab jetzt wird's hier deutlich ruhiger.«

Seine Augen verdüsterten sich. Innerhalb von Sekunden wirkten sie wie tot. Dunkelheit hatte alle Lichter in seinem Kopf schlagartig ertränkt.

Im Grunde war es Hanna egal, ob Mieles Augen tot waren. Ob er selbst tot war. Ob er sich gerade hämisch über seine Opfer amüsierte oder tatsächlich dazu neigte, an unpassenden Stellen Lachanfälle zu bekommen. *Im Grunde müsste es mir völlig egal sein!*, dachte sie. *Und was zur Hölle willst du überhaupt noch, Hanna?*, fragte sie sich mit ernsthafter Nachdenklichkeit. Mindestens für die nächsten zwei oder drei Jahrzehnte würde Miele jenseits irgendwelcher Gefängnismauern keinem Menschen mehr das Leben nehmen können. Darum ging es. *Darum sollte es gehen.* Der Job war erledigt.

Sie musste augenblicklich an Leo denken, der trotz Fieber noch die Geistesgegenwart besessen hatte, das Fehlen von Unterblutungen an Maries Körper zu bemerken und dem es damit zu verdanken war, dass es diesen Fall überhaupt gegeben hatte. Hanna beschloss, ihn bald zu besuchen und es ihm zu erzählen. Das musste er unbedingt wissen.

Miele starrte sie an. Düster und wortlos. Doch genauso, als würde jemand langsam einen Dimmer aufdrehen, kehrte das Licht in seine trüben Augen zurück.

»Wir haben Verstecken gespielt«, sagte er mit kindlicher Begeisterung.

Hanna stand an der Tür und sah ihn kopfschüttelnd an.

»Waldi, der letzte Patient auf Station, und ich.«

Sie reagierte nicht.

»Waldi sucht Leute auch zwölf Stunden lang, wenn man mit ihm Verstecken spielt, das macht ihm wahnsinnigen Spaß!«

Hanna sparte sich jegliche Worte und verließ den Raum. Sie würde jetzt nach Cleeberg zu Roth fahren. Er war mittlerweile so gut wie vollständig genesen. Der Heilungsprozess war schneller als erwartet vorangeschritten, vermutlich weil der Blick auf die Platzierung seines neuen Kriminalromans ihm täglich neue Kraft gegeben hatte. Das Buch war in einigen Bestsellerlisten bis unter die ersten zehn geklettert.

Roth hatte Hanna telefonisch von seinem Erfolg erzählt. Er hatte sie angerufen, nur um ihr das mitzuteilen. Einige Andeutungen während des Gesprächs hatten bei ihr den Eindruck hinterlassen, er sei bereits entschlossen, den Job in der Klinik aufzugeben und alles auf die Schriftstellerei zu setzen. Das war großartig. Sie gönnte ihm den Erfolg von Herzen, sie liebte es, wenn jemand mit Leidenschaft für etwas kämpfte und dann bekam, was er angestrebt hatte.

Als sie das Gelände der JVA Butzbach verließ, strahlte der Himmel in ungetrübtem Blau, und an den Bäumen und Büschen ringsherum leuchteten Blüten in allen möglichen Farben.

»Oh, wie ich sehe, ist der große Autor von Dosenbier auf Rotwein umgestiegen«, sagte Hanna, als sie das Esszimmer betrat.

Roth saß am Tisch. In seiner rechten Hand hielt er einen Schwenker. Er betrachtete die tiefrote Flüssigkeit darin im Schein des einfallenden Sonnenlichtes. Es war schön, Roth in gewohnter Umgebung zu sehen.

»Wahnsinn, oder?«, fragte er, drehte den Laptopbildschirm in Hannas Richtung und präsentierte zwei Screenshots, die er am Morgen um 7.45 Uhr gemacht hatte. Sie zeigten die Bestsellerlisten von Amazon und Thalia. Bei Thalia hatte es Roths Krimi mittlerweile bis auf Platz 5 geschafft. Bei Amazon war er sogar bis auf Platz 3 geklettert.

Hanna staunte und nickte. »Ja, das ist verrückt, und für den zweiten Teil kannst du ja einfach die Story um die Bern-Kiste verwenden und aufschreiben. Da braucht man im Grunde gar nichts mehr dazuzuerfinden, sondern bloß noch die Namen zu ändern.«

Roth verzog das Gesicht. »Nein, ich schreibe ja, weil ich mir gern meine eigenen Geschichten ausdenke. Außerdem würde die Bern-Sache den meisten Lesern sowieso zu erfunden vorkommen.«

»Das könnte sein. Manchmal ist die Realität noch viel verrückter als ausgedachte Geschichten. Zum Beispiel, wenn man in der JVA einen Mann trifft, der sich trotz Aussicht auf lebenslänglich stark zum Positiven verändert hat.«

»Du sprichst von Miele?«

»Sieht aus wie nach einer Verjüngungskur, ist clean und freut sich seines Lebens.«

»Mmh …«, machte Roth.

»Das ist doch irgendwie scheiße, oder?«

»Was?«

»Na, dass es dem Mörder am Ende blendend geht und sich seine Verfassung durch die Strafe verbessert hat.«

»Ah ... dir geht es also gar nicht darum, die Guten vor den Bösen zu schützen. Du willst die Bösen leiden sehen. Das ist psychologisch interessant, Hanna.«

Mit seiner Vermutung hatte Roth gar nicht so unrecht. »Jedenfalls passt mir das irgendwie nicht, wie fröhlich der jetzt ist. Und was sagt das jetzt über mich aus?«

»Großer Gerechtigkeitssinn. Vielleicht auch bloß eine sadistische Ader, das müsste man schon etwas genauer beleuchten.«

»Hahaha.«

»Hast du eigentlich rausbekommen, wie er den Code geknackt hat?«

»Ja, er hat eine Schablone benutzt und sie auf die Textstellen gelegt.«

»Wo kam die denn plötzlich her?«

»Nicht plötzlich. Die hatte er angeblich schon länger, bloß konnte er ohne die Bücher nichts damit anfangen. Er hat sie zufällig in einem ramponierten Bilderrahmen unter einer Fotografie von Karl Brandtner gefunden. Sein Urgroßvater in voller SS-Uniform. Ich frag mich, wie der auf die Idee kam, die Schablone dort zu verstecken.«

Roth kniff die Augen zusammen. »Vermutlich war es ihm wichtig, dass, falls ihn überhaupt jemand fand, der Stein nur in die Hände von jemandem mit der ›richtigen‹ Gesinnung geriet.«

»Jetzt stehe ich vollkommen auf dem Schlauch«, sagte Hanna.

»Was für Gründe gibt es denn, einen ramponierten, also nicht wiederverwendbaren Bilderrahmen zu öffnen?«

»Wenn man das Bild rausholen möchte ...«

»Genau. Wenn man das Bild rausholen möchte, um es anzusehen, oder weil man es neu einrahmen will. Wegwerfen könnte man den kaputten Rahmen ja auch mitsamt des Fotos.«

»Aha …«, sagte Hanna. »Du meinst, nur jemand, der die Fotografie mit einem gewissen Respekt betrachten und aufbewahren würde, käme auf die Idee, den Rahmen zu öffnen.«

»Ganz genau.«

»Interessante Theorie!« Unvermittelt erklang ein lautes, schrilles Trällern. »Was ist das denn?«, fragte Hanna.

»Meine neue Klingel«, sagte Roth. »Ich muss nur noch rausfinden, wie man einen anderen Ton einstellt.«

»Ja, das wäre gut.«

Er öffnete das Fenster und streckte den Kopf raus. »Moment, ich mache auf!«, plärrte er dem Besuch am Hoftor zu. Als er sich umdrehte, strahlte er vor Freude. Hanna sah ihn fragend an.

»Ida kommt! Für das verlängerte Wochenende.«

»Ah, wie schön. Dann kann ich ihr ja gleich erzählen, dass der Zigarettenstummel, den sie damals im Garten gefunden hat, wirklich von einem Verbrecher, sogar von einem echten Mörder dort hingeworfen worden war.«

»Wie?«

»An der Kippe haben wir ebenfalls Mieles DNA gefunden.«

Roth schnaufte und schüttelte leicht den Kopf. »Ich glaube, sie würde sich wohler fühlen, wenn sie nichts von Mördern und Verbrechern im heimischen Garten hören würde.«

Hanna grinste. »Stimmt. Man vergisst beinahe, wie klein Ida eigentlich noch ist, weil sie schon einen so scharfen Verstand hat.«

»Da muss man gut aufpassen, ja.«

Roth verließ die Küche, blieb jedoch an der Tür zur Sommerküche noch mal stehen und drehte sich zu Hanna um. »Wie lange willst du denn bleiben? Wegen Grillen, meine ich. Hättest du Lust, Ida und mir Gesellschaft zu leisten? Ich denke, heute ist es endlich an der Zeit, mal die Gartenmöbel rauszustellen. Wir könnten im Hof essen.«

Hanna lächelte Roth an. Sie fühlte sich wie immer sehr wohl in seiner Gesellschaft. Es war schön, dass er sie zum gemeinsamen Essen mit seiner Tochter einlud, und es gab absolut keinen Grund, nein zu sagen.

»Sehr, sehr gern. Ich habe mir für heute nichts anderes mehr vorgenommen«, sagte sie.

For all the Dreams
That won't come true
And all the tides
That we went through
I can't hold the time
It passes by
It's always floating
And so do I

Björn Ehlien (The Valemakers)